青衣

陈 杯/著

西苑出版社
XIYUAN PUBLISHING HOUSE

图书在版编目（CIP）数据

青衣 / 陈枰著 . — 北京：西苑出版社，2013.6
ISBN 978-7-5151-0327-3

Ⅰ . ①青… Ⅱ . ①陈… Ⅲ . ①长篇小说—中国—当代
Ⅳ . ① I247.5

中国版本图书馆 CIP 数据核字（2013）第 066434 号

青 衣

作　　者 陈　枰
责任编辑 刘小晖
出版发行 西苑出版社
通讯地址 北京市朝阳区和平街11区37号楼
邮政编码 100013
电　　话 010-52470795
传　　真 010-88637287
网　　址 www.xiyuanpublishinghouse.com
印　　刷 北京中印联印务有限公司
经　　销 全国新华书店
开　　本 710毫米 × 1000毫米　1/16
字　　数 260千字
印　　张 18.5
版　　次 2013年6月第1版
印　　次 2013年6月第1次印刷
书　　号 ISBN 978-7-5151-0327-3
定　　价 38.00元

序

陈枰坐在那儿像一个厅局级的文化干部，有城府得很；因为她十分注重倾听，不喜欢发号施令，所以这个厅局级就有点像副的。陈枰一开口说话她那点儿城府就全都没有了，她更像一个神枪手，每一颗子弹消灭一个敌人。因为有了这一手好枪法，陈枰特别地固执，你很难说服她。如果你一定要坚持你的意见，万一哪一句话又说得离了谱，我们会发现陈枰突然就成了"黄继光"，她会奋不顾身地堵上你的机枪眼，急得你搂着一箱子的子弹直想哭爹喊娘。"堵"是陈枰的一绝，如果你没有足够的准备、足够的智商,亲爱的陈枰女士能把你堵得晕过去,36个小时之内你绝对缓不过神来。

陈枰把她率真的、纯粹的、通透的、锐利的、类似于一根筋的气质带进了她的作品，以至我们能够从她的作品里多多少少地看到陈枰女士的影子。比方说,《激情燃烧的岁月》里的石光荣，这头"老犟驴"的血液和陈枰是如此地相似，他们的血液除了自己的血管绝对不认识其他的路，一旦走错了，那只能是喷涌；比方说,《青衣》里的筱燕秋，筱燕秋是一段向下按捺的、走投无路的激情，是一次隐匿的燃烧，致命的、近乎自戕的燃烧。没有火光，然而，在我们的内心，它浓烟弥漫。我固执地认为那个叫筱燕秋的女人和陈枰女士有"命定"的前缘，她们是彼此的缺口，彼此突破的方式，彼此的伤痕，彼此的痛。在她们相互诉说、相互倾听的时候，了却的意义等同于认知的意义。

现在，由陈枰的电视剧本演变而成的长篇小说《青衣》终于面世了，陈枰女士希望我能在这本书的前面说几句话。我想利用这个机会强调一遍，中篇小说《青衣》是我的作品,但是,电视剧本、长篇小说和我没有一点关系，它们完全是陈枰女士独立完成的，它们是陈枰女士的心血与才华。如果电视剧和长篇小说能得到朋友们的喜爱并卖出一个好价钱，我渴望到陈枰的故乡内蒙古结结实实地吃一顿水煮羊肉，陈枰女士能为我买单。

毕飞宇

目 录 Contents

一、筱燕秋天生就是青衣的坯子

今天是筱（xiǎo）燕秋的19岁生日。

筱燕秋在家里面排行老五，母亲在生她之前因为连着生了四个丫头，已经完全没有了金贵自己的理由，在临近生产的最后几个时辰，她还拖着硕大的肚子，屋里屋外，房前房后，喂鸡喂猪地忙着。

太阳落山了，母亲焖好了小米饭，又用煮小米饭剩下的米汤炖好了豆角，她从咸菜缸里面捞了个咸菜疙瘩细细地切了丝点了香油，挑拌好。

母亲这次怀孕和前四次有些不同，肚子特别地大，腿脚还特别地勤快，她上蹿下跳，什么样的活都争着去干。俗话说，勤小子懒闺女。村子里面有经验的女人都断定她这次准能打个翻身仗。

饭菜刚刚从锅里面冒出香味，阵痛就由远而近地来了。母亲愣在那里，她盼这个时刻，更怕这个时刻。这个时刻来了，是福是祸肚子里面的这块肉总得出来见人。

她往灶里添一把火，冲院子里面刚刚赶鸭子回来的三丫头喊：“三丫，快到西头去把你刘娘喊来。”

三丫怔怔地看着她。母亲大声说：“发啥呆？快去呀。”

三丫撒腿跑了，鸭群大呼小叫欢蹦乱跳地追了出去。

母亲忍着疼把锅里面的饭菜盛出来，洗干净锅烧了一锅水。锅里面的水开了，母亲肚子里面的羊水破了。屋子里面蒸气缭绕，母亲气喘如牛，她挣扎着往炕上挪，离炕还有一丈远的时候她挪不动了，孩子已经挤出来了，两条小腿别在她的两腿之间。母亲急了，大叫着一使劲，孩子盘腿大坐地滑落在地上。

气喘吁吁跑来的刘娘被这阵势惊着了，两手往腿上一拍叫道：“我的娘亲，是个坐生！这样的胎位得到医院里面动大刀子，你真有种，能一个喷嚏把她崩出来！”

母亲看了一眼孩子，脸上的汗雨一样地淌落下来，她呻吟了一声：“她爹回来能打死我。”

刘娘安慰她：“这丫头多好，足有八斤半。”

母亲带出了哭腔：“千斤也不如那二两肉管用啊！”刘娘把孩子洗干净包好放在炕上说：“这孩子坐着莲花投生，没准是王母娘娘转世呢。”

母亲泪雨滂沱：“她咋不是哪吒转世呢？她要是脚踩风火轮，手抡乾坤圈，我还怕谁？你说我还能怕谁？”

五丫头落地之后没哭两声就闭着眼睛睡了，在母亲的肚子里面站了那么长时间怎么能不累？她不知道父亲回来后怎么修理了母亲。她看见母亲的第一眼就知道女人不待见她。五丫头一寸寸地蔫了，一节节地萎了，王母娘娘的水灵劲儿被一点点地风干了。嫩藕一样的胳膊变成了芦柴杆，油黑的头发变成了蒲公英的帽子，饱满的额头露了骨，房檐一样支在眼睛上面，两只眼睛像两口枯井敞着盖子由着日晒雨淋。

这个取名叫筱燕秋的丫头不爱哭也不爱笑，那张嘴除了吃饭好像没有别的作用。她像条影子像个哑巴，有她不多，没她也不少。姐姐们不爱带她出去玩，村子里也没有女孩子来找她玩儿。

九冬九夏九来九往，筱燕秋九岁那年，牡丹城京剧团来村里面演出，筱家的五丫头像被坏人拍了花，不声不响地离家出走了。四天以后她回来了，连有雀蒙眼病的王奶奶都看出来五丫头不大一样了，好像这个五丫头是那个五丫头生出来的。说她是那个五丫头吧，处处都不像；说她不是那个五丫头吧，举手投足又处处露出那丫头的痕迹。这个五丫头的眼睛不是枯井是湖泊，头发不是枯草是丝绸，这个叫作筱燕秋的丫头片子，浑身上下处处渗透出和这个家庭完全背离的气质。这种陌生的气质把她的爹和妈逼到了墙角里。

筱燕秋说：“我跟着剧团走了。”父母还没醒过盹来，她又说：“我要考戏校！”她的语气沉着而坚定。母亲半张着嘴，父亲也半张着嘴，父母俩像看年画一样看着她，他们俩谁都不知道这个丫头在想什么。筱燕秋看着像呆鹅一样的父母加重了口气说：“如果不让我考，我就去死。”她把“死”这个字说得又硬又冷，像冬天河槽里面的石头一样冰人。

父亲想了三天，筱燕秋水米不沾牙地等了三天。三天后父亲同意了。筱燕秋苦苦地考了四年，四年啊，一个大学本科都读完了，这个丫头才勉勉强强地拱进了那所戏校。

从筱燕秋迷上唱戏到现在整整十年过去了，19 岁的筱燕秋经过了一番脱胎换骨的蜕变，已经成了一个对于她的父母和家乡来说完全陌生的姑娘。

母亲对筱燕秋说她是生在晚上 8 点，今晚的首场演出也定在晚上 8 点，等锣鼓点敲响，大幕拉开的时候筱燕秋就整整 19 岁了，这个 19 岁是值得纪念的 19 岁。今天是筱燕秋分到剧团，第一次登台演出的日子，尽管是跑宫女，那也是作为国家正式演员的登台亮相。生日和登台亮相是老天爷送给她的两份厚礼。

今天晚上筱燕秋有点莫名的紧张。刚刚分到京剧团半个月，跟谁都不熟。她坐在化妆间刚打上底色，比她早一年分来的戏校校友，唱老旦的裴锦素指了指墙上挂着的黑板说：“姐们儿，今天轮你值日。”

筱燕秋慌忙站起来拎起茶壶往外走，她知道演出水是第一不可少的。

这座剧场是老式的俄罗斯建筑，走廊很宽，顶子很高，冬天热，夏天凉。

牡丹城的气温在一场一场的秋雨里凉了下来。绵长的雨丝天上地下腻腻歪歪地拉着扯着，撕着拽着，扒光了人身上的暑气。

这天晚上文化宫如同往常一样座无虚席，放映孔里面射出来的一道耀眼的光柱，投在舞台上悬挂着的银幕上。震耳的锣鼓点声从舞台两侧的喇叭里面发出来，在剧场里面萦绕回荡。银幕上穆桂英佩甲扎靠带领杨门女将们提缰带马，跟随佘太君直奔沙场。

银幕后面热闹异常，市剧团里面的20岁的老旦演员裴锦素身穿毛衣，脚穿练功鞋，领着一群和她年龄相仿的女孩子们在宽大的戏台上跑着圆场，她们跟着银幕上的人物，熟练地一招一式地比划着。姑娘们的表情庄严肃穆，嘴一张一合跟着片中的人物无声地唱着。看得出这部电影她们至少看过了十几遍，已经倒背如流，熟记于心。

观众们没有人知道后台在做什么，他们完全被剧情吸引住了。好戏总是觉得短，观众们还没尽兴，一个大大的“完”字已经映在银幕上。这时后台的灯亮了，女孩子们追逐嬉闹的身影被灯光映在银幕上。舞台监督从边门跳到舞台上吆喝了一嗓子：“不去化妆，闹什么闹？”女孩子们吓得噤了声，一窝蜂似的涌进后台化妆室里面去了。舞台监督耀武扬威地又喊了一嗓子：“装台！”舞美队的小伙子们蹦上台，手脚利落地干起活来。

文化宫门口的广告牌子上面写着《三岔口》《贵妃醉酒》《钓金龟》等几出折子戏的戏名。广告牌子下面人头攒动，吵吵嚷嚷。售票的窗口处挤满了人，拥挤推搡，秩序非常混乱。

后台的工作按部就班地进行着。老服装员钱双喜把戏装熨烫平整，一套套挂在服装架子上，他把皂靴和绣花鞋一双双整整齐齐地靠墙摆放在地上。秃了顶的老琴师坐在一旁慢慢悠悠地抽烟、喝茶，听着身边的半导体，半导体里面正在播送有关科学的春天的报道。

大化妆室的墙上挂着块值日黑板，上面写着“筱燕秋”三个字。

女孩子们身穿水衣，坐在镜子前面打底色化妆。裴锦素对着镜子往老旦妆上画着皱纹。

武行的师傅边给二弟子勾脸边说：“这勾脸是学问。我勾的这脸上有工笔有写意，还有随情随性带出来的东西。我手里这支笔就够你们琢磨一辈子的。”

对着镜子自己化妆的大弟子往这边瞥一眼。武行师傅不看他：“你们都给我记住，人物不在脸，而在于心。脸上的红黑，不过是衬托人物的心地，把人物的美丑透出来而已。记住没有？”

两个徒弟同声回答：“记住了！”

裴锦素戴好头套，对着镜子“嘿嘿”傻笑。张慧芝白了她一眼：“脸画得像颗虎皮蛋似的，有什么可笑的？”

裴锦素：“20岁的裴锦素碰到了60岁的裴锦素，我开心！我痛快！”

于静揭发她："你是笑裴锦素这三个字终于爬上节目单了吧？"

裴锦素眉开眼笑："你看出来了？"她笑嘻嘻地唱道："瑞雪纷飞，人欢笑，分衣分粮，庆翻身……"

老演员柳如云把头发解开盘好，用黑色的丝巾包住，她心闲气定，认真地净面、润肤、铺底色。

武行师傅领着两个徒弟站在服装架子前。

钱双喜问："老大先穿？"

武行师傅伸手拦住他："您甭动手。"他转身对大弟子说："你师弟今天是角儿了，你给他上行头。"

二弟子一脸喜色，拉着武行的身架子，等师兄给他穿戏装。师兄忍气吞声地给师弟穿衣，套靴。武行师傅认真地给二弟子束冠。钱双喜抽着烟有滋有味地看着。

武行师傅对大弟子说："过去他给你端饮台，今儿轮你给他端了。"

大弟了接过师傅手中的饮台，一声不响地站在那里。

钱双喜拍拍两个小武行的肩膀："好好唱，你们师傅那儿预备着酒呢。谁的活儿好，谁有出息，他给谁喝。"

裴锦素说："咱们团准备上新戏了。"

女孩子们顿时来了情绪："上哪出戏？"

裴锦素憧憬道："不知道，要是上《杨门女将》就好了，佘太君非我莫属。"

张慧芝一撇嘴："魏团长是你亲爹啊？"

柳如云用指尖顶住自己的眼角，把眼角吊向太阳穴的斜上方，开始画眉毛，画眼睛。

裴锦素："他不是我亲爹，也得从心里承认，我的嗓子是团里数一数二的好嗓子。"

张慧芝："咱们团没有好老生，拿什么排新戏？"

裴锦素："谁说咱们团没有好老生？魏团长当年红透半边天的时候，你还没生出来呢。"

柳如云用中指一点一点地把自己的眼眶、鼻梁画红了。拍定妆粉，上胭脂。

张慧芝："好像你听他唱过似的。"

裴锦素说："我妈和我爸听过。他们说，20年前，魏笑天这三个字在牡丹城，无人不知，无人不晓。"

柳如云仔细修改着画坏了的眉毛。

于静叹了口气："当初我要是学老生就好了，省得现在天天混在丫环群里跑龙套。"

裴锦素："那可不是一厢情愿的事，你得有唱老生的本钱。"

于静不高兴了："就你有本钱！"

裴锦素得意洋洋地笑，她用老旦的韵白说："本钱么？丫头，来！来！来！老身让你开开眼……"她站起来，凌空一个大跳。落地后，摆了个造型唱起来："穿林海，跨雪原……”

正在听半导体的老琴师，脑袋不由自主地随着裴锦素的唱腔摇晃起来，他摇得不解气，一把抄起身边的京胡，嘴角叼着烟，跟着裴锦素的唱腔，抖弓，摇头晃脑地使劲拉起来。

值日的筱燕秋拎着开水壶走过来。

裴锦素一口气唱上去 :“气冲霄汉……”她的嗓子高亢激越，极具穿透力。女孩子们鼓掌、跺脚、叫好。

走廊里传来团里当红青衣李雪芬一声清脆的叫板，化妆室里顿时安静下来。裴锦素伸了下舌头悄悄坐回到椅子上。

女孩子们坐在镜子前面，老老实实地勒头、描眉、贴水片。

化好了妆的李雪芬，身着水衣，从单人化妆间里慢慢地走出来。筱燕秋和她打了个照面，李雪芬像没看见筱燕秋一样，扬着头从她身边走过去。筱燕秋回头看她。

李雪芬伸展双臂站在服装架前，钱双喜殷勤体贴地把戏装按规矩、仔仔细细地给她穿上。李雪芬伸脚，钱双喜把绣鞋给她套上。李雪芬的一举一动充分体现了一个名角儿的派头。筱燕秋拎着水壶站在一边看傻了。

跟班把一缸子晾好的水递过来，李雪芬翘着兰花指，仔仔细细地润了遍喉咙，开始“咿咿呀呀”地喊起嗓子。

筱燕秋想起来自己的任务，拎着水壶转身朝化妆室跑去。

武行师傅活动完腰身，把腿放在墙上压。两个徒弟站在旁边恭恭敬敬地看着他。

武行师傅 :“我们学徒那时候，一进师傅门就得直溜溜地站桩、耗腰、耗腿。天热了，拿蝇甩子轰苍蝇。天冷了，拿对刀耍刀花。为的是耗膀子。花脸的功架全在腰上、膀子上、脖子上。”

师兄和师弟互相看了一眼，争先恐后地把腿举到墙上玩命地压。

女孩子们化好了妆，往手背上涂底色。

筱燕秋挨个给化妆台上的每一个杯子里面倒满水。筱燕秋倒水倒到柳如云的化妆桌前，她发现柳如云的桌子上面没有水杯。她找了一个杯子，刷洗干净，倒满了水恭恭敬敬放在柳如云的面前。

柳如云绷着脸把水杯推开，掏出钥匙打开身边人造革包上的小锁。筱燕秋不解地看着她。柳如云从包里拿出来自己的水杯，放在桌子上。筱燕秋明白了，她拎起壶刚要往杯子里面倒水。柳如云两手紧紧护住杯口，厉声喝道 :“别动！”筱燕秋吓得一激灵。化妆室里的人纷纷往这边看。

柳如云阴沉着脸，端着杯子自己打水去了。

筱燕秋不知道自己做错了什么，愣了一会儿神，忐忑不安地把地上的脏东西扫到一起。她看到一只杯子紧贴着桌子边放着，就顺手往里面挪了一下，接着低头扫地。

柳如云突然一声尖叫 :“站住！”筱燕秋抬头看。

柳如云的兰花指直戳到她的鼻子尖上："谁让你动我的水？"

筱燕秋吓了一跳，她怯生生地看着柳如云。

柳如云："杯子把本来朝左，你没动，它怎么朝右了？"

筱燕秋小声回答："怕洒了，我往里面挪了一下。"

柳如云两眼冒火："你喝了！"

筱燕秋分辩："我没喝。"

柳如云双眉倒竖，"啪"的一声，把杯子狠狠地摔在地上，她指着筱燕秋的鼻子尖，厉声喝道："你倒想喝！你熬到我这戏份上了吗？"

筱燕秋目瞪口呆地看着她："我……"

演员队长王国祥跑进来："怎么了？怎么了？"

筱燕秋的眼泪围着眼圈转。

王国祥看看柳如云，看看地上的碎杯子，他明白了。他抢过来筱燕秋手里的扫帚把碎杯子扫了。柳如云气哼哼地坐下。

王国祥对筱燕秋说："快化妆去。"

筱燕秋红着眼圈坐在那里化妆，裴锦素走过来，一屁股坐在化妆桌上。

裴锦素说："别理她！这老妖精就这德行！"

筱燕秋："她凭什么这样对我？"

裴锦素："她这人眼里除了自己根本就没有你我之分。不是对你，她对谁都这样。记住，以后离这老东西远点。"

筱燕秋气乎乎地往脸上涂胭脂。

裴锦素压低声音："别看她像个鬼婆似的整天闹妖，50年代她可是戏剧舞台上最著名的美人。你知道咱们团的《奔月》吧？"

筱燕秋点点头。

裴锦素："她就是当年的那个嫦娥。"

筱燕秋吃了一惊："她？"

裴锦素："只可惜这个嫦娥还没来得及舒广袖，就从天上摔下来了。公演前一位领导看了内部演出很不高兴，说，江山如此多娇，我们的女青年为什么要往月亮上跑？这句话把剧团领导的眼睛都吓绿了，《奔月》当即下马。柳如云一急，嗓子倒了。她一口咬定有人嫉妒，下药毁了她的嗓子。她从此不吃别人给的东西，更不喝别人倒的水。"

筱燕秋扭头看柳如云。柳如云好像已经忘了刚才的事，她对着镜子认真地往鬓角上插花。

筱燕秋问："她这么大岁数了，就这么跟我们一起跑龙套？"

裴锦素："团里安排她到别的单位去工作，她说她的命就在戏台上，离开戏台就是要她的命。"

筱燕秋像第一次见到柳如云似的仔仔细细地上下打量着她。

裴锦素小声对筱燕秋说："她没人缘，就是团长护着她。时间长了你就知道了，这个柳如云是咱们团的一景。"

这时，舞台监督喊："候场！马上候场！"锣鼓点急促地敲起来。

表演《三岔口》的两个武行师兄弟板着脸站在侧幕条旁，看得出他们俩已经较上劲了。

锣鼓点越敲越急。

开场了，师兄弟两个在台上前空翻，后空翻，舞刀弄枪，非常卖力地对打着。观众席里传来掌声和叫好声。

师兄和师弟一来一往的拳脚中，暗藏着杀机。师兄一刀劈在师弟的额头上。师弟被劈得眼冒金星，差点摔倒。他原地转了一圈，稳住脚步，大鹏展翅一个亮相。观众热烈鼓掌。

两人随着锣鼓点冲进侧幕条。

师弟一拳头打在师兄的面门上："我叫你下黑手！"师兄踉跄几步差点摔倒。

催场的锣鼓点越敲越紧。

师兄飞起一脚，踢在师弟的屁股上。师弟一个跟头摔出去，趴在戏台上滑出去很远。随即又一个鹞子翻身蹦起来。师兄伸手抹干净鼻子上的血，一串跟头追上台去。观众以为是戏里的情节，大声叫好。

两人越打越精彩。观众大声叫好声一浪高过一浪。武行师傅站在台口看着他们"嘿嘿"笑了。

后台，女孩子们在换戏装。筱燕秋系罗裙，正飘带。

柳如云抖着戏装，问服装员钱双喜："怎么没给我熨？"

钱双喜："戏装太多了，熨不过来。"

柳如云指着前台："他们的都熨了，到我这就熨不过来了？"

钱双喜指了指女孩子们："她们的也没熨，不一样上台吗？"

柳如云："她们是她们，我是我。"

钱双喜慢声慢语："都是跑龙套，有什么不一样？"

前台"当""才"一声锣鼓点。

柳如云一下变了脸，她颤着手指，指着钱双喜的鼻子："你说什么？"筱燕秋解恨地看着柳如云。钱双喜麻耷着眼皮，继续熨着手里面的衣服。

前台的锣鼓点渐渐紧了。女孩子们紧张地看着她们俩。

裴锦素悄声对筱燕秋说："好戏开场了。"

柳如云冷冷一笑："眼睛看不见鼻子，这叫眼前黑！你见过角儿吗？告诉你，我柳如云才是这戏台上真正的角儿！"

钱双喜不看她，慢悠悠地说道："我知道您是角儿，我还知道您混在丫环群中是微服私访呢。”女孩子们哄笑。

柳如云气得嘴唇颤抖：“斗胆日心，你越说越上口了！微服怎么了？微服遮住了你的眼，可遮不住我的才艺。告诉你，我柳如云是一个真正领悟了青衣蕴意的绝代青衣。”

钱双喜“扑哧”一声笑了出来。

柳如云问：“你笑什么？”

钱双喜：“您赶紧上前台演去，这是后台。”

柳如云：“后台怎么了？后台就不出戏吗？”

筱燕秋对柳如云感兴趣了。

钱双喜：“出戏，我这不是看着呢吗？老话说得好，戏如人生，人生如戏呀！”

柳如云气白了脸，带着韵白腔问：“此话何意？”

钱双喜冲女孩子们挤眉弄眼：“病走熟路，一跟就是一辈子！”

柳如云柳眉倒竖：“你说谁？”

钱双喜：“您是角儿，我不敢说您。”

柳如云抖着手中的戏装问：“你到底是熨，还是不熨？”

钱双喜：“你看我这两手闲着呢吗？”

李雪芬身穿杨贵妃的华丽戏装走过来，她拎着戏装的下摆对钱双喜说：“这怎么有一道褶？”

钱双喜慌忙放下手里的活说：“我马上给您收拾。”

“当”“才”又是一声锣鼓点。

柳如云愤怒地看着她们，她的气息急促起来。

锣鼓点越敲越急。柳如云把手里的戏装狠狠一甩，舞了个刀花背在身后，亮相。

锣鼓点停了，静场。筱燕秋吃惊地看着柳如云。

舞台监督跑过来大声喊：“候场了！候场了！”锣鼓点重新敲起来。罗裙下一双双绣鞋迈着水步，随着锣鼓点，飘向戏台。

李雪芬扮演的杨贵妃领着一群宫女出场。观众席里面突然爆发出一片笑声。李雪芬慌了，不知道自己哪里出了问题。她随着过门迈着水步，兜起圆场。

转身时，她脚步突然放慢了，眼睛死死地盯在后排宫女的身上。七个年轻的宫女长袖罗裙，拎着宫灯。年老的柳如云身穿短款水衣，拿着宫灯跟在筱燕秋身后，她随着乐曲展示着身段。柳如云的形象很扎眼，她的形体动作异常优美，极富于韵味。李雪芬气得转反了方向，差点和柳如云撞上。观众大笑。

舞台监督在台口急得直跺脚。

王国祥跑过来骂道：“你这舞台监督是吃屎的吗？”

舞台监督：“她疯了！肯定是疯了！”

王国祥：“拉幕！赶紧拉幕！”

大幕徐徐落下。观众疯了一样地鼓掌，吹口哨。人们站在椅子上大叫："拉开幕！""我们想看！""我们愿意看她！"

大幕徐徐拉开。宫女们继续起舞。

观众不看李雪芬扮演的杨贵妃，他们的兴趣全在柳如云这个老宫女的身上。柳如云来劲了，她舞姿优雅飘逸，如风摆杨柳。观众静了下来，出神地看着，他们很快看进去了。宫女们迈着水步，走回台口。站在台口的筱燕秋和女孩子们捂着嘴笑得东倒西歪、前仰后合。台上传来李雪芬的唱腔声。舞台监督跑过来低声骂："笑！笑！喝笑婆婆尿了？赶紧给我滚上去！"女孩子们走着水步上台。

第二天白天，排练室里，杨贵妃的唱腔仍继续。

十几双穿着练功鞋的脚在地毯上急促地走着，女孩子们两手掐着腰，在练功室里像云朵一样飘着。她们边走台步，边小声地说笑。李雪芬对着镜子边舞边唱着，她不断停下来，赌气般地修正唱腔和动作。

张慧芝小声说："李雪芬气得直忘词，首场演出就让人搅了。她恨不得把柳如云撕了。"

裴锦素："那不是她的首场演出，是柳如云的首场演出。"

于静："柳大妈真是出足了风头。"

筱燕秋："昨天晚上谁把鞋掉在台上了？"

于静："刘玲。"

刘玲："我那两只鞋一只大、一只小，那只大的掉了我根本就不知道。钱师傅怎么这样做事？"

裴锦素："谁叫你不是角儿呢？"

刘玲撇撇嘴没说话。

张慧芝："还没成角儿呢，说话已经串味了。"

裴锦素抽着鼻子闻："什么味？"

于静压腿："馊味。"

裴锦素"扑哧"一声笑了："于静啊，你练的是回笼功吧？"

于静脸涨得通红："别人练的都是回笼功，就你的功夫好！"

裴锦素嬉皮笑脸，一个小翻，她被地毯绊倒在地上。女孩子们哈哈大笑。李雪芬咳嗽一声。女孩子们敛声，开始认真地练功。

柳如云走进排练室，她看了一眼四周，走到角落里面活动身子。柳如云的目光从女孩子们的身上看过去，被在墙角里练小翻的筱燕秋吸引住了。筱燕秋一个接一个地翻着，身上的练功服已经完全被汗水湿透了。筱燕秋翻到正在练身段的李雪芬面前，她趔趄了几步差点摔倒。李雪芬一言不发地从她身边走开。筱燕秋接着翻。柳如云的目光一直看着她。

团长魏笑天、副团长老高、演员队长王国祥走进排练室，筱燕秋差点撞在魏笑天的身上。魏笑天一把抓住了筱燕秋。筱燕秋晕头转向地看着他。柳如云的目光盯在魏笑天的身上。

副团长老高使劲拍拍巴掌，大声说：“静一静！静一静！”练功的人收了功，站在那里看着领导们。

透过窗子照进排练室的几道光柱里尘土飞扬。

老高：“大家找地方坐好，咱们在这里开个全团大会。”大家纷纷落座。

魏笑天环顾四周，口气严肃地说:“昨天晚上演出，我们团出了一起人为的事故。”人们的目光一起落在柳如云的身上。柳如云神态自若地坐在那里。

魏笑天：“这起事故给我们团造成了极其恶劣的影响。”

排练室里面鸦雀无声。

魏笑天：“这不是简单的事故，这是一起严肃的政治事故。”

柳如云突然打断他的话：“少废话，够格就痛痛快快地把我押上刑场斩了！”

魏笑天一下卡壳了。筱燕秋紧张地看着他们。

魏笑天又咳嗽了一声：“柳如云，你为什么要这样做？”

柳如云：“你希望我怎么做？”

魏笑天口气严厉地说：“我在问你！”

柳如云像没听见一样不予回答。

排练室里气氛异常紧张。

魏笑天的口气软了下来:“柳如云，你也是个老同志了，戏台上的规矩你应该知道。你不该这样做！”

柳如云：“看人下菜碟？他钱双喜拿错盘子了！我柳如云登台二十多年，从来就没穿过不熨的戏装。”

魏笑天：“你有意见，可以下来提嘛。”

柳如云两眼一瞪执拗地说：“我得上去以后，才能下来。”

开会的人“哄”的一声笑了。

魏笑天生气了，他喊了一声：“柳如云！”

柳如云柳眉倒竖：“喊什么？这屋子里面就你一个人吊过嗓儿吗？”

裴锦素兴奋得两眼放光，她凑到筱燕秋耳边说：“来戏了！”

李雪芬冷冷地看着柳如云。老演员们交头接耳，小声议论着。

柳如云站起来说：“戏装褶了，宁可不穿，这是我的原则。你叫大家伙说一说，昨天晚上，我在台上到底表现得怎么样？是耍奸了？还是偷懒了？我的水袖、云手、运眼、台步哪一个做得不出色？不穿戏装怎么了？观众是给我的身段鼓掌还是给戏装的身段鼓掌？”

人们哄堂大笑。

魏笑天抬手指着柳如云：“柳如云啊，柳如云，你如此执迷不悟……”

柳如云圆睁二目，看着魏笑天，她用韵白问道："怎么？"

副团长老高喊了一声："柳如云！"

柳如云慢慢转过脸看着他。

老高："团里对这起事故做如下处理。"

排练室里重新静了下来。

老高严肃地环顾四周说道："扣除柳如云当月奖金，停止演出，以观后效。"

全场一片肃静。

老高："钱双喜同志也必须做出深刻的思想检查。"

柳如云两眼如锥，死死盯在魏笑天的脸上。魏笑天不看柳如云。柳如云面带冷笑，移开目光。她的目光和李雪芬的目光相遇了。筱燕秋紧张地看着她们。李雪芬不屑一顾，移开目光。

柳如云的头高傲地扬起来，无形的水袖使劲一甩，背在身后。排练室里的人一声不响地看着她。

柳如云移动莲步，飘逸地朝门外走去，她越走越快，她用韵白高声念道："轻移步走向前荒郊站定……"所有的人都怔怔地看着她。

柳如云走出去，道白的余音在屋子里回荡："猛抬头见碧落月色清明……"

筱燕秋听呆了。

夜里，躺在床上的筱燕秋迷迷糊糊睁开眼睛，她欠起身往裴锦素的铺上看。一个黑影吊在裴锦素的床头上。筱燕秋吓得一声惊叫，缩到墙角。女孩子们被惊醒，一下坐起来。

于静跳到地上："怎么了？怎么了？"

筱燕秋指着裴锦素的床头哆嗦成一团："裴……裴……"

于静看见吊在那里的黑影"嗷"的一声跳回到床上，用被子死死地捂住头。

张慧芝壮着胆子拉着电灯。裴锦素的毛裤耷拉在床头上，裤腿上套着袜子，裤子上面吊着用衣架挂着的棉衣，棉衣上面扣着毛线帽子。活像一个人吊死在那里。

筱燕秋"嗷"的一声扑到裴锦素的铺上，掀开被子使劲揍她。

裴锦素迷迷糊糊地睁开眼睛，躲闪筱燕秋的拳头："疯了？你疯了？"

筱燕秋把她揪起来，让她看吊在床头上的衣服："你吓死人不偿命啊！？"

裴锦素想起自己的恶作剧，捂着脑袋拼命往被子里面钻。

穿着衬衣衬裤的女孩子们把穿着短裤背心的裴锦素扔到地中间的桌子上，咬牙切齿地搔她痒。

裴锦素笑得泪流满面，她边挣扎边喊："救命啊！救命啊！出人命啦！"

这天，京剧团的骨干在会议室里开会。

魏笑天："我在局里召开的会议上，提了我们团准备重新上演京剧《奔月》的事。局领导给予了充分肯定，全力支持我们排这出戏。"

会议室里顿时充满了小声议论的“嗡嗡”声。

魏笑天：“大点儿声说。”

演员队长王国祥说：“我们是得排一出大戏了，老演折子戏，别说观众，就是我们自己都对付不过去。”

副团长老高：“我不想排大戏？咱们团在人员上一直缺材料嘛！”

魏笑天：“我们团人员是不足，但是，排《奔月》够用了。我从柳城调来了乔炳璋，就是准备让他唱后羿的。”

大家低声议论起来。

魏笑天皱了下眉头：“老高，你在下面嘀咕什么？”

老高犹豫了一下。

魏笑天：“有话直说。”

老高：“后羿怎么说也应当是花脸戏，须生不行。咱们团没有铜锤花脸，为了这出戏，咱们就是到兄弟团去借，也得借一个回来。”

魏笑天不高兴了：“1958年这出戏刚出台的时候，就是我演后羿，我这个须生怎么不行？”

老高被噎住，不再说话。

六十多岁的姚老爷子开口了：“老高说得有理，《奔月》这出戏阴气太重，必须配一个铜锤花脸压一压，这样才能镇住。否则，这出戏还得出事。”

魏笑天瞪着眼睛问：“出什么事？已经这个时代了，还能出什么事？”

大家面面相觑，谁也不回答他。

魏笑天提高了嗓门：“你们谁听过乔炳璋的唱腔？乔炳璋的嗓子本属于挂味的，居然又能响堂，这样的须生中国有几个？他嗓子有底，唱法有根，腰腿有功夫，台上又有台风。我们团有这么好的须生不用，还想用什么？”

大家看着他不说话。

魏笑天态度坚决地说：“后羿的人选就定他了。下面讨论嫦娥的人选。”

大家重新活跃起来。

王国祥说：“这还用讨论？李雪芬呗。”

老高点头称是：“咱们团没有第二个人能唱过李雪芬去。”

魏笑天：“咱们团还有一个人能唱过李雪芬。”

众人一愣，不知道魏笑天说的是谁。

魏笑天：“刚刚从戏校分来的筱燕秋。”

会议室里顿时开了锅，大家议论纷纷。

魏笑天：“老高，你说什么？”

老高：“先不说她刚从戏校出来嫩，担不起这么重的戏份子，就她那各色样，上了台也不会有观众缘。”

魏笑天："青衣喜欢端着，一端着就不招人疼。筱燕秋这孩子，天生就是青衣的坯子。"

王国祥提醒魏笑天："你忘了？四年前，咱们在戏校看过一回演出。这个筱燕秋在戏台上客串李铁梅，她高举着红灯站在李奶奶身边。你说她没有一点铮铮硬骨，没有一点打不尽豺狼决不下战场的杀气，满眼的秋风秋雨愁煞人。当时你气得大骂，问，是谁把这个狐狸精弄到台上来的！？"

魏笑天认真地说："她不是铁梅，她是嫦娥。她的运眼、行腔、吐字、归音以及甩动的水袖，处处都是凄风苦雨。她不合适，那就没人合适。"

众人听魏笑天如此评价筱燕秋，都不说话了。

魏笑天："没意见？没意见就让她试试。"

姚老爷子叹了口气说："一个人有一个人的命。一出戏有一出戏的命。筱燕秋要是来演嫦娥，这出戏的阴气就更重了。不是好兆头。"

魏笑天挑衅一样看着他不说话。

姚老爷子说："你不信？不信你就这么干，看命硬，还是你硬？"

第二天，排练室内，一束阳光透过窗子照在魏笑天的身上，他抬头打量了一眼四周。京剧团的全体演员都集中在排练室里。中年以上的演员坐在椅子上，年轻演员把腿放在把杆上，边压腿边看着团长。

魏笑天："我给大家介绍一下，刚从柳城调到咱们团来的老生演员乔炳璋同志。"

乔炳璋从魏笑天的身后走出来，向全体演员深深鞠了一躬。魏笑天率领大家鼓掌。乔炳璋在掌声中落座。众人用各种各样的目光打量他。

魏笑天："从今天开始《奔月》投入排练。"

排练室里面一片沸腾。

魏笑天："下面我宣布一下演员名单。"

排练室里面顿时静了下来。

魏笑天："后羿由乔炳璋同志扮演。"

大家的目光再次投向乔炳璋。乔炳璋坐在角落里，神态平静地看着魏笑天。李雪芬从乔炳璋的身上收回目光，慢慢转过脸，她神态平静地注视着魏笑天。

魏笑天："嫦娥由李雪芬同志和筱燕秋同志分别担任 A、B 档。"

排练室里一片哗然。筱燕秋傻了，她满面通红，惊慌失措地看着魏笑天。坐在她身边的裴锦素也觉得很意外，她瞪着眼睛看着筱燕秋。李雪芬不动声色，腰身笔直地坐在凳子上，她的眼睛根本就没往筱燕秋那里瞟一下。

筱燕秋像泥塑一样，呆在那里。她看见魏笑天的嘴在动，但听不见他在说什么。裴锦素捅了筱燕秋一下，筱燕秋没有反应，又捅了一下，还没反应，裴锦素狠狠地拧了一把筱燕秋腿上的肉。筱燕秋疼得叫了一声，裴锦素赶紧捂住她的嘴。

排练室里面的嘈杂人声重新出现。所有的目光都盯在筱燕秋的脸上。筱燕秋的脸被烤得像着火了一样，她又激动又害怕，浑身颤抖地看着魏笑天。

魏笑天温和地看着她："至于谁演A档，谁演B档，彩排后再做决定。"

排练室里再次喧哗起来。筱燕秋看看这个，又看看那个，小脑袋瓜无助地转来转去。

筱燕秋的目光在窗前停住了。柳如云坐在窗前，阳光给她的轮廓镶了一层金边。她像是在看筱燕秋，可焦点并不在筱燕秋的脸上。她的目光透过筱燕秋的脸，飘在遥远的地方。

筱燕秋的心突然无缘由地平静下来。人们站起来一个一个地从她眼前走过去。筱燕秋默默地看着柳如云。

中午，食堂里挤满了人。

一勺肉菜、一勺素菜倒进饭盒里，两个馒头放在菜上。

唱武行的男孩子把脑袋伸进窗口，失望地问："还没有炖肉？"

胖师傅拍拍自己的大肚子："想吃肉？从这儿下嘴掏！"

男孩子嘟囔："一年的肉票全交给食堂了，怎么就不能给我们解解馋？"

胖师傅："这话跟领导说去！"

男孩子沮丧地说："来个萝卜丝吧。"

胖师傅眼睛一瞪："看清楚，那叫鱼香肉丝！"

男孩子急忙掏出眼镜戴上："肉丝？肉丝在哪儿呢？"

胖师傅用长把勺子敲了一下菜盆："下一个。"

筱燕秋端着饭盒离开窗口。排队打饭的人用形形色色的眼光看着她。筱燕秋低着头从他们身边走过去。

中年女演员甲："看不出，这丫头功底挺深呐。"

中年女演员乙趴在女演员甲的耳朵上说了句什么。

女演员甲纵声大笑，她边笑边说："他这是老牛吃嫩草。"

女演员乙笑："还老砂锅炖仔鸡呢！"

两个女人大笑。

刘玲问张慧芝："团长为什么对筱燕秋那么好？"

张慧芝："他是她亲爹呗。"

刘玲吃惊："真的？"

张慧芝白了她一眼："你缺心眼啊？"

乔炳璋穿着练功裤走进食堂，他把女人们的注意力吸引开了。

女演员甲："他结婚了吗？"

女演员乙："不知道。"

女演员甲看着乔炳璋："你看他那双眼睛……"

女演员乙趴在演员甲耳边低语。

两人再次爆发出一阵大笑。排队的人纷纷回头看她们。

筱燕秋把饭盒放在桌子上，坐下吃饭。裴锦素端着饭盒过来，她用脚钩出凳子坐下。

裴锦素：“这帮王八蛋就这样，气人有，恨人无。”

裴锦素打开一个瓶子：“这是我从家里拿来的肉酱，你尝尝。”

筱燕秋看了她一眼，没伸筷子。

裴锦素抢过她手里的馒头，掰开往上面抹了一层肉酱递给她：“吃。”

筱燕秋接过来，一声不响地吃着。

裴锦素安慰她：“让她们生气去，气炸了肚子，咱们当礼炮声听响。”

筱燕秋疑惑地看着她：“你不生气？”

裴锦素：“生气？你没看见我脸都笑烂了？”

筱燕秋：“你为什么不生气？”

裴锦素想了一下：“第一，咱俩不是一个行当的，我气不着；第二，你的素质在那放着呢，我生气是给自己找病；第三，你是我最好的朋友，你越出息，越证明我裴锦素有眼光。”

筱燕秋高兴地吃起来。

吃完饭，两人端着饭碗站起来往外走。饭厅里面的人抬头看她们。筱燕秋不由自主地低下了头。

裴锦素一皱眉头：“别像死狗似的。抬头，挺胸，眼睛朝前看！”

筱燕秋照她的要求做了。

裴锦素：“戏你一定要唱，而且要唱好。”

筱燕秋小脸涨得通红：“就是豁出命去，我也要在台上给魏团长和我自己，把这个相亮得足足的。”

裴锦素使劲拍了一下她的肩膀：“够意思！”

裴锦素和筱燕秋抬头挺胸朝门外走去。坐在远处吃饭的乔炳璋看着她们的背影。在旁边桌上吃饭的李雪芬看乔炳璋。

女孩子们打打闹闹地走进宿舍门，不禁愣住。李雪芬正在筱燕秋铺下的一张空床上铺自己的行李。

张慧芝：“李老师，您不回家了？”

李雪芬“嗯”了一声。

张慧芝：“您的孩子那么小离得开吗？”

李雪芬眼睛转向别处，好一会儿才说：“有他姥姥呢。”

女孩子们看着她。

李雪芬掸了下裤子上的土，直起腰说：“时间紧，任务重，没有办法。”说完拎着暖壶出去了。

刘玲眨着眼睛看着李雪芬的床："没有办法？"女孩子们一脸费解。

裴锦素指着李雪芬的床铺阴阳怪气地唱道："这个女人不寻常……"

女孩子们的兰花指一起点在裴锦素的鼻子上，她们齐声唱道："刁德一有什么鬼心肠……"后进屋的人"啷格哩格啷格"地帮着唱过门。

筱燕秋进来了，她看看这个又看看那个。

裴锦素唱完刁德一，唱胡传魁，忙得不亦乐乎。李雪芬拎着暖壶进来，热热闹闹的唱腔突然卡住，女孩子们散开，假装忙自己的事。

李雪芬矜持地笑笑对大家说："你们玩你们的，千万不要因为我受拘束。"说完她靠在自己的铺上仔细地翻阅着剧本。

筱燕秋吃惊地看着坐在自己铺下的李雪芬。

裴锦素拉了一把筱燕秋说："走啊，洗衣服去。"两人用盆端着脏衣服出去。

筱燕秋和裴锦素站在水池边，边洗衣服边说话。

裴锦素："她豁出来了，她要让魏团长看看，李雪芬的时代并没有过去。"

筱燕秋的眼睛里露出决绝的神情："那我得再加把劲。"

裴锦素一脸坏笑："李雪芬和魏团长叫板，你跟李雪芬叫板，这出戏唱起来肯定是满堂彩。"

有人冲这边喊："筱燕秋，排练了！"筱燕秋丢下裴锦素朝排练室跑去。

裴锦素拧大水流，她高兴地哼着过门："啷格哩格啷格哩格啷格啷……"

阳光照进排练室的窗子，光柱里弥漫着腾起的灰尘。演员们在排练室里面翻着，跳着。

筱燕秋在人缝中寻找着，她的目光停住了。李雪芬在镜子前面练小翻，练身段，练摔卧。筱燕秋远远瞄着她，跟她学着，并把她的身段加以改造。跑来跑去的人不时遮住李雪芬和筱燕秋。

排练结束，人们一个个走出排练室，被人影挡住的李雪芬和筱燕秋渐渐露出来。

排练室里面异常安静，李雪芬和筱燕秋站在大镜子的两头，两人一声不响地对视着。李雪芬抹了一把汗，拎起椅子上的衣服出门。筱燕秋跟着出去，随手把门关上。

晚上，女孩子们披着头发，端着脸盆推门走进宿舍。

裴锦素一屁股摔在床上："舒服啊！真舒服！"

筱燕秋看到李雪芬不在屋子里，她放下盆就跑。

刘玲："她把什么丢了？"

裴锦素："她把李雪芬丢了。"

张慧芝一骨碌坐起来："李雪芬怎么还没疯？要是我被人从早到晚这么盯着，早就疯得光着屁股满街跑了。"

女孩子们哈哈大笑。

李雪芬在空旷的排练室里苦练抖长袖。筱燕秋一声不响地跟着她抖。镜子里面的李雪芬神色从容地抖着长袖，筱燕秋怎么也抖不好，李雪芬的嘴边露出一丝笑容。筱燕秋沮丧地站在那里，拖在地上的十多米长的两只长袖死死地纠缠在一起。

夜深人静，一缕月光透过宿舍窗子照在地上，李雪芬的鞋子整整齐齐地摆在床边。筱燕秋悄悄爬起来往下看。李雪芬打着呼噜，她睡得很沉。筱燕秋蹑手蹑脚爬下床，穿衣服，悄悄开门出去。

排练室里，筱燕秋浑身上下像被水洗过一样，她疯了一样地舞着两只长袖。搅在一起的两只袖子缓缓抽开，变成两条飞舞的彩绸。筱燕秋欣喜若狂，她拼命地舞着，越舞越好。

筱燕秋伸展双臂稳稳地接住抛出去的长袖，她把两只长袖死死地搂进怀里。她看着镜子里面的自己，开怀大笑。她把自己笑软了、笑瘫了，一屁股坐在地上。

筱燕秋擦擦笑出来的眼泪，站起来接着舞。纷飞的水袖遮住了她的脸，遮住了她的身体。飞舞的长袖在寂静的夜里“呼呼”地响着。

第二天一早，排练室里筱燕秋水袖飞舞，收回水袖一个亮相。乔炳璋收住功，站在旁边看着筱燕秋。他的眼神里流露出由衷的赞赏。

坐在椅子上的柳如云的眼睛一直盯在筱燕秋的身上，她目光挑剔地看着。看着看着，她的眼神虚了、蒙眬了，透过筱燕秋的脸，飘到遥远的地方去了。

李雪芬脸色冰冷，她不想再看筱燕秋了，于是转过身，一声叫板唱了起来。柳如云身子一抖，她被李雪芬的唱腔拉回到现实中。

李雪芬唱着、比划着。柳如云越听脸色越冷。不等她一段唱完，站起身，拂袖而去。

乔炳璋看看李雪芬，又看看远去的柳如云，再看看只顾埋头苦练的筱燕秋，神态有些怅然。

魏笑天走进排练室，走到乔炳璋身边，亲切地问：“炳璋，怎么样啊？”

乔炳璋：“挺好。”

魏笑天：“排练有没有困难？”

乔炳璋：“后羿没有B档演员，我应该先跟她们俩谁合戏？”

魏笑天话里有话地问：“你说呢？”

乔炳璋明白他的意思，不动声色地说：“我听领导安排。”

魏笑天盯了他一会儿，笑了，拍拍他的肩膀说：“你是个聪明人，这种事你就自己处理吧。”

二、当“嫦娥”爱上“后羿”

激越的京胡声拉起来了，鼓板一声声敲响。琴师们全神贯注地演奏着。李雪芬舒展水袖和乔炳璋非常默契地表演着。筱燕秋站在一边小脸气得通红。

裴锦素小声对她说：“心里光有一个嫦娥够吗？没有后羿你跟谁唱？”

筱燕秋：“她凭什么对我这样？”

裴锦素：“凭她红，凭她有名气。她就是不放乔炳璋跟你合戏，你能把她怎么样？”

筱燕秋恨恨地说：“活人不能被尿憋死，我记住他们的调度，在心里和乔炳璋合戏。”

裴锦素拍了一下她的肩膀：“有想法！”

筱燕秋恨恨地说：“我要唱得比她好，身段比她美！”

裴锦素又拍了一下她的肩膀：“有意思！”

李雪芬和乔炳璋一个造型遮住了筱燕秋和裴锦素。

晚上，排练室没有开灯，筱燕秋站在地中间，皎洁的月光射进窗，把她的身影拉得很长。筱燕秋对着地上的影子出了会儿神，舒展水袖走着台步小声唱起来。

一个颀长的身影出现在筱燕秋的影子旁，并很自然地接住了筱燕秋的唱腔。筱燕秋吃惊，回头看，乔炳璋站在她的身边。筱燕秋无比激动，不知道说什么好。乔炳璋用目光示意她接着往下走戏。

筱燕秋很快进戏了。筱燕秋和乔炳璋的合作水乳交融、无比默契。

分手时，乔炳璋看着筱燕秋神态平静地说：“我跟李老师的戏基本合完了。明天早上，我和你合戏。”筱燕秋感激得眼泪差点掉下来。

几天后，副团长老高把黑板竖在京剧团的院子里，黑板上写着：今日试妆彩排。舞美队的人往卡车上装景片、装道具，年轻演员说笑、打闹着帮助装车。

后台人声嘈杂。服装、道具各忙自己的一摊。副团长老高和舞台监督说着什么。化好妆的女孩子们跑到服装员钱双喜那儿穿服装。

钱双喜问：“柳如云不上了？”

于静：“不上了。”

钱双喜：“不上台，她能活吗？”

于静：“她天天看筱燕秋排练，把自己上台的事忘了。”

钱双喜笑了 ："这戏疯子，她也有不疯的时候啊。"

小化妆室里李雪芬对着镜子认真地铺底色。化妆师给她勒头，她一会儿嫌紧，一会儿嫌松，不住地挑毛病。化妆师很有耐性地伺候着她。

剧场内，魏笑天领着市里和文化局的领导入座。

柳如云走进剧场，魏笑天冲她拍拍自己身边的座位，柳如云不理他。魏笑天固执地又拍拍身边的座位，柳如云无奈只得入座坐下。剧场里面的座位很快坐满了。

开场的锣鼓点敲起来。筱燕秋脸上打着底色，脑袋上包着绸巾独自一人站在文化宫门口。《奔月》的唱腔隐隐从里面传出来。

前面路口车辆穿梭，红绿灯交错闪动，交警动作潇洒地比划着各种手势。筱燕秋心神不定地看着。天上飞雪飘落，筱燕秋冷得瑟瑟发抖。

裴锦素骑着自行车来到门口，她捏住车闸，上下打量着筱燕秋问："怎么不化妆？"

筱燕秋 ："我太紧张了，哆嗦得化不下去。"

裴锦素皱眉 ："看你那点出息！"

裴锦素锁上车子，拉着筱燕秋进后台。

化妆室里空无一人。化妆镜前裴锦素认真地给筱燕秋描眉、画眼。

裴锦素 ："怎么不去看他们唱？"

筱燕秋 ："我不敢。"

裴锦素 ："怕什么？"

外面雷鸣般的掌声响起来。

筱燕秋说 ："我怕看完他们的戏，自己没有勇气唱下去。"

裴锦素 ："别这么不自信。"

筱燕秋 ："她是名角儿，我怎么能争过她？"

裴锦素 ："筱燕秋，这可不像你说的话！"

筱燕秋可怜巴巴地看着她 ："我已经找不着自己了。"

舞台监督跑进来 ："筱燕秋，都什么时候了？你还不穿服装？候场了！"

筱燕秋顿时慌了，她死死拉住裴锦素的手低声下气地说 ："锦素，你陪我去！"

裴锦素气得跺了下脚，拉着筱燕秋跑出化妆室。

筱燕秋一身披挂站在侧幕条边，她神色紧张，紧紧拉着裴锦素的手。筱燕秋把裴锦素的手按在自己的心口上 ："我的心快跳出来了。"

裴锦素 ："深呼吸，跟着我，这样，呼—吸，呼—吸……"筱燕秋闭着眼睛跟着她喘着。

锣鼓点敲起来了，大幕徐徐拉开。灯光亮了，照在筱燕秋的脸上，她"怦怦"乱跳的心突然静了下来。筱燕秋紧紧拽着裴锦素的那只手缓缓松开了。裴锦素的身影随着锣鼓点越退越远，她的脸模糊不清了。

筱燕秋转身亮相，她看着虚无缥缈的前方开口了。筱燕秋的第一声倒板就赢来了全场寂静。她像一朵流云一样，拖着两只长长的水袖飘浮在戏台上。

筱燕秋在台上如醉如痴地唱着，观众如醉如痴地听着。

柳如云凝视看台上的筱燕秋自言自语道：“这孩子，生下来就有二郎神护着，一样的唱腔，经她这么一唱，味道大不一样了。”

魏笑天感叹：“这孩子，黄连投到苦胆胎，命中就有两根奔月的水袖。”

柳如云慢慢转过头，目光复杂地看了他一眼：“你是说她，还是说我？”

魏笑天指指台上：“看戏，看戏。”

观众热烈鼓掌，大幕徐徐落下。

大幕重新拉开，李雪芬、乔炳璋、筱燕秋同时站在戏台上，冲观众鼓掌，观众席里的裴锦素，率领年轻的演员们疯了一样地拍着手。

观众退场，团里的人留在剧场里。魏笑天上台，他冲台下的人摆了摆手，大家静了下来。

魏笑天：“今天的彩排非常成功，三天后正式公演。”人们欢呼。

魏笑天：“借这个大好形势，我在此宣布：筱燕秋担任A档，李雪芬担任B档。”全场一片哗然。

裴锦素搂着于静高兴地大喊大叫。筱燕秋无比激动地看着台下的裴锦素。裴锦素伸出两只大拇指冲她使劲摇晃。

李雪芬竭力控制着自己，她上前两步，看着台下的领导和演职员说：“我举双手赞成团里面的这一英明决定，为了剧团的明天，我愿意做好传、帮、带工作。我愿意把我的舞台经验无私地奉献给筱燕秋同志，做一个革命的接力棒。”魏笑天带头给李雪芬鼓掌。

李雪芬转身主动跟筱燕秋握手。筱燕秋被深深感动了，她眼含热泪紧紧握住了李雪芬的手，李雪芬眼中也泪光闪动。柳如云面无表情地看着她们。

魏笑天：“下面请局领导给我们讲话。”大家热烈鼓掌。

很快，文化宫外《奔月》的广告牌挂出来了，筱燕秋的名字大大地写在上面。来往的行人驻留在广告牌前观看。

夜晚，《奔月》的广告牌前寂静下来，筱燕秋骑着自行车过来。她站在广告牌前仔细看着，嘴里清清楚楚地念出“筱、燕、秋”三个字。筱燕秋围着广告牌来来回回地走着。她连着跳起来三回，一个一个地摸着“筱燕秋”三个字。

回到宿舍，筱燕秋翻来覆去睡不着，她探头往下铺看。李雪芬的铺空了。筱燕秋躺在枕头上长长地舒了一口气，她看着屋顶一个字一个字地轻声念着：“筱、燕、秋。”

第二天，阳光照进窗子，光柱里弥漫着腾起的灰尘。演员们在排练室里面翻着，跳着。筱燕秋旋转着，一个亮相。她抬起头，对着镜子不断纠正着自己的眼神和身段……筱燕秋觉得周围很静，她转身看，排练室里面空荡荡的，人们早就离开了。墙上的挂钟“当”的敲了一声，表针指向一点。筱燕秋慌慌张张地穿上外套跑出去。

食堂已经下班了，大门紧紧关着。筱燕秋拿着空碗悻悻往回走。

这时，柳如云从办公室的走廊里面冲出来，疾走几步，无形的水袖使劲一甩，背在身后。她怒斥起来："势利交怀势利心，斯文谁复念知音……"

筱燕秋吃惊地看着她。柳如云发现了筱燕秋，她站住脚冷冷地看着她。筱燕秋被柳如云看得浑身不自在，她晃晃手里的空碗说："饿了，想吃饭，可食堂关门了。"

柳如云瞥了筱燕秋一眼，继续往前走。她走了几步，带着身段慢慢转过身，她盯着筱燕秋，好一会儿才用韵白说："走么……"筱燕秋一怔。柳如云无形的水袖往筱燕秋那里一甩，转身走了。筱燕秋如同被梦魇住一样，身不由己地跟着她走了。

柳如云的家空旷冷清、一尘不染。墙上挂满了她年轻时候的剧照。桌子上铺着宣纸，看得出柳如云在练书画、练字。

柳如云把一砂锅煮好的骨头汤端上桌子，又把烙好的千层饼端到筱燕秋面前。柳如云拿过筱燕秋的碗，盛了一碗汤放在她面前。

筱燕秋好奇地问："柳老师，你一个人怎么做这么多饭？"

柳如云一下翻了脸，她瞪着筱燕秋说："饿，就吃。不饿，就走！"

筱燕秋尴尬。

柳如云冲着窗外宣誓一样大声说："我还真不信这感情就送不出去了！"

她摔了手里的筷子，坐到一边去了。筱燕秋不知道是吃好，还是不吃好，最后还是吃了。筱燕秋饿了，她吃得很香、很尽兴。柳如云的气消了，坐在那里入神地看着她吃。

柳如云拿起筷子，从砂锅里面捞出来一大块排骨，放在筱燕秋的碗里："你在河边喊过嗓子吧？"

筱燕秋点点头。

柳如云："干这行，如果天生没有水音就得喊嗓，可能喊一两年。功夫不负有心人，你的嗓子喊出来了，你笑了，在心里放声歌唱了，身边的人得憋回去眼泪，接着喊。"

筱燕秋点点头。

柳如云："你多大了？"

筱燕秋："19。"

柳如云点点头："唱青衣这行当，成名一定要早。我20岁的时候已经红遍牡丹城了。"

柳如云站起来，指着墙上的照片说："我唱过很多戏，最着迷的是《奔月》，毁了我的也是《奔月》。"

筱燕秋一声不响地看着柳如云。

柳如云在桌子旁边坐下，她给筱燕秋往碗里搛骨头："我的嗓子倒了，可嫦娥一直在我心里唱。她让我相信，我能和她一样千年不老。"

筱燕秋心里一震，目光有些异样。

柳如云问：“你为什么这样看我？我比你老很多吗？”

筱燕秋慌忙摇头。

柳如云：“那天我看见你站在台上，像是看见了20年前的我自己。”

柳如云举着筷子凝视前方，目光迷离，仿佛魂已游走。

筱燕秋：“柳老师，你在看什么？”

柳如云：“什么也没看，我在听自己唱。”

她站起来动作优美地亮了个相，浑身上下有一种叫人心动的女儿态。筱燕秋不由自主地站起来，随着她一个亮相。柳如云瞥了筱燕秋一眼，过来纠正她的身段和指法。

柳如云问筱燕秋：“我的指法美，还是你的指法美？”

筱燕秋看看自己的手，又看看她的手，不知道该如何回答。

柳如云举着自己的手说：“还是我的美，我美得有章法、美得有力度，往深里说美得时间也长。”

筱燕秋懵懵懂懂地听着。

柳如云：“筱燕秋，你唱腔好，但是不懂戏。你在台上压不住自己，气在半空中飘着。你唱的是感情戏，可是你眼里和心里没有感情。后羿都被你一眼扫到身后去了，你靠什么以情感人？”

筱燕秋心中一动，她充满渴望地看着柳如云：“柳老师，我该怎么做？”

柳如云：“你得学会用眼神拢住对手，拢住台下的观众。”

筱燕秋眼睛一亮，她把无形的水袖一甩，亮相。柳如云站在筱燕秋的面前，面对面，手把手，从腰身到眼神，一点一点地解释，一点一点地纠正。

月亮悄悄浮出云层。柳如云和筱燕秋的身影投在窗子上，她们两个人反反复复地比划着，一遍又一遍……

灯光把文化宫外巨大的广告牌照得雪亮。人们挤在售票窗口前面买票，不断有人加塞，招来众人的骂声。

女孩子们坐在化妆镜前化妆。

张慧芝：“五四商场有一条喇叭裤，穿上真是好看。”

于静：“一天去试一次，烦不烦人？”

张慧芝：“卖裤子的没烦，你烦什么？”

刘玲：“你天天哭着喊着要买，就是舍不得掏钱。”

张慧芝：“团里没发夜餐费嘛。”

筱燕秋对着镜子仔仔细细抹着底色。

张慧芝：“你怎么不去小化妆室？”

筱燕秋：“自己坐在那里不自在。”

柳如云走进来，坐下，在对面的化妆镜子里面认真地看着筱燕秋化妆。筱燕秋用中指一点一点把自己的眼眶、鼻梁画红了，左右研究着。柳如云终于忍不住了，走过来帮筱燕秋化妆。演员们吃惊地看着她们俩。

柳如云用指尖顶住筱燕秋的眼角，把眼角吊向太阳穴的斜上方，画眼，画眉。她用湿好了的勒头带开始为筱燕秋吊眉。柳如云把筱燕秋的脑袋裹了一圈又一圈，筱燕秋的双眼吊起来了，看上去有点像传说中的狐狸，妩媚起来了，灵动起来了。

柳如云："疼吗？"

筱燕秋："有点疼。"

柳如云："疼惯了就不疼了。"

柳如云为筱燕秋贴上大片，左腮一个、右腮一个，上好齐眉穗，盖好水沙，戴上头套、假发，插上偏风、六角、凤鸟，一个活灵活现的青衣立刻出现在镜子里。

筱燕秋盯着自己看，她漂亮得都认不出自己了。筱燕秋扭过头看着柳如云，欣喜地叫了一声："柳老师！"

柳如云用手势制止住她："不要说话，化上妆，这个世界其实就没有了。你不再是你，他也不再是他。你谁都不认识，你是嫦娥，谁的话你也不要说。"

筱燕秋慢慢站起来，她深深地给柳如云道了个万福。李雪芬站在门口看着她们，她的脸上没有任何表情。

筱燕秋身穿水衣站在服装架子前面。钱双喜拎过来戏装，准备给她着装。筱燕秋很拘谨，有些不知所措。

柳如云走过来对她说："抬头、挺胸、伸展手臂。"筱燕秋照她的话做着。

钱双喜动作利落地给她穿上戏装，上上下下收拾得妥帖平整。钱双喜拿来绣鞋，筱燕秋接过来扔在地上要自己穿。

柳如云厉声喝道："别弯腰！"筱燕秋慌忙直起腰。

柳如云："小心戏装皱了。"她命令筱燕秋："控腿。"筱燕秋抬腿。

柳如云："抬高。"筱燕秋做了。

柳如云命令她："钩脚。"筱燕秋姿态优美地钩起脚尖。钱双喜看看柳如云，又看看筱燕秋伸到鼻子前面的脚，伸手把鞋给她穿上。

柳如云郑重地对筱燕秋说："从今天开始，你是角儿了。到死那天都不要忘了这个。"说完转身悄无声息地走了。

钱双喜瞪着她的背影："嘿！这娘们儿，在这儿等着我呢！"

后台上，人们换服装、拿道具。人们忙碌着不时从台上跑过。

化好妆、身穿嫦娥服装的筱燕秋，一个人静悄悄地站在侧幕条旁边。化好妆、身穿后羿服装的乔炳璋站在筱燕秋对面的侧幕条边看着她。

李雪芬慢悠悠地走到筱燕秋面前站住，筱燕秋恭恭敬敬看着她。李雪芬上下打量着筱燕秋，好一会儿才开口问："你在跟柳如云学戏？"筱燕秋看着她不说话。李雪芬冷冷地说："是她把自己掰碎了，重新糅合出个你呢？还是把你掰碎了，重新糅合出个她？”筱燕秋一愣。李雪芬不等她回答，冷笑一声走了。乔炳璋在远处看着她们。

开演的铃声响了。李雪芬面色平静地走进观众席坐下。

大幕徐徐拉开，筱燕秋拖着两只长长的水袖飘出台口，伫立在舞台上。舞台灯光下，观众席里一片漆黑。

戏台上，筱燕秋抬起头，水袖一甩，凝神望着远处，唱腔的过门响起来。筱燕秋一下子进了戏:“我突然觉得自己的身体没了，站在这里的不是我，是真正的嫦娥。”她一声叫板，舞动水袖唱起来。她唱得那样投入、那样好。台下掌声阵阵。扮演后羿的乔炳璋上台了，他发挥得异常好。嫦娥和后羿珠联璧合。

筱燕秋如同嫦娥的精魂附了身。她深情地看着后羿，看着看着，她看进去了，那一刻她的眼睛里面流光溢彩，有了秋水一样的柔情。乔炳璋被她深深打动了，他回报给筱燕秋同样的感情。两个人痛快淋漓地唱着、表演着……观众席里响起雷鸣般的掌声。李雪芬的脸色越来越难看，戏刚进入高潮，她突然站起身走了。裴锦素看着她的背影，冲台上使劲鼓掌。

一辆汽车疾驰而过，露出冷冷清清的街道。

李雪芬在街上走着，满腔的怒火无处发泄，她抬头看天。天上灰蒙蒙没有一丝月光。李雪芬再也忍不住了，两行热泪扑簌簌地滚落下来。她愤愤地抹掉泪水，在空无一人的街上起霸了。

李雪芬慷慨激昂地唱起来：“似看到万山丛中战旗红，毛委员指航程，光辉照耀天地明，天地明………”李雪芬走远了，高亢的声音在空旷的街上久久回荡着。

剧场里，大幕徐徐落下。观众站起来热烈鼓掌。

大幕徐徐拉开，筱燕秋和乔炳璋出来谢幕，各级领导上台接见他们。市领导拉着筱燕秋的手，亲切地鼓励着她，筱燕秋无比激动。随后，领导在台上和演员合影。

回到宿舍，筱燕秋躺在床上翻来覆去睡不着，她爬起来悄悄溜出宿舍。

皎洁的月光照在大地上，筱燕秋在院子里一圈一圈慢慢地走着。走着走着她心灵中的锣鼓点敲了起来，嫦娥的身姿随之摇曳而出。筱燕秋在明亮的月亮下面，像云朵一样地飘着，她仰头看着天上的月亮，脸上露出灿烂的微笑。

筱燕秋脚步轻盈地往回走，路过柳如云家门口。柳如云家窗子里面的灯亮了，又灭了。

窗子里面隐隐传来柳如云的声音：“你是我的第一个男人，也是我最后的男人。”

男人的声音隐隐传出来：“你不能在我这一棵树上吊死。”

筱燕秋吃了一惊，不由站住了。

柳如云的声音：“我只能在你这棵树上吊死。”

男人叹气的声音：“那结果是树死了。”

柳如云的声音：“死了？”

男人的声音："死了。"

柳如云的声音："那我把你做成椅子，天天坐在上面……"

筱燕秋打了个冷战。

门突然开了，一个黑影闪身出来。筱燕秋躲进阴影里。黑影从筱燕秋面前急匆匆地走过去，筱燕秋没看清他是谁。

又是傍晚。文化宫售票口挤满了人，几双手同时塞进窗口。一个小伙子手里抓着一把票从人群中挤出来，同来的人冲上去抢票。"票已售完"的牌子挂出来。售票口的窗子"叭哒"一声关上。没买上票的人急得直敲窗子。

文化宫的台阶上站满了等待看戏的人。有人上台阶，一群人马上迎上去，七嘴八舌地问："有多余的票吗？""有票吗？"

后台的走廊里人们忙碌着。

光头老武行领着俩徒弟压腿。

老武行："光出场，师傅就让我学了三个月。有一丁点儿的不对，师傅就怒吼一声：回去！重来！"

化好妆，穿好戏装的乔炳璋走过来。

老武行："一开始学艺，不是强调'笨鸟先飞'，而是把力气花在刀刃上。这是最大的聪明。"

化好妆、穿好服装的筱燕秋从对面走过来，她看见乔炳璋，微笑着点点头，从他身边走过去。乔炳璋站住脚凝神看她，筱燕秋走到小化妆室门口下意识地回头看，两人目光相遇。筱燕秋顿时觉得心慌气短，连忙推门进屋。乔炳璋一动不动地看着她。

走进小化妆室，筱燕秋端着杯子喝水。门开了，乔炳璋进来。筱燕秋把杯子放下，紧张地站在那里。乔炳璋慢慢走到她身后停住。屋子里非常安静。两人同时开口了。

筱燕秋："你……"

乔炳璋："我……"

两人尴尬。

乔炳璋："你先说。"

筱燕秋："你先说。"

乔炳璋："我觉得你唱西皮《飞天》的时候，眼睛应该再慢些抬起，目光在我脸上停留的时间再长一些。"

筱燕秋想了想，点点头，比划了比划，很快进戏了。她围着乔炳璋转了一圈，深情地看着他。乔炳璋充满欲望地看着她，两人的脸越凑越近。乔炳璋的手抬起来，刚放到筱燕秋的唇边，突然有人敲门。两人一激灵，分身闪开。

舞台监督探头进来："候场了！"门又关上。

乔炳璋在自己的唇边比划了一下，示意筱燕秋，妆蹭掉了。筱燕秋拿起化妆笔，细细地往嘴唇上补妆。乔炳璋目不转睛地看着她。筱燕秋感受到他灼热的目光，抬起眼睛看他，乔炳璋的眼睛里面溢满了柔情。筱燕秋突然觉得自己的心不跳了，她瞪着眼睛看着乔炳璋。乔炳璋掩饰着拿起筱燕秋喝过的水杯，杯子口上清清楚楚印着筱燕秋的唇印。乔炳璋不由自主地用手指抚摸着那个唇印。筱燕秋乱了阵脚，惊慌失措地推开门跑了。乔炳璋怅然若失地用手指把那个唇印一点一点擦干净。这时，开场的锣鼓敲响了。

台上，嫦娥和后羿用婉转的唱腔抒发情怀。他们二人四目相看，感情由融合到浓烈。情到深处，乔炳璋扮演的后羿一把拉住嫦娥的手，筱燕秋一激灵，抬头看乔炳璋。乔炳璋抬起另一只手，水袖滑落，露出他手指上的唇印。

台下，一个男戏迷眯着的眼睛睁大了，敲板眼的手停住了："戏里没有这出啊？"

身边的女戏迷由衷地感叹："唱得好！真是一场比一场好。"

李雪芬站在侧幕条边，冷冷地看着乔炳璋虚中有实、假中有真的表演。

筱燕秋痴痴地看着乔炳璋。乔炳璋的唱词中充满了对嫦娥的深情，筱燕秋被深深打动了，她泪花闪动，像满怀爱情的嫦娥一样舞着水袖飘飞放歌。乔炳璋忘了自己是乔炳璋，他痛苦地看着一心要飞上月亮的嫦娥。两人淋漓尽致的表演引来暴风雨般的掌声。

大幕落下，换场。仙女们匆匆从台上跑过。

筱燕秋从后幕急匆匆地走着，身后的幕布里突然有人伸手拦腰把她死死地搂住，筱燕秋吓得差点叫出来。那人的手从幕布里露出来，手指上印着红色。筱燕秋又激动又紧张，她的身子抖成一团。

乔炳璋把筱燕秋拉到幕布后面紧紧抱着她。筱燕秋晕了，想推开他，结果更死地抓住了他。乔炳璋想和筱燕秋缠绵，又怕蹭了脸上的妆。他和筱燕秋脸对脸饥渴地看着，艰难地喘息着。

开场的锣鼓点突然敲响。筱燕秋和乔炳璋紧握在一起的手哆嗦了一下，乔炳璋的手狠狠地捏了一下筱燕秋的手，两只手缓缓分开。幕布水纹一样地抖动了一会儿，平静下来。

卸了妆的筱燕秋从后门出来，一大群戏迷围上去，问长问短，让筱燕秋给他们的本子上签字，把自己做的纪念品送给筱燕秋。筱燕秋激动不已，她回头看，后面没有人。

白天，筱燕秋端着脸盆，披散着洗过的头发进宿舍。女孩子们正围在桌子旁边分信。

张慧芝拿起一封："筱燕秋的。"又拿起一封："还是筱燕秋的。"

刘玲："怎么都是筱燕秋的？"

于静："什么是角儿？这就是角儿？"

筱燕秋走过来，两手一划，把信收到一起，装在书包里面。

张慧芝撇撇嘴："有什么了不起的？"筱燕秋不说话。

三个女孩拿着饭碗去食堂吃饭去了。筱燕秋躺在铺上看信。

裴锦素进来，她趴在筱燕秋铺上看："看情书呢？"

筱燕秋"吃吃"地笑，她把手中的信递给裴锦素："你看看，真是笑死人了。"

裴锦素大声念信："日夜想念的筱燕秋你好！昨天晚上是我第五次看你的戏。我太喜欢你了。我天天晚上跟在你身后，好几次想对你说，我爱你！可是我不敢说，因为你太完美了、太神圣了。你能不能送给我一张你的照片？没有照片底版也行。"

裴锦素哈哈大笑，筱燕秋跟着傻笑。

裴锦素和筱燕秋拿看饭碗往食堂走。筱燕秋步履轻盈，她轻轻哼着歌："妹妹找哥泪花流，不见哥哥心忧愁……"

裴锦素上下打量她："不一样了嘛，你简直像换了个人。"

筱燕秋满脸放光，她看着裴锦素说："我的一辈子就应该这样活！"

裴锦素："还有细粮票吗？"

筱燕秋："有。"

裴锦素："我帮你吃吧。"

乔炳璋端着饭碗从食堂里面出来，看见她们俩客气地点了点头走过去。筱燕秋的目光一直盯着他。裴锦素看看筱燕秋又看看走远了的乔炳璋。

一辆大轿车和两辆拉满服装道具的卡车在郊区公路上行驶。样板戏声和笑声飞出窗外。

京剧团的男女演员穿着军大衣坐在大轿车里说说笑笑。大家把一个样板戏和另一个样板戏连在一起高声地唱着。柳如云坐在第一排，她冷冷地看着窗外，车内的热闹景象好像与她无关。李雪芬坐在最后一排，她阴沉着脸盯着前面筱燕秋的后脑勺。

筱燕秋和裴锦素坐在一起，她没有唱，她频频从车后视镜里面偷偷看着乔炳璋。乔炳璋用迷茫的目光看着筱燕秋。李雪芬的眼睛突然出现在镜子里。筱燕秋吓了一跳，慌忙避开视线。

县礼堂里，锣鼓点急促地敲着，筱燕秋扮演的嫦娥和乔炳璋扮演的后羿在后幕里相遇了。两人的目光死死地粘在了一起。乔炳璋艰难地喘息着把筱燕秋拉近，筱燕秋推了一把，两人在锣鼓点中缓缓分开。

全体演职员在某地剧场卸车、装台。筱燕秋和乔炳璋两人在搬东西的走动中，不时擦肩而过。两人匆匆一瞥的目光中充满了异样的感觉。

魏笑天拍拍手把大家召集在一起说："吃完饭，好好睡一觉，下午自由活动。"演员们欢呼着散开。一个男演员叫道："我不回去吃饭，谁跟我下饭馆去？"众男演员几乎同声响应，他们前呼后拥地走了。

裴锦素："唉，等等我。"她追了上去。

张慧芝："我想逛商店，你们谁去？"

女孩子们一起响应："我去！""我去！"

裴锦素大声问："筱燕秋，你不去？"

筱燕秋看了一眼周围没有乔炳璋，回答道："我想回去睡一觉。"

女孩子们勾肩搭背，说说笑笑地走了。

筱燕秋一个人低头往回走，乔炳璋突然从前面的胡同里面走出来，他站在那里等筱燕秋。筱燕秋又惊又喜，她快步走过去。乔炳璋和筱燕秋一声不响地往招待所走着，他们的脚步越走越快。筱燕秋既激动又紧张，她观望四周。身边的景物和街上的人模糊不清地一掠而过，只有乔炳璋的脸清晰可见。

筱燕秋进屋，乔炳璋紧跟着进屋，回手把门锁上。屋子里挂着窗帘，四张床都空着。筱燕秋突然紧张起来，她靠墙站在角落里不敢看乔炳璋。乔炳璋站在门口看着筱燕秋，看着看着眼神中闪烁的光没了。

房间里面异常安静。筱燕秋鼻子尖上的汗冒了出来，她偷偷看乔炳璋，正和乔炳璋看过来的目光碰上。两道目光像被扔进冷水中的热铁，"滋"的一声淬了火。乔炳璋局促不安地在屋子里面转了一圈，坐在椅子上，又站起来把窗帘拉开。筱燕秋松了口气，随即又气恼地涨红了脸，她赌气一样地走过去把门锁打开。屋子里面的气氛很是紧张。

乔炳璋开口说话了："我头疼，你有没有药？"

筱燕秋心一软："你等着，我去给你找。"

乔炳璋："不用，我回去躺一会儿就好了。"

筱燕秋看着他没说话。乔炳璋开门出去。筱燕秋越想越生气，"扑通"一声躺在床上，拽过来被子捂在脑袋上。

夜里，筱燕秋躺在床上翻来覆去睡不着。裴锦素坐起来小声问她："折腾什么？"筱燕秋不回答。裴锦素下床，钻进她的被子，在黑暗中仔细打量着筱燕秋。

裴锦素："两眼贼亮，有情况。"

筱燕秋问："一个人爱上另一个人，会是什么样？"

裴锦素想了想回答道："如果你喜欢上一个男人，白天看他像太阳，晚上看他像月亮，不见他想他，见了他又不对劲儿。你和他在一起的时候，总想哭、想闹、想耍赖，怎么待着都不舒服。心里面有一种上不着天、下不着地的感觉……这就证明你爱上他了。"

筱燕秋："不见他想他，见了他又不对劲儿……怎么待着都不舒服……"

裴锦素："对。"

筱燕秋问："为什么会不舒服呢？"

裴锦素："你爱上谁了？"

筱燕秋："谁也没爱上。"

裴锦素盯着筱燕秋的脸说："撒谎？"

筱燕秋不说话。

裴锦素："我是不是你最好的朋友？"

筱燕秋点点头。

裴锦素命令她："那你告诉我。"

筱燕秋伏在裴锦素耳朵边上嘀咕着。

裴锦素吃惊："他？"

筱燕秋一把捂住她的嘴。

裴锦素扒开她的手小声说："人家有对象！"

筱燕秋："我知道。"

裴锦素惊讶："那你还跟他纠缠什么？"

筱燕秋："是他纠缠我。"

裴锦素感兴趣地问："怎么纠缠？"

筱燕秋："在后台上一看见没人，他就连拉带扯的，那眼神热得能把我化成水。下了台，他又成另外一个人，不冷不热、客客气气的，好像什么事都没发生过。"

裴锦素："他别是有毛病吧？"

筱燕秋："我也弄不清楚。"

裴锦素："那你就趁早离他远点儿。"

筱燕秋："可我管不住自己，没事心里就想着他。"

裴锦素愣愣地看着她想了好一会儿才说："那你就晾着他，男人禁不住晾，一晾就把结果晾出来了。"

筱燕秋："什么结果？"

裴锦素："要么离你而去，要么把自己的女朋友吹了来找你。"

筱燕秋看着她不说话。

裴锦素："听我的没错。"

筱燕秋点点头。

大轿车和装满道具的卡车在山路上行驶。在返回的路上，京剧团的男女演员穿着军大衣坐在大轿车里说说笑笑。大家一个样板戏接一个样板戏地高声唱着。柳如云依旧坐在第一排，她冷冷地看着窗外。李雪芬依然坐在最后一排，她沉着脸盯着筱燕秋的后脑勺。筱燕秋和裴锦素坐在一起，她冷漠地看着前面。车后镜里面乔炳璋的眼睛看着别处。李雪芬在后窗镜里面注视着他们俩。

裴锦素小声对筱燕秋说："这人还真知趣，看出来你在躲他，就自动撤军了。"

筱燕秋伤心地说："他这样我更不舒服。"

裴锦素："那你想让他怎么样？"

筱燕秋："我想让他心里面只有我。"

车到了团里，全体演职员在卸车。

副团长老高找到魏笑天："团长，办公室说，这些日子好几个地方来电话，邀请剧团去演出，你看咱们该怎么安排？”

魏笑天满面笑容地说：“从近到远，一个地方一个地方地去。工农兵学商，哪儿也别落下，咱们都给他唱到了。”

团长办公室里，李雪芬腰板笔直地坐在椅子上，眼睛直视着魏笑天：“团长，我想和你谈谈。”

魏笑天：“说吧。”

李雪芬：“这戏该轮到我唱几场了吧？”

魏笑天打哈哈：“雪芬同志啊……”

李雪芬打断他的话：“我是跟领导表过态，要做好传、帮、带。可筱燕秋也不应该这样啊！她霸着戏台吃独食，想着法子横在我的面前。魏团长，我李雪芬是一个资深演员，在省里、在北京的戏台上都亮过相。我不能被一个毛丫头这样欺负！”

魏笑天：“别急，你别急，慢慢说。”

安抚了李雪芬，这次换成筱燕秋坐在椅子上，瞪着黑亮的眼睛看着魏笑天。

魏笑天笑眯眯地问：“咱们的《奔月》唱了多少场了？”

筱燕秋：“35 场。”

魏笑天：“累不累啊？”

筱燕秋：“不累。”

魏笑天：“嫦娥这个角色，唱腔多，戏份子重，怎么能不累呢？你一口气唱了这么多场，就是不喊累，我们当领导的也该主动让你休息休息了。”

筱燕秋急了：“团长，我真的不累。”

魏笑天耐心地说：“这戏不能光你一个人唱嘛。”

筱燕秋明白了，她气得小脸通红：“不是我要唱，是观众喜欢听我唱。再说青衣又不是刀马旦，我这么年轻，体力和嗓音根本没有问题。”

魏笑天说：“你和李雪芬怎么也是 A、B 档，李雪芬扶持了你，你怎么也应该让前辈唱两场。”

筱燕秋低着头，用手指卷衣服角，就是不吱声。

送走筱燕秋，魏笑天又找来李雪芬。魏笑天无奈地叹了口气，苦口婆心地对李雪芬说：“你是党员，又是老演员，应该比她有觉悟。筱燕秋年轻，舞台经验少，你就多指导指导她，让她多唱几场。扶持年轻演员是我们每个老演员的责任嘛！”

坐在对面的李雪芬气咻咻地看着老团长。

魏笑天和蔼地说：“想通了就回去吧。”

李雪芬站起来走了。门“咣当”一声摔上。魏笑天身子一软，靠在椅子背上，他叫了声板：“呃……女人呐……呃……呃……”

三、筱燕秋一棍子把天给捅塌了

大轿车和装满道具的大卡车驶入营地。轿车车门打开，李雪芬率先下车。

一群战士涌过来，他们嘴里喊着“柯湘！”“柯湘！”争先恐后地跟李雪芬握手。李雪芬激动得眼含热泪，频频向战士们挥手致意。筱燕秋站在车门边冷冷地看着他们。李雪芬被战士们围在中间，她挨个给战士们的笔记本上签名。

“热烈欢迎京剧团到部队慰问演出”的横幅挂了出来。

李雪芬拉住了正在张罗装台的魏笑天：“团长，今天无论如何我得登台。”

魏笑天一皱眉头：“又来了！你没看我这儿忙着呢吗？”

李雪芬神情严肃地说：“我演《杜鹃山》的时候就经常下部队，我在部队有基础。如果这次我不上台，战士们会怎么想？”

魏笑天犯愁地看着她。

李雪芬态度坚决地说：“不管你怎么做她的工作，反正今天的台我是上定了。我不是为了自己，我是为了广大的革命战士们。”说完她昂首挺胸，气冲冲地走了。

魏笑天扔了手里的东西，扭头往后看。筱燕秋披着军大衣，目不转睛地看着魏笑天。她就这么盯着他，直到他走到自己面前。

魏笑天：“这场让李雪芬唱吧。”筱燕秋看着他不说话。魏笑天知道她又来了劲，回头大声喊：“舞台监督！”舞台监督跑过来。魏笑天冲他说：“这几场安排李雪芬同志唱，你通知各部门准备一下。”说完他背着手走了。

筱燕秋涨红了脸，满腔愤怒地站在那里。

锣鼓点响起来，李雪芬披挂整齐上台了。台下的战士们掌声雷动。筱燕秋披着军大衣来到了舞台下面。台上的李雪芬十分卖力地唱着，她嗓音高亢、音质脆亮、激情奔放，扮演后羿的乔炳璋很默契地跟她配着戏。筱燕秋盯着他们俩，越看脸色越冷，她几乎快冷笑了。

李雪芬用她的刚烈和激愤演绎着嫦娥，她征服了部队在场的所有官兵。战士们有组织地给她使劲鼓掌。筱燕秋实在看不下去了，她转身离开。

筱燕秋一个人坐在后台的角落里。李雪芬的唱腔时时传来。

裴锦素笑嘻嘻地走过来：“练蛤蟆功呢？”

筱燕秋气愤地说：“那是嫦娥吗？那是想上月亮的柯湘！”

裴锦素哈哈笑：“她让嫦娥拎着手枪，乔炳璋都没生气，你气什么？”

筱燕秋恨恨地说：“别跟我提他，他是个叛徒。”

裴锦素：“吃醋了！”

筱燕秋火了：“放屁！”

裴锦素：“嘿！你还真生气啦？”

李雪芬谢完幕，回去。大幕徐徐落下。战士们硬是用热烈的掌声把她请出来。李雪芬再次出来致谢。战士们拼命鼓掌。李雪芬出来眼含热泪给战士们深深地鞠躬。

李雪芬回到后台，她脸上洋溢着难以掩饰的飞扬神采。筱燕秋从对面慢慢走过来。李雪芬和筱燕秋在后台相遇了。两人面对面，一个热气腾腾，一个冷风嗖嗖。李雪芬看着筱燕秋的脸色，心中一声冷笑，她故意主动迎了上去。

李雪芬拉着筱燕秋的两只手亲切地说：“燕秋，你都看了？”

筱燕秋把自己的手抽出来，平静地说：“看了。”

李雪芬等待着她的评价，筱燕秋偏偏什么都不说。

李雪芬看出她在生气，便越发热情起来：“燕秋，你给我提点意见。”

筱燕秋：“我没有意见。”

李雪芬：“没意见？”

筱燕秋：“没意见。”

团里的人纷纷围过来看热闹。

李雪芬来劲了，她说：“燕秋，你唱的那40场戏，我场场都看了。我有个想法，不知道该不该说。”

筱燕秋：“说吧。”

李雪芬:“你塑造的嫦娥太软，没有力度，缺少劳动妇女翻身求解放的革命热情。”

筱燕秋冷冷地听着。

李雪芬：“我正想和你商量呢，你看这句唱腔我们这样处理一下是不是更深刻一些，哎，这样……”李雪芬翘着兰花指，一挑眉毛兀自唱了起来。

柳如云看不下去了，她对身边的老演员小声说：“即使是师傅传艺也宁教一声腔，不教一个字，宁教一个字，不教一口气，她把自己的唱腔一字一气毫无保留地演示给了筱燕秋。这个李雪芬要做什么？”

裴锦素搭腔了：“两代青衣，一个德艺双馨，一个谦虚好学，你老人家不觉得安慰吗？”柳如云瞪了裴锦素一眼，她忧心忡忡地看着筱燕秋说：“这丫头心气实在太旺了，心里头不谦虚就算了，怎么连眼光都不会谦虚了？”裴锦素看着筱燕秋和李雪芬，脸上露出坏笑。

李雪芬对筱燕秋的抵触不予理睬，她用带着探讨的口气问筱燕秋：“你看，你看，这才是旧社会的劳动妇女，我们这样处理是不是好多了？”

筱燕秋笑了笑说：“挺好。”

李雪芬高兴了："真的挺好？"

筱燕秋："真的挺好。"

李雪芬看着筱燕秋收起了笑容："你心口不一。"

筱燕秋："我？"

李雪芬："你心里面有东西。"

筱燕秋转身要走，李雪芬一把拉住她的袖口："别走！"

筱燕秋快要忍无可忍了："你究竟想要我怎么样？"

李雪芬："我的五次返场你看到了吗？"

筱燕秋："看到了。"

李雪芬："你有什么想法吗？"

筱燕秋："有。"

李雪芬命令她："你说出来！"

筱燕秋："我想你是忘带了两样行头。"

李雪芬一听这话，两只手先是捂到了身上，随后又捂到了头上，她惊慌失措地问："我忘了什么？"

筱燕秋看着她不回答。

李雪芬的汗都渗出来了，她盯着筱燕秋着急地问："快告诉我，我忘了什么？"

筱燕秋慢慢地说："一双草鞋，一把手枪。"

裴锦素带头大笑起来，众人顿时明白了，跟着笑。柳如云生气了，她说："这孩子真是太过分了，眼里不谦虚就不谦虚吧，怎么说这嘴上也不应该不谦虚！"

筱燕秋一脸纯洁地看着李雪芬。

李雪芬的脸白了又红、红了又白，她突然大声说："你呢？你演的嫦娥算什么东西？丧门星，狐狸精，整个一个花痴！关在月亮里面卖都卖不出去的货！"

筱燕秋像被狠狠抽了个耳光，她被抽懵了、抽傻了，喘息急促地看着李雪芬。

李雪芬踮着脚尖，兰花指一下一下地点到筱燕秋的鼻子上，高亢的腔调里面带着尖锐的啸响："骚货！骚货！卖都卖不出去的骚货。"

筱燕秋气得嘴唇直哆嗦。

李雪芬的兰花指再次戳过来："你为什么不让台？你是怕没了跟男人假戏真做的借口！"

筱燕秋一口气差点儿没上来："你！"

李雪芬声音越发高亢起来："我李雪芬，明媒正娶，堂堂正正。不像你，偷鸡摸狗，一肚子的男盗女娼！"

筱燕秋如同被闷棍击中，差点瘫坐在地上。

李雪芬骂："不要脸！知道人家乔炳璋快结婚了，还下套子去勾引他。你以为你在幕布后面做的那些个脏事、烂事我不知道啊？告诉你，群众的眼睛是雪亮的！"

李雪芬的影子在筱燕秋的眼前幻化成了好几个。筱燕秋努力撑着自己的身子，她瞪着李雪芬，可瞳孔焦点已经散了。李雪芬的嘴还在骂着，筱燕秋听不见她的声音。

剧务端着一杯开水走过来，筱燕秋一把抢过来他手中的保温杯。剧务吓了一跳。筱燕秋挥手狠狠一扬。满满一杯水，冒着腾腾的热气，结结实实地浇在李雪芬的脸上。

裴锦素一声惊叫。人们"轰"的一声跑散了。筱燕秋呆立在原地，她看着无序的身影在自己面前疾速穿梭，她的耳朵里面充斥着各种喊声和脚步声，脚步声跑远，变成远处汽车的马达声。后台眨眼间就空空荡荡了。

化妆间里空无一人。

筱燕秋拖着沉重的脚步一步一步地挪到化妆桌前，她死死地盯着镜子里面的人，镜子里面的模糊不清的人影渐渐清晰了。镜子里面的筱燕秋头发零乱，面色如土。

筱燕秋盯着自己问："跑了，都跑了，我到底对她做了什么？"镜子里面的人呆呆地看着她。筱燕秋一屁股坐在凳子上，举起两只手，翻过来倒过去地看着。魏笑天脸色煞白地走进来，他站在筱燕秋面前一声不响地看着她。筱燕秋慢慢站起来，表情呆滞地看着他。

魏笑天气得晃起了脑袋，他食指和中指并在一起对着筱燕秋的鼻子晃了十几下。他一张嘴韵白冒了出来："你，你，你，你你你你你呀—啊！"魏笑天急得不会说话了，背起了戏文："丧尽天良本不该，名利熏心你毁就毁在妒良才！"

筱燕秋解释："不是这样的。"

魏笑天："又是哪样？"

筱燕秋眼泪汪汪地说："不是这样的！"

魏笑天一拍桌子："又是哪样？"

筱燕秋哭喊出声："真不是这样的！"

魏笑天气得一脚踢开门出去。筱燕秋瑟瑟地抖了起来。裴锦素走进来，坐在那里一言不发地看着她。

筱燕秋哽咽着问："我是不是把天捅塌了？"

裴锦素："天没塌，她住院了。"

筱燕秋："他呢？"

裴锦素："乔炳璋？陪她去医院了。"

筱燕秋的眼泪雨点一样地落下来。

魏笑天和团里头的几个骨干坐在办公室屋子里面开会。

魏笑天挠着头叹了口气："李雪芬住在医院里面不出来，筱燕秋停止工作写检查。《奔月》不能再演下去了。"

老艺人看了他一眼，话里有话地问："我早就问过你，命硬？还是你硬？"

魏笑天摇着头说："我真的是心强命不强啊！"

柳如云裹着黑头纱在家门口来回转悠，她仰头看天。月亮躲进云层中。柳如云对着月亮一声长叹，她用韵白念道：“初放蕊即遭霜雪摧，二度梅却被冰雹捶。《奔月》，没那个命么！”

筱燕秋静静地躺在宿舍床上，她大大地睁着两只眼睛。张慧芝、于静、刘玲进来，在屋子里面“叽叽喳喳”地说笑。

刘玲：“张慧芝，和你看电影的那个军人是不是你的男朋友？”

张慧芝：“不是！”

刘玲：“你脸红什么？”

于静看看张慧芝的脸：“她的脸没红，你的眼睛倒是红了。你急红眼了！”

刘玲扑上去打她。三人扑在床上扭成一团。筱燕秋一声不响地躺在铺上，她什么也没看到，什么也没听着。魏笑天推门进来，姑娘们不闹了，蹑手蹑脚推门走了。

魏笑天叫了声：“筱燕秋。”筱燕秋一激灵，她起身下床，坐在椅子上。裴锦素进来，她看看魏笑天又看看筱燕秋。

魏笑天：“团里要的检查写了吗？”

筱燕秋头发零乱、眼窝深陷、小脸蜡黄。她声音沙哑地说：“我写不出来。”

魏笑天：“写不出来，是因为你对这件事的严重程度还没有深刻的认识。我是过来人，知道这种事情的严重性。如果你不做深入灵魂的检查，筱燕秋，我不是吓唬你，这一辈子你恐怕就别想再上台唱戏了。”

筱燕秋懵懵懂懂地看着魏笑天。

裴锦素替筱燕秋说情：“这件事又不是筱燕秋一个人的错。”

魏笑天严肃地说：“可她让李雪芬同志住院了。”

裴锦素：“团长，你就别逼筱燕秋了，她为了写这份检查，已经好几天没睡着觉了。”

魏笑天的心软了：“不是我逼她，是李雪芬要她的态度。这一关她躲不过去了。”

魏笑天叹了口气，推门走了。筱燕秋暗自垂泪。

裴锦素：“哭什么？杀人不过头点地。我就不信她能把你杀了。”

筱燕秋：“她还不如把我杀了。”

裴锦素用脚钩过来凳子，坐在桌子旁边拽出纸笔：“我给你写，老身我这辈子靠写检查为生，出口成章、落笔成文呐。”裴锦素龙飞凤舞地写起来。

筱燕秋犹豫了一下问：“你看到乔炳璋了吗？”

裴锦素：“请假回柳城了，说是老爹病了，我看他是怕株连九族。”

筱燕秋抬起头，眼睛里面透出怨恨。

魏笑天把筱燕秋叫到办公室，他把裴锦素写的检查从桌子上推到筱燕秋面前。

魏笑天：“李雪芬看过了。”

坐在对面的筱燕秋神色紧张地看着他。

魏笑天：“她不满意。”

筱燕秋：“这是我写的第七份了……”

魏笑天无奈地看着筱燕秋："有什么办法？她说了，只有你自我批评的态度叫她满意了，她才可以考虑是不是可以放你一马。"

筱燕秋绝望地叫了一声："团长！我实在写不出来了。"

魏笑天从口袋里面掏出来几张纸："我给你写好了，你好好看一看，然后自己抄一遍，千万别说是我替你写的。"

筱燕秋接过来检讨，认真地看着。

魏笑天："李雪芬要求你去医院当面给她做检讨。"

筱燕秋抬起头怔怔地看看团长，她合上那几页纸，努力镇定了下来，又打开那检查重新看。

魏笑天诚恳地说："筱燕秋，你配合一下团里，好好走完这个过场。剩下的话咱们才能往下说。"

筱燕秋深深地吸了一口气，一字一句地说："我没有嫉妒她，我不是故意想毁了她。"

魏笑天的眼睛都气红了，他站起来，举起手说："你要是我的女儿，我早就大耳光子上去狠狠抽你了！"

筱燕秋眼睛倔强地看着他。

魏笑天举起来的手又落下来，他无可奈何地说："筱燕秋啊！筱燕秋！到了这般光景，你的心气还这么傲？李雪芬到现在都没把你告到公安局去，已经对得起你了。你抱定这个态度是想进大牢吗？告诉你，扩大化的时候我蹲过七年大狱，我可不想再到那个地方去看你！"

筱燕秋害怕了，她惊恐地看着魏笑天："团长，你救我！"

魏笑天目光恳切地看着她："燕秋，你得听话。"

筱燕秋的眼泪滚落下来，她低声说："我还能唱戏吗？"

魏笑天："能唱。"

筱燕秋："我听你的。"

魏笑天松了口气："孩子，这就对了！"

李雪芬躺在市医院病床上，她脸上蒙着一块很大的白纱布。团里的领导都在，《奔月》的主创人员也在，高高矮矮站了一屋子。

魏笑天走到床前，声音温和地说："雪芬，筱燕秋来了。"李雪芬像没听见一样，躺在那里一动不动。魏笑天扭头看门外。

筱燕秋慢慢走进屋子，她把两只手叉在小肚子前面，走到李雪芬的床前站住。她耷拉着眼皮，半天不吱声。魏笑天示意她可以开始检讨了。筱燕秋看着自己的脚尖不说话。魏笑天像台上的老生一样，使劲咳嗽了一声。

筱燕秋身子一激灵，开口骂了起来："我不是人！我不是东西！我这样对您是欺师灭祖！活该我遭老天爷的报应！李老师，您狠狠打我吧！狠狠骂我吧！只要您能出了这口恶气，你就是用刀把我剁成肉酱我都不会喊一声冤！李老师，您是师长，您是前辈，千万别跟我一般见识。您就把我当成一只臭虫，当成一摊屎……”

筱燕秋说不下去了。

病房里面静悄悄的，没有一个人说话。李雪芬在纱布后面干咳了一声。筱燕秋承受不了这样的压抑，眼泪汪汪地四处找人。所有的人都避开了目光。魏笑天站在门口对她瞪起了眼睛。

筱燕秋没有退路了，她慢慢从口袋里面掏出来检讨书，一层一层地打开。屋子里面非常静，只有纸张抖动的声音。筱燕秋开始念检讨，她一个字、一个字地往外蹦："毛主席教导我们说：谁是我们的敌人，谁是我们的朋友，这个问题是革命的首要问题……”

医护人员从走廊上匆匆走过。

筱燕秋的声音隐隐传来："思想上的狭隘使我看不到宇宙的广阔无垠，政治上的近视差点葬送了自己的青春。那一杯水不是普通的水，它彻底暴露了我的阶级立场和世界观。”

病房门口挤满了人，他们好奇地往里面张望着。

筱燕秋一字一句地念着："那杯水泼出了我的肮脏思想，暴露了我灵魂上最空虚、最黑暗的一页。那是一杯嫉妒之水，我嫉妒如日中天的李老师，嫉妒她的唱腔，嫉妒她的身段，嫉妒她的才华……”

屋子里的人静静地听着。魏笑天的嘴唇，随着筱燕秋的话悄悄动着，他在暗暗替筱燕秋使劲。

筱燕秋念得大汗淋漓："尊敬的李老师，感谢您给了我这个反省的机会，是您在我滑向资产阶级的深渊的时候，猛击一掌把我拍醒了，并给我指明了前进的方向。现在我把自己肮脏的灵魂袒露在您的面前，希望您能再伸出手来好好拉我一把，把我拉回到无产阶级的文艺队伍中来，帮助我洗心革面，重新做人。以上是我的检查，请李老师和各位领导看我的实际行动吧！”

筱燕秋念完了，她念得浑身颤抖，脸色惨白。屋子里所有的人都松了一口气。李雪芬慢慢把脸上的纱布掀开，她的脸紫红了一大块，涂着一层油膏。李雪芬接过检查书，仔仔细细地看了一遍。筱燕秋紧张地看着她。

李雪芬看着她说："你过来。”筱燕秋走到她面前。

李雪芬拉起筱燕秋的一只手笑着说："燕秋，你还年轻，心胸要宽，要容得下天，容得下地，更要容得下人。”筱燕秋感动地抬起头来，她看到了李雪芬的笑脸，还没有看清楚，这张笑脸上的笑容就迅速消失了。李雪芬把纱布重新盖在脸上冷冷地说："你出去吧！出去！”筱燕秋僵在她的床前。

病房外半导体报着新闻。筱燕秋站在楼梯扶手旁边摇摇晃晃地睁大眼睛。阳光格外耀眼。筱燕秋的眼前一片炽白，院子里走来走去的人影渐渐显现出来。

筱燕秋停下脚步回过头来。魏笑天冲着她点点头，并如释重负地叹息了一声。筱燕秋呆呆地望着魏笑天，望着望着，突然笑了一下，她笑出了声，而且没有收住。筱燕秋索性笑开了，她两肩一耸一耸的像戏台上的花脸一样地狂笑着。许多人都听到了筱燕秋这出格的笑声，人们从病房的门里面、窗子里面探出脑袋一起看着筱燕秋。

筱燕秋一味地傻笑着。筱燕秋笑瘫了，她膝盖一软，顺着楼梯一头栽了下去。从四楼一直滚到三楼半。魏笑天和众人惊慌失措地跟着跑下来。筱燕秋一动不动地趴在水磨石的地板上。魏笑天不停地对身边的人说："态度还是好的，态度还是深刻的。"

病房的窗子里面飘出来半导体中关牧村的歌声："青春的岁月像条河……"筱燕秋慢慢抬起头，她满目沧桑、满脸灰尘，青春在那一瞬间已经离她而去了。

京剧团门口的宣传栏前围了一大群人，他们在看贴在宣传栏上面的通知，通知上面写着文化局关于处理筱燕秋事件的决定。人们七嘴八舌议论着。

男甲吃惊："筱燕秋调走了？"

女甲："她到戏校去干什么？教学生？"

女乙："哪有那好事？听说是去后勤科管仓库。"

男乙："她不能唱了？"

女乙："唱？哭吧。"

男甲："这个处理是不是狠了点儿。"

女甲："不狠李雪芬能干吗？"

男丙："李雪芬是谁？筱燕秋跟她叫板，那是小耗子给老猫亮相。"

男乙："筱燕秋那么年轻，嗓子和扮相都那么好，真是可惜了。"

赞成的、惋惜的都在发表议论。柳如云一声不响地走开了。

得知了消息的筱燕秋病恹恹地躺在床上，裴锦素把她扶起来给她喂药。

张慧芝端着一碗热气腾腾的面过来："这是食堂的马师傅专门给你做的，快趁热喝。汗出透了，身子就轻了。"

筱燕秋有气无力地摆摆手："我不想吃。"

裴锦素急了："你再这样，我跟你翻脸了！"

筱燕秋可怜巴巴地看着她。裴锦素用筷子夹起面条喂她，筱燕秋张开嘴吃了，裴锦素的眼泪差点掉下来。

夜晚，柳如云披着衣服在家门口来回走，月光把她的身影在地上拖来拖去。柳如云看了一眼天上的月亮用韵白说："夜已三更，为何还是无有睡意？"

月亮静静地挂在天上。

柳如云叹了口气，提着无形的长裙，翘着兰花指的手轻抚在腮边，她走了个圆场站定，看着远处筱燕秋的宿舍，深深地叹了口气，用韵白念道："秋花惨淡秋草黄，耿耿秋灯秋夜长。已觉秋窗秋不尽，哪堪风雨助凄凉！"

夜深了，京剧团宿舍里女孩子们都睡着了。筱燕秋慢慢爬下床，她披上大衣开门出去。

筱燕秋走过柳如云的家门，在外面溜达的柳如云像幽灵一样跟上了她。

筱燕秋摇摇晃晃走进排练室，她没有开灯，静静地站在地中央。透过窗子的月光把她的身影投在地上。筱燕秋扔掉大衣在地中间慢慢走了一圈，又走了一圈。她的脚步加快了。

筱燕秋两眼冒火，一圈一圈地走着台步。她越走越快，像一阵狂风一样在地毯上凶猛地旋转着。筱燕秋一个一个地翻着小翻，直到瘫软在地上，汗水像小溪一样流淌下来。她挣扎着站起来，一个跃步跳到桌子上，舞着无形的长袖唱起了《骂庙》。站在门口看了很久的柳如云冲过来，把她从桌子上拉下来。

筱燕秋不骂也不唱了，她木桩一样竖在那里，脸上挂着怪异的笑。

柳如云命令她："你哭！敞开了哭！大声哭！往死里哭！哭出来不会在心里积病。"

筱燕秋态度坚决地说："我不哭。"

柳如云一把揪住了筱燕秋的头发，狠狠地抽了她两个嘴巴子，厉声骂道："你这个欺师灭祖的东西，活该遭这份罪，活该！"

筱燕秋眼里的火苗被打灭了，眼泪成对成双地掉下来。继而泪雨滂沱，再往后是一星眼泪也没有的干嚎。柳如云端坐在桌子上，闭着眼睛一声不响地听着她哭。筱燕秋哭不动了，她靠在柳如云的身边。

40 岁的柳如云和 19 岁的筱燕秋，两个人一声不响地坐在排练厅里。皎洁的月光照在一老一小两代青衣的身上。

筱燕秋呜咽着说："做人太苦了，真不想活下去了。"

柳如云回答："你学了这么多出戏，还没悟透？女人是苦不死的，就是到了死的份上，硬撑着也要活下去。不但自己活下去，还要嫁丈夫、生孩子一连串地活下去。"

筱燕秋透过泪眼，似懂非懂地看着柳如云的那张饱受生活摧残的脸。柳如云看着她怜惜地叹了口气："孩子，你真够可怜的。热热闹闹地上了戏台，还没来得及弄懂戏文的全部意思，这大幕就落下来了。"

文化宫门口《奔月》的广告牌被撤掉了，换上了《春草闯堂》。

几天后，筱燕秋和裴锦素拎着行李，端着脸盆走进戏校筒子楼大门。阳光在她们的脸上最后一闪消失了。筱燕秋和裴锦素在黑暗中瞪大眼睛使劲往前看着。

拥挤肮脏的走廊在黑暗中渐渐显现。走廊上方挂满了晾晒的衣裳，走廊两边堆满了纸箱、木箱、柳条筐等东西。走廊两边房门紧闭的屋子里传出来花腔女高音唱《千年的铁树开了花》的声音，话剧演员练绕口令的声音，戏曲演员唱大鼓书的声音，评剧演员练唱腔的声音，吹萨克斯管的声音。

裴锦素："妈呀！这哪是单身宿舍楼？简直就是狮虎山！"筱燕秋一声不响地跟着她跌跌撞撞往前走。

裴锦素吃力地辨认着门牌号："203、204、205，在这呢。怎么这么臭？"她打量了一眼周围的环境不满地说："左边盥洗间，对面厕所，这是住人的宿舍还是闷臭豆腐的罐子？"

筱燕秋面无表情地站在那里，好像这一切跟她毫无关系。裴锦素："钥匙呢？"筱燕秋掏出钥匙给她。裴锦素打开门。

裴锦素走进了房间四下打量："嘿，不错，不错。"筱燕秋把自己的东西放在空床上。裴锦素帮她扫床、铺床。

筱燕秋把化妆品等零散的东西放进抽屉里。她看了一眼对面的床。床上被子没叠，被子上堆满换下来的衣服。

裴锦素对筱燕秋说："你这同屋够邋遢的。"筱燕秋不知道该干什么，在地上转圈。

裴锦素把筱燕秋推到那张床边："转得我头晕，你还是先在那坐一会儿吧，我马上就弄完。"筱燕秋往下一坐，床上的被子突然掀起来，一个披头散发的女人"腾"地坐起来。

筱燕秋一声惊叫，那个女人闭着眼睛紧跟着惊叫起来。她的叫声比警笛还要高。裴锦素扑过去，一把捂住了她的嘴。女人慢慢睁开眼睛，裴锦素松开手。女人眨巴着眼睛清醒过来，她看看筱燕秋和裴锦素好半天才缓过劲来。

裴锦素："她叫筱燕秋，以后跟你住一个屋了。"女人把散乱的头发拢起来扎在脑后，露出脸庞，她的年龄不超过 25 岁。

女人说："筱燕秋？京剧团的吧？"

筱燕秋不回答。

裴锦素替她回答："现在调到戏校了。"

女人穿着睡衣跳下床，当着她们俩的面大大方方地换衣服。

女人："我叫王彩萍，话剧团的。昨天晚上演出，睡得太晚了。"

裴锦素："你们团在演什么呢？"

王彩萍："《救救她》，想看吗？想看，我给你们弄票。"

筱燕秋的神情不对了，她转过身擦桌子、擦床头。

裴锦素看着墙角处的豆油、挂面等物品叫了一声："嘿，这儿还能做饭！"

离开宿舍，筱燕秋无精打采地跟在后勤科科长的身后走着。老生、老旦、青衣、花脸、京胡、月琴、三弦、鼓板各种声音，从走廊两侧一间一间教室的门窗里面飞出来。筱燕秋眼睛里面刹那间溢满了泪水，她努力克制着自己，把眼泪转了回去。

科长推开服装仓库的门。阳光透过屋顶的窗子，一缕一缕地射进来。仓库里面堆满了箱子。

科长："有些箱子十几年没动过了，你把它们好好收拾一下。"筱燕秋茫然地看着堆得很高的箱子。科长安慰她："别着急，慢慢收拾，时间长着呢。"

回到房间，筱燕秋躺在床上，裴锦素坐在椅子上。

外面传来吹萨克斯管的声音，那人反复吹一个调，一到拐弯处就停下。裴锦素实在受不了了，她打开门探头出去冲着外面大声喊："求求你，把那个弯拐过去行不行？"

王彩萍把热气腾腾的面条从电炉子上端下来放在桌子上，往里面倒调料："你急？他比你还急。没看见他弄了个煤油炉子在那里熬中药？说是中气不足要补补。"

走廊里面有人喊："管理员来了！"

王彩萍紧张地喊："快！快！快！"

裴锦素蹦起来用抹布垫着抓起电炉子，转着圈不知道该放到哪？电炉子烫手，她扔到了地上。筱燕秋跑过来，拿起个脸盆扣住电炉子，又一屁股坐在脸盆上。裴锦素把另一个脸盆扔在筱燕秋对面，也一屁股坐上去。两个人互相傻看着。

敲门声，管理员喊开门的声音。

王彩萍急匆匆地把没下完的跳棋盘摆在她们俩面前。管理员进来，抽着鼻子闻："做什么好饭呢，这么香？"王彩萍看着还在桌子上摆着的面条锅傻了。裴锦素镇定地说："我刚从饭馆里面端回来的面。"

管理员一言不发，四下翻看。没有看到电炉子。他走到筱燕秋和裴锦素跟前站住。筱燕秋紧张，拿着对方的棋子往自己巢里走。裴锦素抓住棋子扔回去："这是我的棋。"她看看管理员无可奈何地说："她就这么走，教都教不会。"筱燕秋垂着眼皮挪棋盘上的棋子。

管理员："丫头片子，一抓一出溜，比泥鳅都滑。"王彩萍看着他"嘿嘿"傻笑。

管理员走了。王彩萍给筱燕秋和裴锦素盛面条。裴锦素狼吞虎咽地吃着："彩萍，你太像饲养员了，多瘦的猪落到你手里也保持不了体型。"王彩萍和筱燕秋笑得差点把面喷出来。

傍晚，十几个男女青年站在砌在盥洗间屋子中间的大洗漱池子周围，刷碗、洗头、洗衣服、刷鞋，裴锦素也在其中。

话剧团的男青年边刷鞋，边找发音位置："多么辽阔啊！"他摇摇头提高一个音阶重新朗诵："多么辽阔啊！"

歌舞团的女演员边搓衣服领子，边丁字步站立，侧目观察着墙上自己影子上的曲线。

曲艺团的唐华挺着大肚子问刚结婚的评剧演员赵新娥："筱燕秋跟那个乔炳璋真有那事？"

赵新娥一撇嘴："都打过胎了。"

唐华："难怪她脸色那么不好看。"

裴锦素带着两手水，走过来站在她们面前，她声音平静地说："想挨嘴巴子，告诉我一声。"

两个女人愣愣地看着她。裴锦素头发一甩，回去接着刷碗。

唐华醒过味来，冲着她喊："你什么意思？"

裴锦素："我要是再听见你们乱嚼舌头，就大嘴巴子上去抽！"

赵新娥："你敢！"

裴锦素："什么叫不敢？你试试，看我敢不敢把你眼珠子打出来当泡踩！"

赵新娥张着嘴，呆在那里。唐华也不敢吱声了。

曲艺演员靳小手开口了："话说，有个男人娶了个臭嘴老婆。为了看看她的嘴到底有多臭，一天他对老婆说，我出了一件怪事，你千万不要对别人说。老婆赌咒发誓，说肯定不会让第二个人知道。男人悄悄告诉老婆说：我下了一颗蛋。"盥洗间里的人哈哈大笑。

靳小手："第二天全城的人都在交头接耳，窃窃私语。男人问，你们议论什么？有人告诉他：城东头有个爷们儿，一口气下了 12 颗松花蛋。"众人大笑。裴锦素笑得眼泪都出来了。

赵新娥听出弦外之意："靳小手，你骂谁？"

靳小手嬉皮笑脸："姐姐，您这是多哪门子心？"

男青年把刷好的球鞋，一只一只地挂在墙上的俩大钉子上，他开始找新的发音位置："悲剧啊！悲剧！"

唐华骂他："一天悲剧、悲剧的，你怎么还不死啊？！"

裴锦素端着洗好的碗往回走。王彩萍跟着张小康往出走。

王彩萍："我们看电影去了。"

裴锦素："什么电影？"

王彩萍："《被爱情遗忘的角落》。"

张小康撞到走廊里面堆放的东西上。

王彩萍骂："讨厌！真讨厌！"

裴锦素嘀咕了一声："遗忘？"她推门进屋。

夜深了，裴锦素和筱燕秋躺在一张床上。

裴锦素："李雪芬的脸根本没事，保养得比原来还嫩呢。"

筱燕秋不说话，她一言不发地看着屋顶。

裴锦素："她跟我打招呼，我假装没听见。懒得理她。"

筱燕秋不接茬。

裴锦素："乔炳璋回来了。"

筱燕秋："别跟我提他。"

裴锦素："他打听你来着。"

筱燕秋坐起来，眼神虚了，好像在看着一个遥远的地方。嫦娥和后羿的旋律在她的心头淡淡响起。筱燕秋慢慢扭过头，裴锦素已经走了。

阳光透过屋顶的窗子，一缕一缕地射进仓库。仓库里面的箱子已经摆放整齐。

筱燕秋头上包着毛巾，脸上戴着口罩，蓝色的大褂上落满了灰土。她在屋子里面走来走去地忙碌着。筱燕秋把整理出来的戏装，一摞一摞别上标记挂在衣架上。

有人敲门。筱燕秋冲着门外大声喊："进来！"门开了，乔炳璋走进来。筱燕秋惊呆了，她站在那里看着乔炳璋。

乔炳璋有些不自在地看着她："我到戏校来办点事，顺便看看你。"

筱燕秋突然意识到自己的形象很糟糕，她拽下头上的毛巾，拉下脸上的口罩，脱了工作服。一系列的动作完成后，才意识到自己的反应有些过于强烈了。

筱燕秋尴尬："没想到你能来。"

乔炳璋："我……父亲病了，我回了趟柳城。"

筱燕秋关心地问："好了吗？"

乔炳璋神色黯然："去世了。"

筱燕秋对乔炳璋的怨恨顿时烟消云散。她擦干净凳子端到乔炳璋的跟前："你坐。"

乔炳璋："不了，还得回团里呢。"

筱燕秋的眼里流露出失望。

乔炳璋掏出一张戏票递过来："省京剧院今天晚上在文化宫演出，程派名剧全套《锁麟囊》，只演一场。我特意给你弄了一张票。"

筱燕秋眼睛一亮，随即又慢慢暗了，她说："你送别人吧。"

乔炳璋："为什么？"

筱燕秋："我混到了这个份上，已经跟唱戏无缘了。"

乔炳璋看着她好一会儿才说："只要心还活着，一切都会改变。"

他把票放到筱燕秋的手里，说了声："票很难弄，一定要去啊！"

乔炳璋走了。筱燕秋拿着票坐在椅子上，默默重复着乔炳璋的话："只要心还活着，一切都会改变。"

晚上，文化宫门前灯火辉煌，门口站着很多等票的人。

筱燕秋走进大厅，她打扮得整洁大方。人们聚在大厅里面闲谈。筱燕秋四下张望，她没有看到乔炳璋。开场的铃声响了，人们纷纷入场。

开场的锣鼓点敲起来。筱燕秋左右环顾，她看到了李雪芬、看到了柳如云、看到了魏笑天，就是没有看到乔炳璋，筱燕秋非常失望。

大幕徐徐拉开。大三件、锣鼓点儿，伴随着演员优美的唱腔、婀娜的身段，一下子把筱燕秋带进虚幻的人生中。她忘了现实生活中的痛苦和烦恼。筱燕秋如醉如痴地看着，嘴唇轻轻开合着，她在无声地跟着台上的演员唱。

大幕徐徐落下，观众纷纷退场。魏笑天、柳如云、李雪芬都在其中。

筱燕秋逆人群而行，她缓缓地往台前跑着。所有的人都不看她。她跑到台前站住，恐惧地喘息着。筱燕秋大喊："误场了！我误场了！"

紧紧合着的大幕徐徐拉开。筱燕秋孤零零地站在台上，她一低头突然发现自己没穿戏装："我忘了化妆，忘了穿服装。"她急得四处看，后台空荡荡的没有一个人。

锣鼓点突然急促地敲起来。筱燕秋想走圆场，却怎么也迈不动腿，她脸上的汗流了下来："功夫怎么没了？我的功夫哪去了？"

锣鼓点越敲越急。过门反复拉，筱燕秋张嘴要唱，却不知道该唱什么。筱燕秋焦急地想："忘词了！天哪！我怎么能忘词呢？！"观众的口哨声、叫骂声在剧场里面回响着："下去吧！喔！滚下去吧！"

筱燕秋绝望地抬头看。头顶上的大幕徐徐落下。筱燕秋大声喊："别落幕！别落幕！"大幕重重地砸在她的身上。

筱燕秋惊叫着，一下坐起来，她满头大汗地喘息着。王彩萍迷迷糊糊地抬头问："怎么了？"筱燕秋有气无力地说:"做了一个梦。"王彩萍重新躺在枕头上,她嘟囔道:"你吓死我了。"

四、乔炳璋爱的是戏台上的嫦娥

筱燕秋和裴锦素在街道上走。

筱燕秋："我总做这样的梦。"

裴锦素："那是你想唱戏想的。"

筱燕秋："我没想！"

裴锦素："你撒谎！"

筱燕秋沮丧地说："我天天都在提醒自己不要想。"

裴锦素手一挥："根本不管用！"

汽车穿梭而过，裴锦素拉着筱燕秋跑过马路。

筱燕秋："乔炳璋没来看戏，我真挺失望的，可他的话叫我心里有了个盼头。"

路边有个卖烤羊肉串的摊子。裴锦素："我请你吃烤羊肉串吧。"

筱燕秋："为什么？"

裴锦素："今天是你的生日。"

筱燕秋陡然伤感起来："20岁，我已经20岁了。"

裴锦素："嗨！嗨！求求你，给老身我留条活路吧。"

筱燕秋破涕为笑。

筱燕秋和裴锦素一人拿着一瓶酸奶站在烤肉摊旁边，卖烤肉的新疆人嘴里打着嘟噜招呼着她们俩。他把裴锦素要的20串肉头朝一边烤着，没卖出去的生肉串，头朝另一边放着。

新疆人把烤好的肉递给两个女孩子。裴锦素边吃边用酸奶瓶子和筱燕秋碰杯。

又来了几个吃烤肉的人，新疆人忙着招呼他们。裴锦素两只手不停地在火上翻着已经烤好的肉，她趁新疆人不注意，把几串生肉迅速调了一个头。筱燕秋目瞪口呆地看着她。

裴锦素满脸坏笑，她夺过来筱燕秋手里的羊肉串，重新烤在炉子上，又拿起一串刚烤好的塞到她的手中。裴锦素："吃热的，那个回回炉。"新疆人看裴锦素，丝毫没看出来破绽。裴锦素调皮地冲他飞媚眼。新疆人咧开大嘴笑："你的眼睛跟我们新疆姑娘一样漂亮。"筱燕秋边笑边大口大口地吃着。新疆人摇摇头憨憨地说："丫头的嘴就是慢，20串肉吃了这么老半天。"

筱燕秋和裴锦素蹲在马路边笑得快喘不过来气了。

裴锦素捂着肚子伸出两个手指头说："20串？光调头我就调了30串……"

筱燕秋抹着笑出来的眼泪："我吓得腿肚子都转筋了。"

裴锦素："我急得把舌头都快咬下来了，他还说我嘴慢。"

筱燕秋和裴锦素无遮无拦地傻笑着，过往的行人纷纷看她们。

裴锦素把筱燕秋送到宿舍门口："高兴吗？"

筱燕秋点点头："很长时间没这样笑过了。"

裴锦素走过来，紧紧拥抱了她一下，小声说："祝你生日快乐！"

筱燕秋紧紧搂住她，声音颤抖地叫了声："锦素。"

一大早，筱燕秋抱着一大抱洗干净的戏装，在戏校走廊里面走。老生、老旦、青衣、花旦、花脸、京胡、月琴、三弦、鼓板的声音从一间间教室的门窗里面飞出来。筱燕秋的脚步总是不由自主地合着唱腔，她意识到了，连忙纠正过来。走了一会儿又自然而然地合上。筱燕秋生气了，她一脚踹开了服装库的门。

阳光照进仓库。洗干净、熨平整的戏装，一排排挂在衣架上。走廊上老师教学的声音隐隐传进来。透过衣架的缝隙可以看见筱燕秋趴在桌子上在写着什么。

筱燕秋磨墨，她蘸着墨汁练写毛笔字。写着写着嫦娥的唱词跃然纸上，她慌忙停住笔。筱燕秋定了下神，翻开字帖重新开始写。

写着写着，她笔下的字不再是字，她的笔和着走廊里京胡演奏的京剧曲牌，画出了"伸萼""露滋""迎风""蝶损""醉红"等旦角指法。这些指法都是柳如云仔细给她纠正过的。

筱燕秋狠狠地把毛笔摔在墙上，墨汁像散开的泪滴一样落在雪白的墙上。

下了班，平日里热闹的盥洗间中，只有筱燕秋一个人在那里低头洗衣裳。

裴锦素进来走到她身旁，问她："过年你真的不回家了？"

筱燕秋摇摇头。

裴锦素："那你跟我走吧。"

筱燕秋使劲搓洗着衣物："锦素，你别老是心里过意不去。我真的不喜欢热闹。"

裴锦素看着她。

筱燕秋："王彩萍也不回去，我们俩一起搭伴过年。"

裴锦素不说话了，伸手帮筱燕秋拧干洗好的被套。

大年三十，筱燕秋拎着一兜子食品在走廊里面走着。走廊里家家门户紧闭，筒子楼里异常安静。筱燕秋用钥匙开门，正在疯狂接吻的王彩萍和张小康急忙分开。筱燕秋进也不是，退也不是，尴尬地站在门口。

王彩萍不自在地说了声："回来了？"

筱燕秋涨红着脸，垂着眼睛走进来，把东西放在自己的床边。

张小康对筱燕秋说："彩萍拌好了馅，等一会儿，咱们一起包饺子吧。"

筱燕秋强装笑脸：“你们吃吧，我还有事，还得出去。”说完转身往外走。

王彩萍：“大三十晚上的，你还有什么事？”

筱燕秋没搭话，三步并成两步跑了出去，门“咔哒”一声锁上了。

王彩萍扑过去使劲打张小康：“都怨你！叫你嘴馋！叫你嘴馋！”

张小康抱住王彩萍把她扔在床上，一个饿虎扑食扑了上去。

傍晚，街上冷冷清清，行人稀少。筱燕秋两手插在大衣口袋里面，漫无目的地走着。骑在自行车上的小夫妻，车子上带着糕点，从筱燕秋的身边擦过。男人肩膀上驮着孩子，女人拎着大包小包的东西，急匆匆地从筱燕秋的身边走过去。

筱燕秋心中无比凄凉，她走到十字路口。不知道该往哪走，呆呆地站在那里。红灯着，绿灯灭。筱燕秋站在路边茫然地看着。

推着自行车的乔炳璋突然出现在她的视野中。筱燕秋的眼睛一下睁大了。乔炳璋也看到了筱燕秋，他愣了一下，推着自行车走过来。筱燕秋和乔炳璋两个人站在空荡荡的路口。

乔炳璋：“你没回家？”

筱燕秋摇摇头。

两个人不知道该说什么，静场片刻。两人同时张嘴。两个人笑，尴尬。

筱燕秋：“你先说。”

乔炳璋迟疑了一下说：“我还有事……”

筱燕秋心中受挫，她控制着自己说：“你走吧。”

乔炳璋解释：“今天晚上我值班。”

筱燕秋点点头，转身走了。乔炳璋站在那里看她。

筱燕秋越走心越冷，越走越凄凉。她固执地在街上走着，一直走到街上空无一人。

筱燕秋慢慢走到筒子楼门口，乔炳璋突然从黑影里面站出来，筱燕秋吓了一跳。

乔炳璋说：“真怕你不回来了。”筱燕秋心里一酸，眼泪差点流下来。

乔炳璋说：“跟我走吧。”筱燕秋摇摇头。

乔炳璋：“团里没人。”筱燕秋看着他不说话。

乔炳璋推着车子在前面走，筱燕秋没有跟上来。

乔炳璋站住脚回头看着她说：“我也是一个人，你也是一个人，咱俩凑在一起，年还好熬一点儿。”筱燕秋心里一热。

乔炳璋：“我弄好了馅，咱们包饺子。”

乔炳璋车子上带着筱燕秋在街上飞快地骑着。筱燕秋坐在后倚架上，看看乔炳璋的后背，又看看寂静的街道。树木电线杆在她的眼前一一掠过。

乔炳璋回头看了她一眼问：“冷吗？”筱燕秋没回答。

乔炳璋说：“把手伸到我的棉袄里面暖和暖和。”筱燕秋没去暖手，她闭上眼睛悄悄地依偎在他的背上。乔炳璋一声不响地往前骑着。

又回到了团里，筱燕秋站在排练室地中间四下打量。排练室里面异常寂静，角落里面摆着煤气罐和煤气灶。乔炳璋脱了棉衣，他烧水洗菜。筱燕秋站在那里像看陌生人一样地看着他。

乔炳璋边切萝卜丝边问："怎么了？"

筱燕秋："没怎么。"

乔炳璋搅拌和好的饺子馅，筱燕秋洗手揉面。两个人一个擀饺子皮，一个包饺子，配合得很默契。乔炳璋不住抬眼睛看筱燕秋。筱燕秋被看得眼圈红了，她抬手背抹了下眼泪，把面粉抹在脸上。乔炳璋指指自己的脸说："这儿。"筱燕秋擦脸，越擦脸上的面粉沾得越多。乔炳璋放下手里的活，拧了一个热手巾，递给筱燕秋。筱燕秋把脸埋在手巾上。

四个凉菜摆在桌子中间，一大盘热气腾腾的饺子端了上来。乔炳璋找着一瓶白酒打开，他给自己和筱燕秋满上酒。乔炳璋和筱燕秋互相斟着酒默默地喝着，两人渐渐有了醉意。

乔炳璋："这么静，你说点儿什么吧。"

筱燕秋："没什么可说的。"

乔炳璋："说说你父母，说说你的家。"

筱燕秋想了想开始说了："我们家有六个女孩儿。为了这个，我妈没少挨我爸的打。我们姐妹几个也没少挨我妈的打。我在家里排行老五，姥姥不亲，舅舅不爱。功课一塌糊涂，脾气又往死了犟。所以我在家里挨的打最多。小小年纪经常觉得活着挺没意思的。9 岁那年，京剧团到我们那里下乡演出。我一下就被戏台上的人生吸引住了。我追着剧团跑了好几天，然后一门心思考戏校。从 9 岁一直考到 13 岁才如愿以偿。我从心里觉得我就是为了唱戏而生的。"

乔炳璋被她的话打动了，他凝视着筱燕秋。筱燕秋叹了口气伤感地说："没想到我的一生这么快就过完了，现在我只是作为行尸走肉活着。"筱燕秋想哭，又忍住了。

乔炳璋："你的心思我懂。"筱燕秋抬头看着他，她的眼睛中亮光闪动。

墙上钟的表针指向夜里十一点半。

筱燕秋："还有半个小时，这一年就过完了。"

乔炳璋："筱燕秋，你是喜欢低头，还是喜欢抬头？"

筱燕秋不解地看着他。

乔炳璋说："你要是喜欢抬着头，就好好地抬起头往远处看。你还年轻，一切痛苦和挫折都会随时间慢慢过去的。"

筱燕秋："我听说，年三十晚上钟声敲响的时候，你许个愿。只要心诚，愿望就会在新的一年里实现。你相信吗？"

乔炳璋："不相信。"

筱燕秋："我相信。"

乔炳璋顺口问道："你的愿望是什么？"

筱燕秋一字一句地说："我要上台！"乔炳璋一愣。

筱燕秋的眼泪涌出来："我要唱戏。"乔炳璋不知道该如何回答。

筱燕秋宣誓一样地大声说："我现在就想唱。"

乔炳璋无奈地笑了："你喝多了。"

筱燕秋神态庄重地说："我要你跟我一起唱，咱们还唱《奔月》。"

乔炳璋往起一站，摇晃了一下，差点摔倒。乔炳璋笑道："我也喝多了。"

筱燕秋从一张桌子的抽屉里面找出来化妆品，对着镜子描画起来。

乔炳璋站在那看她化妆："你真唱啊？"

筱燕秋扭头看了乔炳璋一眼，神情异常严肃地说："再不化妆，就该误场了。"

乔炳璋觉得有些好笑，可他还是乖乖地坐在筱燕秋身边，认认真真地打起了底色。屋子里面异常安静。筱燕秋和乔炳璋一声不响地描眉画眼，乔炳璋跟着筱燕秋进入了状态。

筱燕秋化好了妆，勒好头，贴好了水片。头上没有偏风，也没有凤鸟。她脱掉小棉袄，身着紧身毛衣。乔炳璋穿着绒线衣，脸上化着戏妆，额上勒着发带。两人面对面一声不响地站在那里，互相端详着、熟悉着。

筱燕秋完全忘了自己，她像嫦娥一样看着后羿，她看得如此动情，看得精魂附体，筱燕秋化成了嫦娥。她的眼睛乌黑闪亮，一波一波地漾出了秋水一样的浓浓柔情。乔炳璋被深深地打动了，自觉地进了规定情景。他站在那里看着这似嫦娥又似筱燕秋的女人，心中百感交集。

箱子上的座钟敲响了。筱燕秋身子一震，她看着乔炳璋，热泪渐渐溢满了眼眶。

挂钟"当""当"地敲着，一声比一声洪亮。筱燕秋热泪长流，她无形的水袖一甩，嘴里悲怆地叫道："喂……呀……"筱燕秋以钟声为锣鼓点儿，她围着乔炳璋走起圆场，她越走越快，直到疾走如飞。乔炳璋头晕眼花，踉跄一步，又站稳了。

筱燕秋在乔炳璋眼前转着，筱燕秋的身影渐渐幻化成台上浓妆素裹的嫦娥。乔炳璋被弄得虚实不分，完全进戏了。他瞪着眼睛，颤着双手叫道："妻……呀……呃……呃……"

筱燕秋模糊不清的影子渐渐清晰了，她随着钟声的最后一声鸣响，停住脚步，一个优美的亮相站立在乔炳璋面前。屋子里面异常安静，两个人像一对塑像站立在那里。乔炳璋热泪盈眶，筱燕秋热泪满腮。

筱燕秋慢慢清醒过来，她收回身段，有些尴尬地站在那里。乔炳璋一步一步走过来，他的眼睛里面充满了欲望。筱燕秋紧张，想转身离开，乔炳璋一把抓住了她的手。筱燕秋甩开他的手，用另一只手制止他，筱燕秋后退了一步。乔炳璋向前迈了一大步，他逼近筱燕秋。

筱燕秋抖着手，指向乔炳璋："你……你……"乔炳璋不顾一切地搂住了她，筱燕秋抖成一团，紧紧闭上了眼睛。乔炳璋在戏里出不来了，他喘息着用韵白念道："你怎能让为夫一人，孤孤单单，冷冷清清？"

筱燕秋的眼泪哗地流了下来，她慢慢睁开眼睛。乔炳璋用左手擦她的右脸，用右手擦她的左脸，筱燕秋脸上的戏妆被他擦花了。

乔炳璋痛惜地唱道："休流泪……你莫悲伤……风霜雪雨，夫与你同往。"

筱燕秋被深深地打动了，她用带哭腔的韵白叫了声："怨……家……"

筱燕秋伸出胳膊死死地搂住了乔炳璋的脖子。乔炳璋疯了一样地亲吻着筱燕秋，筱燕秋又推又搂，两人死死地缠绵在一处。乔炳璋和筱燕秋脸上的妆被蹭得一团糟，无法看清原来的面目。

寒假很快结束了，戏校走廊的墙上贴着欢迎新学年的标语。精神面貌焕然一新的筱燕秋，满面笑容地在走廊上走着，她主动跟老师们打着招呼。

筱燕秋："于老师，上班了？"

于老师边客气地点点头，边诧异地回头看她。

筱燕秋："张老师，打水去？"

张老师："啊，打水去。"

张老师纳闷地回头看她，嘴里嘀咕着："这人哪不对劲了？"

阳光透过仓库屋顶的窗子，一缕一缕地射进来。仓库里面整洁干净。筱燕秋在挂满戏装的衣架里面穿梭走动。她边往戏装上别编号，边轻轻哼着歌："小小的一片云啊，慢慢地走过来，请你么歇歇脚，暂时停下来……"

筱燕秋坐在桌子后面笨手笨脚地织着毛衣，她不时翻着怎样编织毛衣的书看着。有人敲门，筱燕秋慌忙把手里的毛活塞到地上的塑料口袋里。

筱燕秋喊："请进！"裴锦素进来。

筱燕秋扑过去搂住她叫道："锦素，你可回来了！"

裴锦素上下打量着她："气色不错嘛！"

筱燕秋拉她在桌子旁边坐下。桌子上摆着一叠纸，裴锦素顺手翻着看。纸上用毛笔画着"花态""招蝶""合笑""馥散""并蒂"等旦角的指法。

裴锦素装腔作势地看着："小鬼，不错，有进步！"

筱燕秋翻出最下面的一张给她看："这张怎么样？"

裴锦素："啧！啧！这人要是有才气啊，谁都挡不住。"

筱燕秋"咯咯"地笑。

裴锦素嬉皮笑脸地问："马屁拍得舒服吧？"她的脚绊倒了地上的塑料口袋，里面没织完的毛衣露出来。裴锦素拣起来看："罗马尼亚针，给谁织的？"

筱燕秋红着脸扑过来抢。

裴锦素挡住她把毛衣展开看："男式的。"

筱燕秋把毛衣抢过来，卷成团，塞进口袋里面。

裴锦素眯着眼睛看她："阶级斗争出现了新动向？"

筱燕秋笑而不答。

裴锦素悄悄问："我认识吗？"

筱燕秋："认识。"

裴锦素："谁？"

筱燕秋："乔炳璋。"

裴锦素半张着嘴，半晌没说出话来。

筱燕秋："这个春节我和他一起过的。"

裴锦素愣了一下："什么？什么！"

筱燕秋："我体会到你说的那种爱情的滋味了。"

裴锦素着急："他说什么了？"

筱燕秋的思绪走远了，好一会儿才轻声用韵白念道："风霜雪雨，夫与你同往……"

裴锦素急了："祖宗！那是唱词！"

筱燕秋："他是心口一致的。"

裴锦素："你怎么知道？"

筱燕秋："我知道他的心，他也知道我的心。"

裴锦素急了："你知道个屁！"

筱燕秋生气了："我不想和你吵架。"

裴锦素："我也不想跟你吵架，筱燕秋，你听我一句话，赶紧回头，免得受伤害。"

筱燕秋："他为什么要伤害我？"

裴锦素："因为你傻，因为你真，因为你根本就不懂男人。"

筱燕秋绷起脸："乔炳璋不是你想象的那种人。"

裴锦素："他更不是你想象的那种人。"

筱燕秋气得脸通红："裴锦素，你把他说成狗屎，我也要嫁给他。"

裴锦素："他根本不会娶你。"

筱燕秋："你凭什么这样说？"

裴锦素："凭我已经吹了三个对象。"

筱燕秋看着裴锦素好半天才说："你嫉妒我。"

裴锦素气得伸着两手在地上转了个圈："嫉妒？我呸！你可真说得出来。筱燕秋，你要是不怕心如苦井，你就待在戏里面别出来了！"

裴锦素气冲冲地往外走。

筱燕秋喊："你站住！"

裴锦素站住了，回过头看她："没听够？"

筱燕秋："你说！"

裴锦素一字一句地说："乔炳璋爱的不是你，是戏台上的嫦娥！"

筱燕秋一愣，脸“唰”地白了，她嘴唇哆嗦着说：“裴锦素，我一直把你当成最好的朋友，没想到你能这样伤我！”

裴锦素努力克制着自己，她看着筱燕秋，用老生的韵白一字一句地念道：“良药苦口利于病，忠言逆耳利于行。这道理还用我讲与你听么？”

筱燕秋气得嘴唇直哆嗦：“你走你的阳关道，我走我的独木桥。从今往后，咱俩谁也不认识谁！”

裴锦素高声叫道：“好！好！好！”

她水袖一甩，迈着老生的步子，唱着出去了：“我好比虎离山受了孤单，我好比南来雁失群飞散……”

筱燕秋气咻咻地看着她的背影。

传达室里只有筱燕秋一个人，她拿着话筒站在桌子旁边。

电话里面传来女人的声音：“喂，找谁？”

“我找乔炳璋。”

“不在。”

“去哪了？”

“去省里学习去了。”

筱燕秋吃了一惊：“什么时候走的？”

“走了一个星期了。”

筱燕秋握着话筒半天没说话。管收发的寇阿姨拎着一壶开水进来。筱燕秋放下电话，走了出去。寇阿姨看着她的背影：“啧！啧！这姑娘长得多水灵！”

下了班，筱燕秋和王彩萍在盥洗间水池子边上洗衣服。已经生了孩子的唐华在洗一大堆尿布。赵新娥端着盆进来，拧开水龙头浸泡衣服。

赵新娥：“这么多尿布子？”

唐华：“孩子拉肚子。”

赵新娥：“怎么搞的？”

唐华：“一喝牛奶就拉。”

赵新娥：“你真的给孩子断奶了？”

唐华：“再不断，我的体形就完了。”

王彩萍：“你可真够狠的。”

唐华：“等胖到没人看的那天，就该嫌自己不狠了。”

赵新娥：“彩萍，快办事了吧？”

王彩萍：“没有。”

唐华：“等啥呢？”

王彩萍：“等他那边分房子。”

赵新娥：“人家那位是工商局的，有盼头，不像咱们屎窝子挪到尿窝子里面。”

筱燕秋一声不响地洗着衣服。

唐华："歌舞团的李娜6号结婚，评剧团的张和平20号结婚。这个月又得搭几十块的份子钱。"

赵新娥："你结婚，人家给你，人家结婚，你再还给他。不就是把钱放到对方那里互相存着嘛。"

唐华小声说："208号的那个小个子的对象，昨天晚上没走。"

赵新娥："你怎么知道？"

唐华："孩子闹得我睡不着，一晚上盯着他来着。"

筱燕秋拧干衣服，端起盆往外走。

赵新娥压低了的声音："她和那个乔炳璋怎么样了？"

筱燕秋扬着头往外走。

唐华的声音："人家乔炳璋已经结婚了。"

筱燕秋的脚一下站住了。

王彩萍的声音："净瞎说。"

唐华的声音："我表妹是柳城的，她认识乔炳璋。"

筱燕秋端着盆走了，王彩萍追出来。

筱燕秋和王彩萍在房间里面晾衣服。

王彩萍："她这个人就这样，有嘴没心，你别生气。"

筱燕秋："我犯不上生她的气。"

她拿起没织完的毛衣："彩萍，你帮我分分领口。"

王彩萍帮她分毛衣领口："给乔炳璋织的？"

筱燕秋："嗯。"

王彩萍："我问你一句话，你可别生气啊。"

筱燕秋："我不生气。"

王彩萍："乔炳璋在柳城是有对象吗？"

筱燕秋："是。"

王彩萍："那……"

筱燕秋："他会跟她分手的。"

王彩萍："你俩能结婚吗？"

筱燕秋态度坚决地说："能。"

王彩萍："可我听别人说……"

筱燕秋打断她的话："我只相信自己的爱情，不相信别人的话。"

王彩萍看着她不知道该说什么。

第二天，戏校传达室里，送信的邮差走了，寇阿姨分报纸分信。

筱燕秋跑进来："寇阿姨，有我的信吗？"

寇阿姨翻了翻信："没有。"

筱燕秋无比失望地走了。

寇阿姨自言自语："姑娘家，孤身在外的，多可怜呐。"

筱燕秋回到宿舍里继续织毛衣，她织不下去了，靠在床上想心事，想着想着她笑了。笑着笑着眼泪流了下来，她站起来朝门口走去。毛线挂在筱燕秋的脚上，被她拉出去很远，筱燕秋用脚狠狠地把毛线踢回去。

街上，筱燕秋神情倦怠地骑着自行车慢慢地走着，一对一对的恋人从她身边掠过。筱燕秋羡慕地看着他们。

公共汽车在站牌前开走，露出筱燕秋。筱燕秋推着自行车无聊地走着。一个男人匆匆走过去，男人的背影幻化成乔炳璋的背影。筱燕秋追上去看，男人还原成陌生的男人，陌生男人走远了。筱燕秋怔怔地站在那里。

汽车一辆接一辆地从街上驶过。筱燕秋推着自行车慢慢地走着。

一辆公共汽车从站台上开走，露出来站在站台上的乔炳璋。筱燕秋站住脚，呆呆地看着他想："我的心没骗我！他回来找我了。"

乔炳璋衣衫整洁，神情温和地站在站台上，眼睛往筱燕秋站着的这个方向望着。筱燕秋心想："他在等我，等我过去。"筱燕秋想推车子过去，可就是迈不动腿："我的腿怎么了？它为什么不听使唤了？"

乔炳璋朝她这个方向看着，他的脸上挂着筱燕秋熟悉的笑容。筱燕秋扶着自行车站在那里，眼泪慢慢溢满了眼眶。

一辆公共汽车从筱燕秋的面前驶过来，在站牌处停下，遮住了乔炳璋。汽车开走，一个秀气的短发女人站在乔炳璋的身边，两人互相看着。乔炳璋接过女人手里面的提包，女人挽住乔炳璋的胳膊，面带笑容地转过身，夕阳照在她已经显怀的肚子上。筱燕秋如同五雷轰顶，眼前一黑差点摔倒，她摇晃了一下，扶着自行车站稳了。

乔炳璋小心翼翼地搀扶着怀着孕的女人走了。筱燕秋逆行推着自行车摇摇晃晃地追赶他们，她撞倒了一串骑自行车的人。

这时，裴锦素、张慧芝、于静有说有笑地从商店里面走出来。

张慧芝一眼看到了乔炳璋："看，乔炳璋。"

裴锦素："那是他老婆？也不漂亮啊。"

于静："孩子都怀上了。"

张慧芝："这叫先斩后奏。"

乔炳璋和妻子走过去。三个女孩儿远远地跟在他们后面，边吃零食边嘻嘻哈哈地说笑着。筱燕秋喝醉了酒一样横冲直撞地擦着张慧芝的身子骑过去。

张慧芝差点被挂倒，她厉声骂道："你瞎了！？"

于静喊了一声："筱燕秋！"

裴锦素一愣。

筱燕秋像盲人一样跌跌撞撞地骑着，招来一片骂声。

张慧芝："她在追乔炳璋。"

裴锦素被点醒，撒腿追上去。

张慧芝大声喊："裴锦素，你干什么去？"

裴锦素疯了一样地在人群中奔跑着。乔炳璋和女人拐弯了。筱燕秋好像没看见，她瞪着两眼骑在自行车上一路飞奔下去。裴锦素脚步停顿了一下，拐弯追乔炳璋去了。

追到音像商店门口，裴锦素："乔炳璋，你给我站住！"

乔炳璋站住，回头看是裴锦素，笑了："你呀，我给你们介绍一下，这是我爱人陆婷，刚从柳城调来。这是我们团的演员裴锦素。"

陆婷冲裴锦素微笑："有空到家里来玩儿。"

裴锦素不理她，表情严肃地说："乔炳璋，你过来，我有话问你。"

陆婷一愣。

乔炳璋："你在这儿等会儿。"

陆婷慢慢转过身，看着站在墙角边的裴锦素和乔炳璋。

裴锦素："你看见筱燕秋了吗？"

乔炳璋一愣："没有啊。"

裴锦素："她在后面追了你们一路。"

乔炳璋惊愕："什么？"

裴锦素骂："臭流氓！"

乔炳璋脸气得煞白："你怎么这样对我说话？"

裴锦素："没对你老婆这样说已经够客气了。"

乔炳璋努力克制着自己："你想对她说，就去对她说吧。"

裴锦素："臭不要脸！"

乔炳璋急了："我根本就没做对不起筱燕秋的事。"

裴锦素："你跟别人结婚了就是对不起她。"

乔炳璋愣住："我从来就没有说过我要娶她。"

裴锦素："那你偷鸡摸狗地干什么？"

乔炳璋脸涨得通红："你！"

裴锦素："我什么？你要还是个男人就痛痛快快地说句心里话，你到底爱没爱过筱燕秋？"

乔炳璋好一会儿没说话。

裴锦素鄙夷地一撇嘴："你连她一半都不如！"

乔炳璋："我和她不是你想的那种感情关系。"

裴锦素："偷嘴吃？那得在臭流氓前面再加一个臭字！"

乔炳璋窘迫："裴锦素，你根本就不懂我和她……"

裴锦素："我怎么不懂？她上了妆你就疯了一样地追求她，卸了妆你就从里到外不认识她了。"

乔炳璋一愣。

裴锦素手指着他的鼻子尖："三十那天晚上你这张嘴亲的是嫦娥，根本就不是筱燕秋。"

乔炳璋头上的汗滚落下来。

裴锦素鄙夷地一笑："打中你这条毒蛇的七寸了吧？"

乔炳璋不说话。

裴锦素火了："你这样做就更流氓，更臭不要脸！"

乔炳璋急了："裴锦素，你怎么这样说话？"

裴锦素无比纯洁地瞪着他："你那么恶心的事都做了，还怕我说吗？"

回到宿舍的筱燕秋，把门"砰"的一声锁上。她跌跌撞撞地进屋，脚挂住了地上的毛线。筱燕秋像个盲人一样在屋子里面走着，她不断地碰倒东西。毛线缠在她的腿上脚上，接近竣工的毛衣上的毛线被她拉扯着一截一截地往远处拽着。

筱燕秋把自己从头到尾裹在被子里面，仰面朝天，一动不动地躺在那里。她像被凉水激着了一样，哆嗦成一团。筱燕秋爬起来，把棉大衣盖在身上，还是觉得冷，她跳下床把王彩萍的被子扯过来盖在身上仍止不住瑟瑟发抖。她一动不动地躺在床上，眼睛死死地盯着房顶。

街上，陆婷在远处慢慢地溜达着。乔炳璋和裴锦素气哼哼地站在那里。

乔炳璋："只要她能出这口气，杀剐随你便。"

裴锦素冷眼看着他："这话你对她说去。"

乔炳璋："她听你的话，你在她心里的位置最重。"

裴锦素："再重也没你重啊！"

乔炳璋被噎住。

裴锦素有些悲伤地说："她和我已经翻脸了。"

乔炳璋："为什么？"

裴锦素："因为我说你是红蓝铅笔，色棍一根。"

乔炳璋一口气差点没上来："你！"

裴锦素："对！我。乔炳璋，你们俩的事我管不了，你还是去求党组织吧。"

乔炳璋气得发抖："裴锦素，我真没想到你是这样的人。"

裴锦素口齿伶俐地回答："乔炳璋，我料定你就是这样的人。"

乔炳璋气得一脚踢飞了地上的空瓶子。瓶子撞在墙上碎了。远处的陆婷往这边看。裴锦素用鼻子哼了一声，扬着头两手插在口袋里面晃晃悠悠地走了。乔炳璋愣愣地站在那里。

音像商店里面传出来京剧《四郎探母》中杨延辉的唱段："千跪万跪，也折不过儿的罪来……”

陆婷走过来：“怎么了？”

乔炳璋没说话。

陆婷盯着他的脸：“你有事瞒着我。”

乔炳璋：“没有。”

陆婷：“你骗我！”

乔炳璋：“烦不烦？”

陆婷眼泪流下来：“我刚来你就对我这样，以后的日子还怎么往下过？”

乔炳璋看也不看她，转身气哼哼地走了。陆婷愣了一下，紧追几步赶上他，挽住他的胳膊，乔炳璋甩开，陆婷一声不响地跟在他的身后。两人走远了。

杨延辉的唱腔继续。

这天晚上，乔炳璋在戏校筒子楼黑洞洞的走廊里面磕磕绊绊地走着，两边的屋子里面传出日本电视连续剧《血疑》的声音，大鼓书《黛玉葬花》的声音，半导体里面报新闻的声音。

一个黑影迎面走过来，乔炳璋拦住她：“请问筱燕秋住在哪个房间？”

唐华上下打量他：“你是哪儿的？”

乔炳璋：“京剧团的。”

唐华：“你是乔炳璋吧？”

乔炳璋：“我是乔炳璋。”

唐华笑了：“往前走，拐弯，闻着臭味就到了。”

乔炳璋一愣：“什么意思？”

唐华：“她挨着厕所住。”

乔炳璋朝前面走去。唐华津津有味地盯着他的背影。一个男人喊道：“饭糊了！”唐华慌忙跑开。

乔炳璋敲筱燕秋的房门。筱燕秋一动不动地躺在床上，眼睛死死地盯着房顶。外面敲门声一阵紧似一阵。

乔炳璋不停地敲着门。筒子楼里的住户纷纷探出头往205门口看。唐华拉着赵新娥站在盥洗间门口看。乔炳璋承受不住他们的目光，转身离开。

赵新娥：“比在台上看着精神。”

唐华恨恨地说：“小白脸子，坏心眼子！”

乔炳璋气急败坏地出来，和裴锦素撞了个满怀。两人同时一愣。

乔炳璋：“她反锁着门，怎么都敲不开。”

裴锦素麻耷着眼皮不理他，径直走进门洞。乔炳璋没着没落地看着她的背影。

裴锦素蹲在门口，用一块硬塑料片往开拨门锁。筒子楼的居民围上来看。

唐华：“她到底在不在里面？”

靳小手："我看见她进去的。"

门开了，裴锦素进去。人们探头往里面看，裴锦素"砰"的一声把门锁上。

灯着了，裴锦素站在门口愣住了。筱燕秋给乔炳璋织的毛衣，拆了半截扔在门口的地上。连在毛衣上的毛线像蜘蛛吐出来的丝一样挂在桌子腿上、凳子腿上、床头上。裴锦素拣起毛衣一点点地把线绕起来，一直绕到筱燕秋的脚旁，她搬着筱燕秋的脚把缠在她脚上的毛线一点点解下来。

筱燕秋两眼瞪着屋顶一动不动地躺在床上。裴锦素难过地叫了声："燕秋！"筱燕秋像死了一样无声无息。裴锦素在床边坐下，她把手伸进被子里面拉筱燕秋的手，筱燕秋的手冰得裴锦素一哆嗦。裴锦素急忙灌了个暖水袋，用毛巾包好塞进被子里面。

走廊里面不时传来嘈杂的声音。裴锦素坐在床边默默地看着筱燕秋。筱燕秋由着她看，没有任何反应。

裴锦素的眼圈红了，她低声劝筱燕秋："你这是惩罚自己，不是惩罚他。"

筱燕秋不说话。

裴锦素："你把自己折磨死了又能解决什么问题？"

筱燕秋不回答。

裴锦素："我理解你，这一切我都经历过。爱情没了的时候，我也是寻死觅活的，以为不能再活下去了。折腾累了，睡着了。醒来一看，血压还在，心跳还在，世界末日并没有到来。人的实际承受能力，比我们自己想象的要强得多。燕秋，你一定要再给自己一个机会，千万不要往死墙角上逼自己。"

筱燕秋一动不动地躺着。

裴锦素："燕秋，你恨我，我不在意。你就是一辈子不理我，也是我最好的朋友。有的时候……有的时候，我还在心里把你当成自己的妹妹看。"

筱燕秋的眼睛动了一下。

裴锦素："那天你和我翻脸了，我心里非常难过，不管你怎么想我、怎么骂我，我从心眼里希望你过得比我好。希望你能比所有的女人都过得好！"

筱燕秋不看她也不说话。

裴锦素："我知道你还在恨我，我这个人就是挺招人恨的。"

筱燕秋的嘴唇颤抖着。

裴锦素叹了口气站起来："我把彩萍找回来，让她陪着你。"

筱燕秋一把拉住她的手："别走！你别走！"

裴锦素的眼泪"哗"地流下来，她一屁股坐下，嚎啕出声："燕秋！燕秋！"

筱燕秋伸手制止她："别哭！"

裴锦素止住悲声。

筱燕秋平静地说："我都没哭，你更不应该哭！"

裴锦素像孩子一样擦干眼泪。

筱燕秋："锦素，我一点劲儿都没了。身子像一个口袋被人掏空了以后又翻了过来，里面什么都没了。"

裴锦素伤感地握着她的手。筱燕秋一声不响地躺在那里，裴锦素看着她，两人谁也不说话，屋子里面异常安静。

筱燕秋突然张口轻声唱道："甜言蜜语真好听，谁知都是假恩情……"

裴锦素心酸地叫了一声："燕秋！"

筱燕秋看着屋顶沉默了一会儿，自言自语般地低声唱："悲声破寂寥……"

裴锦素抓住她的手说："燕秋，你别这么伤心，他就在外面呢。"

筱燕秋不唱了，沉默了一会儿一字一句地说："他这个人真的时候不可信，可信的时候又不真。我要活下去就不能再见他了。"

筒子楼外，乔炳璋扬着脖子往楼上看着。裴锦素的身影出现在窗前。乔炳璋焦急地看着裴锦素。裴锦素使劲拽上窗帘。乔炳璋呆呆地站了一会儿，低着头默默地走了。

屋内，筱燕秋："锦素。"

裴锦素："嗯？"

筱燕秋："我想结婚。"

裴锦素一愣："跟谁结婚？"

筱燕秋："不知道。不管是谁，只要第一个向我求婚，我就嫁给他。"

裴锦素："你疯了？"

筱燕秋平静地说："我要赶紧把自己嫁掉。"

五、为了结婚认识面瓜

戏校传达室里，寇阿姨笑眯眯地说："他大名叫年华，小名叫面瓜，虚岁三十，家在农村，是我娘家的一个表侄子。他是当兵出来的，因为在部队上干得好，转业以后，政府分配他做了太平路的交通警察。"

筱燕秋垂着眼皮坐在对面，一声不响地听着。

寇阿姨："面瓜五大三粗的，模样配不上你。可他心眼好、厚道，人也本分，肚子里面没有一节花花肠子。你要是嫁给他，那才算嫁对人了。这孩子可孝顺了，单位分点吃的，他想方设法地给他妈捎回去。你想想一个对妈好的男人能对自己老婆不好吗？他们领导也经常夸他，那句话是咋说的来着？"

寇阿姨翻着眼睛想："对，对，他心里面装着别人，唯独没有他自己。"

筱燕秋抬起眼睛看着寇阿姨。静场。

寇阿姨小心翼翼地问："姑娘，咋样？见还是不见？"

筱燕秋双唇一碰，轻轻吐出一个字："见。"

晚上，五大三粗憨头憨脑的面瓜，身穿蓝色中山服，手里面拿着本《红旗》杂志，站在文化宫门口的台阶上东张西望着。一个一个的女孩子从他面前走过去。

面瓜十分紧张，他不住地用《红旗》杂志给自己扇风降温。又有两个女孩子陆续从他面前走过去。面瓜眨着眼睛看着她们，姑娘并没有停留的意思。

面瓜忘了要见的人是什么特征，急忙从口袋里面掏出来一张纸条看着，嘴里面念出声来："浅灰格呢上衣，驼色裤子。马尾辫子……"两个姑娘走远了。面瓜盯着她们的背影，目送她们到十字路。

十字路口堵车了，汽车鸣笛，骑自行车的人使劲地按车铃。面瓜关注地看着。面瓜自言自语："憋住路南放路东。"他使劲拍了下大腿："嗨！哪有这样给手势的？"

交警做着手势，声嘶力竭地喊叫着疏散交通。车队缓缓开动了。交警松了口气转过身来。面瓜正站在路中间，动作娴熟地打着手势指挥着。车辆按照他的意思向前开去。

交警跑过来冲他敬了个礼："年哥，怎么到这儿上班来了？"

面瓜："有事路过，看见你笨得闹心就上手帮你捋捋。"

交警笑："那你替我把这个班捋下来得了。"

面瓜："美出你鼻涕泡来！"

交警："年哥，打扮得这么精神是不是相对象去？"

面瓜"嘿嘿"笑着看了一下表，叫了声："糟了！"赶紧往回跑。交警看着他笑。面瓜边跑边抬头往文化宫门口看。

筱燕秋站在台阶上的身影渐渐近了。面瓜边跑嘴里面边念叨："浅灰格呢上衣，驼色裤子。马尾辫子……"他急忙掏出《红旗》杂志举在胸口上。

筱燕秋黑亮的眼睛先是落在面瓜手中的《红旗》杂志上，然后落在他的身上。面瓜被她落魄中的美丽震慑住，脚粘在地上不听使唤了。面瓜和筱燕秋相距一丈远的距离站在那里，两人互相看着。面瓜在心里骂着自己，一步一步艰难地挪过去。筱燕秋一声不响地看着他。

面瓜站在筱燕秋面前，他额上冒出汗来："我，我来晚了。"

筱燕秋："我也是刚到。"

面瓜竭力克制着自己，他左右张望了一下："找个地方坐一会儿？"

筱燕秋冷冷地说："就这儿吧。"

面瓜被她的声音冰得打了个冷战，忍不住抬头看筱燕秋。筱燕秋没有看面瓜，她的眼睛久久地盯着天上的月亮……

一天，面瓜坐在传达室里傻傻地发呆。

寇阿姨叫了声："面瓜！"

面瓜一激灵，转过脸看着寇阿姨。

寇阿姨："咋样？你倒是给个话呀！"

面瓜咽了口唾沫："我最大的愿望是娶个国营企业的正式工人，刚见到筱燕秋的时候，我真是惊得两手冰凉。不光是因为她年轻漂亮，主要是她的眼神，她的眼神里面有一种我说不上来的东西。那双眼睛一落到我的脸上，我就替她从里到外地感到委屈，也从里到外地觉得自己对不起她。"

寇阿姨嗔怪地说："你哪对不起她？"

面瓜："姑啊！人家筱燕秋是啥？是块亮晶晶的冰。我面瓜是啥？是团烂泥巴。我就是把下辈子的劲都努上，也配不上她这样的亮晶晶的姑娘呀！"

寇阿姨："落帔的凤凰不如鸡！你差啥？她要是真嫁给了你，还是她修来的福呢。"

面瓜："福？哪来的福？"

寇阿姨使劲点了下他的额头："面瓜啊！面瓜！你可真是身在福中不知福！"

面瓜眨着眼睛不解地看着寇阿姨。

寇阿姨来到仓库，笑眯眯地问筱燕秋："你对他有啥意见？"

筱燕秋看着寇阿姨不知道该怎么回答。

寇阿姨："要不就再接触接触？"

筱燕秋点了下头。

傍晚，面瓜在公园门口站着，他心神不定地看着门口来来往往的人。面瓜的眼神一下定住了。筱燕秋走过来了，她的眼睛从面瓜的脸上扫过去，落到别人的脸上。一圈看下来，没有看到她要找的。筱燕秋站在那里老老实实地等着。

面瓜走到筱燕秋跟前，筱燕秋抬起眼睛看他。面瓜顿时心慌气短，窘迫地问了句："来了？"筱燕秋狐疑地看着他，面瓜看出来她不但忘了自己的模样，还忘了自己的姓名，于是提醒道："我是年华，叫我面瓜就行。"

筱燕秋觉得他有趣，笑了，笑容在她的脸上停留了几秒钟就消失了。面瓜惋惜地看着她。心想："她笑起来多好看，她怎么就不愿意好看下去呢？"

筱燕秋跟着面瓜在公园里面走着，面瓜小心翼翼地陪筱燕秋沿着鹅卵石的路往前走。一对对情侣有说有笑地从他们身边走过去。

面瓜不知道该说点什么，于是偷眼看筱燕秋。筱燕秋的身子跟着面瓜走，可灵魂已经不知道飞向了何处。她轻飘飘地走在面瓜身边，眼睛盯着虚无缥缈的地方，浑身上下浸透了凄凉凛然的美。面瓜把想说话的念头使劲咽了回去。

两人一声不响地走着。筱燕秋一声不响，面瓜就更不敢开口。他们俩一圈一圈无言地走着。夜色笼罩着他们的身影，面瓜站住了，筱燕秋跟着他站住了。

面瓜终于张嘴了："太晚了。"

筱燕秋点点头："晚了。"

面瓜："回吧？"

筱燕秋点点头。

面瓜和筱燕秋走出公园门口站住。面瓜无比沮丧，他不知道自己的哪一个环节错了。筱燕秋则是一副事不关己，高高挂起的样子。

面瓜鼓足了勇气试探着约筱燕秋："下个星期六咱们还在这见面，行吗？"筱燕秋点点头。

面瓜："还是六点半。"筱燕秋又点点头。面瓜高兴得使劲搓着手。

筱燕秋的身影走远了，消失了。面瓜的脸上笑开了花。

又是一个晚上。

筱燕秋跟着面瓜在公园里面走着，面瓜小心翼翼地陪筱燕秋沿着鹅卵石的路往前走。一对对情侣有说有笑地从他们身边走过去。面瓜偷眼看筱燕秋。筱燕秋的身子在跟着面瓜走，可灵魂已经丢失了。她轻飘飘地走在面瓜身边，眼睛盯着天上的月亮，黑亮的瞳孔里面放着虚光。月光下的筱燕秋浑身上下浸透了冷艳凄凉的美。

面瓜被筱燕秋身上的冷气激得把想说话的念头使劲咽了回去。两人一声不响地走着。一圈一圈无言地走着。夜色笼罩着他们的身影，面瓜站住了，筱燕秋跟着他站住了。

面瓜张嘴了："太晚了。"

筱燕秋点点头："晚了。"

面瓜："回吧？"

筱燕秋点点头。

面瓜和筱燕秋走出门口站住。面瓜鼓足了勇气试探着约筱燕秋："下个星期六咱们还在这见面行吗？"筱燕秋点点头。

面瓜："六点半。"筱燕秋又点点头。

面瓜看着筱燕秋。筱燕秋走了，她的身影渐渐远了，没了。面瓜长长地舒了口气。

白天，面瓜在传达室动作熟练地帮寇阿姨分着报纸。

面瓜："在她面前我自卑得要命，一点儿想象力都没了。心想既然第一次这么走了，第二次当然也应该这样走。她从来不跟我说话，只是像影子一样跟着我。我咋走，她就咋走。我往哪去，她就往哪去。我俩每一次都走同一条路，在同一个地方拐弯，在同一个地方休息，走完了，在同一个地方分手。然后我说同样的话约她。"

寇阿姨哭笑不得："这条路你们啥时候能走到头啊？"

面瓜："这我心里可没谱。"

寇阿姨："面瓜啊，面瓜，你咋这么憨呢？"

面瓜叹了口气："姑啊，你不知道，我这不是谈恋爱，简直是活受罪。"

寇阿姨抬起眼睛看他："受罪？受啥罪？"

面瓜："我跟她在一起，那汗哪，一身一身地出。汗出透了心里滋味又不一样了。"

寇阿姨话里有话地问他："咋个不一样法？"

面瓜脸上露出一丝羞涩的甜蜜："别的罪受了就不想再受。这种罪今天受完了，明天还惦记着想接着受。"

寇阿姨哈哈大笑。

面瓜激动得涨红了脸："我想娶她，姑，你帮帮我。"

寇阿姨笑了："那老在一个地方死守着？"

面瓜："那去哪儿？"

寇阿姨："哪儿新鲜去哪儿。"

面瓜困惑地眨着眼睛："哪儿新鲜？"

寇阿姨掏出两张电影票递给他："你可真是憨到家了！给！这是我给你淘弄的票。明天晚上演电影《少林寺》，你约她去看。看完电影把该谈的都给我谈开了。"

面瓜一把抓过电影票。

这一天，文化宫门口人山人海。面瓜站在人群中东张西望。筱燕秋也站在台阶上四处张望，一个男青年走过来低声问："看电影吗？"筱燕秋看了他一眼没说话。男青年凑得更近了："我这有票。"筱燕秋闪身躲开。男青年紧跟在她身后解释道："我没别的意思，只是想和你交个朋友。"筱燕秋紧张地在人群中穿梭躲闪。面瓜回头，一眼看到了筱燕秋。男青年贴着筱燕秋很近地站着，筱燕秋紧张地使劲往开推他。面瓜的血一下子涌上了头，他扒拉开人群拼命挤过去。

男青年跟在筱燕秋身后喋喋不休地说着："你气质真好，那么多人我一眼就看到了你。"面瓜突然冲出来，一把抓住了他的衣襟，照面门就是一拳。男青年的鼻血喷射而出。筱燕秋愣住。静场片刻，男青年嗷嗷喊叫着扑上来。周围顿时乱作一团，战场像推倒的多米诺骨牌一样，越扩越大。

文化宫的喇叭里面传出来《少林寺》中激烈打斗的声音。筱燕秋站在那里呆呆地看着。面瓜满脸是血英勇奋战着……

第二天，筱燕秋、王彩萍、裴锦素三个女孩儿在房间里钩同一块桌布。

筱燕秋："刚开始我想拉开他，后来干脆不想拉了。他打起架来很勇猛，弄得我都想扑进去，参加这场战斗了。"

裴锦素："你喜欢上他了？"

筱燕秋想了一下摇摇头："没有，我只是记住他长什么样了。"

王彩萍："电影也没看成？"

筱燕秋点点头："我陪他去医院了。"

裴锦素："伤成什么样？"

筱燕秋："脑袋上缝了五针。"

王彩萍钩手里面的活："后来呢？"

筱燕秋："后来他那边就没动静了。"

王彩萍："我说你怎么连着两个星期没出去呢。"

筱燕秋："他为什么不约我了呢？"

裴锦素："脑袋破了，面子丢了，不好意思再约你了呗。"

筱燕秋叹了口气："跟他在一起的时候没觉得什么，不在一起了反倒空落落的。"

裴锦素："你那是寂寞。"

王彩萍："话不能这么说，他好赖总是个男人吧，有男人陪着总比没男人陪着强。"

筱燕秋叹了口气："我和他可能完了。"

裴锦素手一挥："完了才好呢，就他那破条件扔在大街上都没人拣。"筱燕秋可怜巴巴地看了她一眼。

裴锦素"嘿嘿"笑："看，劝走嘴了不是？"

王彩萍："燕秋，你想要个什么样的，咱们发动社会力量帮你张罗张罗。"

筱燕秋哀怨地说："我哪有资格挑别人，人家不挑我就不错了。"

裴锦素："你不是这个极端，就是那个极端。主题只有一个：自己收拾自己。你这人啊，缺乏人道主义精神。"

筱燕秋气哼哼地叫道："裴锦素！"

裴锦素跳起来立正："到！"王彩萍笑。

裴锦素："笑！笑！你婆婆我已经饿得前心贴后背了，你还不赶紧烧火做饭？"

王彩萍："凭什么老是我做饭？"

裴锦素："再顶嘴，小心叫我儿子一纸休书把你休了。"

筱燕秋哈哈大笑，王彩萍也跟着笑了。王彩萍切菜弄面，裴锦素吹着口哨帮她忙活。

裴锦素喊："燕秋，过来剥根葱。"筱燕秋答应着跑过去。

裴锦素："团里要下去演出。"

筱燕秋："走多长时间？"

裴锦素："一个月。"筱燕秋点点头，没说话。

裴锦素："有事多和彩萍商量。"筱燕秋又点点头。

王彩萍把一盆热气腾腾的鸡汤面端上桌子："来！吃面，吃面。"

裴锦素和筱燕秋一起把碗举到她面前让她盛。

王彩萍两眼一瞪："凭什么总让我伺候你们？我又不是你们的妈！"

裴锦素和筱燕秋看着她嬉皮笑脸地大声喊："妈！"

王彩萍窘得满脸通红，她瞪着她们俩。裴锦素和筱燕秋举着碗一脸无邪地看着她。王彩萍无奈地抢过碗挨个给她们俩盛面。三个人吃面。

王彩萍："我和张小康已经登记了，只不过还没请客。"

裴锦素上下打量她："这么说，你已经是媳妇群里面的人了？"

王彩萍笑："别说得这么难听。"

筱燕秋："张小康快回来了吧？"

王彩萍："这次是跟局长下去了，说不准。他胃不好，我真怕他喝酒喝坏了。"

裴锦素："哎，女人一结了婚是不是个个都跟妈似的？"

王彩萍："你亲身体验一下嘛。"

裴锦素把头摇得像拨浪鼓似的："我可不想弄那么大个儿子，每天抢在怀里拍着。"

筱燕秋笑得一口面差点儿喷出来。

裴锦素唱老旦唱段："未曾开言我好心酸，不由我双泪洒胸间……"

一天，街道上人来人往，筱燕秋两只手插在口袋里面，漫无目的地走着。她的目光被一对小姐妹吸引住了。六岁的姐姐，领着四岁的妹妹横穿马路。一辆汽车鸣着笛从她们身边擦身而过。筱燕秋惊得站住脚，紧张地看着姐妹俩。

四个路口的车急踩刹车停住。十字路口空空荡荡。小姐妹俩紧张地四处张望。

交警戴着白手套，他一只手拉着一个孩子，带着她们过马路。筱燕秋的两只眼睛紧紧地盯在那个交警身上。交警把孩子送到马路对面转过身来，是面瓜。

此时的面瓜一扫和筱燕秋在一起时的胆怯、委琐，抬头挺胸地回到岗楼上。筱燕秋被面瓜吸引住了，她站在那里看着他。阳光下的面瓜别有一番英姿，他挥舞着双臂指挥着四个路口来往穿梭的车辆。面瓜的动作准确、优美、诙谐，极具号召力。筱燕秋站在那里，看傻了，看呆了。

交警换岗，面瓜下岗，他一眼看到了马路旁边的筱燕秋，他愣了片刻，胆怯和委琐重新回到他的身上。两人一声不响地对视着。筱燕秋充满期盼地看着他。面瓜被筱燕秋看酥了，看软了，他一步步艰难地挪过来。面瓜和筱燕秋站在一起，来往的行人车辆遮住了他们。

又到了公园里，面瓜和筱燕秋在鹅卵石的路上一声不响地走着，他们俩又开始了遥遥无期的“长征”。“长征”结束，公园门口，筱燕秋走远了。面瓜用甜里透着苦的目光送着她。

晚上，筱燕秋翻来覆去地睡不着。

又是一个周六，筱燕秋跑进传达室气喘吁吁地拿起电话：“喂。”

话筒里面传来面瓜的声音：“我是面瓜。”

筱燕秋：“啊，有事吗？”

面瓜的声音：“今天晚上我得替别人值班，咱俩的约会改在明天上午吧。”

筱燕秋：“行。”

面瓜：“明天上午 9 点，公园门口，不见不散。”

筱燕秋放下电话回头。寇阿姨笑眯眯地看着她。

星期日的公园里面很热闹，遛鸟的、溜嗓儿的、遛腿的，人们穿梭往来。筱燕秋跟着面瓜在人群中走着。因为白天，再加上热闹，面瓜放开了很多，不太拘谨了。他领着筱燕秋往老地方走。一阵京胡声传来，面瓜抬眼睛往前看。一群京剧票友在亭子里清唱。拉京胡的瘦老头和一个戴着助听器的矮个子老头吵了起来。

瘦老头：“耳朵聋成这样，咋能合上调门？”

矮个子老头脖子一梗：“我眼睛再小也能当你的镜子使唤。看看你这双猪蹄子手吧，那叫操琴吗？那叫老母猪拱泔水！”

众人大笑。

瘦老头：“你个老瘪犊子！”

矮个子老头：“错了就赶紧重拉，站在这儿西皮流水地扯啥闲淡？”

瘦老头气得扔了琴：“这琴我不能再拉了！”

矮个子老头终于明白了，两只小眼睛一瞪：“摔谁呢？你摔谁呢？”

票友甲劝：“一个解闷的事，你们哥俩别弄得这么剑拔弩张的。”

票友乙挑：“票友也得讲究戏品，这么胡搅蛮缠下去可不行。”

票友丙：“这老爷子简直就是根搅屎棍子。”

票友丁：“别吵了，再吵下去，这一天就交待了。”

亭子里面吵成了一锅。面瓜站住脚有滋有味地看着，筱燕秋心不在焉地站在他的身后。一个学者型的老头走进人群，他从地上拣起京胡，擦干净上面的土，在石头上坐下，调弦定音。悦耳动听的京剧曲牌刹那间盖住了争吵声。筱燕秋如梦方醒，眼睛活了，心也活了。

票友们抢着点戏名。学者老头不知道听谁的好。

票友甲："你随便拉，你拉什么我们跟什么。"

筱燕秋的眼睛死死地盯在学者老头的身上。学者老头一抖弓，《奔月》里嫦娥的唱腔奔流而出。筱燕秋的眼泪一下子涌了出来，她泪眼蒙眬地看着眼前的一切。

老头起劲地拉着。一个身材魁伟的老头挤进人群，捏着兰花指"咿咿呀呀"地唱起来。他唱得非常投入、非常好。筱燕秋的眼前虚了，她一身戏装在云雾缥缈处抖着水袖，舞着唱着。筱燕秋泪流满面。

面瓜不知道发生了什么事情，惊慌失措地看着她。周围人的目光纷纷落在筱燕秋身上。筱燕秋泪雨纷飞，她带着身段挤出了人群，像踩着云彩一样地飘走了。眼前人影憧憧，模糊不清。

筱燕秋飞一样地走着，面瓜一溜小跑跟在后面。模糊不清的人影渐渐实了，一掠而过的行人吃惊地看着她。筱燕秋清醒过来，一下站住了，她汗如雨下，站在那里拼命地喘息着。

面瓜气喘吁吁地跑过来站在她的面前，关切地问道："你哪不得劲儿？"

筱燕秋眼泪汪汪地看着他不说话。

面瓜："想解手？"

筱燕秋脸涨得通红，使劲摇摇头。面瓜尴尬地挠脑袋。行人走过遮住了他们俩。

面瓜和筱燕秋一前一后走着。两人站在往常分手的地方时，面瓜鼓足勇气问："你对我有意见吗？"筱燕秋摇摇头。

面瓜："那你要是同意，咱们就把事办了吧。"筱燕秋懵懂地看着他，好像不明白他说的话是什么意思。面瓜窘迫，沉默了好一会儿小声嘟囔道："你要是不愿意，咱俩就算了。"筱燕秋还是不说话。面瓜的心沉下去，知道他们俩的关系完了，他没再说一句话，也没再抬头看筱燕秋一眼，慢慢转过身走了。

面瓜越走心里面越憋屈，直憋得他眼泪涌上眼眶。面瓜伸手在脸上划拉着，他痛心疾首地回头看了一眼。筱燕秋像只小羊羔一样，默默地跟在他后面。面瓜站住了，他先是目瞪口呆，随即心花怒放。

筱燕秋跟着面瓜又走到了那条鹅卵石的路上。天气晴朗，太阳很亮，走在面瓜身边的筱燕秋仍旧一言不发，她一直歪着头看着天边遥远的地方。

筱燕秋的鞋跟不慎踩到鹅卵石路的缝隙里，她的脚踝迅速地朝外一撇，人倒了下去，面瓜没接住她。面瓜的脸吓白了："我看看摔着哪了？"筱燕秋一言不发，捂着脚瘫坐在那里。面瓜感觉到事情的严重性，他二话不说背起筱燕秋撒腿就跑。

面瓜背着筱燕秋在医院走廊里面一溜小跑，招来医护人员和病人的目光。

从医院回到筒子楼，面瓜背着筱燕秋在走廊里面走，他不时撞倒摆在走廊上面的杂物。各户的居民听到响动纷纷探身往外看。面瓜满头大汗，冲大家点头憨笑着。

回到宿舍，面瓜把筱燕秋安排在床上，小心翼翼地给她往脚上敷药。筱燕秋的脚踝肿起来了，青紫了一大块，肘部也蹭掉了一大块皮。筱燕秋对自己受的伤一点儿也不在意，受伤的似乎是别人。面瓜心里在疼，他看着筱燕秋的脚脖子，不敢看她的眼睛。后来实在忍不住了才偷偷看了一眼筱燕秋，目光立即又避开了。

面瓜声音很小地问："还疼吗？"

冰冷的筱燕秋不禁心里一热。

面瓜痛心地说："咱俩还是别谈了吧，看我把你摔成这个样子。"

筱燕秋抬起头看着面瓜："不怨你，是我自己走路不小心。"

面瓜真诚地说："要不是我，你根本就不会到那个地方去，也不会伤成这样。你一个姑娘家孤身在外，本来就没人关心、没人照料。这下脚又坏了，谁给你做吃做喝？谁给你送汤送饭？怨我！都怨我！我咋就看不见那条路上缺了块石头呢？"

筱燕秋心潮一阵起伏，所有的伤心顿时在胸中泛滥起来，她呼吸急促地看着面瓜。面瓜没见过她这个样子，不由得紧张起来，他没来由地把浑身上下的口袋都掏了一遍。屋内气氛尴尬、紧张。

面瓜的目光在筱燕秋的脸上扫了一下小声说："没事，我回去了。"筱燕秋的眼圈红了，她盯着面瓜，眼泪一颗一颗地落下来。

面瓜害怕了："这会儿疼得厉害了？"筱燕秋摇头，眼泪雨点般地甩落。

面瓜急了："那你哭啥？"筱燕秋不能自已，她一把拉住面瓜的手。面瓜吓得一哆嗦。

筱燕秋嘴唇颤抖着，她想叫面瓜，一张嘴却嚎啕大哭起来。她拼了命地哭，声音那么大、那么响，全然不顾了脸面。面瓜吓得冷汗直流，他想逃，可没有办法逃，筱燕秋死死拽住了面瓜的手。

筱燕秋哭着说："面瓜，你在怜香惜玉是不是？"

面瓜声音哆嗦着说："玉不玉的我不知道，我只知道你这样的姑娘，应该有人惦记、有人疼。"

筱燕秋哭着叫道："面瓜！面瓜！"

面瓜关切地问："哪难受啊？"

筱燕秋："我喘不上气来。"

面瓜焦急地说："那得上医院去看看！"

筱燕秋摇摇头，她文不对题地说："我不会游泳，却被扔进了海里，我快被淹死了。"

面瓜懵懵懂懂地问："海？哪有海？"

筱燕秋："我在大海里面飘着，一个浪头接一个浪头，打得我气都上不来了。我已经被折腾得浑身上下一丁点儿力气都没有了。多亏你来了，面瓜！面瓜！你是我唯一能看到的船。"

面瓜终于明白了她的意思，知道这场婚姻有希望了，身上骨头一下轻了，他眨巴着眼睛看着筱燕秋，问道："你愿意上我这条船？"筱燕秋含泪点了下头。

面瓜兴奋地一屁股坐在筱燕秋的身边，他憨憨地说："那你要是同意，咱们俩就把事办了吧。”筱燕秋看着他好半天没说话。

面瓜盯着她的脸：“没想好就再想想，我等着你。十天、半个月，半年也行。”

筱燕秋的眼泪再次涌出来，她咬着牙一字一句地说：“一天也不用等。”

面瓜欣喜若狂，他想搂筱燕秋，又觉得有些孟浪，于是把伸出去的两只手缩回来在胸前使劲地搓着：“好！不等！不等！”筱燕秋心中突然涌起一阵无缘由的委屈，她转过脸不再看面瓜。面瓜站起来，他上上下下、左左右右，仔细勘察着屋子的犄角旮旯。

筒子楼里面的居民在水龙头前面洗菜、洗衣服。

唐华：“那个胖子是谁？”

赵新娥：“不认识，第一次露面。”

靳小手的媳妇：“筱燕秋咋哪样嚎呢？好像被人下夹子打断腿了。”

唐华哈哈大笑：“好像你被夹子打过似的。”

面瓜走进盥洗间，众人顿时缄口不言。

面瓜跟大家伙笑着打招呼：“忙呢？”

靳小手：“您忙。”

面瓜挨个拧水龙头，打量周围的环境。众人好奇地看着他。

唐华：“你是……”

面瓜：“我是筱燕秋的男朋友，在交通大队工作。”

赵新娥顿时来了情绪：“你俩搞对象搞多长时间了？”

面瓜摸着脑袋“嘿嘿”笑：“不长，一个来月吧。”

赵新娥：“你知道她的过去吗？”

面瓜：“知道，比现在还漂亮。”

唐华：“她不是这个意思。”

靳小手打断她的话：“想把家立在这儿？”

面瓜点点头。

靳小手拉面瓜出来：“老娘们儿就知道扯淡，我教你点正经事。”

靳小手教面瓜点煤油炉子，看点不着，才知道柴油没有了。靳小手用自己家的柴油给加满了。面瓜修理油捻子，两人已经亲热得像一家人了。

油锅冒烟，葱、姜扔进去，热热闹闹一阵响。面瓜穿着绒衣挽着袖子站在那里炒菜：“你得把肉用蛋清煨好，这样肉才嫩，木耳一伸腰就得出锅。”

靳小手和一群女人站在那里虚心地学着。面瓜颠勺，锅中带火，女人们大惊小怪地感叹着。

唐华：“都是男人，看看人家。我那口子就知道天上掉馅饼。”

筱燕秋坐在床上听着外面的动静。

面瓜端着菜诈诈唬唬地进来：“油着！看油着！”

面瓜把两菜一汤摆在桌子上，盛好米饭放在筱燕秋面前："吃吧。"筱燕秋百感交集地看着他。

面瓜很自然地给她搛菜："吃，吃。"筱燕秋低头吃饭。

面瓜："结了婚咱们就把家安在这里。"

筱燕秋："这是集体宿舍，不能在这里结婚。"

面瓜指指门外："他们不都是从单身变成双身子的吗？"

筱燕秋："我也不知道他们是怎样占住房子的。"

面瓜："这东西好学，关键是得结婚，只要结了婚就有别的办法。我已经30了，不能再等下去了。"筱燕秋一下没了胃口，她把碗放在桌子上。

面瓜："吃这么点儿？"

筱燕秋："吃不下去了。"

面瓜把筱燕秋的剩饭倒进自己的碗里："吃得太少了，这样可不行。"

他又把所有的剩菜都倒到自己的碗里，大口大口地吃起来。筱燕秋目瞪口呆地看着他。

又是一个白天，寇阿姨来了。

她喝着茶说："你们能走到这一步，我这当姑的心也就落地了。"筱燕秋低着头一声不响地听着。

寇阿姨："我们面瓜样子是有些不中看，可他是那种典型的居家过日子的好男人，顾家、体贴、安稳、耐劳，你说咱们女人这一辈子图啥？不就是图能摊上一个疼自己爱自己，能好好过日子的男人吗？"筱燕秋点点头。

寇阿姨："你要是没啥说道，明天早上9点就和面瓜到街道办事处去登记。"

筱燕秋："登记？"

寇阿姨："不登记算哪门子结婚？"筱燕秋看着她不说话。

寇阿姨："没意见，我就通知面瓜了。"筱燕秋沉默片刻，非常艰难地点了下头。

晚上，面瓜下班，他解下皮带吹着口哨往路边走。一辆吉普车开来停在他的身边。

小青年探头出来："面哥，队长让你搭我的车去趟清河。"

面瓜："又抓我的官差？"

小青年："你不是被抓惯了嘛。"

面瓜苦笑着上了车。

此时，筱燕秋正坐在床上愣神。对面床上空着，王彩萍没有回来。筱燕秋躺下熄灭灯。

面瓜和一个中年警察从交通队里面出来。

面瓜："有回去的车吗？"

中年警察："这么晚哪找车去？明天早上走吧。"

面瓜："那可不行，明天早上我有急事，必须在9点以前赶回去。"

中年警察："那我帮你拦辆车。"

一辆吉普车在公路的岔道口处停下来，面瓜从车上下来。面瓜冲司机挥挥手，吉普车开走。面瓜边走边回头往远处看。

车灯由远而近，面瓜跑到路中间，车灯照在他的身上。面瓜动作潇洒地比划了个停的姿势。装满货物的卡车一个急刹车停住。

黎明，浑身霜雪的面瓜从装满货物的车棚上跳下来。司机旁边东倒西歪地睡着一个女人和三个半大的孩子。

司机满怀歉意地探出头来："真对不起。"

面瓜："没事，没事，就快到家了。"

司机："这儿到牡丹城还有四十里。"

面瓜冲他挥挥手："你走你的，我再拦辆车。"

汽车从岔道上开走。面瓜在空无一人的公路上往前走着，他边走边回头看。

205房间里，筱燕秋睁着眼睛在黑暗中辗转反侧，实在睡不着，她拉着灯坐了起来。对面的床依旧空着，王彩萍没有回来。

筱燕秋打开箱子把里面的东西掏出来，一件一件地翻着、整理着。她把衣物一件件地在身上比量了一遍，然后叠好。筱燕秋的手触到了给乔炳璋织的那件拆了半截的毛衣，她犹豫了片刻拿起那件毛衣。

《奔月》的旋律在耳边响起。筱燕秋的情绪激动起来，她揪住毛线狠狠地拽着，毛衣越拆越短。《奔月》的旋律越来越淡。

筱燕秋突然停住手，仔细聆听，四周无比寂静。筱燕秋看着手里面快拆完的毛衣，心中一阵刺痛，她跳下地，飞快地找出竹针串上，坐在床上重新织起来。

《奔月》的旋律再次淡淡地出现。筱燕秋抬起头聆听着。

面瓜一个人在公路中间甩着双臂大步走着，他走得大汗淋漓，头上冒着热腾腾的蒸汽。

筱燕秋坐在床上，毛衣摊放在她的膝盖上，她时而翘起兰花指，时而甩着无形的水袖轻声地哼唱着。

面瓜浑身霜雪在路上走着，他的鞋上粘着厚厚的冰坨。清晨跑步的人从他身边跑过去，忍不住回头看他。面瓜步履蹒跚地往前走着。

筱燕秋蜷在床上睡着了。桌上的表针指在9点上。

突然一阵敲门声。筱燕秋被惊醒，她一骨碌爬起来，跌跌撞撞地跑过去把门打开。面瓜站在门口，他身上的淤泥结了冰凌，冻直的头发乍立如矛。

筱燕秋惊呼道："你怎么弄成这个样子？"

面瓜声音嘶哑地说了句："我可是按钟点赶回来的。"话刚说完他就"轰隆"一声倒在地上，鼾声随之响起来。筱燕秋看着熟睡的面瓜感慨万分。她自言自语道："这样的人我不嫁，还要嫁给谁呢？"

登记这天，与面瓜约好的，筱燕秋站在候车牌前面等面瓜，一辆辆的汽车开过去，她茫然地看着四周。

面瓜站在 19 路车牌前面等筱燕秋，一辆辆的汽车开过去，他焦急地看表。一长溜汽车驶过。面瓜抬头，突然看到马路对面的站牌下的筱燕秋。

筱燕秋也看到了面瓜。在筱燕秋眼里，面瓜的身影突然幻化成乔炳璋站在站牌前的身影。筱燕秋的笑容顿时凝固在脸上。

乔炳璋冲过马路。筱燕秋吃惊地看着他。精明的乔炳璋还原成憨厚的面瓜，面瓜在筱燕秋的面前站住，他连声说："错了，错了，忘了嘱咐你在路北的站牌底下等着了。"筱燕秋的情绪低落，怎么看面瓜都不顺眼。

面瓜赔着笑脸解释："怨我，怨我没说清楚。"筱燕秋绷着脸不说话。

面瓜："咱们走吧。"筱燕秋站在那里没动。

面瓜走了两步回头看她："走啊。"

筱燕秋："这么晚了。"

面瓜："来得及。"

筱燕秋："来得及我也不去。"

面瓜急了："我已经请假了。"

筱燕秋："你不会再请？"

面瓜："我不是已经赔礼道歉了吗？"

筱燕秋麻耷着眼皮："这不是赔不赔礼的事。"

面瓜："那是啥事？"筱燕秋看着他说不出来子丑寅卯。

面瓜求她："这事早晚得办，拖着没啥意思。"筱燕秋把脸扭到一边不说话。

面瓜试探着问："你是不是有啥要求？"筱燕秋一愣。

面瓜："有就说，只要我能办到的，一定尽力去办。"

筱燕秋搜肠刮肚地想了半天说："我不照结婚照。"

面瓜松了一口气："不照！"

筱燕秋和面瓜在街道上走。

筱燕秋："结婚那天不请客！"

面瓜愣了一下，随即痛快地回答："不请就不请，省下钱咱过日子。"

筱燕秋径直朝前走，走了几步站住说："那天我不穿红衣裳。"

面瓜："为啥？"

筱燕秋："我又不是诰命夫人。"

面瓜"嘿嘿"笑："行！那天你想穿啥就穿啥。"

筱燕秋失望地朝前走着。

面瓜小心翼翼地说："我妈捎信来说……"

筱燕秋突然打断他的话："我不去你们家！"

面瓜一下站住了。筱燕秋也站住了，她挑衅一样地看着面瓜。

面瓜看着她心事重重地叹了口气："燕秋，我是我们家的长子。"

筱燕秋不说话，眼睛死死地盯在他的脸上。

面瓜妥协了："听你的，不去就不去吧。"

筱燕秋的眼睛里面掠过一丝绝望，她转过身步履沉重地朝前走着。面瓜和筱燕秋一路上且走且停，别别扭扭。来往的行人和车辆不时遮住他们。

面瓜和筱燕秋站在街道办事处门口。面瓜率先进去，筱燕秋站在原地没动。

面瓜返身出来："你倒是进来呀！"筱燕秋看着他不说话。

面瓜走到她身边关心地问："咋的啦？"筱燕秋摇摇头。

面瓜松了口气："进来吧。"筱燕秋两只手插在口袋里面，不看面瓜。

面瓜急了："你到底咋的啦？"筱燕秋依旧摇头。

面瓜："你倒是说话呀！"

筱燕秋开口了："我不想领结婚证！"话一说出口自己都愣住了。

面瓜听到这话，脸僵住了，眼睛一点儿一点儿地湿润了。他声音颤抖着问："我哪儿做得叫你不满意？"

筱燕秋声音低沉地说："你对我很好。"

面瓜："那你为啥不愿意跟我登记？"

筱燕秋："我也不知道。"

面瓜硕大的泪珠滚落下来："有意见你就给我提出来，我一定好好改正！"

筱燕秋："不是你不好，是我不好！"

面瓜看着她可怜巴巴地说："你要是实在不愿意，咱就回去。"

筱燕秋心想："嫁谁都是嫁，我得把自己嫁出去。"

面瓜充满期盼地看着她。筱燕秋咬着牙走进了街道办事处大门。

六、“老婆，这辈子我一定对你好好的！”

婚姻登记处的工作人员仔细验看了介绍信、体检表。把填好的婚姻表放在他们面前。

中年妇女：“按个手印。”

面瓜粗大的手指急不可待地按进鲜红的印泥中，使劲蘸了一下，然后结结实实地按在年华两个字旁边。婚姻登记表放在筱燕秋的面前，她伸出手轻轻地蘸了下红印。面瓜的眼睛紧紧盯在她的那只手上。筱燕秋的手悬在半空中落不下去。

办事员不冷不热地问了句：“是不是还没想好？”筱燕秋没说话。

办事员收拾桌上的东西：“那就想好了再来。”

面瓜急了：“燕秋！”

筱燕秋深深地吸了一口气，把手印狠狠地按了下去，戳得手指一阵剧痛。面瓜长长地舒了口气。筱燕秋捂着沾着红印的手指，眼神里透着决绝。面瓜偷眼看着。

筱燕秋好像把魂丢了，她径直往外走着。面瓜拿着卷成纸卷、用红绸子拴着的结婚证一声不响地跟在她旁边。筱燕秋的目光落在结婚证上，眼泪溢满眼眶。面瓜觉得晦气，脸不由得沉下来。

面瓜和筱燕秋走出大门。

面瓜咳嗽了一声问：“咱们去哪？”筱燕秋的眼泪止不住地流。

拿着结婚证的面瓜，腰杆比以前硬朗多了，他看着筱燕秋问：“你哭啥？我真不明白你哭的是啥！”筱燕秋泪如泉涌。过往的行人回头看他们。

面瓜生气了，提高声音：“哭！哭！哭！咱这是结婚呢？还是出殡呢？”筱燕秋站住，两眼冒火盯着他。

面瓜：“结婚是两厢情愿的事，不愿意你刚才为啥要按手印？”

筱燕秋一下被戳着了肺管子，她抢过结婚证就撕。筱燕秋的行为大大出乎面瓜的意料，他愣了一秒钟，使劲把结婚证夺过来，筱燕秋拼命和他抢，两人撕扯成一团。红绸子飞了，结婚证揉皱了。行人围上来看热闹。

行人甲：“这两口子咋跑这儿打来了？”

行人乙：“这你还看不出来？刚办了离婚手续，在这儿最后决战呢！”

面瓜回头骂：“呸！你跟你老婆才离婚了呢！”

面瓜一手抓攥着揉皱了的结婚证，一手拉着嚎啕出声的筱燕秋冲出人群。围观者余兴未消地散开。

面瓜领着哭泣不止的筱燕秋在街上走。行人纷纷回头看。

面瓜拉着筱燕秋走进副食店。他饶有兴致地挨个柜台看着，筱燕秋红肿着眼睛跟在他身边。

面瓜掏出肉票和钱："买二斤肉，要屁股蛋子这块。"

售货员白了他一眼："你说了算还是我说了算？"

面瓜嬉皮笑脸："你说了算。"

售货员割了块肚囊子肉扔在秤上。

面瓜"嘿嘿"笑："这猪抗战那年出生的吧？"售货员翻眼睛看他。

面瓜自言自语："看这肚囊子，它老人家少说也有五十岁了。"售货员"扑哧"一声笑了。

面瓜央求她："这肉太费火，你给我换块年轻点的行不？"

售货员痛快地割了块后臀上的肉扔进秤盘里。面瓜眉开眼笑地谢她。筱燕秋冷冷地看了他一眼，转身走了。

背着肉、拎着菜、扛着米的面瓜追上了她。人群中的面瓜边走边眉飞色舞地和筱燕秋说着什么，筱燕秋冷着脸不答复。

回到宿舍，面瓜穿着毛衣，扎着围裙手脚麻利地切肉择菜。筱燕秋不哭了，靠在床上一声不响地看着面瓜。

面瓜看了她一眼："累了？脱鞋躺一会儿。"

筱燕秋不搭话也不动弹。面瓜把两只手在围裙上擦了一擦，走过来动作利落地给筱燕秋脱鞋，筱燕秋挣扎了一下，挣不过，只好由他去了。面瓜安排她躺下。

面瓜："这么闹腾，没个不累的。"

筱燕秋："我不是闹腾，我是心里面不舒服。"

面瓜叹了口气："这年头，男人舒服了，女人就不舒服，女人舒服了，男人就不舒服了。老天爷就这么安排的。"

筱燕秋坐起来："这话什么意思？"

面瓜赔着笑："我这个人说话就像放屁砸在脚后跟上，你别猫腰往起拣就是了。"

筱燕秋绷着脸看着他："以后少在我面前放屁！"

面瓜端着菜盆笑嘻嘻地往外走："我出去放去，行吧？"

水龙头里的水"哗哗"地冲洗着洗菜盆里面的菜。盥洗间里面人声嘈杂。面瓜站在门口，挨个给每个进来的人发烟、发糖。人们抽着烟，吃着糖，嘻嘻哈哈地说笑着。

靳小手："登记了？"

面瓜憨笑："嗯。"

唐华："啥时候办？"

面瓜："不办。"

唐华："为啥？"

面瓜："她不愿意办。"

唐华："啊，啊。"

赵新娥："那你也得给她做两铺两盖，两身新衣服。"

面瓜一愣："有这说道？"

赵新娥嘴一撇："男人就会装傻！"

面瓜"嘿嘿"笑："装傻？老婆都是自己的了，东西还能成外人的？"

众人嘻嘻哈哈地笑。

唐华："今天做什么好吃的？我得再跟你学两手。"

面瓜："红烧带鱼，过油肉，醋熘白菜，家常豆腐，酸辣汤，正好四菜一汤。"

唐华："走，走，咱跟老面上烹调课去。"

女人簇拥着面瓜出去。

此时，王彩萍和筱燕秋正坐在床上聊天。

王彩萍："面瓜这个人不错，一个心眼对你好，看着就能靠住。女人找丈夫不能什么都图。"

筱燕秋点点头。

王彩萍："你看我们家小康。"

张小康推门进来："你们家小康又怎么了？"

王彩萍刚要搭话，面瓜手里面端着一个碟子，胳膊上架着两个碟子进来了。

面瓜嘴里面吆喝着："油着，看油着。"

彩萍忙把桌子上面的东西腾开。面瓜把菜摆在桌子上。

面瓜摆碗筷："大家一块吃。"

张小康："你们吃你们的，我们俩出去吃。"

面瓜："你们咋这么外道呢？咱们走这一个门，就是一家人。"

王彩萍看筱燕秋。筱燕秋使劲拽她的衣襟，把她拽坐下。

面瓜："今天是我俩大喜的日子，你俩是燕秋的娘家人，说破天也得留下。小康，你跟哥好好喝两盅。"

张小康高兴地在桌子旁边坐下。四个人喝酒吃菜。

张小康问面瓜："你们单位没有住房？"

面瓜："没有。"

王彩萍："你们工资高吗？"

面瓜："四十多块钱。"

筱燕秋一言不发，好像这一切跟她没有关系。

王彩萍："家里还有什么人？"

面瓜："我妈和一个弟弟。"

王彩萍："你们家就俩男孩儿？"

面瓜："还有两个姐姐，都嫁人了。"

筱燕秋抬眼睛看面瓜："我怎么不知道你还有两个姐姐？"

面瓜："你没问过我。"

筱燕秋："非得我问啊？"

面瓜："你不问，我敢说吗？我一提我家的事，你那脸马上就阴转多云。"

筱燕秋："我长得就这样，不愿意看，你别看。"

面瓜"嘿嘿"笑："她这个人，干啥都喜欢戗茬来。"

王彩萍给筱燕秋搛菜："面瓜的手艺可比我强多了。"

面瓜来劲了："那是，这个世界上一流的厨子都是男人。"

王彩萍："我们家张小康还是男人呢，他怎么连壶水都烧不开？"

张小康："冲我来了。"

面瓜笑："我刚领了证就悟出来了，当丈夫首先得学会装聋、装哑、装瞎。"

张小康笑："哥，你比我聪明，我得跟你碰一个。"

两人一饮而尽。

筱燕秋绷着脸："面瓜，你什么意思？"

张小康打马虎眼："他是说，男人不能跟女人较真，得装糊涂，要不日子过起来就麻烦了。"

王彩萍不干了："我们怎么麻烦你们了？嫌麻烦还在屁股后面粘着我们干什么？"

张小康照着自己的嘴给了一巴掌："我怎么就不能当哑巴呢？"

面瓜哈哈大笑。筱燕秋也憋不住笑了。

王彩萍得意洋洋："一天不给你照亮，你就得迷路。"

张小康："迷了路你也别找了，让我自生自灭吧。"

筱燕秋"咯咯"笑。面瓜殷勤地给她盛汤。张小康倒酒。

王彩萍："你别喝了。"

面瓜："让他喝！"

王彩萍："他酒喝得太凶了，过去我一直以为他是因为不能跟我结婚愁得喝酒，没想到结了婚，他这酒喝得更凶了。"

面瓜哈哈大笑，他笑得直咳嗽。屋子里面的气氛十分热闹。

王彩萍把沏好的茶放在每个人面前，然后回到床上和筱燕秋坐在一起。两个男人抽烟喝茶。

面瓜："你们的房子什么时候能分下来？"

张小康："从去年拖到现在，几起几落，里面的那些个乌七八糟的事就别提了。"

面瓜：“有希望吗？”

张小康：“有，使劲送礼呗。”

面瓜：“你们一搬走，我们就把这间房子占住。”

王彩萍：“对，燕秋是戏校的职工，看他们能把你们怎么样！”

张小康:“占房子不光要有勇气,还要有技巧。你们得经常跟房管科的人套套近乎，隔三差五地送送礼。”

面瓜频频点头。

张小康站起来：“我得走了，彩萍！”

王彩萍站起来：“对，你们俩新婚，我给你们俩腾地方。”

筱燕秋无缘由地紧张起来，她一把拉住王彩萍的手：“彩萍，你别走。”

面瓜把张小康按坐在椅子上：“你都喝晃了还走啥？大不了咱们两对儿夫妻今天晚上都住在这儿。”

张小康：“那可不行。”

面瓜眼睛一瞪：“咋不行？那火车的包厢里面不都是男女混睡的吗？咱都混成这样了还能干啥？两眼一闭睡吧。”

他像领导一样安排大家就寝：“女人睡床，兄弟，咱们爷们儿睡地铺。”

入夜，房间里面传来两个男人的鼾声。唐华鬼鬼祟祟地伏在门边仔细地听着。一个黑影蹑手蹑脚地走过来，一把揪住她的头发。唐华惊叫一声：“啊！”筱燕秋一骨碌坐起来。另一张床上的王彩萍和睡在地上的面瓜和张小康同时被惊醒。面瓜一跃而起，穿着裤衩背心冲出去。

唐华的丈夫捂着唐华的嘴，揪着头发往回拖她。面瓜惊讶地问：“咋回事？”

唐华的丈夫赔着笑脸小声说：“梦游了，她有这毛病。”唐华索性闭着眼睛装睡。

面瓜关心地说：“那你可得小心点儿，这时候惊着了落下毛病是一辈子的事。”

张小康出来:“怎么了？”左邻右舍的灯纷纷亮了,睡眼惺忪的人们纷纷探头出来。

第二天白天，裴锦素坐在服装仓库的椅子上，她的面前堆着瓜子、糖以及糕点。筱燕秋一声不响地看着她。

裴锦素指了一下面前的东西：“就这么把自己打发了？”

筱燕秋小声说：“他追得那么紧，你让我怎么办？”

裴锦素生气：“追得紧就投降啊？他是只耗子你也嫁给他吗？”

筱燕秋：“他不是耗子。”

裴锦素：“就算他是豹子，他是什么豹？金钱豹。你是什么豹？海豹。你说你们俩这两只豹子能放在一个笼子里面养活着吗？”

筱燕秋：“你别说得那么难听。”

裴锦素：“难听我也得说。你告诉我，这个人到底哪好？”

筱燕秋把寇阿姨总结出来的东西背给裴锦素听：“他的样子是有些不中看，可他是那种典型的居家过日子的好男人，顾家、体贴、安稳、耐劳，你说咱们女人这一辈子图啥？不就是图能摊上一个疼自己爱自己，能好好过日子的男人吗？”

裴锦素：“这话是谁说的？”

筱燕秋：“寇阿姨。”

裴锦素问：“这些东西是你需要的还是她需要的？”

筱燕秋说：“正是因为弄不明白，所以我才在答应面瓜的时候大哭了一场。”

裴锦素心软了，她愣了一会儿说：“燕秋啊，你可别小看这场大哭，这场大哭对你意义深远。在某种时候，女人为谁而哭，那么她就是为谁而生的。”

筱燕秋一惊：“你是说，我命里注定是面瓜的？”裴锦素不说话。

筱燕秋凄凉地一笑：“我就那么惨吗？”

裴锦素：“惨谈不上，反正从眼前看，你和面瓜的这锅饭肯定是做夹生了。”

筱燕秋绝望：“夹生？怎么会夹生？”

裴锦素调侃：“不过任何事情都是一分为二的，换个角度看，这场婚姻再不济，有你如此义无反顾地献身，它也是悲壮的。”

筱燕秋眼泪汪汪地说：“你说我是悲剧？”

裴锦素骂自己：“掌嘴！”

筱燕秋：“你真的这么想吗？”

裴锦素赶紧安慰她：“晚上我请你吃饭，赎罪行不行？”筱燕秋破涕为笑。

裴锦素：“你想吃什么？”

筱燕秋：“饺子。”

裴锦素皱眉头：“你怎么这么费钱？”

筱燕秋笑：“讨厌！”

几天后的一个晚上，面瓜和筱燕秋在街道上走着，面瓜看到前面有一个台阶，赶紧掏出一本杂志铺在上面：“坐下歇会儿。”

筱燕秋：“我不累。”

面瓜硬按她坐下：“咋不累？我这个整天在街上戳着的人，累得都快站不住了。”

筱燕秋坐在台阶上，看着面前走来走去的面瓜。

面瓜叹了口气：“咱们啥时候才能走到头呢？”

筱燕秋：“这不挺好吗？”

面瓜：“好啥？娶了媳妇整天只能看着，这不是往死整人吗？”

筱燕秋：“我觉得挺好。”

面瓜：“你那是不负责任。我已经30岁了，我妈还等着抱孙子呢。”

筱燕秋面露不悦：“不是说不生孩子吗？”

面瓜赔笑脸：“那是她想抱，我没说非让你生。”

筱燕秋站起来走了，面瓜赶紧追上去。面瓜和筱燕秋在路灯下面走着。

筱燕秋看了下表："11 点了，回去吧。"

面瓜左右看看，他把筱燕秋拉进路灯的阴影中紧紧搂着她不放。

筱燕秋："行了。"

面瓜："不行！"

筱燕秋："小心人家看见。"

面瓜："看见就看见，我搂的又不是别人家的媳妇。"

面瓜俯身亲筱燕秋，筱燕秋挣扎。

面瓜悻悻地松开她："咋的啦？"

筱燕秋垂着眼皮："扎死了。"

面瓜在脸上使劲抹了一把："明天好好刮刮胡子。"

筱燕秋："走吧。"

面瓜一把把她拖回来。

筱燕秋不耐烦："你干什么？"

面瓜："自己的媳妇都亲不成，这不是往疯了逼我吗？"

筱燕秋心一软，眼睛一闭，索性由他去了。面瓜像吃大餐一样，心满意足地品着怀中的筱燕秋。

第二天，面瓜推门走进房间。张小康和王彩萍迎上去。

张小康："哥，我们的房子到手了。"

面瓜双手使劲一拍："我可熬出头了。"

王彩萍："我们谁也没告诉。"

面瓜："我这就去买把新锁换上。"

筱燕秋进来看看大家："怎么了？"

王彩萍眉开眼笑："我们有房了。"

筱燕秋一愣，闷声不响地站在那里。

面瓜不满地说："这人干啥都戗茬，人家都高兴，她偏偏不高兴。"

筱燕秋："我愿意不高兴！"

面瓜看了一眼张小康："来了。"

张小康笑。坐在床上发呆的筱燕秋抬头看。

王彩萍和张小康已经走了，只剩下面瓜在屋子里面走来走去地忙活着。筱燕秋一声不响地看着他。

面瓜走到门前试试新换的锁，门外传来钥匙开锁的声音，面瓜急忙冲筱燕秋打手势叫她过来。筱燕秋蹑手蹑脚地走过来，两个人扒在门边听着。

外面，拎着行李的年轻姑娘，拿着钥匙费力地开着门。唐华等人围上来。

唐华："新分来的？"

姑娘点点头。

赵新娥："哪个单位的？"

姑娘："艺校的。"

她看看手里面的钥匙："怎么开不开呢？"

赵新娥："我给你开。"她也捅不开："管理科把钥匙给错了吧？"

姑娘："这把钥匙就是那个王彩萍交回去的。"

唐华："别开了，门锁肯定叫筱燕秋换了。"

姑娘生气了："我找管理科去。"说完转身走了。

筱燕秋从屋里出来，冷眼看着大家。

面瓜端着一簸箕垃圾从屋子里面出来，他边走边吆喝："脏着，看脏着。"人们纷纷散开。

面瓜倒完垃圾回来。管理员急匆匆地走过来。筱燕秋一声不响地看着他。

管理员："筱燕秋，你把锁头换了？"

筱燕秋："换了。"

管理员："把钥匙给我一把，今后你和艺校的小吴住一个屋。"

筱燕秋："她跟我们两口子住一个屋啊？"

管理员一愣："你结婚了？"

筱燕秋："早就结了，就等这间房子呢。"

管理员急了："这是单身宿舍，谁允许你把家安在这儿的？"

筱燕秋冷冷地说："新鲜，这筒子楼里的单身宿舍，早就一间一间地变成家属宿舍了。怎么轮到该我用房的时候，就非得跪下接圣旨呢？"

管理员被噎得好一会儿才说出话来："筱燕秋，你怎么就不学好呢？"

筱燕秋挑衅地看着他："什么是好？"

管理员："这还用我教吗？"

筱燕秋冷笑："我这个人还真不知道好赖。"围观的人偷笑。

管理员："小小年纪这么往下混，丢人的日子还在后面呢。"

筱燕秋铁青着脸："丢你的人了？就你这德行样，丢了有人拣吗？"

管理员喷着唾沫星子："筱燕秋，你别不知道山高水远！"

筱燕秋："我就是不知道，你能把我怎么样？"

管理员："我到局里告你去，叫你吃不了兜着走！"

筱燕秋"嘿嘿"冷笑："我是软柿子？你下手捏一个？看我炸了你的手！"

众人哄笑。面瓜有滋有味地看着自己的媳妇。

管理员边往出走边说："筱燕秋，你等着！"

筱燕秋靠在 205 房间的门上："我点灯熬夜等着，你要是不给我申请个处分来，你就不算个男人！"

管理员骂着走远了。

盥洗间门口的墙上贴出一张公告，人们围在公告前面看。

公告上面写着：凡是在筒子楼里面私自占房子的人，单位里面永远没有分房的权利。下面盖着文化局房管科的红印。

筱燕秋转过脸一阵冷笑："永远就永远，我还怕你不成！"

靳小手和面瓜热烈握手："你这间房算是占住了。"

面瓜笑得嘴咧到了耳朵根子上："多亏筱燕秋，她比我有本事，我这媳妇娶得不赔钱。"

筱燕秋坐在床上看着面瓜。面瓜撅着屁股仔仔细细地把门缝和窗户缝都糊好。

筱燕秋好奇地问："你干什么？"

面瓜鬼鬼祟祟地冲她一摆手，让她小点声。筱燕秋不明白地看着他。面瓜又招手让她过来。筱燕秋过去。

面瓜小声对她说："听到我咳嗽，你就哼哼。"

筱燕秋纳闷："我为什么要哼哼？"

面瓜："叫你哼哼，你就麻溜地哼哼。"他开门出去。

面瓜的耳朵紧贴在门缝上，他使劲咳嗽了一声。筱燕秋坐在床上眼睛一闭，"哎哟""哎哟"地叫起来，她叫得声音很响。面瓜推门进来，手放在嘴边"嘘"了一声。筱燕秋不叫了。面瓜撅着屁股重新往门缝上糊东西。

过了一会儿，面瓜耳朵又紧贴在门缝上使劲听着。靳小手突然拍了他一下，面瓜猝不及防，差点坐在地上。

靳小手："爷儿们！干啥呢？"

面瓜"嘿嘿"傻笑："你呀，吓我一跳。"

靳小手："怕惊着？"

面瓜笑着递烟给靳小手。

靳小手一脸诡秘："惊着不怕，关键是别完成不了任务。来！来！来！我教你点儿实惠的。"面瓜兴致勃勃地凑过去。

筱燕秋坐在床上听两个男人爆发出来的阵阵笑声。面瓜喜滋滋地推门进来。仔仔细细地把门锁好，窗帘拉好。他蹑手蹑脚地走过来。筱燕秋警惕地看着面瓜。面瓜走到筱燕秋身边坐下，看着她傻笑。

筱燕秋："笑什么？"

面瓜色迷迷地说："终于能搂着你睡了。"

筱燕秋紧张地看着他："我不习惯和别人睡。"

面瓜伸手给她解衣服扣子："习惯是慢慢养成的，再说我又不是别人。"

他解开一个扣子，筱燕秋扣上一个扣子，几次反复。

面瓜："别闹。"

筱燕秋："我不喜欢你这样。"

面瓜："你喜欢我哪样？天天和你遛马路，对眼神？这样下去，不出一年，我准残废了。"

筱燕秋紧紧揪住自己的衣襟，面瓜扒开她的手："你总得过这关。"

筱燕秋："我偏不过。"

面瓜心凉了，他可怜巴巴地看着筱燕秋："燕秋，你真的不可怜我吗？我已经30岁了。"

筱燕秋盯着面瓜："你和我结婚就为了这个？"

面瓜绞尽脑汁地想了一会儿回答道："不为这个，可也不能没这个。"

筱燕秋："为什么？"

面瓜："毛主席说，要想知道梨子的滋味，必须亲口尝一尝。咱俩尝一下就知道了。"

筱燕秋知道这是自己最后的时刻了，她一阵心酸不说话了。面瓜又去解扣子，筱燕秋不再反抗，面瓜欣喜若狂，手脚一起忙乱起来。

筱燕秋含着眼泪叫了声："面瓜！"

面瓜手脚不停地答应着："干啥？"

筱燕秋："是不是这事完了，你就可以放我走了？"

面瓜满头大汗地问："去哪？"

筱燕秋一字一句地说："离开你。"

面瓜愣了一下，又身不由已地忙活起来，嘴里面不负责任地答应着："行，行。"

筱燕秋像上刑场一样两眼一闭，任他随意摆布。

唐华假装收晾在绳子上的尿布子，她看看左右没人，鬼鬼祟祟跑到门口偷听。有人出来上厕所，唐华闪在阴影里。穿着衬衣衬裤的人一溜小跑从走廊上跑过去。唐华趴在门口屏住呼吸仔细听着。

面瓜喘着粗气摔倒在床上。筱燕秋披着衣服坐起来，她点着台灯，像看陌生人似的看着面瓜。

面瓜睁开眼睛，他被筱燕秋的眼神吓了一跳。随即又心满意足地翻了个身："万里长征我们总算迈出了第一步。"

筱燕秋幽幽地说："这下你可以放我走了吧？面瓜蓦地想起了曾说过的话，他一骨碌爬起来，可怜巴巴地看着筱燕秋。"

筱燕秋被他看得眼珠一点一点地活了、润了，泪珠沁出眼眶。她看着面瓜叫了声："面瓜。"面瓜愁苦地看着她。

筱燕秋又叫了一声："面瓜！"

面瓜闷闷地应了一声："嗯。"

筱燕秋声音软软地说："现在我是你的人了。"

面瓜酥了、软了，他伸出双手像捞救命稻草一样，一把把筱燕秋捞过去搂进怀里。筱燕秋哭泣着使劲往他的怀里拱着，她嘴里叫着："面瓜啊！面瓜！"

面瓜幸福得几乎昏了头，他搂着筱燕秋，使劲往自己怀里按着："老婆啊，老婆，这辈子我一定对你好好的！"

筱燕秋万般娇媚地问道："怎么个好法？"

面瓜想了一下："我咔嚓块板儿把你供起来。"

筱燕秋"扑哧"一声笑了："我才不吃你供的干馒头呢。"

面瓜："我给你上红烧肉。"

筱燕秋突然说："我不给你生孩子。"

面瓜愣了一下，忙掩饰自己："不生，咱们不生。"

筱燕秋："真的？"

面瓜口是心非："真的。"他肉麻地看着筱燕秋说："咱们不要那小东西，有你，我就够了。我要把你当闺女疼着、养着。"

筱燕秋感动，她伸出胳膊紧紧搂住面瓜的脖子带着哭声叫道："面瓜！"

面瓜激动地一翻身，两人"扑通"一声掉在地上。唐华捂着嘴笑着跑开。

第二天白天，盥洗间里面爆发出一阵笑声。

正在洗萝卜的唐华绘声绘色地讲着："那话说得肉麻，麻得人一身鸡皮疙瘩，摸着都硌手。"

筱燕秋端着脏水盆进来，众人顿时噤声。

筱燕秋泼了脏水，一脸冰冷地看着唐华："说呀？你怎么不说了？"

唐华讪讪地说："说啥？我啥也没说呀？"

筱燕秋："那你刚才是放屁呢？"

唐华火了："你才放屁呢！"

筱燕秋冷冷一笑："大庭广众的你也不脸红？"

唐华："我又没偷汉子，我脸红什么？"

筱燕秋："你倒想偷，就你这德行，你偷得着吗？"

唐华气得浑身发抖，她用求助的目光看着周围的人："这是什么世道？你们说说这是什么世道？"

人们垂着眼皮干手里面的活，谁也不搭腔。

筱燕秋挑衅一样看着她："天天晚上都有人梦游，谁知道这是啥世道？"

唐华："谁梦游了？你说清楚！"

筱燕秋："这得问你自己。"

唐华："筱燕秋，你别欺人太甚！"

筱燕秋："你在我们家门口站了一夜岗，怎么是我欺负你了？"

唐华扑过来："你这么埋汰我，看我撕了你的嘴！"

靳小手使劲拦住她。赵新娥低头洗菜，一副于己无关的样子。

面瓜拎着刚买来的菜跑进来，他把筱燕秋拽了出去："家去，家去。"

唐华跳着脚骂："筱燕秋！有本事你给我出来！"

面瓜又跑进来："妹子，你消消气！"

唐华怒气冲冲："谁是你妹子？"

面瓜："我是你妹子还不行吗？"

人们"哄"的一声笑了，气氛顿时缓和下来。

面瓜诚恳地说："我媳妇这人脾气犟，她没啥坏心眼。"

唐华："欺负我，她这是在太岁头上动土！"

面瓜赔礼："她这个人虎，无知者无畏嘛，你别跟她一般见识。"

赵新娥："你媳妇损起人来可真是口口见血、嘴嘴见肉啊。"

面瓜赔笑脸："伤着您身子骨了。"

靳小手凑到面瓜跟前羡慕地说："你这媳妇有嚼头！"

面瓜："她这人啊，平时像水，你一不小心惹着了她，眨眼的工夫她就变成了冰。"

唐华："惹着她怎么着？她还能把开水泼到我脸上啊？"众人一愣。

面瓜打圆场："泼也得泼我，哪能泼你呀。"

唐华这口恶气出不来，她把盆往盥洗池子里面"咣当"一摔，盆左右摇晃了一会儿扣在那里。唐华顺手抄起一根洗干净的白萝卜，在盆底上"当""当"敲了两声鼓点，她拉了个架势，义愤填膺地唱起了电视连续剧《四世同堂》中的插曲："月圆之夜人不归，花香之地无和平……"

人们像什么也没发生过一样，接着洗衣服、洗菜。面瓜和众人嘻嘻哈哈地说着笑着。

几天后，服装库里，筱燕秋一脸笑容地看着裴锦素。

裴锦素："他真那样？"

筱燕秋点点头："我家面瓜是个实在人，他只要一进家，什么都不让我干。屋里屋外，包括我的手指甲脚指甲都是他负责剪。"

裴锦素羡慕地咂咂嘴："真催人泪下。"

筱燕秋想了一下："他哪都好，就是那事贪了些。有点像贪吃的孩子，不吃到弯不下腰，他根本不肯放下饭碗。"

裴锦素："温饱思淫欲，这不算缺点。"

筱燕秋："我真不明白，床上就那么点事，他哪来那么大的兴致？每一次都像吃苦，把自己累得喘成那样。"裴锦素哈哈大笑。

筱燕秋不解地问："笑什么？你笑什么呢？"

裴锦素点着她的鼻子笑着说："你缺心眼啊？"筱燕秋笑着扑过去打她。

筒子楼走廊里面烟气腾腾，每家每户的门口都支着一个煤气灶，每个灶前都站着一个戴着围裙掌勺的男人。女人们端着炒好的菜往自己家走，丁字走廊上一时出现了交通拥挤的情况。

面瓜戴着围裙拎着饭铲子冲出来，他站在丁字路口中间，很有权威地疏通道路。大家端着汤盆，菜盘排着队在面瓜的手势下顺利通过路口回到自己家中。

女人们在盥洗间里洗菜，只有面瓜一个男人夹在里面。

靳小手媳妇："221号的小郝也结婚了。"

唐华："单身宿舍终于演变成鸳鸯楼了。"

赵新娥看了一眼面瓜："现在咱们筒子楼里的男人只负责做，不负责洗，你怎么连洗带做啊？"

面瓜："我不是怕媳妇的手糙了吗？"

唐华羡慕地说："看看人家筱燕秋，咱怎么就没那命？"

靳小手的媳妇："眼红没用，你还不如干脆跟了他。"

面瓜："我身体好，你们都跟了我也没问题。"

女人们尖叫着打面瓜，面瓜憨笑着招架。

唐华："筱燕秋怎么会碰上你的呢？"

赵新娥学着《花为媒》中阮妈的样子伸着手，闭着眼睛摸着，嘴里唱道："我就摸呀……我就摸呀……摸着一个大泥鳅……"她摸到了面瓜身上，她顺势在面瓜身上乱摸着。众人疯了一样地大笑。

筱燕秋出现在门口,她冷着脸叫了声:"面瓜！"众女人全都回过头做手里面的事，谁也不吱声了。面瓜端着菜盆跟筱燕秋出去。

筱燕秋："你跟她们闹什么？"

面瓜："瞎逗着玩儿呗。"

筱燕秋："你俗不俗？"

面瓜："我就是个大俗人，把下辈子的劲努上也雅不起来。"

两人进屋，筱燕秋把门"咣"的一声摔上。

第二天，夹杂着废纸、菜叶子的脏水潺潺地流在走廊上。流过谁的门口，谁家门户紧闭。脏水越漫越高。一双双穿着雨鞋的脚从脏水中趟过。从门里面出来的人脱下雨鞋换上皮鞋。脱下的雨鞋用带子拴好，挂在墙上的大钉子上。

面瓜和筱燕秋回来，他看着墙上的雨鞋说："下水道又堵了。"面瓜拣了一摞砖头进门。面瓜把砖头一块一块地扔进脏水里面，转身搀着筱燕秋小心翼翼地走过去："慢着，慢着。"

面瓜把筱燕秋送进家门，用剩余的砖头在自己家门前垒一道小坝。他转身往盥洗间走。门开了，筱燕秋探身出来："面瓜。"

面瓜站住回头看她。

筱燕秋："干什么去？"

面瓜："我去收拾收拾下水道。"

筱燕秋一脸不满："凭什么每次堵了都是你去收拾？"

面瓜憨笑：“能者多劳嘛。”

筱燕秋：“你能，你就到外面能去吧，别回这个家！”说完“砰”的一声把门摔上。面瓜挠挠脑袋笑着走了。

面瓜挽着袖子费力地掏着下水道，地漏通了，地面上的水渐渐干了。人们从他身边路过，边看他干活边和他开玩笑。

唐华：“面瓜你是咱筒子楼里面的活雷锋。”

面瓜：“我还是邱少云呢。”

赵新娥：“不对，你在水里泡着应该是罗盛教。”

面瓜满手污泥地站起来：“别晕我，我撑死了也就是个淘粪工人时传祥。”

女人们“叽叽嘎嘎”地笑。

面瓜诚恳地说：“各位领导，我向你们提个请求行不行？”

靳小手的老婆：“行了，行了，以后我们洗东西的时候注意点儿。”

面瓜：“以后？你们以后了多少次了？这人哪，得有集体观念，干什么事情不能光想着自己。”

赵新娥：“我们想想你，可是不敢哪。你媳妇我们招惹不起。”

面瓜“嘿嘿”笑。

唐华看了下表：“面瓜，你媳妇该叫你了。”

赵新娥喊了声：“一、二！”

远处传来筱燕秋的叫声：“面瓜！”

女人们哈哈笑。面瓜冲大家做了个鬼脸，大声答应着，洗干净手跑了。

唐华一撇嘴：“一辈子没见过个男人，看得这个紧！”

晚上，面瓜把饺子摆在桌子上，给筱燕秋的碗里倒上醋，把筷子递给她。筱燕秋斯斯文文地吃着。面瓜狼吞虎咽地吃着，一盘饺子很快见底了。

筱燕秋关心地问：“你怎么不嚼？”

面瓜：“嚼了。”

筱燕秋：“我看你就没嚼。”她搛起一个饺子放进面瓜的碗里：“你好好吃一个给我看看。”

面瓜搛起饺子放进嘴里，给筱燕秋做示范：“不就这样吃吗？放进嘴里用牙咬开。”他咬开饺子的时候假装愣了一下：“哎呀，还是芹菜馅的呢，我吃了那么多，咋就愣没吃出来呢？”

筱燕秋笑着打他。面瓜“嘿嘿”笑着把筱燕秋搂过来抱在自己的腿上。

筱燕秋妩媚地看着他：“面瓜。”

面瓜：“嗯。”

筱燕秋：“有的人喜欢老婆像妈，有的人喜欢老婆像情人，你觉得我像你的什么？”

面瓜仔细打量了她一会儿说：“我觉得你像我的后妈。”

筱燕秋笑着掐他：“我虐待你了？我什么时候虐待你了？”

面瓜反问：“你这是疼我呢？”

筱燕秋：“没疼？”

面瓜求饶：“疼了，疼了。”

灯突然灭了。

面瓜：“谁家又用电炉子了？我去看看。”他站起来要往外走。

筱燕秋拦住他：“不许你去，每次保险断了都是你去收拾，你是这楼里面的电工啊？”

面瓜：“这点活儿，不是电工，伸伸手也能干了。”

筱燕秋两眼一瞪：“我就不许你去！”

面瓜：“咋的啦？”

筱燕秋：“你要是去了就别回来。”

面瓜叹了口气，乖乖地坐在椅子上。

筱燕秋推门出来，走廊上漆黑一团，住户们静悄悄地没了一点儿动静。筱燕秋站在走廊上运了口气，用带着深厚功夫的嗓音冲着黑暗大声喊着："我们面瓜不在家！你们就别指望他了。"

黑暗中没有任何回响，筱燕秋的声音撞在墙上又弹了回来。筱燕秋站在黑暗中等待着。一扇窗子亮了，又一扇窗子亮了，各家各户的窗子逐个亮起来，家家烛光闪动。筱燕秋生气了，她站在那里看着，自言自语地说道：“看看这嘴脸，都是些什么人？”手电筒光一闪，面瓜从她身后走出来。

面瓜：“都是些吃五谷杂粮的人，咱得允许别人有缺点。燕秋，你还没看透？我要是不伸手，今天晚上咱俩就得摸黑忙活了。过来，帮我照个亮。”

筱燕秋举着手电，面瓜熟练地接着保险丝。

各家各户的电灯亮了，各扇门里面陆续传出来说、笑、逗、唱以及电视剧《霍元甲》中的声音。筱燕秋站在那里百感交集地听着。面瓜心满意足地拍拍手上的土，对筱燕秋说：“走啊，家去。”

七、男人娶老婆就是为了生子

服装仓库里，筱燕秋熨衣服，裴锦素跷着二郎腿坐在旁边看着她。

裴锦素："团里的人谁也不排练了，都忙着四处走穴。唱花旦的、唱黑头的都改唱通俗了。现在团里面一片散沙，谁也不知道自己将来能混成什么样。"

筱燕秋："唱通俗也好，唱京剧也好，不管怎么说都还在台上啊。你看看我。"

裴锦素："要不你跟我一起走吧。"

筱燕秋："走？你去哪？"

裴锦素："我办了停薪留职，准备到深圳闯一闯。"

筱燕秋："我什么都不会，出去能干什么？"

裴锦素："大家都一样，都是闭着眼睛瞎闯。俗话说得好，人挪活树挪死，出去总比窝在家里强。"

筱燕秋："我不敢出去，就是敢，面瓜也不会让我出去。"

裴锦素不满地看着她："看看你那点出息。"

筱燕秋不说话了。

裴锦素："乔炳璋离开京剧团了。"

筱燕秋一愣，抬头看裴锦素。

裴锦素："他考上了省里面的干部管理学院，上学去了。这个狗东西，命总是这么好，干什么事都能抢到上风头。哎呀！糊了。"

筱燕秋急忙拿起来熨斗，戏装糊了一大块。

裴锦素看着她："怎么每次提他，你都是这个德行？"

筱燕秋哭丧着脸："他就像一个图钉按在我的心口上，取不出来，也按不进去，就扎在那个要命的地方，你叫我怎么办？"

裴锦素无奈地看着她："筱燕秋啊，筱燕秋，你就不能有出息点儿？"

面瓜领着筱燕秋在黑洞洞的走廊里面走，四周一片炒菜声。

筱燕秋皱着眉头："这是做什么呢？"

面瓜抽抽鼻子："嗬，红烧鱼，多好闻的味儿。"

筱燕秋捂着鼻子："别跟我说鱼，我就是那天吃鱼吃得胃难受了这么多天。"

面瓜："还难受？我不是给你开胃药了吗？"

筱燕秋："不管用，现在我的头都跟着疼起来了。"

筱燕秋趴在床上，面瓜给她刮痧。筱燕秋疼得直叫唤。面瓜安慰她："土办法治大病，秋啊，你忍着点儿，毒火出来就好了。"筱燕秋咬牙忍着。

第二天，筱燕秋头上勒着块毛巾软软地趴在床上，面瓜在她的背上拔了两溜小罐。

面瓜："还难受吗？"

筱燕秋有气无力地说："难受。"

面瓜："实在不行，明天咱们上医院看看去。"

筱燕秋："吃了那么多中药都没见好，我不去。"

面瓜："去吧，一个公费医疗的事，咱就是开点山楂丸回来吃也合算哪。"

筱燕秋："小眼薄皮。"

面瓜："我倒想眼睛大点儿，可眼睛一大，工资袋里面的钱就稀里哗啦地漏出去了。咱俩的日子要不是我算计得仔细，能过得这么润吗？"

筱燕秋不愿意听："你怎么一天天地总是钱、钱、钱的？"

面瓜："我紧着招呼，它还呼呼往外跑呢。"筱燕秋气得转过脸去不再看他。

第二天，筱燕秋坐在医院门诊室的椅子上，医生一张一张地看着化验单。面瓜站在旁边紧张地看着他。大夫开始开药方。

筱燕秋："大夫，我到底得的是什么病？"

大夫："你怀孕了。"

筱燕秋一愣："什么？"

面瓜："你是说她怀上了？"

大夫头也不抬："50 天了。"

面瓜满面喜色地叫了声："唉呀，我的妈呀！"筱燕秋死死地盯着面瓜，她的脸色相当难看。

离开医院，筱燕秋怒气冲冲地在街上走着，面瓜一溜小跑在后面追着。

面瓜："燕秋！"

筱燕秋："别叫我！"

面瓜："挺好个事，你发这么大火干啥？"

筱燕秋站住，怒视着他："好？谁好？"

面瓜："我是爸，你是妈，咱俩都好。"筱燕秋扭头就走。

面瓜喊："家里又没火上房，你跑什么？看扭着。"筱燕秋根本就不理他。

回到家，筱燕秋披头散发地坐在床上哭泣。面瓜在屋子里面走来走去地干活。

面瓜拖地："你说你哭个啥？不知道的人还以为我欺负你了呢。"

筱燕秋："你不是欺负我是什么？咱们结婚的时候你答应得好好的，不让我给你生孩子。"

面瓜："我又不是故意的，这不是漏网的吗？"

筱燕秋："你就是故意的！"

面瓜笑："两口子的事，我一个人故意顶用吗？"

筱燕秋又哭出声来："你是不是看我混得还不够惨啊？"

面瓜："你看你，说着说着就下道了，你哪惨了？整个筒子楼里面，谁家的女人有你省心？"

筱燕秋："你怎么知道我省心？我心里面的苦你知道吗？"

面瓜："你咋苦了？你把肚子里面的苦水好好倒给我听听。"

筱燕秋沉默，好一会儿才说："想要的没有，不想要的偏来，这日子过得真是没意思透顶了。"

面瓜不高兴了："你想要的啥没有？"

筱燕秋："跟你说没用！"

面瓜："怎么没用？你就是要月亮，我也架梯子上天给你淘弄去。"

筱燕秋看着他："我就是想要月亮！"

面瓜"嘿嘿"笑："明儿我就架梯子去。"

筱燕秋："我今天就要。"

面瓜："冰凉的，要那玩意儿干啥？"

筱燕秋脱口而出："我要站在那里唱《广寒宫》！"面瓜半张着嘴看着她。

筱燕秋心中的委屈慢慢泛滥开来，眼泪止不住哗哗地往下流："我想唱，我就是想唱。"

面瓜苦笑着说："秋啊，秋，我真不知道你这脑袋瓜子里面整天想啥呢。这年头谁还唱戏啊？你们团的那个叫李雪啥的台柱子都跑到台下，在鼓楼那儿开起梨园酒家卖馅饼了。你说你在戏校待着多好啊，整天瞎想啥？"

筱燕秋："我愿意瞎想。"

面瓜息事宁人："行，行，只要你高兴，愿意瞎想就瞎想吧。"

筱燕秋拱火："高兴？你把我害成这样，我高兴得起来吗？"

面瓜不悦："我咋害你了？"

筱燕秋："逼我结婚，骗我生孩子。"

面瓜："又来了！你这人咋这么犟呢？"

筱燕秋："我就是不想要孩子。"

面瓜："那你结婚干什么？"筱燕秋一怔。

面瓜严肃地说："男人娶老婆是为了生子。女人嫁丈夫难道不是为了养育后代？"

筱燕秋的火拱到了头顶："我不为这个！"

面瓜："你为啥？"

筱燕秋："我怕冷清，我怕一个人待着。"

面瓜愣了片刻笑了："别把自己说得这么不是东西。"

他开始张罗做饭："我们刚迈出了万里长征的第二步，你得保重身体。秋，你想吃点儿啥？"

筱燕秋："不吃，气饱了！"

面瓜认真地说："怀孕期间不许生气，小心把我儿子整成勺把子脸。"

筱燕秋态度坚决地说："我不会要这个孩子。"

面瓜右手一抖，锅盖差点掉在地上，他一把接住了："你说什么？"

筱燕秋："我这就去医院，马上把他刮了。"

面瓜左手的锅又掉在地上，米撒了一地："你疯了吗？"

筱燕秋："我要是把他生下来那才是疯了呢，自己已经活成这德行了，还没活够？还想儿子、孙子一连串地把罪受下去？"

面瓜气得脸都青了，他吓唬筱燕秋："你要是刮了这个孩子，咱们就离婚！"

筱燕秋回答得异常干脆："离婚就离婚！"

面瓜没有退路了，他在地上转了一圈，束手无策地看着筱燕秋。筱燕秋穿好衣服开门出去。面瓜追了两步又回来，他蹲在地上一颗一颗地拣米，拣了十几颗后，实在拣不下去了，扔掉手中的米，开门追了出去。

面瓜的怒吼声在黑漆漆的走廊里面回荡着："燕秋！燕秋！"声音越来越远了。

面瓜追到医院。候诊室的门口竖着一块"男士止步"的牌子。陪老婆来的男人们站在外面等候着，面瓜夹在男人群中愁眉苦脸地伸脖子往里面看着。

筱燕秋从里面出来了，面瓜赶紧迎上去，抱着一线希望看着她："咋样？"筱燕秋不理他，径直朝前走去，面瓜紧跟在她身后。面瓜："你这是去哪？"筱燕秋不说话，她推开一扇门进去，面瓜要跟进去，护士拦住了他，护士指了一下头顶。面瓜抬头看，"妇科手术室"五个鲜红的大字耀眼又醒目。

护士进去，门晃荡了几下，停稳了。面瓜腿一软，靠在墙上，他顺着墙慢慢出溜着蹲在地上。

房间的床上躺满了女人。

护士安排筱燕秋在一张空床上："等着叫你。"筱燕秋坐下。

旁边床上盘发的女人问："你这是第几个？"

筱燕秋："第一个。"

盘发女人："你为什么不要？"

筱燕秋："我不想要。"

盘发女人："傻妹子，第一个孩子最好，营养好，身体好，你可真不该做这样的决定。"

筱燕秋："你呢？"

盘发女人："我已经有两个孩子了，不能再要了。"

筱燕秋："做这个手术疼不疼。"

盘发女人："从身上往下挖肉能不疼吗？"

筱燕秋："你做过？"

盘发女人："算刚才做的那个，我已经做了四次了。"

筱燕秋吃了一惊："天哪！你怎么受得了？"

盘发女人："受不了也得受，女人不就这命吗？"

护士搀着一个刚刚手术完的短发女人出来，安排她躺下。短发女人满头汗水，脸色煞白，她捂着肚子痛苦地呻吟着。

筱燕秋害怕了，她问短发女人："疼得这么厉害？"短发女人没有回答他。

护士："筱燕秋。"筱燕秋一激灵。

护士："跟我来。"筱燕秋紧张得浑身哆嗦，她边往出走，边回头求助般地看着盘发的女人。

盘发女人安慰她："没事儿，一会儿就完了。"筱燕秋战战兢兢地走了。

手术室门外，男人们议论纷纷。

男人甲："我那老婆不能碰，一碰就粘包。这是赶上计划生育了，要在过去，她准能给我生一院子孩子。"

男人乙："我老婆怀孕反应得太厉害，一天能吐八回，吐大劲儿了就抽过去。上次这样，流了，这次怀孕还是这样，不流不行啊。"

面瓜站起来，伸着脖子往手术室里面看。

男人丙："做完了手术还得歇半个小时，早呢。"面瓜又蹲下。

男人甲："你老婆啥情况？"面瓜抱着脑袋不说话。

筱燕秋躺在手术台上。

中年女医生给她检查："你的宫口太紧。"筱燕秋紧张地看着她。

女医生："放松，你放松，你不放松，我没法做。对，放松，别紧张。"她开始操作。筱燕秋一声惨叫，令人毛骨悚然。

门开了，筱燕秋步履趔趄地出来，她头发零乱，脸色惨白。面瓜慢慢站起来，用异常陌生的目光看着她。筱燕秋走到面瓜面前站住，两人对视，目光中的内容截然不同。面瓜的目光从筱燕秋的脸上挪开，他满怀悲伤地死死地盯着她的肚子。

筱燕秋叫了一声："面瓜！"面瓜不应声。

筱燕秋的声音中带着哭腔："面瓜！"面瓜一阵心酸。

筱燕秋："我太疼了。"面瓜转过脸不说话。

筱燕秋又叫了声："面瓜。"

面瓜不看她："不能走就歇一会儿吧。"

筱燕秋眼泪流下来："那个手术太疼了，我没做。"

面瓜"呼"地转过脸，惊喜地问："你没做？"

筱燕秋："孩子还在肚子里面呢。"

面瓜激动得热泪横流，他失而复得般地摸了下筱燕秋的肚子，顺势揽过她让她靠在自己的身上："靠着我，靠着我，你可别再逞强了。"

筱燕秋委屈地靠在面瓜的肩上，面瓜扶着筱燕秋往前走。

一个从产科手术室里面推出来的产妇脸色蜡黄地躺在手术车上，护士举着液体瓶子，一溜小跑跟在旁边。产妇的丈夫伏在妻子身边小声地说着什么。手术车从筱燕秋身边经过，筱燕秋余悸未消，腿一软差点跪下。

面瓜两手一抄，他把筱燕秋横端起来说："走，咱回家去。"

筱燕秋挣扎："放下，我能走，你让我自己走。"

面瓜死活不撒手："老实待着，万一闪着呢？"面瓜在大庭广众之下，双手捧着筱燕秋快步跑下楼去。

几天后，筱燕秋搂着他的脖子一会儿哭，一会儿笑。面瓜心满意足地跑着。旋转楼梯上，人们纷纷探头看着他们俩。

筱燕秋用袖口堵着鼻子坐在床上，她大声喊："面瓜！面瓜！"

面瓜一溜小跑进来："干啥？"

筱燕秋急头白脸地说："你知道我不能闻干锅的味儿。"

面瓜："我熬粥呢，没弄干锅。"

筱燕秋："你是把锅放在火上以后才添的水吧？"

面瓜："你怎么知道？"

筱燕秋："我闻出来了。"

面瓜："你的鼻子比狗还灵。"

筱燕秋堵着鼻子说："给我拌点芥菜丝，别放香油，我一闻那味儿就要往外喷。"面瓜答应着出去。

筱燕秋又叫："面瓜！"面瓜回。

筱燕秋："进家的时候，把身上的那件衣服脱在外面，我闻不了靳小手他们家炒菜放葱的味。"

面瓜："我又没去他家。"

筱燕秋："你衣服上沾着他家炝锅的味儿。"

面瓜在煤气灶上炒黄豆。

唐华和赵新娥走过来："半夜三更的炒什么呢？"

面瓜："老婆要吃黄豆。"

唐华："改吃黄豆了？"

面瓜："她就这样，想起一出是一出。前天她非要吃山楂罐头，我满城绕了一圈，可算找回来了。打开盖，人家闻了闻就不要了。昨天又想吃花盖梨。"

唐华："花盖梨？"

面瓜："那天我说了那么一嘴，我们老家有一种花盖梨，酸甜酸甜的可好吃呢。

她非让我给她找来，你说这大夏天的让我上哪找去？”

赵新娥：“女人怀孩子就这样，想吃什么就得马上吃到嘴里面去。”

面瓜：“她不吃葱，不吃蒜，不吃姜，不能放花椒调料，不能放糖，不能放味精，你说这菜里面啥都不放，还有法吃吗？”

唐华：“她这是作你，我怀孩子那会儿怎么就没这么多事呢？孩子三个月了，愣是不知道。”

面瓜：“作就作吧，男人不生养孩子，再不受点累，将来老婆孩子能跟你亲吗？”

唐华愣愣地看着面瓜：“一样的男人，我们家那口子怎么就不这样想呢？”

忽然筱燕秋喊道：“面瓜！”

面瓜：“又下圣旨了。”他答应着跑回去。

赵新娥：“看看人家，再看看咱。”

面瓜下班进家，他从书包里面掏出四个西红柿放在桌子上：“老耿出差到北京，我叫他捎的。五毛钱一斤，好家伙，真够贵的。”形容憔悴的筱燕秋扑过去，抓起一个西红柿，狼吞虎咽地吃起来。

面瓜：“哎！我给你洗洗。”

筱燕秋：“我等不了了。”

面瓜舒心痛快地看着她，四个西红柿下肚，筱燕秋深深地吐出一口气。

面瓜：“有人去北京，我再给你往回捎。”

筱燕秋：“够了，够了，我再也不吃了。”

面瓜：“你还想啥？”

筱燕秋捂住嘴：“不想了。”

面瓜：“想想，你再好好想想！”

筱燕秋下床，面瓜：“你去哪？”

筱燕秋：“厕所。”

面瓜赶紧过来搀她：“地上滑，我送你过去。”

筱燕秋甩开他的手：“不用。”

面瓜硬是搀着她出去。

下班回来的筱燕秋拎着手提包在走廊上走，她突然闻到了什么，脚步不由自主地顺着飘来味儿的方向走过去。唐华蹲在自己家门口的泡菜坛子前面用筷子翻搅着。筱燕秋抽着鼻子贪婪地闻着。唐华回头看了她一眼。筱燕秋好像根本没看见唐华，她饥渴的目光死死地盯在泡菜坛子上。唐华二话没说，从缸里捞出一筷子泡菜递过来，筱燕秋不看唐华只看泡菜，她急不可待地伸嘴过去，一口叼住狼吞虎咽地吃了。筱燕秋心满意足地长舒了口气。唐华转身进屋拿了只碗出来，捞了满满一碗泡菜递给她：“吃完了，再来捞。”筱燕秋捧着碗，点了下头。

唐华推门进屋，门没关上，半敞着。筱燕秋站在门口贪婪地吃着碗中的泡菜。

唐华探头出来："进来呀！"筱燕秋："不了。"说完端着碗转身走了，她的背影仍是不倒的青衣架子。唐华看着她的背影撇撇嘴："都混这份上了，还端什么臭架子！"

筱燕秋端着碗，边走边迫不及待地大口大口地吃着。

已经显怀的筱燕秋在服装仓库边熨衣服边吃萝卜，她吃完一根，打开提包去拿第二根。她的提包里面装满了洗干净的萝卜。

晚上，筱燕秋坐在床上"咔嚓""咔嚓"地嚼着萝卜。面瓜被她吃得满嘴流酸水，他难受地问："你这么吃，就不怕我儿子长出三瓣嘴来呀？"筱燕秋不答话，她吃得非常投入。

酒倒进热油锅里面腾起一阵火苗，戴着围裙的面瓜，把肉倒进去炒着。

站在灶前做饭的唐华的丈夫冲面瓜喊："老面，你这是又做什么呢？弄得我馋虫都爬出来了。"

面瓜："蛋花烧肉，我自己发明的。"

靳小手："她不啃萝卜了？"

面瓜："又盯上肉和鸡蛋了。这两样东西都要票，没办法，我只好去食品加工厂买破壳蛋和刮骨肉，既便宜又不要票。"

靳小手："面瓜，你对老婆好得可是有些下作了。"

面瓜："自己的老婆，啥上啊下的。"

靳小手一脸坏笑："上下得分。"

面瓜问："你整啥菜呢？"

靳小手："肉呗，你整天这么弄，这楼里的男人谁还吃得下去白菜土豆？老婆不在，我把两张肉票的肉全炖在锅里了。一会儿喝两盅，好好解解馋。"

面瓜"嘿嘿"笑着回房间。靳小手也端着调料回房间。

话剧团的男青年从杂物堆上拣了块砖，揣在怀里在走廊上走着。他依次路过几个冒着腾腾热气的锅灶。男青年走到靳小手的灶前，他掀开锅盖动作利落地把砖头扔进锅里，盖上锅盖，没事人一样地接着往前走去。

靳小手"哼哼呀呀"唱着出来，他打开锅盖尝汤，勺子碰到砖头上。靳小手愣了一下，伏身观察。油汪汪的肉汤围着黑糊糊的砖头欢快地冒着泡。

靳小手气得高声大骂："王八蛋！我操你八辈祖宗！这是谁干的？"

人们从房间里面跑出来："啥事？啥事？"

男青年步履从容地往外走，他练着发声："悲剧啊！悲剧！"

靳小手："这是谁他妈的干的？"

男青年伸着双手："多么辽阔啊！"他换了个声音位置接着往上喊："多么辽阔啊！"

男青年走远了，靳小手的声音追上来："这到底是他妈的谁干的？"

面瓜陪着筱燕秋回来，筱燕秋的肚子非常大了，她步履艰难地走着。面瓜喊了声："燕秋。"筱燕秋站住慢慢转身看他。面瓜："鞋带开了，小心绊着。"他猫腰给筱燕秋系鞋带。

唐华端着洗好的衣服站在他们身后。面瓜冲她笑笑："我马上就让道。"

唐华："洗不成脚了吧？"

筱燕秋"嗯"了一声，慢条斯理地说："两个月前就够不着了，天天他给我洗。"

唐华话里有话地说："这筒子楼里面只有面瓜从心眼里面对老婆好。"

筱燕秋端着架子冲她一笑。面瓜笑嘻嘻地搀着筱燕秋走了。

唐华一撇嘴："丑成花脸蘑菇了，装什么柴郡主？"

夜里，面瓜呼呼大睡，筱燕秋躺在那里睡不着。她用胳膊肘碰碰面瓜。面瓜一骨碌坐起来，动作利落地帮筱燕秋翻了个身，躺倒接着要睡。

筱燕秋推他："我睡不着，你陪我说会儿话。"

面瓜强睁开眼睛："你说吧。"

筱燕秋："还有十天就生了。"

面瓜："嗯。"

筱燕秋："我害怕。"

面瓜："别自己吓唬自己。"

筱燕秋："我要是难产，大夫问你要老婆还是要孩子，你要谁？"

面瓜强撩眼皮："我都要。"

筱燕秋："只许你要一个。"

面瓜困得差点睡过去，他稀里糊涂地顺嘴答道："随便。"

筱燕秋一下坐起来："面瓜！"

面瓜激灵一下睁开眼睛，看见筱燕秋坐在那里吓了一跳："你咋自己坐起来了？"

筱燕秋脸上乌云密布，她气得鼻翼扇动着说："你刚才说什么？"

面瓜："啥也没说啊？"

筱燕秋："伪君子！"

面瓜："咋的了？"

筱燕秋："你和我结婚就是为了要孩子。"

面瓜息事宁人："我得先要你，然后才能要孩子。"

筱燕秋冷笑："你一张嘴就透着假。"

面瓜："秋啊，别闹了行不？我明天还得上早班呢。"

筱燕秋："好像我不上班似的。"

面瓜躺倒："我服你了行不行？你不睡，我可睡了。"

筱燕秋往起揪他："你给我把话说清楚。"

面瓜耍赖："明天再交待行不行？"

筱燕秋掐他："起来！"

面瓜疼得一骨碌坐起来，生气地说："深更半夜的你闹什么？"

筱燕秋下地在桌子旁边坐下，幽怨地看着他："烦我是不是？"

面瓜苦笑："没有，没有。"

筱燕秋："我看出来你烦了。"

面瓜苦恼地搓着脸。筱燕秋一阵委屈："我最多再烦你十天。我要是生孩子生死了，别给我开追悼会，你一个人把我的骨灰端到山顶上顺风扬了。"

面瓜翻了脸："你咋这么不吉利？"

筱燕秋："我就是要死了。"

面瓜克制着自己："我知道你是紧张，你越这么闹腾，心里越紧张。"

筱燕秋："我不紧张，我只是觉得眼前太黑，黑得都看不清楚自己这一辈子到底是为什么活着。"

面瓜打了个哈欠："整天这么折腾累不累啊？"

筱燕秋："你是问我还是问你自己？"

面瓜又打了个哈欠："又来了。"

筱燕秋"嘿嘿"一声冷笑："面瓜啊，面瓜，真没想到我会死在你手里。"

面瓜的半个哈欠噎了回去："瞎说啥？"

筱燕秋的眼泪流下来："我不愿意结婚，你逼我结。我不愿意生孩子，你逼我生。是你一步一步地把我逼到这条死路上来的。"

面瓜："你讲不讲理啊？"

筱燕秋："为你去死，我死得冤屈！"她的尾音拖上韵白的拖腔。面瓜毛骨悚然。

筱燕秋哭出声来。面瓜气得直哆嗦。他忍无可忍，手"啪"的一声拍在桌子上："你想咋的？你到底想咋的？"

筱燕秋的哭声戛然而止，她手指颤抖着指着面瓜的鼻子厉声问："你拍谁？你这是在拍谁？"面瓜不说话。

筱燕秋："面瓜，我筱燕秋是死是活一个人挺着。滚！你给我滚，你马上从这里滚出去！"

面瓜忍无可忍，穿上衣服摔门出去。筱燕秋坐在那里越想越生气，气得她"呜呜"地哭起来，哭着哭着她不哭了，她站起来使劲擂了下桌子，她的肚子突然疼了起来。筱燕秋坐下又站起来，疼痛没有缓解，而且越来越厉害了。

筱燕秋吓坏了，她扯着嗓子叫喊："面瓜！面瓜！"门开了，面瓜进来。面瓜沉着脸："叫我干啥？"筱燕秋看见他又气又恨，大声喊："你滚！我不用你！"面瓜转身又要出去。筱燕秋一把拉住面瓜，她带着哭腔说："面瓜，我肚子疼，我要生了。"面瓜吓了一跳，二话没说，背起来她跑出去。

黎明，病房里面躺满了待产的产妇，每个产妇旁边都有丈夫和亲人守候。面瓜趴在筱燕秋的脸前目不转睛地看着她。

阵痛稍有缓解，筱燕秋问面瓜："你回来干什么？"

面瓜："我根本就没走。"

筱燕秋："你为什么不走？"

面瓜："你生孩子，我不在跟前还叫丈夫吗？能体现出咱俩感情好吗？"

阵痛又开始了，筱燕秋疼得头直往床栏杆上撞。面瓜心疼地说："你别撞自己，你掐我，我一疼，你就不疼了，可着我一个人疼。"筱燕秋大叫着使劲掐面瓜的胳膊。面瓜疼得直抽气。

医生进来给待产妇检查。

面瓜问："大夫，18床什么时候能生？"

医生："她的宫口刚开了一指，早呢。你去给她弄点吃的，让她吃了好有力气生。"

面瓜点头："行，行。"

筱燕秋："大夫，我疼得受不了了，我想做剖腹产。"

医生："你以为剖腹产就不疼？自然产是最理想的，我们不能人为地做手术，那是对生命不负责任。"说完话她头也不回地走了。

筱燕秋苦兮兮地对面瓜说："面瓜，我熬不出去了，实在是熬不出去了。"

面瓜："咬咬牙就熬过去了。"

筱燕秋火了："站着说话不腰疼，敢情孩子不在你肚子里面。"

面瓜赶紧转移话题："你想吃点啥？我给你弄去。"

筱燕秋："我不吃。"

面瓜："越不吃，越生不出来。听话啊。"

筱燕秋闭上眼睛："随便。"

面瓜："我马上就回来。"

他刚站起来，筱燕秋一把抓住他的手紧张地问："你走了，我生了怎么办？"

面瓜："那么快就好了，大夫说明天早上能生出来就不错了。"

回到筒子楼的面瓜在煤气灶前忙活着做面。一个挎着筐子的老太太被唐华搀扶着磕磕绊绊地走过来。

唐华喊了声："面瓜，你妈来了！"面瓜一愣，赶紧扔下手里面的东西跑过去，搀住母亲。

面瓜："妈，你来咋也不打个招呼，我好去车站接你。"

面瓜妈绷着脸："接？我劳驾得起吗？你眼里只有媳妇，根本没有我这个妈。"

面瓜赔着笑脸："妈，看你说的。"

面瓜妈损他："我说的没你做得好。"

面瓜尴尬地看看唐华。

唐华意味深长地冲他笑笑："你们娘俩聊着，我上班去了。"

面瓜妈掏出几个鸡蛋硬塞进她的手里："闺女，拿着！"

唐华："我不要。"

面瓜妈："嫌少？"

唐华赶紧接下："谢谢大娘。"

面瓜冲她的背影喊："孩子落地，我请客。"

面瓜妈打量四周："这城里有啥好的，人住的地方连个亮都没有，跟耗子洞一样。"

面瓜："城里面住房紧，这地方还是打破脑袋才淘弄到手的。"

面瓜妈撇撇嘴："憋屈，这地方瞅着就憋屈。"

面瓜："住惯了就好了。"

面瓜妈："惯？没个惯。要不是为了看大孙子，花钱请我，我都不来。"

她朝对面的房间里面看了一眼："你媳妇咋不出来做饭？"

面瓜："住院了。"

面瓜妈："嗯？"

面瓜："肚子疼了，就快生了。"

面瓜妈眼睛一亮："哎哟，大孙子！我那大孙子哎！"

面瓜："还不知道是男是女呢。"

面瓜妈："我找人算过了，是男孩儿。"

面瓜："她折腾了一宿没劲了，大夫让我回来给她弄点吃的。"

面瓜妈很自然地挽袖子替儿子干活："生孩子可是件费力气的活儿，肚子里面没食，劲儿不往下走。"

面瓜："妈，你歇着我来吧。"

面瓜妈："一个大老爷们儿围着锅台转，也不怕人家笑话？"

面瓜："城里人，家家都这样，没人笑话。"

面瓜妈："别人家我不管，咱老年家可不行！"

面瓜不敢言语了，他殷勤地教母亲使煤气灶，给母亲打下手。

产科病房里，筱燕秋吃鸡汤面，面瓜在一边看着。

面瓜："这鸡和蛋都是我妈带来的，她是专门来伺候月子的。"

筱燕秋看了他一眼没说话。

面瓜："我妈要来看你，我没让她来。咱生完孩子就回去了，来回折腾啥？"

筱燕秋放下筷子捂着肚子："又来了。"

面瓜急忙把床头上拴着的毛巾递给她。筱燕秋满头大汗，使劲地拧着、拉着、拽着那块饱经摧残的毛巾。

筒子楼里，面瓜妈扫干净门口，又在门框上拴了一根红布条。

唐华走过来："大娘，你这是干啥？"

面瓜妈："孩子落生得防着人，不能让人给伤了。"

唐华："谁会伤孩子？"

面瓜妈："那可难说。有的人身上有病，有的人身上有凶气。孩子不会说不会动，可怜，我这当奶奶的得替他防着点儿。"

唐华："我生孩子那会儿什么都不懂，不过孩子也没事。"

面瓜妈上下打量她："你生的准是个儿子。"

唐华眉开眼笑："你怎么知道？"

面瓜妈："圆盘大脸的，天生就带福相。"唐华"咯咯"笑。

面瓜妈叹了口气："唉，不知道我有没有这福气了。"

唐华："你老人家富态，福大了去了。"

面瓜妈："面瓜是长子，我们老年家指望他生个男孩续香火呢。"

唐华："你没看见你儿媳妇那肚子呢，大得连脚面都看不见了，没准还生个双胞胎呢。"

面瓜妈撇撇嘴："我有那福分，她有吗？"

唐华："筱燕秋人不错。"

面瓜妈："是不错，整得我儿子连他妈都不敢认了。"

唐华："看你这老太太说的。"

面瓜妈："我说得不对？那你给评评理。你说哪个女人嫁了丈夫不去见见公婆？喊声妈？这女人就没有，她不来，还不许我儿子回来。我知道她是从心眼里面瞧不起我们农村人，她有啥了不起的？不就是个唱戏的吗？"

唐华："您说的是老黄历了，她犯了错误已经被贬下台了。她这人各色，在这筒子楼里面跟谁都不来往。她的人性可比你儿子面瓜差远了。"

面瓜妈眉开眼笑："家来，家坐会儿？"唐华嗑着瓜子跟着面瓜妈进屋去了。

妇产科待产室门前一溜男人坐在椅子上，面瓜夹在其中。

一个产妇被护士用车推过来，她的丈夫拉着她的手急切地说："我只能送到这，剩下的靠你自己了。别怕，我就在外面等你！"女人被推进去。

医生手里拿着器械快步走过来，坐着的一溜男人全站起来。七嘴八舌焦急地问："45 床生了没有？""15 床怎么样了？""我是 16 床的家属……"面瓜追了几步："18 号床还没有动静？"医生目不斜视地从他们中间快步走过去。

产房的墙上贴着几张白纸，上面画着八个红色的圆圈，从一公分到八公分依次张开。一排产妇躺在产床上，双脚高高地吊在丫字形的不锈钢的支架上，满头大汗地呻吟着，每个人的肚子上都罩着一块印着一个大红十字的手术白布。

筱燕秋脸色晦暗地叫着，她的叫声越来越低。医生过来给她检查："这么有力的宫缩，宫口应该很快就打开了。她上来多久了？"

护士乙："半夜 12 点上来的。"

医生仔细地摸着："左枕横位，先灌肠，再人工破羊水。"

护士急匆匆地走过来：“何大夫，16 床是臀位，胎心已经不好了。”

医生：“上氧气，通知家属准备手术。”

男人们东倒西歪地坐在走廊的椅子上打盹。

护士甲过来：“16 床家属，16 床家属。”男人们激灵一下全醒了。

16 床家属冲过来：“我老婆生了？”

护士甲：“16 床难产，需要手术，你过来签一下字。”

16 床追着护士甲问：“她怎么了？她到底怎么了？”

面瓜傻呆呆地看着他们远去的背影。

护士乙：“18 床家属。”面瓜紧张地看着她。

护士乙：“你是 18 床筱燕秋的家属吗？”

面瓜紧张得口舌发干：“我是。”

护士乙：“18 床生了，是个女孩儿。”面瓜怔了一下，随即长长地舒了一口气。

护士乙：“再观察一阵，就可以回病房了。”

男人们又涌上去问：“15 床呢？”“45 床呢？”面瓜坐在椅子上美美地睡着了，他睡得鼾声如雷。

浓妆素裹的嫦娥渐显，她在白云缭绕中运眼、云手、飘一样地走着水步……筱燕秋脸色煞白地躺在那里，她努力睁开眼睛。嫦娥舞着长长的水袖向前奔去。筱燕秋焦急地喊：“等等我！你等等我！”嫦娥不理睬她的呼喊，径直向月亮放出的白光中走去，她越走越远，直至被白光完全吞没。筱燕秋的眼睛慢慢合上。

护士喊：“何大夫，18 号床大出血了！”

大夫跑过来，神情紧张地检查着：“赶紧通知家属，输血抢救。”护士跑出去。

大夫：“胎盘没有脱落干净，准备手术。”

护士们推着手术车在走廊上奔跑，一个护士高举着装满血浆的液体瓶子跟在后面。筱燕秋昏迷不醒地躺在手术车上。面瓜一溜小跑跟在后面，他边跑边叫魂一样地喊着：“燕秋！你等等我！燕秋！你等等我！”

手术车走远。面瓜在后面缓缓奔跑着，嘴里面在无声地喊着。

面瓜越跑越近，他的脸突然遭到重重的一击，身子骤然定了格。顷刻间一片寂静。鲜血从面瓜的鼻子里面喷涌而出，面瓜顺着玻璃门慢慢堆坐在地上。血迹顺着他滑落的痕迹跟着流淌下来。面瓜捶胸嚎啕：“怨我呀！都怨我！”

八、“我筱燕秋是好演员也是好老师”

筱燕秋躺在床上静静地看着面瓜。面瓜给她擦手擦脸。

面瓜：“渴不？”筱燕秋摇摇头。

面瓜：“想吃点儿啥？”筱燕秋又摇摇头。面瓜绕到后面给她用热水擦脚。

孩子的哭声由远而近。病房里面的人都竖起了耳朵。门开了，护士推着孩子车进来。她照着襁褓上面的编号把孩子挨个发给床上的母亲们。

面瓜自己走过去，抱起女儿欣赏地看着。他两只手托着婴儿走到筱燕秋跟前：“来，看看你妈妈。”

筱燕秋转过脸闭上眼睛疲倦地说：“拿走，我不愿意看她。”

面瓜妈在煤气灶前做饭，面瓜在一边帮着忙活。

面瓜妈喜气洋洋地问：“奶下来了吗？”

面瓜：“没有。”

面瓜妈急了：“那我大孙子吃啥？”

面瓜犹豫了一下说：“妈。”

面瓜妈手里忙活着：“啥事？”

面瓜：“她生的是闺女，不是小子。”

面瓜妈的眼睛睁大了：“啥？”

面瓜不敢说了。

面瓜妈：“你骗我干啥？”

面瓜：“你就没问过我。”

面瓜妈一拍大腿：“那算命的老瞎子骗钱，真是怕啥来啥，我咋就这么命苦呦！”

有人从屋里探头出来看。

面瓜：“妈！”

面瓜妈眼睛直勾勾地看着前面：“这女人可真毒，从有这么个人开始，她就没叫我痛快过一天。”

回到医院，面瓜抱着女儿在病房里面转，他对众人说：“我女儿长得漂亮，像她的妈妈。”众人纷纷表示赞同。

筱燕秋坐在床上吃饭，她停下筷子问面瓜：“你妈知道我生了个女儿说什么了？”

面瓜："啥也没说，挺高兴的。"

筱燕秋："真的？"

面瓜："我骗你干啥？"

筱燕秋接着吃饭。面瓜把孩子放回车里，护士把婴儿车推走。他倒热水拧手巾，仔仔细细地给筱燕秋擦头发。

面瓜："你就凑凑合合吧，出了满月再好好洗。"

筱燕秋："面瓜，你为什么对我这么好？"

面瓜："你生孩子流了那么多血，受了那么多的苦，我不对你好，还是人吗？"

筱燕秋百感交集地看着他。

面瓜右手抱着襁褓里面的孩子，左手搀着头上包着围巾的筱燕秋，身上背着生活用具在筒子楼走廊上喜气洋洋地走着。来往的人不住地和他们打着招呼。

面瓜扶着筱燕秋站在门口，他高声喊："妈！"屋子里面没有动静。

面瓜又喊了一声："妈，燕秋出院了。"屋子里面还是没有动静。

面瓜："妈可能出去了。"

面瓜让筱燕秋扶墙站着，自己腾出手掏钥匙打开门锁。门开了，面瓜妈像一尊泥像一样绷着脸坐在屋子中间。面瓜和筱燕秋同时一愣。

面瓜妈的脸渐渐近了，她的眼睛一直盯着筱燕秋的脸。面瓜搀着筱燕秋站在母亲面前，叫了声："妈。"面瓜妈冷冷地应了一声，她的眼睛像滚珠一样在筱燕秋的身上滚过来,滚过去。她在等这个不愿意登年家门的儿媳妇服服帖帖地喊她一声"妈"。筱燕秋嗅出了屋子里面的火药味儿，她偏偏不喊，只是强忍着愤怒冲婆婆微笑了一下。她的笑容还没褪去，眼泪就涌上来了。

面瓜看情景不妙，赶紧把筱燕秋搀到床边，放下孩子，给她宽衣解带，安顿她躺下。面瓜妈冷眼看着，她看着儿子那副巴结的模样，气不打一处来。

面瓜对筱燕秋说："你等着，我看看饭去。"说完转身出去。面瓜妈沉着脸跟着出去。

筱燕秋躺在那里越想越生气，她气得坐了起来，怒视着那扇房门。

面瓜开门进来，他满面喜色："燕秋，我妈已经把鸡汤熬好了，就在灶上温着呢。"

筱燕秋突然爆发了，她怒火万丈地问："面瓜，我究竟做错了什么？我为你们年家生这个孩子，差点没了命，你妈凭什么这样对我？"

面瓜妈在儿子的身后发话了："我生了四个孩子，哪一回不是自己剪了脐带就下地干活？你多啥了？多长了两片金叶子？就算你是金枝玉叶，下嫁给我们家面瓜，也不能摆谱了。嫁鸡随鸡，嫁狗随狗，这道理你妈没讲给你听过吗？"

筱燕秋气得眼冒金星，她不看婆婆只是狠狠盯着丈夫面瓜。面瓜耷拉着脑袋坐在椅子上一声不响。筱燕秋绝望了，她一咬牙爬起来，下床穿衣服。面瓜敏捷地扑过来抱住她。

筱燕秋呵斥道："你给我松开！"

面瓜回答得干脆："不！"

面瓜妈一巴掌狠狠地拍在桌子上："面瓜，你要还是我的儿子就给我把腰杆挺直了！"面瓜不由自主地松开手。

筱燕秋穿戴整齐。面瓜妈面带得意开门出去。筱燕秋孤零零地站在地中间。

面瓜看着她怯懦地问："你这是要去哪？"

筱燕秋回答得铿锵有力："我到风口浪尖上站着去。"

面瓜："别出去，月子里面不能受风。"

筱燕秋冷笑："这屋子里面的风还小啊？刮得你都站不住了。"

面瓜："燕秋，她是我妈！"

筱燕秋指着床上的婴儿："我还是她妈呢！"面瓜一下卡壳了。

面瓜妈绷着脸站在门口听着。邻居们纷纷从自己家门里面出来，看热闹。面瓜妈来劲了，她从灶台旁边扯过来一张凳子，片腿盘坐在上面。

门里传来筱燕秋的声音："这到底是谁的家？"

面瓜妈袖子一撸高声叫道："谁家？我儿子的家！小样儿！想在老年家的坟头上拉屎，你瞎了眼睛！"

筱燕秋脸色煞白地喊了一嗓子："面瓜！"面瓜坐在那里抱着脑袋不说话。

筱燕秋绝望："我真是瞎了眼，怎么就跟你结婚了？！"

面瓜妈挑衅："咋的？你还委屈了？我儿子是吃皇粮的人，娶了你这么一个唱堂会的老婆，他都没委屈你委屈啥？"

筱燕秋脸色铁青，她厉声吼道："面瓜！"面瓜抱着脑袋不说话。

面瓜妈的声音："叫魂呢？有种你冲我来！我老太太要是眨巴一下眼，就是你养活的！"

筱燕秋气得嘴唇直哆嗦："这日子我跟你过不下去了！"面瓜抬起头呆呆地看着她。

面瓜妈高声叫喊："麻溜净身出户！我儿子休了你，明天就娶个黄花大闺女进屋！"

唐华等人津津有味地看着。

面瓜站起来大叫一声："妈！"他冲到门口。

筱燕秋把头巾从头上摘下来重新挂在墙上，她说："进屋？进哪个屋？这家姓年吗？这家姓筱，不姓年。"她的声音相当平静，但是人人都听出来其中的不平静，听出来其中的凌厉。

筱燕秋说出这样的话，自己也毫无准备。但话一出口，就有了一种理直气壮站稳站牢的感觉。

面瓜一只脚在门里，一只脚在走廊上，他扭头吃惊地看着她："你说啥？"

筱燕秋平静地："出去。"

面瓜妈跳起来，跳得屁股离开了凳子："雷公爷爷，你咋不劈了这个狐狸精？"

筱燕秋脸色煞白，她盯着面瓜加重了语气说：“你出去！”

面瓜站在那里没动，热汗顺着脑门落下来。

筱燕秋爆发了：“你给我从这屋里滚出去！”

面瓜妈屁股离凳蹦得老高：“欺负自己的爷们儿算啥能耐，有本事你冲老娘来！”

她颠得大劲了，一屁股坐在了地上。众人捂着嘴笑。

唐华跑过来往起搀老太太：“摔坏了没有？”

面瓜妈一掌推开她：“我要用我这把老骨头当回尺子，把我们老年家的地盘好好丈量一下！”

筱燕秋用训练有素的膛音喊：“滚！带着你儿子滚回你们年家庄量地去吧！”

面瓜妈冲到门口，跳着脚骂起来：“狐狸精，你出来！看我敢不敢把你一片一片地撕了？”

面瓜一把推开了母亲。面瓜妈倒退了几步站稳了，她张着嘴看着儿子，惊得半天没说出话来。面瓜眼前金星乱飞，他慢慢扭过头看筱燕秋。筱燕秋义愤填膺，她的兰花指颤抖着指向面瓜，尾音拖着韵白：“朗朗乾坤，清清世界……”面瓜扭头看门外。母亲跳着脚，指着面瓜口沫横飞地骂：“没脊梁骨的东西，你是吃她的奶长大的吗？”面瓜痛不欲生，他觉得自己的心四分五裂了，既救不了别人也救不了自己。

面瓜妈嚎啕大哭：“老天爷呀！老天爷！你睁开眼睛看看！”她突然止住哭声，两只手在大腿上狠狠地一拍：“鬼怕托生，人怕死。我死都不怕，还怕你这狐狸转世成了精？”

突然一声脆响，瓷壶的碎片飞落。面瓜妈吓了一跳，张着的嘴定格了。瓷壶的碎片飞进屋，蹦在墙上弹回去落在地上。筱燕秋愤怒舞动的兰花指在空中定格了。

筱燕秋低下头顺着地上的碎片看过去。面瓜的脚站在碎片中，鲜血一滴一滴由慢到快地滴落下来。筱燕秋吃惊地顺着面瓜的脚往上看。面瓜的手里抓着瓷壶把儿，砸碎的瓷片还直挺挺地扎在他的脑袋上，他悲伤的脸上糊满了鲜血。

筱燕秋一声惨叫：“面瓜！”面瓜眼前黑了。

耳边只听见婴儿的哭声。面瓜依旧站在门口，他的脑袋上包着厚厚的绷带，他看着门外。

面瓜妈在灶前手脚利落地把鸡汤盛进碗里：“受罪的命，你就是那受罪的命！这辈子你就这么窝囊着吧！”她把鸡汤递给面瓜。

筱燕秋坐在床上看着面瓜。面瓜把鸡汤吹凉了递给她。孩子哭了，面瓜赶紧抱起来在地上来回走着，嘴里面“喔”“喔”地哄着。

筱燕秋心疼地看着他：“伤口还疼吗？”

面瓜笑嘻嘻地回答：“不疼了，早就不疼了。”

孩子还在哭。面瓜妈走进来瞥了筱燕秋一眼，不高兴地说：“有这么抱孩子的吗？”她从儿子手里接过来孩子，孩子到奶奶的怀里哭声戛然而止。

面瓜："这小东西还知道挑个人。"

面瓜妈脸上露出得意，她把孩子抱到行军床旁边解开襁褓。老太太上上下下仔细打量着看着婴儿，看着看着脸上的皱纹舒展了："小东西，模样还挺俊。丫儿呀，你咋瘦成这样呢？实在没啥可嚼的是吧？"

筱燕秋眉眼不抬，狼吞虎咽地吃着。

面瓜妈给孩子换尿布："看看！看看！孩子的屁股咋淹成这样？"筱燕秋不搭茬。

面瓜："妈，我整吧。"

面瓜妈："你整，你会整啥？看看这包打的，这么打下去，我孙女不长成罗圈腿才怪呢。"

面瓜凑过去，认真地学母亲伺候孩子。

面瓜妈："孩子没奶吃可不行，得想法儿给她妈下奶。"

面瓜答应了一声回头看，筱燕秋疲乏地睡着了。

傍晚，面瓜在盥洗间收拾鲫鱼。面瓜妈洗尿布子和筱燕秋的衣物。盥洗间里不时有人出入。

面瓜妈数叨面瓜："我 19 岁嫁到老年家，上有公婆，中间有小叔子、小姑子，下面是你们挨肩儿的四个孩子。我早上 5 点钟起来做饭，晚上别人一觉都睡醒了，我还在灯底下纳鞋底子、补衣服。这几十年是咋过的？那可真是一步一脚血呀！"

面瓜："妈，天天说这些有啥用？"

面瓜妈:"没用,是没用。我辛辛苦苦地养大了你们,受的苦齐腰深。我得啥好了？眼瞅着黄土埋到脖梗子了，连孙子的影子都没看见。"

面瓜："妈！"

面瓜妈："你说你娶这样的老婆有啥好？啊？一点儿都不实用，生个孩子刚比耗子大一圈就难产了。生下孩子又不产奶，这叫啥女人？看看这，又是鱼汤又是药，才催下来那么几滴黄汤。这一滴黄汤合多少钱啊？"

面瓜："妈，燕秋心里面比咱们谁都急。"

面瓜妈："急？我看她一点儿都不急。这孩子好像不是她生的，是我生的。昨天晚上孩子哭得气都上不来了，她连眼睛都没睁一下。"

面瓜："她流了那么多血，身子太虚了。再说你又不让她弄。"

面瓜妈眼睛一瞪："我不让弄，她就顺坡下驴呀？"面瓜不说话了。

面瓜妈狠狠地戳了一下他的脑袋："你就是那受罪的脑袋。咱村的二丫多好，你嫌人家腰粗。腰粗咋的？看看人家那对大奶，衣襟一掀，那津能喷到对面墙上去。"

唐华端着盆进来："大娘，夸谁呢？"

面瓜妈："夸我那儿媳妇呢呗。"

面瓜出去。

唐华端着一碗泡菜进来："大娘，给你，新腌好的。"

面瓜妈，“亏你惦记着我。”

唐华：“还没奶啊？”

面瓜妈：“可不是呗，真是活活愁死我了。”

面瓜进来：“妈，我洗吧。”

面瓜妈：“这点儿活，我走着就干完了。”

面瓜抢母亲手里面的活儿：“我干吧。”

面瓜妈眼睛一瞪，打掉儿子伸过来的手：“不许你碰她的脏东西。”面瓜一愣。

面瓜妈严肃地说：“我告诉你，以后你的衣服不能和她的衣服放在一起洗，叠衣服的时候，你的衣服不能放在她的衣服下面。你更不能和她用一个洗脚盆子洗脚。女人贱，女人脏，你知道不？”

唐华目瞪口呆地看着面瓜妈。

面瓜妈：“你再不济也是男人，说死也不能让她压你一头。”

唐华忍不住了：“你自己也是女人，怎么就能这样糟践女人？”

面瓜妈一愣，半张着嘴没说出话来。唐华端起那碗泡菜气哼哼地走了。

面瓜妈火了：“哎，我说我们老年家的事，你搭哪门子茬？”

远处有人喊：“面瓜，你家锅溢出来了！”面瓜一个箭步蹿出去。

饭做得了，一家三口人坐在桌子前面吃饭。面瓜不住地给筱燕秋搛菜。面瓜妈大声咳嗽了一声。面瓜忙给母亲送过一筷子菜来。

面瓜妈白了筱燕秋一眼：“不用你搛，我又不是残废。”

筱燕秋端着架子，麻耷着眼皮不理她。面瓜放下筷子。

面瓜妈：“吃这么点儿？再吃点儿。”

面瓜：“累饱了。准生证、生育证、独生子女证、户口这一通折腾，跑的那路比两万五千里长征差不到哪去。累呦，累得我骨头架子都散了。”

面瓜摔躺在床上，他侧过身盯着熟睡中的婴儿看。

面瓜：“六天头上得鹅口疮，八天的时候肚脐感染，十天刚到又烂了屁股，闺女，闺女，你咋这么不省心呢？”

筱燕秋：“她拉奶瓣了。”

面瓜：“啥是奶瓣？”

筱燕秋：“喝了牛奶不消化。”

面瓜一下坐起来：“那咋办？”

面瓜妈不用好眼神看着筱燕秋。

面瓜问筱燕秋：“你还没奶？”筱燕秋摇摇头。

面瓜急了：“那鲫鱼多难淘弄啊，你把那汤都喝到哪去了？”

筱燕秋眼泪围着眼圈转：“你问我，我问谁去？”

面瓜妈独自在盥洗间里面刷碗，她自言自语道：“我拉扯了四个孩子，哪个不是刚出满月就跟我下地干活了？细菌呀、凉风呀，哪有那么多的说道？城里的女人，就是不行！漂亮，漂亮管啥用？啥用都不管，只能看不能用！”

夜里，面瓜妈躺在行军床上翻来覆去地睡不着。孩子哭了。面瓜妈扭过头。隔开屋子的布帘上透过微弱的灯光，面瓜的身影在上面晃来晃去，筱燕秋爬起来抱孩子。面瓜把她按倒，盖好被子，自己给孩子喂牛奶、换尿布子。面瓜妈腻歪地转过脸去。

孩子不停地哭。布帘上筱燕秋的身影又坐了起来，她小声说：“面瓜，我胀得不行，好像有奶了。”

面瓜欣喜若狂：“你给她吃。”

筱燕秋搂过孩子吃奶，孩子哭。筱燕秋犯愁：“她嘬不出来。”

面瓜：“那咋整？”

面瓜妈忍不住坐了起来：“她嘬不出来，你嘬。”

面瓜撩开布帘露出脑袋：“妈，你说啥？”

面瓜妈：“孩子小，嘴没劲，你麻溜替孩子把奶管给嘬通了。”

面瓜窘得满脸通红。

面瓜妈火了：“你平时那没羞没臊的劲儿哪去了？那奶不快点嘬通就又憋回去了。”

面瓜浑身不自在地缩到布帘后面去了，透过灯光可以看见面瓜的影子伏在筱燕秋的胸前。面瓜妈紧张地看着。

面瓜喊了声：“出来了！”

筱燕秋把孩子紧紧地贴在胸前，孩子香甜地吞咽着。

面瓜妈身子一软靠在墙上：“哎呀妈呀，比我自己奶孩子都累！”

过了几天，面瓜拎着菜走进盥洗间，挽袖子择菜洗菜。

靳小手：“面瓜，你可是瘦多了。”

面瓜开玩笑：“谁要是想减肥，赶紧打听谁家需要伺候月子，那膘拉得才快呢。”

靳小手笑：“你妈回去了？”

面瓜苦笑：“回去了。”

靳小手：“不待了？”

面瓜：“待不下去了。”

靳小手：“为什么？”

面瓜：“啥都看不惯，看不了我疼媳妇，看不了我媳妇的冷脸子，这一切都好说，关键是她受不了咱筒子楼里的日子。”

靳小手：“住惯了就好了。”

面瓜：“说破了大天也没用，老太太就是不待了。她说，这里又黑又挤又臭，简直就不是人住的地方，是耗子洞。她说怕哪天吃成了，变成燕蝙虎从窗户飞出去。”

靳小手哈哈大笑。

一天，一个农村小姑娘端着装满尿布子的盆子进来，看见面瓜怯生生地叫道：

“二哥。”

面瓜：“桂莲，你嫂子呢？”

桂莲：“生气呢。”

面瓜：“为啥？”

桂莲：“嫌我给孩子沏水没放蜂蜜。”

面瓜：“噢，噢，东西先泡着，你回去吧。”

桂莲出去。

靳小手：“这个孩子好像不是前几天的那个了。”

面瓜叹了口气：“已经换了仨了，我妈把家里那边的亲戚差不多都求了，谁都不愿意来伺候我们。”

筱燕秋仔细检查着洗好的尿布，她指着一块黄色的印迹问：“这儿怎么没洗干净？”

桂莲：“我来的时候，这块尿布上就已经有这块印了。”

筱燕秋：“你怎么知道？”

桂莲：“惠玲从这儿回去说过，她告诉我洗完的东西你都要检查，所以我特意记住的。”

筱燕秋不说话了，她把尿布摔在床上。孩子哭了，桂莲拿奶瓶子给孩子热奶。

筱燕秋：“奶瓶煮过没有？”

桂莲：“煮过了。”

筱燕秋：“我怎么没看见？”

桂莲：“你睡觉的时候我煮的。”

筱燕秋：“撒谎！”

桂莲无限委屈地看着面瓜。面瓜热血上头，他站起来从桂莲的手里面夺过来奶瓶就往里面灌奶。

筱燕秋冲过来手指着面瓜，她气得嘴唇发抖：“面瓜，你可以不重视我，但是不能不重视这个孩子！”

面瓜生气：“怎么不重视她了？我怎么不重视她了？自打这个孩子落地，我连一天的囫囵觉都没睡过。你指东我打东，你指西我打西。保姆来一个你换一个，你体谅过我妈四处求人的苦吗？”

筱燕秋吃惊地看着他：“你妈苦？还是我苦？”

面瓜：“孩子管你叫妈，你苦是应该的。”

筱燕秋爆发了：“我凭什么就是应该的？我告诉你，面瓜，是你用卑鄙的手段把我骗进这种生活，是你把我拖进了你们家这个甩都甩不掉的烂泥坑中！”

面瓜：“哪个女人不是这样居家过日子？这家，这日子，怎么到你这儿就成了烂泥坑了呢？”

筱燕秋：“她们是她们，我是我。她们愿意过这样的日子，我不愿意过这样的日子！”

面瓜两眼瞪得滚圆：“你愿意过啥样的日子，啊？你愿意过戏台上仙女那样的日子？你有那福分吗？”

筱燕秋被戳着了肺管子，她的眼睛像两把匕首扎在面瓜的脸上：“面瓜啊，面瓜，你终于把心里面的话说出来了！孩子生出来了，我被她套死了，你的丑恶面目也彻底暴露了。你这个伪君子！你这个大骗子！”

面瓜梗着脖子看着筱燕秋：“说！啥狠你说啥！”

桂莲无助地看看这个又看看那个。

筱燕秋声音颤抖着：“你不是焦仲卿，我也不是刘兰芝，姓年的，你等着！孩子过百天的时候，我就好好给你唱一出《孔雀东南飞》！”

面瓜听不懂：“你啥意思？”

筱燕秋一字一句：“咱俩离婚！”

面瓜爆发：“离就离！”

筱燕秋冰冷的脸上透出笑容：“孔雀东南飞，五里一徘徊……”她“嘿嘿”笑了。面瓜一激灵。筱燕秋索性笑起来，她越笑越厉害，直到成了青衣疯癫后的狂笑。

面瓜害怕了，他叫：“燕秋！燕秋！”

筱燕秋根本不看他，她拿起尿布边笑边像水袖一样漂亮地耍着。

面瓜大声喊道：“你别这样笑行不行？你他妈的别这样笑了行不行？”

筱燕秋内心中的锣鼓点儿由弱到强,充斥了整个空间。孩子嚎啕大哭的声音融入。

白色的尿布满天飞。面瓜和桂莲东跑西颠地往起拣着。

筱燕秋身着戏装在台上舞着水袖,并随着锣鼓点儿声跑着圆场。筱燕秋站定亮相,台下一片喝彩声。

优美的京胡声响起来，筱燕秋张开嘴想唱，可是没有声音。过门反复拉着，筱燕秋在戏台上焦急万分地走着。观众起哄叫倒好。筱燕秋泪如雨下,她哭叫:“喂……呀……”

这天夜里，筱燕秋“腾”的一下坐起来，她惊慌失措地看着四周。

面瓜被惊醒，一骨碌爬起来：“咋的了？”

筱燕秋痛不欲生地说：“我忘词了！”

面瓜：“啥？”

筱燕秋：“我把唱词忘了。”

面瓜一头栽在枕头上：“你就不能过两天安生日子？”

筱燕秋：“我已经被这筒子楼沤烂了，你还想要我声都不出吗？”

面瓜痛不欲生：“你还有完没完了？”

筱燕秋久久地看着床上熟睡的婴儿，好一会儿才拖着韵腔问：“何为完？”

面瓜苦着脸：“这日子可咋往下过？”

筱燕秋拖着韵腔："过怎样？不过又怎样？"

面瓜："又来了！"他用被子死死包住脑袋。

筱燕秋呆呆地坐在那里，一缕月光照在她的脸上。筱燕秋渐渐平静下来，她对着月光全神贯注地做着"伸萼""露滋""迎风"等旦角的指法。筱燕秋一甩无形的水袖，轻声哼唱起嫦娥渴望奔月的唱段。

孩子突然哭了。筱燕秋没有听见，她依然沉浸在唱词中，她全神贯注地舞着水袖唱着，越唱声音越大。

面瓜一骨碌爬起来，抱起孩子摸屁股。面瓜把手伸到眼前看，他沾了一手的屎。

时光飞逝……

孩子笑了。筱燕秋惊喜地看着她："叫妈妈！"

孩子冲着筱燕秋笑。筱燕秋一把抱起女儿："认识妈妈了，是不是？"

女儿摸妈妈的脸，揪妈妈的头发。筱燕秋搂着女儿亲了又亲，"心肝""宝贝"叫个不停。

日复一日。

筱燕秋给女儿洗澡。

筱燕秋用勺子刮苹果泥喂女儿。

筱燕秋教女儿拿图片。

女儿看着母亲笑。

筱燕秋："小咪子，叫妈妈。"

小咪子"咯咯"笑，筱燕秋高兴得眼泪流了出来。

面瓜进屋看见筱燕秋流泪吓了一跳："又咋的了？"

筱燕秋又哭又笑："小咪子会叫妈妈了！"

面瓜扑过去抱起女儿："叫爸，快叫爸！"小咪子就是不张嘴。

筱燕秋得意："她不认你。"

面瓜："小咪子，你可不能跟你妈一样没良心啊！"

筱燕秋逼问他："谁没良心？"

面瓜抱着女儿躲开："我没良心。"小咪子非常满意这种追逐，她"咯咯"地笑。

晚上，筱燕秋坐在饭桌前吃饭。

面瓜："秋啊，你现在越来越像妈了。"

筱燕秋："我本来就是妈。"

面瓜："我是说你看人的眼神和以前不一样了。"

筱燕秋："那是看我女儿看的。"

面瓜："我知道你看我是练不成这样。"

筱燕秋"扑哧"一声笑了。

面瓜："秋啊，你可真是变了。"

筱燕秋："丑了。"

面瓜摇头："比以前耐看。"

筱燕秋："是吗？"

面瓜色迷迷地说："浑身上下哪哪都透着软和。"

筱燕秋有些沮丧："我胖了。"

面瓜安慰她："越胖越招人喜欢。我在班上一想起你，这心里面就刺闹。"

筱燕秋："你怎么说着说着就下道了？"

面瓜"嘿嘿"笑："秋儿，你看我有啥变化？"

筱燕秋上下打量他半天："没什么变化？我看不出来。"

面瓜："我剃头了。"

筱燕秋仔细看了看："还真剃了。"

面瓜委屈："闺女的屁股你一天看八次，我的脸你一次都懒得看。"

筱燕秋"咯咯"笑。

面瓜："你现在和以前大不一样。"

筱燕秋："是吗？"

面瓜："过去你人在家，心不知道在哪飘着呢。现在你人在家，心也在家。咱们这家越来越像家了。"

筱燕秋扭头看着床上熟睡的女儿，好一会儿没说话。

面瓜感叹："家好，还是家好。"

筱燕秋感慨："真没想到她这样一个小人儿，能让我的心这么安静。现在我心里什么都没有了，只剩下她。孩子让我觉得守住了她，我就是守住了一切。"

面瓜激动地一把搂住了筱燕秋，他肉麻地说："我得好好感谢我闺女，她让你这个妈身上有了热乎气，不那么冰手了。"

筱燕秋笑着一掌推开他："你烦人不烦人？"

面瓜又把她搂回去："我喜欢现在这个香喷喷、热乎乎的好老婆！"

过了几天，筱燕秋容光焕发地在戏校走廊上走着，过往的教师不断和她打着招呼。

男教师："上班了？"

筱燕秋："嗯。"

女教师甲："筱燕秋你漂亮了。"

女教师乙："产假休得好。"

筱燕秋含蓄地笑。

阳光从天窗照进库房。筱燕秋精神抖擞地晾晒着服装。传达室的老头送进来一封信。

筱燕秋坐在桌子前面看裴锦素的来信。

裴锦素写道："燕秋，你好！来信收到，得知你生活得不错，很为你高兴。日子过到这个节骨眼上，应该是最有滋味的时候。我衷心地祝福你！我已经换了三个单位，现在在一家图片公司干活。估计也干不长，因为这家公司老板的口号是：图片、图片，图的就是骗钱。”

筱燕秋“扑哧”一声笑了。

裴锦素：“对于女人来说，家庭和孩子只是一个过程。你结了婚，有了丈夫孩子以后，还得重新回到你自己。你是否常常想，作为一个独立的人，你能为自己和为社会再做些什么？”

筱燕秋抬起头思索着。

裴锦素：“还记得我们在戏校的时候学过的《花木兰》吗？这么多年过去了，我突然悟出来，那出戏里面对人的要求是双重标准。它要求男人和要求女人的标准是完全不一样的，男人就是单纯的男人，做男人就行了。女人则不同，女人除了和男人一样，在必须做一个社会上的成功人士的同时，还要依旧小鸟依人，依旧柔情似水。总之在你做成了男人都难做成的大事以后，千万别忘了你做女人的本分，你说这公平吗？”

筱燕秋自言自语：“这个家伙，她到底要说什么？”

有人推门进来：“筱燕秋。”

筱燕秋急忙收起信：“有事吗？”

来人：“校长找你。”

筱燕秋一愣：“什么事？”

来人：“不知道。”

筱燕秋进了校长办公室，校长笑眯眯地看着她：“筱燕秋同志，你在戏校的这几年表现得相当不错。没迟到早退过，除了产假没请过一天病假。服装库也管理得井井有条。”

筱燕秋不动声色地看着他。

校长：“鉴于你的表现和我们学校的具体情况……”他停顿了一下不说了。筱燕秋有些紧张地看着他。

校长：“你是咱们戏校毕业的，在京剧团也曾经是响当当的台柱子，咱们学校现在师资力量不够，你在服装库里面待着也是浪费材料。学校党支部讨论后，决定把你调到教育科担任教学工作。”

筱燕秋惊呆了，她瞪着眼睛看着校长，唯恐一眨眼，眼前的这一切就消失了。

校长：“新生马上就要进校了，你把手头的工作赶紧交待一下，从下星期起就开始带班吧。”

筱燕秋：“让我带学生？”

校长点点头。

筱燕秋：“让我教戏？”

校长笑着鼓励她：“好好干，多培养出几个像你这样的好青衣来。”

筱燕秋含着眼泪使劲点了下头。

练功房里一群十一二岁的女孩子，在形体老师的监督下跑圆场。压腿、踢腿、翻小翻。形体老师严厉地指导着她们。

筱燕秋出现在门口，她不动声色地看着，看着女孩子的身段、女孩子的脸。筱燕秋有些失望地摇摇头。

教室里，筱燕秋教学生唱戏。学生连比划带唱。

筱燕秋喊：“王凤至，声音往前顶，一累你的声音发横，往后面缩。”叫王凤至的学生慌忙纠正自己。

筱燕秋：“张连芳，你那是干什么呢？手形应该那样吗？”张连芳慌忙纠正自己。

筱燕秋：“声音集中，都走点儿脑子。眼睛睁开，膀子沉下去。”

学生们全神贯注地唱着。

筱燕秋：“眼神带着观众走，膀子怎么不打开？”

下课铃声响。筱燕秋：“晚上哪也别去，我给你们加课。”学生们愁眉苦脸地互相看看。

晚上，太平街十字路口灯火辉煌，车辆穿行。面瓜站在路口上威风凛凛地给穿行的车辆打着各种手势。

而筱燕秋此时正坐在教室的桌子旁边，手里拿着一块木板敲着节奏。女孩子们精疲力尽地唱着。

筱燕秋喊：“停！”女孩子们停下来。

筱燕秋：“你们怎么没有一点儿想象力？”

筱燕秋站起来摆了个优美的造型：“你们看我的手，美不美？对，应该发挥自己的全部想象。你想你的胳膊是一根柔嫩的树枝，随着春风的吹拂，长出一片片的兰花瓣来。”筱燕秋的脸上一派天真烂漫。

旁边四岁的小咪子坐在靠墙的桌子上手里拿着块馒头，瞪着眼睛看着妈妈。

刚下夜班的面瓜推门进屋，屋子里面黑洞洞的没有一个人。面瓜转身出去。

面瓜在街道上急匆匆地走着。筱燕秋背着熟睡的女儿，晃晃悠悠地走过来。

面瓜急忙接过来孩子：“怎么这么晚才回来？”

筱燕秋长长地舒了口气：“给学生加课来着。”

面瓜：“吃了没？”

筱燕秋：“在食堂买了两个馒头。”

面瓜：“你说你图的是啥？”

筱燕秋：“我教学资历浅，在学校里面干什么事都排在别的老师后面。老师们虽然嘴上不说，但我也看得出来，他们瞧不起我。”

面瓜：“你咋知道人家瞧不起你？”

筱燕秋："他们用话敲打我，说好演员未必是好老师，但是好老师必须是好演员。不蒸包子争口气，我就是要让他们看看，我筱燕秋是好演员也是好老师。"

面瓜："你看你这不服输的劲头又上来了，在家跟我治治气也就算了，跟人家治的啥气？"

筱燕秋："我不是治气，我是想让我的学生能替我扬眉吐气地在台上亮相。"

小咪子醒了："妈妈，我饿了。"

面瓜加快了脚步："家去，爸爸给你做馄饨吃。"他回头叫筱燕秋："你快点走啊。"

筱燕秋："你们先走吧。"

面瓜："怎的？"

筱燕秋："累了一天，抬不动脚了，我匀着劲儿慢慢往家挪吧。"

面瓜返回来拉筱燕秋："你们好赖还吃了个馒头，我生生灌了一肚子的凉风。还得往家弄你们这两个祖宗！"

小咪子叫："爸爸你烦不烦呀。"

面瓜："烦，烦，我除了烦，啥字不认识了。"

面瓜背着女儿搀着老婆唠唠叨叨，大步流星地往家走。

九、“戏台离我越来越远”

老师们坐在会议室里面七嘴八舌地议论着。筱燕秋坐在角落里面一声不响。

校长站起来：“全省少年京剧比赛马上就要开始了，希望大家做好各种准备，把自己班级的剧目及早地报上来。”

教室里面热闹得像开了锅。筱燕秋眼睛亮亮的，看得出来她的心已经热了起来。

校长：“第二件事，咱们学校盖的家属楼已经竣工了。下面我念一下分房名单。”

会议室里面异常安静。

校长：“王广志、张思凯、黄沂宣、筱燕秋……”

筱燕秋吃了一惊，她以为自己听错了。

校长：“以上我念到名字的同志，下午到总务科去领钥匙。”

会议室里面顿时乱成团。筱燕秋懵懵懂懂，好像是在梦中。

新房子里，面瓜带着老婆女儿得意洋洋地来回走着，他不时用脚步丈量使用面积。小咪子高兴地在空房子里面跑来跑去。

筱燕秋：“来一回量一回，什么心理？”

面瓜：“我怕它缩水。”筱燕秋笑。

面瓜：“两室一厅，46.5 平米，我们大队长的住房也就这样。”

筱燕秋：“这是局里面拨款给老师盖的房子，我要是没当老师，这辈子也分不上这套房子。”

面瓜感叹：“好事！好事！我老婆今年是双喜临门呀！”

筱燕秋满面春风地看着他：“面瓜。”

面瓜：“啥事？”

筱燕秋：“省里面的比赛马上要开始了，时间太紧，我不能抽出身子跟你一起搬家了。”

面瓜痛快地回答：“房子到手了，这么大的事你都完成了。剩下的事我自己就能干了。忙你的去，这家我一个人就全弄过来了。”

教室里，筱燕秋领着王凤至排练《天女散花》。王凤至总是舞不好那根长长的彩绸。筱燕秋拽过彩绸为她示范，她把那根彩绸舞得上下翻飞。王凤至无比惊讶地看着。

此时，筱燕秋家里，小咪子正在地上欢快地跑着。面瓜站在窗台上安窗帘，他不住地招呼着小咪子给他递这个递那个。

小咪子完成任务后等待夸奖：“爸爸，我聪明不聪明？”

面瓜：“聪明？你可不是聪明。”小咪子看着爸爸委屈地咧嘴要哭。

面瓜：“我闺女简直就是天才嘛。”小咪子笑。

教室里，王凤至一个卧鱼摔在那里，筱燕秋给她纠正动作。王凤至舞得满头大汗，筱燕秋像妈妈一样给她端水擦汗。

面瓜和女儿在家吃饭。小咪子捣着碗里面的饭不吃。

面瓜：“闺女，吃啊。”

小咪子：“我不想吃菠菜。”

面瓜：“吃了长高个。”

小咪子吃了一口站起来：“高了没？”

面瓜：“高了。”

小咪子又吃了一口站起来：“高了没？”

面瓜：“又高了一截。”

小咪子坐下不吃了。

面瓜：“咋的了？”

小咪子：“我难受。”

面瓜紧张：“哪难受？”

小咪子：“心里面难受。”

面瓜：“咋个难受法？”

小咪子：“妈妈怎么还不回来？”

面瓜：“过一会儿就回来。”

小咪子眼泪汪汪：“妈妈是不是不要我了？”

面瓜：“谁说的？”

小咪子抽搭起来:“妈妈要王凤至,她不要我了！”说完“哇”的一声嚎啕大哭起来。面瓜使尽全身解数哄好了女儿。

小咪子不哭了：“爸爸，我能说笨蛋吗？”

面瓜：“能说。”

小咪子：“妈妈是笨蛋。”

面瓜：“不能说妈妈是笨蛋。”

小咪子：“能说你吗？”

面瓜：“我想想。”

小咪子不等他想明白，看着他的脸认真地说：“傻瓜！”

面瓜哈哈大笑：“你还知道我的小名？聪明，我闺女真是聪明。”

几天后，筱燕秋领着王凤至参赛。

到了招待所，筱燕秋把王凤至的东西放好，给她倒水洗脸。

筱燕秋："洗完脸咱们下去吃饭。"

王凤至："老师，我肚子疼。"

筱燕秋紧张："怎么回事？"

王凤至："不知道。"

筱燕秋："我带你去看看。"筱燕秋拉着王凤至走了。

第二天黎明，王凤至在床上熟睡。筱燕秋在灯下给她熨戏装，旁边是王凤至熟睡的脸。熨完戏装，筱燕秋拿着手表坐在她旁边目不转睛地看着她。

清晨，化妆室镜子前面坐满了人，每个老师都捧着自己学生的脸认真地描画着。筱燕秋给王凤至上底色打胭红。男老师给唱张飞的男孩子勾脸。

男孩子："这张飞可把我坑苦了，腿压得现在还疼呢。"

男老师："你应该说我把你坑苦了。往下蹲，小花脸白练了？"

筱燕秋一件一件地给王凤至把戏装穿好。

男老师："换跑裤。"

男孩子左右为难地看了看："老师，我里面没穿裤衩。"

男老师夸他："你可真是地道的'原'派。"

筱燕秋上下打量王凤至，看到不满意的地方仔细给她调整着。

王凤至："老师，我肚子又开始疼了。"

筱燕秋紧张："赶紧吃药。"

王凤至："吃了，好像不管用。"

筱燕秋的汗冒了出来："马上就要比赛了，能坚持吗？"

王凤至点点头。

筱燕秋："对，机会难得，一定要抓住这次机会。"

前场的锣鼓点儿敲起来了。

开场了，观众席里面坐满了人，评委和各级领导坐在第一排。大幕徐徐拉开，王凤至随着锣鼓点儿上场。筱燕秋站在侧幕条旁目不转睛地看着。王凤至开始唱了，她有些紧张，眼睛直往侧幕条处溜。站在侧幕条边的筱燕秋双手比划着往下压，让她沉下来。王凤至的嗓子稳了，台步也稳了，她舞着长绸载歌载舞地唱着跳着。

评委们边看边在纸上记录着。王凤至最后亮相没站稳差点摔倒，她冲到台口一阵呕吐。筱燕秋冲过去扶住她。主持人走出来："刚才三号学生带病完成了她的表演，让我们再一次用掌声鼓励她。"观众席上一片热烈的掌声。

比赛已近尾声，筱燕秋和王凤至孤单单地坐在休息厅里面。远处传来主持人的声音："下面宣布获奖者名单。"

筱燕秋站起来："咱们走吧。"

王凤至眼泪汪汪："老师，都怪我。"

筱燕秋心灰意冷："不怪你。"

一转眼几年过去了。

面瓜仍旧站在太平街路口上指挥车辆。

八岁的小咪子背着书包跑过来："爸爸！"

面瓜熟练地给着车手势问女儿："到这儿干啥？多不安全？"

小咪子："家里没人。"

面瓜："你妈呢？"

小咪子："谁知道跑哪去了？爸爸，你给我点钱。"

面瓜："干什么？"

小咪子："我饿了。"

面瓜："中午不是在学校吃了吗？"

小咪子："那么难吃的饭，我没吃饱。"

面瓜："怎么也比我这一肚子的风好吃吧？"

小咪子撒娇："哎呀，爸爸！你烦不烦？"

面瓜扛不住了，掏钱给女儿："别胡吃啊，晚上我给你做好吃的。今天是你妈妈的生日。"

小咪子高兴地乱叫："过生日喽！过生日喽！"

面瓜："早点儿回家。"

来往的车辆遮住他们。

街上行人匆匆。筱燕秋骑着自行车在街上漫无目的地走着。她眼睛望着虚无缥缈的地方，灵魂好像已经离开肉体飞走了："我不知道要去哪儿，也不知道该干什么。我只知道我从心里面害怕这个日子的到来。30岁了，30岁对于一个女人意味着什么？"

筱燕秋步履沉重，一步一步地走上台阶。她站在文化宫的门口。她想："站在这儿，才明白我绕了那么大一圈路就是为了回到这里来。"大玻璃上清清楚楚地映出筱燕秋的身影，她头发零乱，憔悴不堪。筱燕秋伤心地上下打量着自己。阳光移动，玻璃上出现了筱燕秋19岁的身影。19岁的筱燕秋凝视着30岁的筱燕秋，两个筱燕秋都流泪了。泪水顺着筱燕秋没有光泽的脸慢慢流下来。

《奔月》的旋律淡淡地响起来。玻璃门突然开了，乔炳璋从里面走出来，他几乎没有变，还是十年前的样子。旋律戛然而止。筱燕秋一下陷进时光倒流的梦中，她半张着嘴说不出话来。乔炳璋也愣住了。

片刻静场，开完会的人们陆陆续续地从乔炳璋身后走出来。门前空了，只剩下筱燕秋和乔炳璋两个人，两人就这样像两尊泥塑一样地站着。

筱燕秋想："我和他整整十年没见面了，我对他的恨在心里垒起来足足有十层楼高。我想过无数次的见面，无数次的痛骂。今天真的见到了他，心中的恨竟然如此容易地倒塌了。人怕见面，这句话真是颠扑不破的真理。"

街上行人熙熙攘攘，乔炳璋出现在人群中，筱燕秋像被梦魇住一样，推着自行车跟在他的身后。乔炳璋和筱燕秋默默地走着，两人谁也不说话。

筱燕秋有些不由自主："我这是要去哪？我为什么要跟着他走？"她抬头看，天上突然飘起零零星星的雪花。

30 岁的乔炳璋骑着自行车，20 岁的筱燕秋紧紧地偎在他的身后。两个人快快乐乐地骑着，与现实中的乔炳璋和筱燕秋擦身而过。

筱燕秋惊呆了，站住扭过头怔怔地看着乔炳璋……

茶馆里，熟练地冲洗着茶具的乔炳璋看看坐在对面的筱燕秋真诚地笑了笑："我们有十年没见面了吧？"筱燕秋不搭茬，她掩饰着自己，抬起眼睛打量四周。茶馆内很清洁，也很冷清。茶馆内的座位都是用竹子和藤子编成的，茶几上摆着当天的报纸，墙壁上挂着一把高胡、一把京胡。高胡是一把老琴，担子和琴筒呈紫红色，轴子上的松香有半指厚。

老板送来茶水和点心后悄悄退下。

乔炳璋："我从省干部管理学院毕业后，分到文化局工作了。"

筱燕秋垂下眼睛不说话。

乔炳璋："你怎么样？"

筱燕秋："哪方面？"

乔炳璋："随便说。"

筱燕秋："我能有什么可说的？我没什么可说的。"

乔炳璋说："这么多年没见面了，哪能没什么说的呢？说说你教的学生。"

筱燕秋苦笑："我教了 20 个学生，没有一个能唱出来的。大红大紫的就不说了，连显一下山、露一下水的都没有过。你叫我说什么？我是个没用的人，我对自己已经彻底死了心。"

乔炳璋两眼深沉地望着她："可毕竟没有死透，对吧？"

筱燕秋被一语击中，她抬起眼睛看着乔炳璋。

乔炳璋用善解人意的语气说："燕秋，你是个要强的人，你的心思我能明白。"

筱燕秋心中的酸楚，恨意全部涌上来，她抬起头看着墙上挂着的胡琴咬着牙根不说话。乔炳璋低下头细细地品着茶。

筱燕秋突然问："你的家挺好的吧？"

乔炳璋怔了一下，点点头。

筱燕秋问："孩子呢？"

乔炳璋脸上露出笑容说："快上初中了。"

筱燕秋一脸冷笑讽刺道："你活得很滋润，很好。"

乔炳璋听出弦外之音，他直视着筱燕秋说："我一直希望你过得比我好。"

筱燕秋挑衅："怎么个好法？"

乔炳璋想了一下认真地回答：“女人应该有的你都有。”

筱燕秋冷笑：“你想过把这些东西给我吗？”

乔炳璋一愣，不知道该如何回答。

筱燕秋单刀直入：“十年前你离我而去的时候这样想过吗？”

乔炳璋挣扎：“燕秋！已经是过去的事情了还提它干什么？”

筱燕秋不屈不挠：“你从来就没动过要娶我的心思对吧？”

乔炳璋被逼到了墙角，好一会儿说不出话来。

筱燕秋逼他：“你说呀！”

乔炳璋：“什么？”

筱燕秋：“你为什么不娶我？”

乔炳璋想了好一会儿才艰难地说：“婚姻这种事很难一下子说清楚，天时地利很多因素。有时候原因和结果都不是你想要的。”

筱燕秋：“你想要什么？”

乔炳璋不说话。

筱燕秋：“她是个什么样的人？”

乔炳璋沉默着，好一会儿才开口：“没你聪明也没你漂亮。”

筱燕秋尖刻地说：“这是你抛弃我的理由吗？”

乔炳璋不说话。

筱燕秋：“你对她有感情？”

乔炳璋苦笑：“感情是什么？感情是人的优缺点之外的一种最不好说的东西，所以我不愿意说它。”

筱燕秋：“你说这话是什么意思？”

乔炳璋：“生活不会让人幸福得时间太长了，哪怕是最平庸的幸福，也只是那么短短的一个阶段。一眨眼睛就没了。”

筱燕秋：“她也叫你失望了？”

乔炳璋不回答她。

筱燕秋逼他回答：“你说呀！”

乔炳璋：“说什么？说感情还是说婚姻？依我看这两个东西是不能混在一起说的。”

筱燕秋一怔。

乔炳璋：“婚姻生活应该简单化，她这个人有个特点，很单纯，没那么多是非。人只要简单了就会免去很多麻烦。”

筱燕秋的脸色变得难看起来：“你觉得我这个人很麻烦？”

乔炳璋：“我不是这个意思。”

筱燕秋：“你就是这个意思。”

乔炳璋：“燕秋，你知道婚姻这东西是很磨人的，有时候它能磨得人血泪横流。

它会把很多值得珍惜的东西磨烂、磨没。我不愿意把我珍惜的东西放进婚姻这种形式里面。”

筱燕秋眯着眼睛问：“你珍惜什么？”

乔炳璋：“珍惜我们之间有过的一切。”

筱燕秋：“这么说你是因为珍惜我，所以才抛弃我？”

乔炳璋：“你这样想，我就没法跟你说了。”

筱燕秋冷笑：“乔炳璋啊，乔炳璋，你能不能别既当婊子又要立牌坊？”

乔炳璋生气了：“你怎么说话这么难听？”

筱燕秋：“那是你不敢听！”

乔炳璋不说话了。

筱燕秋：“你从心里爱过别人吗？我相信你没爱过。”

乔炳璋冷冷地说：“我从来不说这个字。”

筱燕秋：“那是因为你不配说这个字。”

乔炳璋极力克制着自己。

筱燕秋：“你这个人根本就不懂什么是爱，你谁都没爱过！当爱情出现在你面前的时候，你首先想到的是失去。”

乔炳璋被打中要害。

筱燕秋情绪激动:“你从来不打算为别人做什么,还生怕别人会从你这里拿走什么。”

乔炳璋的脸一阵红，一阵白，拿着茶杯的手轻轻地颤抖着。筱燕秋和乔炳璋两人谁也不说话。老板过来给他们续水。

筱燕秋语气平静地问老板：“会拉琴吗？”

老板：“听哪段？”

筱燕秋：“《奔月》里面的西皮《飞天》。”

老板操起二胡坐到一边拉起来。琴声一响，筱燕秋的眼泪涌了上来。乔炳璋把纸巾递给她。筱燕秋不接，她倔强地把眼泪转回去。

筱燕秋:“十年的时间,对你眨眼就过去了。对我却是痛不欲生的一辈子。乔炳璋，我恨透了你！”

乔炳璋神色悲凉地看着她。

筱燕秋：“我以后不会再见你了！”

乔炳璋点点头。

筱燕秋声音颤抖着说：“我不想在你面前哭，可是眼泪不听我的话。”

筱燕秋在热泪即将喷涌的时候站起来，一甩无形的水袖，带着身段，迈着飘一样的水步,头也不回地走了。琴声继续。乔炳璋孤零零地坐在空荡荡的茶馆里面喝茶。老板边拉边往这边看。乔炳璋头也不抬，他跟着琴声低声唱起《后羿思妻》的唱段。老板来了情绪，他摇头晃脑地拉着。乔炳璋越唱声音越高。老板边拉边由衷地叫道：

"好！"琴声弱下去。乔炳璋用老生的悲腔低吟道："你呀……呃……呃……"

筱燕秋推着车子精神恍惚地走着："我为什么要离开？是给他一次挽留我的机会吗？"行人一个个地从筱燕秋身边匆匆走过去，筱燕秋又想："他要是追上来，我就原谅他。我肯定会原谅他。"突然一只手紧紧地拽住了她的车子。筱燕秋身子一震，她慢慢回过头来。拄着拐杖的柳如云站在身后，她衣衫整洁，拄着拐杖，头上包着紫红色的纱巾。筱燕秋先惊后喜，紧接着悲又涌上了心头。她叫了声："柳老师！"

两人随后到了柳如云的家。柳如云的家依旧整洁冷清，只是墙上的照片已经褪色。桌子上铺着练字的宣纸，还摆着几个还没做好的青衣绢人。

筱燕秋："您还好吧？"

柳如云："三个月前中了一回风，这一条腿有些不好使了，很少出去了。"

柳如云给筱燕秋看她写的毛笔字。

柳如云："这是照王羲之的帖子临的。我喜欢王羲之的字，他的字像青衣，静中见动，平中出奇，那韵味真是慢慢品出来的。"

筱燕秋拿起绢人看："这是您做的？"

柳如云点点头，挨个给她介绍："这是苏三，这是谭记儿，这是王宝钏……"

筱燕秋感叹："形神兼备，做得真好。"

柳如云："你真不再唱了吗？"

筱燕秋摇摇头："除了那几个学生，我还能唱给谁听啊？"

柳如云："遗憾哪！遗憾！从古到今，唱青衣的成百上千，真正把青衣唱出意思来的，真正领悟了青衣的意蕴的又有几个？也就那么几个。"

筱燕秋看着她不说话。

柳如云："唱青衣固然要有好嗓音、上好的身段。可是好嗓音算得了什么？上好的身段又算得了什么？出色的青衣最大的本钱是你是一个什么样的女人。哪怕你是七尺须眉，只要你投了青衣的胎，你的骨头就不再是泥捏的，只能是水做的，飘到任何码头你都是一朵雨做的云。"

筱燕秋吃了一惊："老师，您的意思是……"

柳如云："女人就是女人，她学不来也赶不走。青衣是女人中的女人，是女人的极致世界，是女人的试金石。是女人，即使你站在戏台上，在唱，在运眼，在云手，所谓的'表演''做戏'也不过是日常生活里的基本动态。让你觉得生活就是如此这般。老天爷创造出一个青衣不容易，我柳如云是其中的一个，你筱燕秋就是另一个。"

筱燕秋恨恨地说："既然如此，老天爷为何又这样对我？"

柳如云："燕秋，你要学会等待。"

筱燕秋："等待？我已经等了整整十年了，戏台离我越来越远。我天天都在照镜子，我亲眼看着自己一天天老去。亲眼看着嫦娥一天天死去。我无能为力。我用手拽都拽不住，用指甲抠都抠不住。"

柳如云心痛地看着她。

筱燕秋："说到底是老天爷对女人太残酷，心太硬，手太狠了。"

柳如云："你说得对！"

筱燕秋："人生有几种痛，最大的痛叫作不甘。我不甘哪！"筱燕秋这句话的尾音带着韵白的拖腔。

柳如云看着筱燕秋，眼神里涌出一股柔情："你这孩子生来就心怀伤痛，让人爱怜。看见你就像看见了20年前的我自己。人生如梦，转眼就是几十年啊！"

筱燕秋："老师，我问您一句话，你别生气。"

柳如云："我不生气。"

筱燕秋："您爱过吗？"

柳如云笑了："唱青衣的心里怎能没有爱？更何况我这样的好青衣。"

柳如云看着桌上的绢人，思绪走远了。她仿佛在自言自语："男人不如女人。女人爱上男人，就把心掏出来给他。可是他不敢要。在他心里我不是女人，是青衣，天生就应该站在戏台上等着。"

筱燕秋一声不响地看着她。

柳如云："他叫我等着，等着他把婚离了。我从20岁等到现在，一等就是30年。只是不知道在等什么了。"

筱燕秋受到震动："为了他这么一句话您就傻等了一辈子？"

柳如云点点头："这是我和他的约定。"

筱燕秋替她不平："老师，您不能这样！"

柳如云进戏了，她一甩无形的水袖用韵白问道："不这样，又能怎样？"

筱燕秋无言以对，她热泪盈眶。

从柳家出来，筱燕秋推着车子在街上走着，她边走边落泪，行人纷纷回头看。

黄昏，面瓜在厨房案板上擀面条。

小咪子剥葱剥蒜："妈妈怎么还不回来？我快饿死了。"

面瓜："好饭不怕晚。"

小咪子挨个抓着凉盘里面的菜往嘴里塞着。

面瓜疼爱地说："你咋跟狗似的，见啥啃啥？"

小咪子："爸爸，一会儿你给我在老师的意见书上签字好不好？"

面瓜："我的字难看，让你妈签。"

小咪子："她看见老师的评语又该骂我了。"

面瓜："又在学校惹什么祸了？"

忽然门开了，小咪子喊了一声："妈妈回来了！"

筱燕秋神情疲惫地走进屋，小咪子蹿过来冲着母亲"呔"了一声。筱燕秋吓了一跳。小咪子前蹿后跳，嘻嘻哈哈地傻笑。筱燕秋皱着眉头："别闹，这么大了，还这么没正形。”她一眼看到了桌子上摆着的大蛋糕，上面插着蜡做的两个数字“30”。

筱燕秋吃了一惊：“这是干什么？”

小咪子：“给你过生日。”

筱燕秋急了：“谁让你们过的？”

小咪子一愣：“妈妈，谁又惹着你了？”

面瓜从厨房里面出来：“我的主意。平时可以不过，30岁是大生日，得过。”

筱燕秋一脸不悦：“谁愿意过谁过，反正我不过。”

小咪子一脸不高兴地从厨房里面拿出来一块方便面干嚼着：“早知道这样，我才不让自己的肚子受罪呢。”

面瓜也不高兴了，他问筱燕秋：“你这个人怎么就见不得别人高兴呢？”

筱燕秋：“你的高兴非得建立在别人的不高兴上面吗？”

小咪子夸张地嚼着方便面。

面瓜：“这叫啥话？”

筱燕秋来劲了：“人话！”

小咪子吃不下去了，她威胁父母：“爸爸，妈妈，你们再吵架我就离家出走。”

夫妻俩看了一眼女儿谁也不吱声了。屋内气氛尴尬。小咪子进自己的房间写作业去了。

筱燕秋：“小咪子，这学期你的数学成绩全班第几？”小咪子不回答。

筱燕秋：“把你的作业拿出来我看一看。”

小咪子的声音：“别把气往我头上撒，你还是关心你自己的学生去吧。”

筱燕秋严厉地说：“你怎么跟我说话呢？”

面瓜：“你到底想咋着？”

筱燕秋不说话了。面瓜气哼哼地进厨房。筱燕秋坐在沙发上发呆。

面瓜在厨房里面煎炒烹炸，他忘了生气的事，冲外面喊：“燕秋，把淀粉给我搅和一下。”筱燕秋进厨房一声不响地给他打下手。

面瓜:“离远点儿,别油着。”筱燕秋的情绪缓和了许多,她积极主动地配合着面瓜。面瓜做熟一个菜筱燕秋端出去一个菜。

面瓜在厨房里面喊：“红烧茄子盒来喽！”

不一会儿，桌子上摆满了丰盛的菜肴。一家三口人围坐在桌子旁。面瓜给自己的杯子里面倒上白酒，给老婆和女儿的杯子里面倒上可乐。

面瓜举杯：“来，闺女，咱们祝你妈越活越年轻。”小咪子配合父亲和妈妈碰杯。

筱燕秋：“给我来点儿白酒。”

面瓜：“你不是不喝酒吗？”

筱燕秋：“平时不喝，今天一定要喝。”

面瓜高兴地给她倒酒：“好！好！”

筱燕秋一饮而尽，她像吞下去一大团火，脸红得像块布。筱燕秋用手扇着舌头。

面瓜："咋样？"

筱燕秋："进嘴的时候难受，进了肚子倒觉得痛快了。"

面瓜："再来一杯？"

筱燕秋："倒上。"

小咪子看看爸爸又看看妈妈。

筱燕秋倒满酒举到女儿面前："小咪子，妈妈祝你期末考试能取得全班第一的好成绩。"

小咪子："你这不是往死逼我吗？"

面瓜："别不吉利。"

筱燕秋："妈妈这一辈子活得苦，我希望你能考上好初中、好高中、好大学，不再受妈妈这样的苦。"

小咪子麻耷着眼皮不和妈妈碰杯。

面瓜凑过来和筱燕秋碰杯："老婆，我得跟你碰一个。"

面瓜美滋滋地干了："老天爷对我不薄啊，老婆闺女身边坐着，再把这小酒盅一捏，嘿！"

筱燕秋微醉，她抬起眼睛看着丈夫："面瓜，你真的这么满意？"

面瓜："这话问的，不满意我能胖成这样吗？"

小咪子放下筷子："我写作业去了。"

面瓜不满："又剩饭碗子。"他把女儿的剩饭打扫干净了。

筱燕秋慢慢地喝干了杯里面的酒。面瓜又给她满上。

筱燕秋抬起头叫了他一声："面瓜。"

面瓜："啥事？"

筱燕秋："你有过初恋吗？"

面瓜一怔："扯啥淡？"

筱燕秋固执地问："在我之前，你跟别人好过没有？"

筱燕秋慢慢地喝酒。

面瓜推心置腹地说："她说我没胸怀、没理想。我心里不痛快就问她，你是找丈夫？还是找红心大萝卜呢？"筱燕秋"噗"的一声笑喷了，她被呛得使劲咳嗽着。面瓜咧着大嘴跟着筱燕秋傻笑。

小咪子探头出来看。筱燕秋和面瓜笑成一团。小咪子嘟囔了一句："一会儿吵，一会儿好，真不成熟。"

筱燕秋笑着笑着眼泪溢满了眼眶，她掩饰着站起来，摇摇晃晃地往外走。

面瓜："你要啥？"

筱燕秋："今天是我的好日子，我去找件漂亮衣服换上。"

此时，乔炳璋正坐在自家沙发上愣神。陆婷蹲在地上用抹布一点儿一点儿地擦着地板，她擦到乔炳璋的脚下："抬脚。"乔炳璋抬起来脚，陆婷把他脚上的拖鞋拿下来，仔细擦着鞋底。乔炳璋一声不响地看着她。陆婷把鞋给他套在脚上，接着擦地。乔炳璋站起来进书房去了。陆婷头也不抬地继续在地上擦着。

乔炳璋家书房里面被翻得凌乱不堪。老式录音机在旋转，录音机里面传来《奔月》里面后羿的抒情唱段。乔炳璋坐在椅子上闭着眼睛默默地听着。《奔月》唱腔的过门响起。

筱燕秋家屋子里面凌乱不堪，筱燕秋对着镜子一件一件地比量着衣裳，哪一件她都不满意。筱燕秋掏出十年前三十晚上穿的红毛衣在身上比量着，毛衣明显地瘦小了。筱燕秋沮丧着脸。她又到箱子里面去掏，她掏出来十年前给乔炳璋织的那件拆剩了半截的毛衣。筱燕秋眼神中的光刹那间熄灭了。毛线球从她手中落到地上，跳了几下，滚到远处。

外面传来面瓜的声音："我说，你现扯布现做衣服呢吧？"筱燕秋神情恍惚地应了一声就往外走。她的脚挂住了线球上的线。

面瓜的声音："顺手把醋捎过来。"

《奔月》旋律继续。乔炳璋在凌乱的书房里面，心烦意乱地走着。走着走着，他杂乱的脚步变成了老生的脚步。

筱燕秋走进厨房拿醋。《奔月》的唱段若隐若现。

手拿醋瓶的筱燕秋站在那里看着虚无缥缈的地方。《奔月》的唱段越来越清晰了。筱燕秋的眼睛慢慢睁大了，眼神中渐渐有了东西。

筱燕秋回忆起当年的情景：乔炳璋喘息着用韵白念道："你怎能让为夫一人，孤孤单单，冷冷清清？"筱燕秋的眼泪"哗"地流了下来，她慢慢睁开眼睛。乔炳璋用左手擦她的右脸，用右手擦她的左脸，筱燕秋脸上的戏妆被他擦花了。乔炳璋痛惜地唱道："休流泪……你莫悲伤……风霜雪雨，夫与你同往。"筱燕秋被深深地打动了，她用带哭腔的韵白叫了声："怨……家……"筱燕秋伸出胳膊死死地搂住了乔炳璋的脖子……

筱燕秋手中的醋瓶子缓缓坠落在地上碎了，液体和碎玻璃向四处散开。面瓜扔下筷子伸着脖子往厨房看："啥打碎啦？"筱燕秋用剪子把做饭用的围裙使劲剪开。面瓜的声音："燕秋，你折腾啥呢？"筱燕秋完全沉浸在自己的内心世界里。她把两块白布捏在手上，当成水袖耍着。油迹斑斑的围裙在半空中舞着。

筱燕秋跌跌撞撞地在厨房里面走着台步，脚上的毛线像蜘蛛网一样挂得到处都是。油盐酱醋的罐子被她纷纷碰倒，碎了一地。外面又传来面瓜的声音："燕秋！"筱燕秋根本不理面瓜。她的手被玻璃片划破了，鲜红的血流淌在水袖上。红白相间的围裙在半空中抛上去，又落下来，再抛上去，再落下来。面瓜冲进了厨房，他被这个血淋淋的触目惊心的场景吓坏了，他抄起剪刀剪断毛线，一把抱住了筱燕秋："活祖宗！你这是闹啥？”筱燕秋愣愣地看着面瓜，用纯正的韵腔对着面瓜念起了道白：“三杯竹叶穿心过，两朵桃花脸上来……”

面瓜急头白脸：“不叫你喝，偏喝！看醉了吧？”

筱燕秋痴呆呆地看着面瓜：“你是何人？”

面瓜生气：“自己看！”

筱燕秋似乎认出了他，掩面啼哭：“夫－君－啊－啊－”

面瓜急了：“半夜三更的，看邻居笑话！”

她像戏台上的青衣那样用两只颤抖的手轮番指向面瓜的脸：“你……你……这个负心的……人呐……”

面瓜担心筱燕秋的叫声传出去，他把带血的围裙一下堵在筱燕秋的嘴上。筱燕秋的腹部一挺一挺的，嗓子里发出母兽的呼噜声。

听到动静跑过来的小咪子吓得躲在一边哭：“爸爸，妈妈，你们别打了！”

面瓜怕吓着孩子，松开了筱燕秋。

筱燕秋把面瓜当乔炳璋问：“你可曾记得对我说过的话么？”

面瓜困惑地眨着眼睛：“我说啥了？”

筱燕秋：“你我夫妻相携，生死不负。”

面瓜越发不明白了。

筱燕秋的眼神飘远了：“朝如青丝暮成雪……”

面瓜丈二和尚摸不着头脑。

筱燕秋哭泣：“喂呀……”

面瓜恳求她：“燕秋，咱们不闹了行不？”

筱燕秋两眼一瞪，手指到他的鼻子上用韵白骂道：“一别十载，为妻为你朱颜凋零。实指望你情深意厚，谁料你……你……”

她骂得不解渴，顺手抄起菜刀狠狠剁向放在菜板子上的西葫芦。

面瓜抢过菜刀：“恨它？我剁死这狗日的！”

面瓜“咣”“咣”地剁着，他很快剁出了鼓点。筱燕秋不闹了，她进入了剧中的规定情景。面瓜剁累了要停手。筱燕秋喊：“别停！”面瓜不敢停，他满头大汗地剁着。筱燕秋的胸膛急促起伏着，她随着菜刀剁出来的锣鼓点唱起来，她载歌载舞，美妙绝伦。小咪子忘记了害怕，她看母亲看呆了。

筱燕秋的满腔怒火渐渐熄灭了，她不唱了，精疲力尽地靠在墙上。面瓜还在使劲剁着。他满腔悲愤，手停也停不住了。菜板上的西葫芦被剁成了烂泥。筱燕秋酒醒了，她慢慢走过去，呜咽一声从后面搂住面瓜，她搂得很紧，像捞住救命稻草一样不肯撒手。她的眼泪一滴一滴地落在面瓜的脖子里面。筱燕秋喃喃自语：“多亏有你！多亏我还有你。”面瓜的脸都憋紫了，小咪子跑过来扑在父亲的怀里大哭起来。面瓜被老婆和女儿的眼泪淹了，他不堪重负，火车头一样地喘着粗气。

几天后，戏校办公室里，筱燕秋两手托腮，心不在焉地看着裴锦素：“我把自己丢了，不知道我是谁，活着是为了什么。”

裴锦素：“你这可就有点儿矫情了。”

筱燕秋叹了口气：“我什么都没了，就剩下这么一副越来越老的皮囊。”

裴锦素：“谁不是越来越老啊？”

筱燕秋盯着她认真地说：“嫦娥就不老。”

裴锦素：“来劲是不是？”

筱燕秋把脸转向窗外：“没意思，一点儿都没意思。”

裴锦素：“你再没意思还有丈夫和女儿陪着呢，你看看我，走到哪都是孤家寡人，咱这脸照样笑得跟花儿一样。”

筱燕秋看着窗外:“女儿和我没话，我和面瓜没话。我总觉得那个家不是我的家。”

裴锦素“嘿嘿”地笑。

筱燕秋恍惚的眼神突然清亮了，她盯着窗外问：“外面在干什么？”

裴锦素回头看窗外：“那不是你们新招来的学生吗？”

筱燕秋指着人群中的一个女孩子激动地说：“你看那个孩子。”

裴锦素：“哪个？”

筱燕秋：“袖子和裤腿都短的那个。”

裴锦素：“哪个？”

筱燕秋拉起裴锦素就往外跑。操场上说笑打闹的孩子们越来越近了。筱燕秋气喘吁吁地站住。孩子们好奇地打量着她。

裴锦素气喘吁吁：“怎么了？怎么了？”

筱燕秋指着大树下站着的一个十三四岁的女孩大声说：“她，你看她！”

裴锦素：“她怎么了？”

筱燕秋：“你看她的眼神，你看她的腰身，这孩子天生一个青衣坯子。”

裴锦素差点一屁股坐在地上：“你魔怔了？！”

筱燕秋激动得两眼放光：“看见这孩子就像是看见了13岁的我自己，我的人生完全可以重新开始了。”

裴锦素看着她无奈地摇着头：“你这人算是没指望了。”

十、筱燕秋收了春来做学生

学校礼堂里，校长在台上讲话："新学年开始了，新入校的学生一定要把学校当成自己的家，把老师当成自己的父母……"

筱燕秋的目光在座位上的学生群中寻找着，她的目光落在那个女孩子的身上。女孩子衣衫俭朴，腰身笔直地坐在椅子上，两只水汪汪的大眼睛一眨不眨地盯在主席台上。筱燕秋的魂被她勾走了，她目不转睛地看着那个女孩子，直到身边有人喊她，她才回过神来。

宋老师："筱老师，你这次收了几个学生？"

筱燕秋："四个，你呢？"

宋老师："也是四个。"

筱燕秋指着女孩子问："那个女孩子叫什么？"

宋老师："春来，是我这次特意从下面招上来的。"

筱燕秋一愣，随即感叹："这孩子真是个好青衣坯子。"

宋老师不高兴了："这话说得有意思，我看她是好花旦的坯子才把她招上来的。"

筱燕秋不再和她争辩，眼睛死死地盯在春来的身上。宋老师翻了她一眼满脸不快地走开。

青衣教室里，筱燕秋教学生基本唱功。四个女孩子唱着，春来的形象总浮现在她们当中。筱燕秋眼睛直盯盯地看着女孩子们，她停住不教了。女孩子们手举在半空中，面面相觑，不知道该如何是好。

而此时的花旦练功房里，春来正夹在一群女孩子中间练功。因为年龄偏大，韧带硬，春来练得总是不得法。站在门口看她的筱燕秋不住地摇头。

宋老师在花旦教室给春来和学花旦的女孩子们上课。春来和女孩子们念京白："清早起来菱花镜子照，梳一个油头桂花香，脸上涂的是什么粉，口点的胭脂是什么花儿红……" 春来念得煞是俏皮可爱。站在门口偷看的筱燕秋脸上露出欣赏的笑容。

这天，筱燕秋坐在校长的面前："我不是为自己，我是为青衣这个行当。校长，只要您发话，宋老师不会不听的。"

校长："都是为京剧事业培养人才，这种事我不好发话吧？"

筱燕秋失望地看着他："这么说没有办法了？"

校长望着她笑而不答。

筱燕秋："校长，您一定有办法。"

校长："我有什么办法？重新认老师这样的事，得孩子自己提出要求，我们才能采取相应的措施。如果春来这个孩子她自己主动要求跟你学青衣，那就谁也管不着了。"

筱燕秋眼睛一亮："您说的我懂了。"

校长："我可什么也没说。"

筱燕秋在学生宿舍门口不远的地方徘徊，她的眼睛不住地往门里溜着。几个梳洗打扮好的学生，勾肩搭背地走出去。春来端着一盆脏衣服出来，步履轻盈地往水房走。

筱燕秋跑过去叫了一声："春来。"

春来站住看着她一愣："筱老师，周末您还来学校啊。"

筱燕秋支吾了一会儿，指着盆问："去洗衣服啊？"

春来："嗯。"

筱燕秋："这么多，这得洗到什么时候？"

春来："天天出汗，攒下的。"

筱燕秋唐突地抢过盆："我家有洗衣机，到我家去洗吧。"说完头也不回地在前面引路走了。

春来不知道发生了什么事情，愣了片刻，一溜小跑跟上了她。筱燕秋听到春来赶上来的脚步声，松了一口气。春来跟在筱燕秋身边，边走边偷眼看她。

衣服很快洗好了，筱燕秋把洗好的衣服一件一件地晾在阳台上。春来站在一边好奇地东张西望。

面瓜下岗回来进阳台："真稀罕，我以为看错人了呢。这是谁的衣裳？"

筱燕秋："春来的。"

他发现了春来："学生？"

筱燕秋："嗯。"

春来眼睛"叽里咕噜"地转着，她看看筱燕秋又看看面瓜。

面瓜看看筱燕秋又看看衣架上晾的衣服："今天这太阳是从西边出来的吧？"

筱燕秋不搭那个茬："春来在咱们家吃，我买回来肉馅了，咱们包饺子。"

面瓜高兴，他看着春来说："以后多来，你一来，你们筱老师好吃懒做的毛病全改正了。"

春来腼腆地笑。

不一会儿，小咪子、面瓜和春来坐在桌子前面吃饺子，筱燕秋出出入入地忙活着。

吃完饭，筱燕秋翻腾出自己的衣服和裤子在春来的身上比量了一下，动剪子就剪。

面瓜："你这是干啥？"

筱燕秋："放着也没用给春来穿。"

春来一怔，嘴里面塞着半个饺子不会嚼了。小咪子不用好眼神地白了春来一眼。筱燕秋坐在沙发上粗针大线地缝着，她抬头看了春来一眼。春来坐在小咪子面前很有分寸地吃着。小咪子绷着脸不看她。筱燕秋突然想起来什么，起身进屋。

筱燕秋翻箱倒柜，她翻出那件红毛衣在身上比量着，脸上露出如释重负的笑容。

第二天，穿着那件红毛衣的春来和一群女孩子嘻嘻哈哈地从教室里面跑出来。

筱燕秋叫："春来！"

春来站住："老师。"

筱燕秋把装满菜的饭盒塞进她的手里："家里炖的红烧肉，吃吧。"

春来："谢谢老师！"她紧紧地抱着饭盒笑嘻嘻地跑了。

女孩子们"呼"地一下围上去。宋老师从教室里面出来目光狐疑地看着她们。筱燕秋若无其事地转身走了。宋老师狐疑的目光盯在她的背影上。

又过了几天，春来坐在肯德基店里狼吞虎咽地吃着。筱燕秋满脸巴结地看着她。

春来大口大口地喝着可乐："这东西可真好喝。"

筱燕秋："喜欢喝我再领你来。"

春来："筱老师，您比我们宋老师好。"

筱燕秋："那你跟老师学青衣好不好？"

春来愣了一下，使劲摇摇头："不好。"

筱燕秋心里面一紧："为什么？"

春来打马虎眼："我已经跟宋老师拜师了。"

筱燕秋："没人规定学戏只能拜一个老师。"

春来埋头吃鸡腿不说话。

筱燕秋："你要是愿意，我可以和宋老师去谈，改在我的门下不是大事。"

春来："筱老师，我不喜欢青衣。"

筱燕秋一怔："为什么？"

春来不回答。

筱燕秋急了："你倒是说话呀！"

春来："我就是不喜欢青衣嘛。"

筱燕秋急头白脸："理由，你给我一个理由。"

春来："我觉得青衣的运腔道白简直说的就不是人话，不看字幕谁都听不懂。花旦就不一样了，花旦的京腔道白脆脆亮亮的，要多好听有多好听。"

筱燕秋目瞪口呆地看着她。

春来看筱燕秋不言语，她说得来劲了："唱腔就更不一样，花旦唱起来利落、爽朗、活泼又可爱，像小麻雀似的，喳、喳、喳，嘎巴溜丢脆。青衣一个字要咿咿呀呀半天，等你上完厕所，该尿的尿了，该拉的拉了，回来那个字还没唱完呢。烦人不烦人啊？"

筱燕秋傻了，好一会儿才说："你这样看青衣？"

春来认真地说："嗯。"

筱燕秋苦笑："你还是个孩子，怎么能真正领悟青衣的蕴意？"

春来："什么蕴意？整天没个笑模样，好像全世界人民都对不起她了。"

筱燕秋彻底傻了。

春来抹抹嘴站起来："老师，我吃饱了，咱们走吧。"

筱燕秋无可奈何地站起来。

教室里，春来边唱边表演身段。

宋老师使劲敲了下手里面的木板："停下，停下！你这形体是怎么练的？有你这样做小翻的吗？"春来低着头搓着衣服角。

宋老师："脚踩八只船，这山望着那山高，像你这样的，七年毕业也学不出个名堂。"春来翻着眼睛看她。

宋老师："别这样看我，下去好好练，要是明天还这样就别来上我的课了。"

晚上，春来在练功房地毯上练小翻，她站不稳，一个跟头一个跟头地摔着。她又一个跟头摔倒，趴在地毯上不想起来了。筱燕秋伸手扶起来了她。

春来："筱老师。"

筱燕秋："我在这看你好半天了，你不能这么练。"

筱燕秋帮春来练功。春来很快掌握了要领。

春来高兴："老师你这招真灵。"

筱燕秋："跟我学戏吧。"

春来一愣。

筱燕秋："我保证能让你成为最好的青衣。"

春来态度坚决地说："不行。"

筱燕秋："你还是不愿意拜我为师？"

春来回答得很干脆："不愿意。"

筱燕秋绝望地看着她。

这天，筱燕秋的眼睛在玻璃上面张望，教室里面宋老师在教课，学生中没有春来。

春来正躺在宿舍床上烧得满脸通红、嘴唇干裂。筱燕秋开门进来："春来，你怎么了？"春来可怜巴巴地看着筱燕秋。

筱燕秋伸手摸春来的额头："天哪，这么烫。"春来的眼泪一下流了出来。

筱燕秋："别哭，别哭，我这就带你去医院。"春来控制不住自己干脆哭出了声。

筱燕秋手忙脚乱地帮她穿衣服："病了怎么也不告诉我一声？来，趴我背上。"

春来哭："筱老师，我不能让你背。"

筱燕秋："这时候了还老师老师的，你就把我当成你妈妈行不行？"

春来泪水涟涟地趴到筱燕秋的背上。筱燕秋背着春来出去。

筱燕秋家客厅的衣服架子上面高悬着液体瓶子。春来盖着被子躺在沙发上，筱燕秋坐在旁边看着她。春来眨着眼睛看着筱燕秋。

筱燕秋："闭上眼睛睡一会儿。"她摸摸春来的额头："不热了，想吃点儿什么？"春来摇摇头。

筱燕秋："肚子里面没东西难受，我给你弄点儿稀面汤去。"筱燕秋起身走了。春来的目光依恋地盯在她的背影上。

晚上，筱燕秋拿着毛巾被候在卫生间门口："洗完了没有？"

洗完澡的春来头发湿漉漉地出来，筱燕秋用毛巾被紧紧裹着她。小咪子气哼哼地看着她们的背影。

面瓜："闺女，咋的啦？"

小咪子气愤地问："她到底是我妈还是春来的妈？"

面瓜："不怪你生气，你妈对那丫头热情得是有点不大对劲儿。"

洗过澡，筱燕秋送春来回校，两人走在小路上。

春来："今天晚上的月亮可真圆。"

筱燕秋："今天是十五。"

春来看着天上的月亮："那里面真的有玉兔吗？"

筱燕秋看着春来真诚地说："春来。"

春来："嗯。"

筱燕秋："跟我学青衣好不好？"

春来："您又来了。"

筱燕秋："因为你还没答应我。"

春来低着头不说话。

筱燕秋："春来！"

春来:"老师您要是再跟我提这件事，我就不能来您家了。"说完头也不回地走了。筱燕秋绝望地看着她的背影。

一天，太平街十字路口车辆穿梭。面瓜正在评判一起交通事故。

农民："我坐在车上觉着车就往南倒，还没弄明白咋回事就翻沟里去了。"

面瓜冲肇事司机伸手："拿来。"司机掏出驾驶证递给他。

面瓜翻看："你在哪当爷我都不管，上了这条马路，我就是你的领导。"

司机："那是，那是。"

面瓜："回去等处理的通知吧。"司机一脸晦气地走了。

面瓜一眼看到要过马路的春来和另外两个女孩子。他冲身边的年轻交警说："你盯着点儿，我马上就回来。"

面瓜跑到春来面前大声喊："春来！"

春来一愣，认出来面瓜，笑了："叔，你在这上班啊？"

面瓜："我正犯愁呢，你赶快帮我一个忙。"

春来："什么事？"

面瓜："你们筱老师病了，想吃龙须面，我在班上买了没法送回去，你帮叔个忙，替我送家去。"春来很爽快地答应了。

春来蹑手蹑脚地推门走进筱燕秋家卧室。躺在床上的筱燕秋扭头看，她烧得满嘴是泡，看见春来她的眼中放出异样的亮光。

春来吓了一跳："老师，您怎么病成这样？"

筱燕秋摇摇晃晃地坐起来："一股心火，不碍事。"

春来站在床前傻傻地看着她。

筱燕秋："春来，你给我倒口水。"

春来急忙扔下手里面的东西，拎暖壶倒了杯水递给筱燕秋。筱燕秋吃药。春来四周看看，很有眼色地把桌子上面凌乱的东西收拾起来。

不一会儿，春来拎着东西进了厨房。筱燕秋不解地看着她的背影。厨房里面热气腾腾，春来在笨手笨脚地煮龙须面，她试探着往里面扔各种调料。很快，春来把煮好的面端给筱燕秋，筱燕秋端着碗看着春来。

春来："老师，您快趁热吃吧。"

筱燕秋搛起一箸子面吃进去，眼泪一下流了出来。

春来紧张："老师怎么了？"

筱燕秋摆着手不说话，眼泪"刷刷"地往下流。

春来急忙尝了一口面，她瞪着眼睛耷拉着舌头，好一会儿才缓上劲儿来问道："我放的不是咸盐？"

筱燕秋流着眼泪摇头。

春来急了："那我再给您做一碗去。"

筱燕秋一把抓住她的手："春来。"

春来站在那里看着她。筱燕秋一声不响地落泪。

春来真诚地说："老师，我没做好可以重新做，您别哭嘛。"

筱燕秋抽着鼻子："我不为这个，我是为我自己的命。"

春来一愣。

筱燕秋："我有一个心愿，想用自己的全部积累教出来一个举世无双的好青衣。我呕心沥血十几年，结果一年比一年失望，在我心灰意冷得连活下去的信心都没了的时候，突然发现了你……"

筱燕秋不说话，春来也不说话。房间里面异常安静。

春来开口说话了："老师，您就为这生的病？"

筱燕秋："我恨我没能力说服你。"

春来不说话。

筱燕秋看着她的脸小心翼翼地祈求道："春来，答应我，你跟我学戏吧。"

春来垂下眼皮不说话。

筱燕秋急得泪水涟涟，她哭泣着哀求道："春来，你要是真的还不肯拜我为师，那么我就拜你，我拜你做我的学生，你答应不答应？"

春来目瞪口呆地看着筱燕秋："老师您别这样说，您这样说叫我没法做人……"

筱燕秋站起来挣扎着走到春来面前。春来不知道她要干什么，警惕地看着她。

筱燕秋两眼含泪深深地给她施了一礼："春来，筱燕秋我这厢有礼了！"

春来吓得一个高蹦起来，急忙搀住筱燕秋："老师，您别这样，我答应您还不行？"

筱燕秋两眼直瞪瞪地看着她："你答应了？"

春来："答应了。"

筱燕秋执拗地说："那你发誓，跟我学青衣永不悔改。"

春来："用得着吗？"

筱燕秋严肃地说："你发誓！"

春来腻歪地看着她。筱燕秋满眼期盼地看着她。

春来发誓："我春来从今日起和筱燕秋老师改学青衣，自始至终永不悔改。"

筱燕秋坐在那里像师祖一样地看着她，她舒坦得头上冒出腾腾的热汗来。

几天后，筱燕秋坐在教学桌前，桌子上面摆着水杯、扇子和敲板眼用的檀木板。铃声响，春来和女孩子们"嘻嘻哈哈"地跑进来，她们手忙脚乱地换鞋、换衣服。

筱燕秋咳嗽了一声，眼睛在学生们脸上巡视了一圈说："我每天上课都是提前十分钟来，总是我等你们。从明天起，你们也必须提前十分钟到教室，换服装做准备工作。铃声一响咱们就上课。"春来悄悄跟女孩子们伸伸舌头。

筱燕秋："我们上课。"女孩子们在筱燕秋的指挥下，唱着，舞着。

筱燕秋叫："春来，你别偷懒。"春来站住脚看着她。

筱燕秋："我看到你偷懒了，跑圆场身子不能晃。这样晃晃悠悠跑两个小时有什么用？李丽菲、赵灵、白海秦，你们三个下来，叫春来一个人跑。"三个女孩子下来，春来一个人在上面跑。

筱燕秋："控制住，脚趾别抠地。好了。"春来汗流浃背地站住。

筱燕秋绷着脸："我看你练功点到为止，你下去给我练，我这个课堂上没有你练功的时间。"春来翻着眼睛看着筱燕秋。

筱燕秋："这块地毯上有金子，多练，好好练你将来就享福，否则将来就受罪。练就有出息，不练就没出息。"女孩子们认真地听筱燕秋教诲，春来一脸的不屑。筱燕秋好像没看见接着教戏。

女孩子们唱。筱燕秋："肚子使劲，听过门了没有？里格郎当。"

春来表现得有些懈怠。筱燕秋厉声呵斥："春来，你别混，否则这辈子你再也找不到这堂课了！接受能力差不怕，爹娘给的，就怕天天犯这个毛病。第一不尊重老师，第二不尊重自己。”春来强打精神跟着筱燕秋学。

筱燕秋满脸笑容，做出示范的表情：“我看你们谁能当艺术家？谁最美？”女孩子们一个比一个美地笑着。

下课铃声响。

筱燕秋绷起脸：“春来，晚上哪也别去，到办公室来一趟，我等你。”春来不满地看着她。

晚上，在排练室，筱燕秋把春来绑在长凳子上面熬腿。

春来疼得连哭带叫：“妈呀！疼死我了！”

筱燕秋：“你韧带太硬，先天不足，后天必须补上。”

春来：“受不了了！我受不了了。”

筱燕秋眼睛一瞪：“你再叫，我把你扛操场上去，看咱俩谁丢人？”

春来不敢叫了，眼泪一对一对地往下掉。

筱燕秋语气缓和下来：“疼也得忍着。要不七年下来，你只能‘嗷’的一声跟人家冲上台，往边上这么一站。你必须心里有压力，必须得加倍努力。”

春来哭出声来：“老师，我腿快断了。”

筱燕秋：“断不了，数数。数到 50，我就放你下来。”

春来数数，她越数越快。

筱燕秋罚她：“重来！”

春来抓住筱燕秋的手就咬。筱燕秋机灵地躲开。春来哭得脸像花猫一样。筱燕秋在她面前走过来走过去。

春来抽泣着数到 50。筱燕秋给她松开腿。春来砸着自己的腿嚎啕大哭，筱燕秋掏出一块巧克力非常熟练地塞进她的嘴里。春来的呜咽声很快变成咀嚼声。春来嚼着巧克力趴在地上，筱燕秋仔仔细细地给她放松腿上的肌肉。

筱燕秋：“我就是这样过来的，疼习惯了就不觉得疼了，慢慢地这腿就是你的了，想让它怎么样，它就怎么样。”

春来搂着一大堆零食坐在地上吃：“老师，我知道你看不上我。”

筱燕秋一怔。

春来：“我就是弄不明白，你看不上我，干啥非得要我？”

筱燕秋：“你是怪老师在课堂上说你？”

春来：“你谁也不说，光说我。”

筱燕秋：“你记住，老师上课多说谁，就是偏爱谁。如果有一天老师不说你了，那我就是彻底放弃你了。你希望我不说你吗？”

春来着急了：“老师，你还是说我吧，使劲说！”

筱燕秋笑了：“这就对了，人光能听进去批评还不行，还得学会嫉妒，不嫉妒就没有上进心。唱青衣这行当，好事总是一个人的，不像搞舞蹈可以跳群舞，搞声乐可以唱合唱。”

春来似懂非懂地看着筱燕秋：“老师你说话跟别的老师说得一点儿都不一样。”

筱燕秋：“我说的都是心里话，这种心里话也不是跟谁都能说的。你现在还小，长大就明白了。”

练功室里，筱燕秋帮春来在吊环上面吊腿。

教室里，筱燕秋教春来唱腔。

晚上，赵灵、李丽菲、白海秦和春来在宿舍听录音机里面的流行歌曲。春来的腿上盖着一块毛巾被，李丽菲探身过来取磁带，不小心压了春来的腿。春来尖叫着一掌把李丽菲推摔在地上。女孩子们吃惊地看着她。春来哭着掀开毛巾被，她的腿肿得青一块紫一块。

赵灵看着她的腿说：“这个筱老师可真是狠哪！”

排练室里，教乐器的老师帮操琴的学生调琴。教鼓板的老师站在学生身边看他操鼓板。花脸老师领着两个穿练功裤、高底靴的学生进来，俩学生飞脚旋腿，忙活了一阵。教老生的老师领着两个穿练功裤、穿高底靴的学生进来，两个学生颤指晃头练了一阵老生功。筱燕秋带着身穿褶子的春来和另一个女孩子进来。女孩“咿咿呀呀”地喊嗓子。

六个学生跑圆场，因为不是一个行当跑起来难免磕磕碰碰，三个老师吆喝各自的学生。

京胡老师：“咱们开始吧。”

三个老师同时说：“开始吧！”

学生把三大件弹拉起来。

三个老师站在桌子前面，用各自的方法敲着鼓点。老生唱。花脸唱。老师十分投入地给学生打着拍子。轮到青衣唱的时候，春来卡壳了。筱燕秋的脸沉了下来。

老生老师对京胡老师说：“青衣唱不上去，降一个调。”

筱燕秋一下翻了脸：“你怎么知道青衣唱不上去？”

老生老师：“我就是说一说，你急什么？”

筱燕秋：“说我的学生就是打我的脸，你打我的脸，我能不急吗？好好念你的经，少不了你的经钱。唱！照原调唱！”

教室里面的人面面相觑。京胡声重新响起来。

终于，学生排练的《二进宫》在学校礼堂演出了。春来一张嘴，博得了阵阵掌声。筱燕秋容光焕发地坐在观众席上。

张老师：“这个春来简直就是另一个筱燕秋。”

筱燕秋听到耳朵里，心里面美滋滋的。

宋老师话里有话地说：“春来的嗓子天生就是跟筱燕秋唱对台戏的。”

筱燕秋回过头字正腔圆地说：“我早就告别戏台了，她哪来的对台戏可唱？”

演出继续。礼堂里面不时掀起雷鸣一样的掌声。

日子很快过去，几年后，筱燕秋家客厅里，衣着时髦的裴锦素坐在沙发上东瞧西看：“呵！不错嘛！”

筱燕秋：“凑合着过呗。”

裴锦素：“要什么有什么，有你这么凑合的吗？连我这么热爱生活的人，都没你置办得齐全。”

筱燕秋：“都是面瓜弄的。”

裴锦素：“金钱豹是比海豹扛造。”

筱燕秋和裴锦素哈哈大笑。

面瓜从厨房里面探头出来：“笑我呢？”

裴锦素损他：“别把自己当盘菜似的！”

面瓜“嘿嘿”笑着缩回头去。

筱燕秋：“你一走就是十几年，前两年还有信，后来干脆连动静都没了。”

裴锦素：“混得不怎么样呗，没有资本炫耀的时候，只能闭嘴当哑巴了。”

筱燕秋：“跟我说说你净干什么了？”

裴锦素：“打过工，在别的剧团里客串过，做过生意，挣了点儿钱后又在几个艺术院校轮番进修了几年。用句时髦的话说，这叫花钱买生活。”

筱燕秋：“你就是不安分，脑子里也不知道成天想什么呢。”

裴锦素：“我从戏校一毕业就想做一件事，做一件让我满足的事，可是我干的都是我不想干的。结果就离我想干的事越来越远，最后远到毫无希望。”

筱燕秋：“你到底想干什么？”

裴锦素：“我要是知道就好了。”

筱燕秋：“还是孤身一人？”

裴锦素：“我就这命。”

筱燕秋：“没再谈恋爱？”

裴锦素理直气壮：“怎么可能？没有爱情的雨露我怎么能这么滋润？只不过我爱的全是我不该爱的。我总是在一个错误的时间，错误的地方，错误地认识一个人，总是错误地开始和错误地结束。”

筱燕秋哈哈大笑。

裴锦素嬉皮笑脸：“现在这个世道，无论哪种职业、哪种个性的男人都不会娶我这样的女人做老婆。”

面瓜又从厨房探头出来上下打量她：“你这样的女人怎么了？”

裴锦素：“思想深刻，内心脆弱，目光敏锐，出语刻薄，肩不能担，手不能提。既没有小鸟依人的身段，又没有母亲一样能容纳百川的情怀。男人没有胆量跟我来真的，也没有智慧跟我来假的。”

筱燕秋笑得眼泪都出来了。

面瓜开玩笑：“好男人有的是，只不过你没遇见。”

裴锦素嬉皮笑脸：“在哪呢？在哪呢？拉出来叫我溜溜。”

面瓜挺胸收腹：“我怎么样？”

裴锦素装腔作势地上下打量了他一番：“你？你这个人连点儿情调都没有，有什么好？”

面瓜：“啥是情调？我不懂你说的那个情调，我只知道我跟我老婆脸对脸的时候要从心里面笑出来。”

裴锦素笑得一口茶水喷出来。

面瓜：“笑啥？”

裴锦素：“面瓜啊！面瓜！你可真酸哪！”

面瓜嘴上谦虚：“全靠老婆十几年的打磨。”

裴锦素想了一下严肃地说：“看来铁杵磨成针的道理在你们两口子的感情生活里面也适用。”

面瓜劝裴锦素：“人得结婚，不管男人还是女人都得结婚。家永远是人最后落脚的地方。”

裴锦素：“话是一点没错，可得有人跟我结呀！我这样的女人真是生错年代了，好男人不敢碰我，坏男人又对我没兴趣，你说我该怎么办？”

面瓜真是碰见难题了，他半张着嘴，傻傻地看着她。筱燕秋“哈哈”笑。

电话铃响，面瓜跑出去接电话。

面瓜“嗯”“啊”了一阵，放下电话：“队里有事叫我，我得去一下。”

裴锦素：“忙你的，一会儿我带她出去吃。”

海天饭店。裴锦素领着筱燕秋走进餐厅。

领班小姐：“请问贵姓？”

裴锦素：“姓裴。”

领班小姐：“您是 10 号桌。”

裴锦素和筱燕秋坐在桌旁喝茶。

筱燕秋好奇地打量着四周：“这地方我从来没来过。”

裴锦素：“这地方生意非常好，不预定根本就吃不上饭。”

小姐上菜介绍菜名。

裴锦素：“这个菜不应该这样炒，炒老了。”

小姐：“这是我们的看家菜，顾客们都很认的。”

裴锦素：“他们认，我不认。把你们老板叫来！”

小姐满面赔笑地走了。

筱燕秋：“你干什么那么折腾她？”

裴锦素："我花了一流的钱，就得享受一流的服务。"

打扮得珠光宝气的李雪芬跟着小姐快步走过来，她看到筱燕秋和裴锦素眼睛一亮。

李雪芬："天哪！是你们俩？"

裴锦素和筱燕秋一怔。

裴锦素："你怎么在这儿？"

李雪芬"哈哈"笑："这是我开的饭店。"

筱燕秋心里面非常不舒服，她叫了声："锦素。"

李雪芬一眼看出来她要干什么："燕秋，你俩哪也不许去！小红，叫郝经理过来。"

李雪芬落座，李雪芬的丈夫挺着将军肚过来。

李雪芬介绍："这是我那口子，这是我们团的筱燕秋和裴锦素。"

郝经理："久仰！久仰！"

裴锦素："我们早就不是京剧团的人了。"

郝经理热情地说："你们都是难得一来的贵客，这顿饭免单。"

裴锦素严肃起来："你轰我们走呢？"

李雪芬打圆场："锦素有的是钱，还在乎你这一顿饭？小红，加俩好菜。跟银台说，是我送的。我得好好跟你们喝一杯。"

又有一群熟人进饭店，郝经理跑过去招呼："哎呀，张经理，郭老板！"

李雪芬给裴锦素和筱燕秋倒满啤酒："这么多年没什么交往，可你们的行踪我还是知道的。燕秋，在学校干得怎么样？"

筱燕秋不冷不热地回答："还行。"

李雪芬一针见血："还记恨我？"

筱燕秋反问："恨？为什么要恨？"

李雪芬宽容地笑笑："年龄大了，总想起以前做得过分的地方，那时候真是年轻气盛，目中无人。现在仔细想一想那个戏台，上不上有什么？你我争了半天，是把天争在手里了？还是把地争在手里了？"

筱燕秋冷冷地看着她。

李雪芬："你还年轻，到我这份上你就会自然而然地想开了。戏台那个东西实在太虚了，虚得让你分不清里外，看不清楚什么是真正的生活。老了反倒挺好，实实在在，乐乐呵呵的。人得干点儿能抓在手里用在身上的事，尤其是女人，更得一步一个脚印地好好走。这样，不管你走了多远回头看，脚印还在，日子还在，心里面什么时候都是踏踏实实的。不像站在戏台上，大幕一落下，心里面就空了。我和我老伴的日子现在挺好，老有所养，老有所用。你们看，没几年我这腰就粗了一圈。"

筱燕秋不说话。

李雪芬："燕秋，我看搞教学挺好。京剧现在这么不景气，喜欢青衣的也就剩下那么几个离休老干部了。眼下多少当红青衣都走下舞台了，不是当了歌星，就是到电视连续剧里面演一回二奶，演一回小蜜。好歹也能到晚报的文化版上‘文化’那么一下子。剧团被社会风气弄得乱七八糟，对于我们这些人来说，还是越早离开的越好。”

筱燕秋不愿意听了，她站起来问身边的小姐："洗手间在哪？”小姐热情地引着她去了。

李雪芬对裴锦素说："她可是一点儿都没变。”

裴锦素："你也是万变不离其宗。”

李雪芬一愣。

饭店里面人声鼎沸。筱燕秋回来。裴锦素一个人坐在桌旁默默地喝酒。

筱燕秋坐下："她呢？”

裴锦素："到那边捧角儿去了。”

筱燕秋扭头看。李雪芬借花献佛，给桌上的人轮番敬酒。桌上的人回敬，李雪芬很痛快地一口干了。有人大声提议："让大艺术家给咱们来一段《杜鹃山》怎么样？”大家鼓掌叫好。

李雪芬："感谢各位朋友来海天饭店捧场，大家既然爱听，我就给大家唱一段。”

李雪芬眉毛一扬，拉出当年柯湘的架子唱了起来："杜鹃山，山深林密，回旋有余地。辗转游击……方能胜强敌……”

吃得满嘴流油的人们使劲鼓掌，大声喝彩。筱燕秋看着李雪芬，轻蔑地一笑。

裴锦素："她的嗓音和气口可大不如从前了。”

食客站起来吹捧李雪芬："就凭您一个字在嗓子里面内唱的功夫，谁能说您老了？”

李雪芬："多谢夸奖！多谢夸奖！”

筱燕秋冷笑："大艺术家？”

裴锦素："这年头有本事吃艺饭，没本事吃气饭。”

筱燕秋："我犯不上生她的气，一个好演员最在乎的掌声应该是内心的喝彩。她没有这一天了，我也没有这一天了，可是春来能等到被人从心里喝彩的这一天。”

裴锦素："谁是春来？”

筱燕秋："我的学生。我教了几年的学生，她是我唯一看到的好青衣坯子。那天我在操场上看到她的时候，我就知道嫦娥有希望了。春来是嫦娥能够活在这个世界上的最充分的理由。我就像是一个上天无路、入地无门的已经绝望了的寡妇，突然手里面有了个孩子，这个孩子就是春来。只要春来在，我筱燕秋的香火终究可以续上了。这是老天爷对我的最后一点补贴，最后一点安慰。”

裴锦素："进戏了不是？你把话说得跟悼词似的还叫人怎么吃饭？咱们能不能说点儿吉利的？”

筱燕秋："岁月无情，人生有戏。我高兴，我真的从里往外的高兴。锦素，咱俩喝一杯。”

裴锦素和筱燕秋碰杯。

裴锦素："我准备开个美容院，地盘已经盘好了。到时候我给你一张卡，你来免费美容。"

筱燕秋："你怎么又想起一出是一出？"

裴锦素："眼睛自由了，头脑也就自由了。哎，我还参加了牡丹城的京剧票友俱乐部。那里有很多你的戏迷，你没事跟我去那儿转转给我捧捧场。"

筱燕秋："你不是说不唱戏了吗？"

裴锦素："我是说不唱女人的戏了。"

筱燕秋："你是老旦，不唱女人唱什么？"

裴锦素："我改唱花脸了。"

筱燕秋"扑哧"一声笑了。

裴锦素："你笑什么？我在戏曲学院进修的时候溜嗓子，一张嘴，教花脸的老师连声感叹，他说：'千生万旦，难求一净。你这嗓子应该唱女花脸。'我二话没说就拜他当了老师。我喜欢花脸，花脸是绝对的男人，所有的身心只是一张脸谱，简单到夸张的程度，简单到恒久与一成不变的程度。我认为，只要你是简单的，这个世界就是简单的。"

筱燕秋费解地看着她："听你说话总是那么累人。"

裴锦素："不是我叫你累，是男人叫你累。你看看我们身边的男人，心里的想法和自己的面子永远充满了矛盾。真叫人看不上。我裴锦素就是要唱出个男人给好女人们看看。"

筱燕秋高兴："那我得去给你捧捧场。"

裴锦素："哎，乔炳璋回京剧团当了团长了。"

筱燕秋听到"乔炳璋"这三个字，脸色马上不对了。

裴锦素说："我是给你介绍一下咱们京剧行当目前的形势。"

筱燕秋低头吃菜。

裴锦素："乔炳璋这个滑头，在文化局这么多年也没干出来什么，还在正科级上熬着。京剧团改革公开招标，他在台上慷慨陈词一番后中标了。"

筱燕秋不说话。

裴锦素："男人嘛，总得穿件衣裳。咱们女人没了衣服还是女人，也许更漂亮了。男人没了衣服就不是男人了，男人得靠社会的力量披挂起来。"

筱燕秋："好好的提他干什么？"

裴锦素看着筱燕秋的眼睛问："这么多年你们一直没有来往吗？"

筱燕秋一下冷了脸："你别跟我提他，我不愿意听。"

裴锦素"嘿嘿"笑："旧伤未愈，一碰就疼。这个人还真被你当成图钉按到心里去了。"

此时京剧团里，乔炳璋和几个副团长正在办公室里面开会。

乔炳璋:“我们设定的一系列的改革方案，经过上级部门的审核，被定为最佳方案。目前只是苦于没有经费，我满世界拉赞助，跑经费也没有结果。这些天，我不断出席各种会议，结识各种的人，看来用处也不大。”

副团长赵志海：“这酒喝得把肝都喝坏了，也没见事情有什么起色。”

副团长章鸣：“昨天我在酒桌上和酒厂的老板谈赞助的事，酒都喝到嗓子眼了，钱的事人家连提都不提。我想起还有一桌饭没去吃，赶紧告辞。出来打了个的，迷迷瞪瞪地说了声，福瑞饭店。司机愣了一下，发动车围着饭店转了一圈，到门口停下。我上楼对桌上正在喝酒的人说，刚才那桌的爷们可真能喝，我好说歹说，才抽身出来。一桌子的人都傻乎乎地看着我。我说，我忘了介绍了，我是京剧团的章鸣。桌上有人搭腔了，认识，你在我们这儿已经喝两轮了。”开会的人哈哈大笑。

有人敲门。乔炳璋：“进来。”一个老年妇女进来，是李沛华的老婆。

乔炳璋：“李老爷子的病怎么样了？”

老年妇女：“脑梗，熬着呗。”

接着掏出一大堆发票：“医院等钱呢，你给我签个字。”

乔炳璋面带难色：“团里没钱。”

“总不能让我们家老李等死吧？”

乔炳璋：“你别急，我们这不是正在开会想办法吗？一两天就给你答复。”

章鸣把李沛华的老婆送到门口。

乔炳璋叹了口气：“每天一坐进这个办公室，看病要钱的，要住房要职称的，告状诉苦的，把我的头都搅晕了。我现在什么也不愁，就是愁钱。我现在见人什么都不谈，光谈钱。我哪是京剧团的团长？我简直就是一个商人。”

十一、大老板郑安邦要为筱燕秋搭台子

面瓜妈从乡下来了，这是她第二次来儿子家。她是为了二儿子家的事来的。面瓜看到母亲从心里面高兴，他一会儿倒茶水，一会儿拧手巾把，忙得不亦乐乎。老太太让他坐下，说有话跟他说。面瓜乖乖地在母亲面前坐下。

面瓜妈叹了口气，说："你弟媳妇不争气，一口气生了两个丫头。乡里说再生就罚款了，罚一万块。罚也得生，我不能让老年家在你们这一辈上断了后。你媳妇眼瞅着就奔四十的了，生儿子？恐怕连颗鸟蛋都生不出来了。你是老大，是长子，得带头给你弟弟凑钱交罚款。"

"妈，我们也没钱。"面瓜为难了。

面瓜妈火了，脸一绷，腮帮子上的皱纹都退到耳朵后面去了，她瞪着面瓜，问："你妈生了你一回，啥时候跟你手背朝下过？"

面瓜没敢说话。

"没钱？没钱你给我淘弄去。"面瓜妈威风凛凛。

筱燕秋和小咪子从外面回来，她看到面瓜妈一愣。她把小咪子推到前面。

面瓜趁机下台阶："快，叫奶奶。"

"奶奶。"小咪子不冷不热。

面瓜妈满脸笑容，上下打量小咪子："看我大孙女，多虎势，跟你爸一样。"

"我长得不像我爸，我像我妈。"小咪子不愿意听这样的话。

面瓜妈可不管那一套，她加重了口气："像你爸，像我们老年家的人。"

"我写作业去了。"小咪子转身进了自己的房间。

面瓜："去吧，去吧。"他替女儿把房门关上。

筱燕秋和婆婆打了个招呼："您来了？"客气中透着冷淡。

面瓜妈哼了一声。

"做什么饭？"筱燕秋问面瓜。

"米饭焖上了，冰箱里面有肉，炒俩菜就行了。"

面瓜妈不容许别人冷落她："面瓜，我在这待不了几天，钱的事你得赶紧给我张罗。"

"什么钱？"筱燕秋警惕地看着面瓜。

面瓜支支吾吾地不说。

面瓜妈替他说："老二想要第三胎，让你们帮忙凑点儿罚款钱。"

筱燕秋的火一下顶在脑门上，她口气强硬地说："小咪子学习挺费劲，考高中如果考不上好学校，还得花钱把她送进好学校去。我们现在没闲钱去打理那样的事。"

面瓜妈的脸沉下来："我跟我儿子要钱呢，没你插嘴的份。"

筱燕秋冷笑一声："你儿子？你儿子才挣几个钱？他要是真有那本事，你就让他给你弄钱去吧！反正我筱燕秋的家里面是一分钱没有！"说完她抓起挎包摔门出去。

"反了天了！"面瓜妈的唾沫星子喷得老远。

面瓜叫："妈！"

面瓜妈瞪着儿子骂："你媳妇踩着我的鼻子上脸了！"

吃饭了，筱燕秋根本就没照面。面瓜妈、面瓜、小咪子坐在桌子旁边吃饭。三个人都吃得没滋没味的。

面瓜妈不吃了，她把筷子摔在桌子上："连个儿子都生不出来，她咋还总觉得自己腰上有膘，腰杆子这么硬呢？"

"妈，你少说两句。"面瓜央求母亲。

面瓜妈冲面瓜去了："吃你了？喝你了？还是用你养活了？我这个妈当的连话都不能说了？"

面瓜不敢言语了，埋头使劲往嘴里面扒拉饭。

面瓜妈一阵心酸："我这辈子谁都不憷，就憷我自己。憷我在儿子面前骨头硬不起来，这女人算是看准我了。偏偏从我最没骨头的地方下刀子。"

小咪子不愿意听了，推开碗筷："我上学去了。"

面瓜妈看着她的背影："这丫头跟她妈一个德行！"

"妈，我上班去了。"面瓜一脸愁容地站起来。

家里面的人都走了，面瓜妈一个人在屋子里面翻箱倒柜，翻来翻去也没翻出来什么值钱的东西。

面瓜妈满面愁容地在外面转悠，一个人骑着三轮车过来，嘴里面吆喝着："修抽油烟机、修煤气灶。""收旧洗衣机、旧电视机、旧冰箱。"

面瓜妈的脚步停住了，她叫住骑三轮车的人，打量着车上面拉着的电视机问："这多少钱一个？"

"电视300，电冰箱500。"

面瓜妈眼睛一亮："我们家有，你要不要？"

"能用才要，不能用不要。我们收上来，也是要卖到下面农村去。"

面瓜妈不耐烦了："走吧，哪那么多废话？"

卖了电视机和电冰箱，面瓜妈的心像开了个口子，呼呼地透凉气，别提多舒畅了，她认真数了两遍手里面的钱，小心翼翼地缝进内衣的口袋里面。

面瓜下班回家，看到母亲闯下的祸，腿都软了，他抱着脑袋堆坐在沙发上。这时候筱燕秋回来了，一进屋，她就觉得气氛不对劲，她看面瓜，面瓜不敢看她。面瓜妈示威一样在地上走过来，走过去。筱燕秋知道出事了，可不知道是哪出事了。她仔细巡视了一遍房间，发现冰箱和电视都没了。

筱燕秋的头“嗡”的一声，她克制着自己问面瓜：“东西哪去了？”

面瓜的头垂到了裤裆里。

“面瓜，我问你呢，东西哪去了？”筱燕秋厉声喝问。

面瓜妈开口了：“那是我儿子的东西，我把它们卖了。”

筱燕秋眼前一黑，差点晕过去：“卖了？”

面瓜妈：“卖了。”

筱燕秋浑身颤抖：“卖了多少钱？”

“800。”面瓜妈的口气中充满了炫耀。

“你……你……”筱燕秋只剩下倒气的份了。

面瓜妈的话倒是嘎巴溜丢脆：“我是一刀两断的性子，受不了你们粘皮带骨的！”

筱燕秋声音哆嗦着问：“就卖了 800？”

“我今年 70 岁了，要是胡说了，变成 70 只狗到你娘家吃屎去。”

面瓜听不下去了：“妈，你咋说得这么难听？”

“她那脸子耷拉得好看？”

筱燕秋冲面瓜去了：“面瓜，你要是今天不把东西给我弄回来，咱俩就没有明天可过！”

面瓜妈冷笑:“听蝼蝼蛄叫唤，农民还不种庄稼了呢！你以为你是谁？王昭君啊？男人四十一枝花，女人四十豆腐渣，除了我们家面瓜，谁要你？”

筱燕秋气疯了，一脚踢飞了鞋架子。拖鞋满天飞。

“面瓜，明天在办事处门口等我，咱俩把离婚手续办了。你要是不敢去，你就不是你妈生的！”筱燕秋的脸白得跟墙皮靠了色，她摔门出去。

面瓜妈跳着脚骂：“不是我生的还是你生的？离就离！我儿子还怕你不成？”

“妈！”面瓜快哭了。

面瓜妈骂得口沫横飞：“回来！有种你给我滚回来！”

面瓜顺手抄起瓷壶照着自己的脑袋狠狠地砸去。一边是老婆，一边是妈，遇到这样的事情，面瓜只能流自己的血来制止事态的继续发展。

面瓜妈看着脑袋上包着纱布的儿子生气，她手指一下一下地戳着面瓜的额头，恨铁不成钢：“你咋就一点儿都不随我呢？没囊、没气，和你那死爹一个熊样！你咋就那么怕她呢？离就离，就凭我儿子这条件，今天跟她离了，明天介绍人就呼呼往家跑。咱再找个黄花大闺女，咱年家不用交罚款就抱上大胖孙子了。”

面瓜急得眼泪差点掉下来：“妈，你以为你儿子是谁？美国总统克林顿？我不就是块泥巴吗？人家燕秋是谁？是月亮上的嫦娥！你说说那月亮上的嫦娥嫁给了我这块泥巴该有多委屈？”

“有吃有喝的委屈她啥了？”

“人家吃的是自己的喝的也是自己的，这屋子里面的东西全是人家的工资买的，连这房子都是人家单位分的。她钱挣得比我多，可在花钱上从来没有为难过我，你这么闹，不就是打我的嘴巴子，不让她跟我把好日子过下去吗？”

面瓜妈傻了。

面瓜哀求母亲：“妈，你能把儿子生下来，就能把儿媳妇生下来。都是自己的孩子，这样对她干啥？”

面瓜妈被儿子说得有些后悔，她把那800块钱掏出来，递给面瓜：“拿去，把那冰箱和电视都买回来吧。”

面瓜看着钱苦笑：“这点儿钱买节抽屉吧，当初我们为了买冰箱，整整省吃俭用攒了一年的钱呢。”

面瓜妈不高兴了：“说那么邪乎干啥？”

“冰箱2300，电视1700，我们一共花了4000块。”面瓜告诉母亲。

面瓜妈眼睛瞪得滚圆：“啥？4000块？”

“还没算零头。”

面瓜妈两眼一翻，“扑通”一声摔倒在地上。面瓜吓坏了，他抱起母亲大声呼喊：“妈！妈！”

面瓜妈住院了，筱燕秋住到学校里面不回来。面瓜给筱燕秋打电话，筱燕秋不接，他只得亲自到学校来找她。他奴颜婢膝地站在筱燕秋面前，筱燕秋翻着报纸根本就不看他。

面瓜告诉筱燕秋，老太太的血压，高压260，低压180……

筱燕秋打断他的话：“你妈的事跟我说什么？”

面瓜满脸赔笑：“燕秋，妈把肠子都悔青了。她躺在医院里面，不吃不喝，也不让用药，光是哭。她跟我说，你不回家住，就是不原谅她，你不原谅她，她就把这把老骨头撂在停尸房里。”

筱燕秋的手不翻报纸了。

“秋啊，妈再不对也是老人，小人不记老人过，她老了，说你一句，你忍一忍就完了。就算我求你了，你去医院看看她。给老太太一个台阶下吧。”面瓜求老婆。

筱燕秋低着头不看他。面瓜左右看看没人，低声下气地使劲给筱燕秋作揖。筱燕秋转过脸不理他。面瓜葵花向阳，追着筱燕秋的脸规规矩矩地给筱燕秋敬了个军礼：“秋！”

筱燕秋扫了他一眼：“别来这套。”

面瓜敬礼的手就是不放下，筱燕秋绷不住了，她问面瓜：“哪个医院？”

面瓜眉开眼笑：“第二医院。”

筱燕秋拎着水果去医院了，在医院里意想不到地碰到了柳如云。柳如云形容消瘦，面容憔悴。她拄着拐杖，头上包着一块耀眼的红绸巾。她告诉筱燕秋，一天早上刷牙，刷出满嘴血。到医院一查，得了癌症。

筱燕秋如雷击项：“什么？癌症？”

柳如云点点头：“血癌。”

筱燕秋的眼泪一下涌了上来。

“难过什么？我早就想开了，我这个人有正确的生死观。”柳如云的嘴角边掠过一丝笑容，“医生刚告诉我的时候，我觉得这一切都不是真的。后来又觉得就是真的，离我也很远。现在我已经熟悉了这种与死相伴的滋味，甚至有点儿喜欢它了。”

“老师，你怎么不早告诉我？”

“告诉你干什么，让你陪我一起哭？我这个人早就没有眼泪了，也不愿意看别人流泪。”

筱燕秋擦干了眼泪。

柳如云叹了口气：“其实我在真正死去之前已经死过好几回了，嗓子毁了，青春走了，美貌没了，戏台丢了，爱情一去不再复返。这些摧残一点儿都不亚于这场癌症。多少年了，我一直觉得心里面痛，痛这滋味挺好，甜对我来说反倒不是爱了。30 岁以后，我就没给自己过过生日。年龄没了，自己也丢了，心里就有了少女的感觉，满世界要风有风，要雨有雨。”

柳如云看着窗外，仿佛自言自语：“青山无数，白云无数，绿水又还无数……”

筱燕秋把柳如云扶到病床上躺下，她坐在床边上给柳如云削苹果吃。柳如云闭着眼睛休息。

旁边床上的老太太不住地叮嘱陪床的老头：“该存煤气钱了。”

“我存了。”

“交电费的日子快到了。”

“你就踏踏实实地躺着吧，天生操心的命。”

柳如云慢慢睁开眼睛，她对筱燕秋说：“如果我老了，已经到了风烛残年靠回忆过日子的时候，想一想这一生中最珍贵的是什么？是那份我最喜欢，又不能和任何人讲出来的情感。”

筱燕秋心酸地看着她：“他知道您得了这病吗？”

柳如云问：“知道又怎样？不知道又怎样？”

“他负了您一辈子，这时候应该来看看您。”

柳如云答非所问：“越是离自己近的，离眼睛就越远。”

筱燕秋怔怔地看着她。

柳如云看着屋顶，好一会儿才说：“人就是这么一辈子，走到哪儿就是哪儿，哪里容得下他回头？”

筱燕秋心中一阵钝痛。

柳如云思绪走远了：“不管他成了什么样子，我都是他最后的依靠。所以我不能死。受多少苦都得咬牙挺着。”

筱燕秋再也忍不住了，眼泪“哗”地流出来。

柳如云不愿意看筱燕秋哭，她把脸转到一边去了。

陪床的老头把打来的饭菜端给病床上的老伴儿：“趁热赶紧吃。”

老太太问老头：“你吃啥？”

老头从布包里面掏出来馒头和咸菜：“我从家带来了这个。”

老头把馒头掰碎了用开水泡着吃。老太太把筷子递给他：“这么多菜，咱俩一起吃。”

“吃你的吧。”

“你看你，剩下不是白瞎了吗？”

老头火了：“叫你吃你就痛快地吃，咋这么磨叽呢？”

老太太犯愁：“一辈子就这个脾气，说着就着，看我这口气咽了，哪个女人跟你过。”

老头吃不下去了，他端着碗，呆坐在那里。老太太凑过来，硬是把碗里的菜拔了一大半给老头。

柳如云不能再看下去了，她紧紧地闭上了眼睛。

进了婆婆的病房，筱燕秋什么都没说，只是干活。她先给老太太擦脸洗脚，然后挨个把她的手指甲盖和脚指甲盖都剪了。

面瓜妈叫了一声：“燕秋。”

筱燕秋抬头：“嗯。”

“树老招风，人老招贱，你别记恨妈。”

“我怎么能记恨你呢？”

面瓜妈摇摇头：“妈吃的饭比你吃的盐还多，我第一眼看见你就知道你从心里面不喜欢我。”

“你多心了。”

“不是我多心，是你少话。”

“我这个人不爱说话。”

“我知道你不爱说话，可是一家人，有的话是不能少的。”

“什么话？”

“你过门十几年了，从来就没叫过我一声妈。”

筱燕秋窘得满脸通红，她掩饰着自己站起来想走开。

面瓜妈叫住她：“燕秋啊！”

筱燕秋扭头看她。

“我想解大手。”

筱燕秋快步走过来，从床下面掏出来便盆擦干净。

“干啥？”面瓜妈紧张。

筱燕秋说：“医生不让你下地，你就在床上解吧。”

面瓜妈局促不安：“这哪能行？这哪能行？”

“怎么不行，我给你放好了，肯定解不到外面。”筱燕秋把便盆塞进被子里面给她整理好。

面瓜妈眼睛盯着屋顶使劲。筱燕秋关切地看着她。

面瓜妈快哭了：“燕秋啊，我干燥，解不下来。”

筱燕秋慌忙戴上胶皮手套：“别急，我给你往出抠。”

面瓜妈吓坏了：“使不得！这可万万使不得！”

筱燕秋急了：“妈！你是要命，还是要脸？”

面瓜妈死死盯着筱燕秋的嘴：“你叫我了？你叫我了？”

筱燕秋尴尬。热泪涌出面瓜妈的眼眶，她像孩子一样抽抽搭搭地哭起来。

“妈……你不能激动。”筱燕秋吓坏了。

面瓜妈放声大哭，她连哭带数叨：“燕秋哎……我那闺女哎……”

小护士火上房一样地跑进来：“几号床？几号床？”

乔炳璋参加这个宴会完全是一笔糊涂账。宴会都进行一半了，他才知道对面坐着的是烟厂的老板，是宴会上请客付账的人。郑安邦一身西装，分头梳得整齐清爽，乔炳璋是个傲慢的人，郑安邦则比他还傲慢。所以他们的眼睛几乎没好好对视过。

郑安邦指着藕片问食客们：“你们知道荷为什么出淤泥而不染？”

众人摇摇头，这种问题他们没有考虑过。

郑安邦耐心地解释：“荷的叶子面上密密地长着一层细小的茸毛，覆盖着一层蜡质的粉，保护着叶子上的气孔。当雨水滴到叶子上时，由于细小茸毛的推动，形成滚来滚去的水珠。当脏东西沾染叶子的时候，那些细小的茸毛会起来抗争，不让它们沾上去。”

人们不管听懂还是没听懂，纷纷点头。乔炳璋则心不在焉地听着。

“莲藕有解毒排污的自净能力，它可以滤掉污泥浊水中的有害成分。这是一道好菜，大家多吃点儿。”

众人的筷子纷纷伸向藕片。

乔炳璋没有动筷子。郑安邦也没动筷子。两人的目光碰到了一起，又分开，谁也没主动先说话。

一个认识乔炳璋的人冲他举起了酒杯：“老乔，咱俩喝一个。”

乔炳璋婉言谢绝：“我喝不了酒。”

“喝不了酒算啥捧场？”

乔炳璋矜持地笑笑不答话。

他拿起筷子："这样吧，咱们以筷子代替兵器，来一场武戏，谁输了谁喝。"

乔炳璋推辞："不行，不行，那我非输不可。"

"输就输个心服口服。"

乔炳璋推辞不过，只得拿起筷子应战。

乔炳璋和对方用筷子代替"刀""剑""枪""棍"在饭桌上打得不亦乐乎。众人喝彩。

郑安邦看得津津有味。乔炳璋胜了，免去喝酒。

败者感慨："乔团长真是宝刀不老啊。"

乔炳璋矜持地笑笑说："多年不练，功夫都还给师傅了。"

有人拿起桌子上面的烟，一人扔给一根。

郑安邦说话了："烟不是好东西，能少抽一根就尽量少抽一根。"

众人笑："郑老板开着烟厂，如果我们都不抽烟，你不就破产了吗？"

郑安邦说："不破不立，这是自然规律。你别看我是搞烟草工业的，可是我最讨厌抽烟，我不抽烟，也不允许我手下的人抽烟。"

众人看着他，不知道他的葫芦里面卖的什么药。

郑安邦慢条斯理地说："抽烟没有一点儿好处，随着时代的发展与进步，烟草这个行当势必会消亡。这个前景我早就看清楚了。所以我才在公司里面成立了项目开发部，着眼开发各种新项目。比如房地产，比如绿色食品的加工。只要是对人民有意义的事情，我都在尝试着去做。"

乔炳璋觉得他说得有意思，忍不住开口问道："文化事业做吗？"

"做，怎么不做？"郑安邦的目光落在他的脸上。

"郑老板喜欢京剧吗？"乔炳璋问他。

郑安邦来情绪了："我是听着样板戏长大的。八个样板戏中的每一段唱腔我都倒背如流，个别经典唱腔至今一听，还能叫我回想起少年时期的伤感和惆怅，这种感情复杂了，不是一个喜欢就能概括了的。"

乔炳璋眼中亮光一闪，他觉得今天有戏唱了。

郑安邦问乔炳璋："先生贵姓？"

"你不知道？他原来是京剧团里面著名的老生乔炳璋，现在就任京剧团团长。"有人搭腔。

郑安邦眼睛亮了："1979年你在《奔月》里面唱后羿？"

乔炳璋点点头："那是20年前的事了。"

"乔团长80年代红过好一阵子，半导体里一天到晚都是他的唱腔。"

乔炳璋笑："惭愧，惭愧。"

"现在的演员脸蛋儿比名字出名，名字比嗓子出名。乔团长没赶上这个时候。"有人替乔炳璋惋惜。

乔炳璋训练有素地笑着。

郑安邦问乔炳璋："筱燕秋还在你们团里吧？"

乔炳璋一怔，不动声色地看着他。

郑安邦补充道："她唱的嫦娥迷倒了我们整整一代人。"他把乔炳璋身边的人轰开，"去，到我的座位上坐着去。"

郑安邦坐到乔炳璋的身边，亲热地把右手搭在他的肩膀上说："都快二十年了，怎么一点儿都没有她的动静？"

乔炳璋一脸矜持，解释道："这些年戏剧不景气，筱燕秋女士主要从事教学工作。"

郑安邦一听这话直起腰板严肃地问道："什么景气？你说说什么是景气？关键是钱。景气这两个字得用钱撑着。"

乔炳璋深有同感，他频频点头。

郑安邦手在桌子上面轻轻一拍，他命令乔炳璋道："让她唱！"

乔炳璋的心"扑通"跳了一下，他试探着问："听郑老板的意思，郑老板是想为我们搭台了？"

郑安邦加重口气："让她唱！"

乔炳璋觉得机会来了，他对小姐招招手，小姐过来。乔炳璋对她说："给我换上白酒。"

众人们诧异地看着他。乔炳璋捏着酒盅问："老板不是开玩笑吧？"

郑安邦正襟危坐，一脸严肃："我没有时间开玩笑。你说吧，需要多少钱？"

乔炳璋脸上的笑纹绽开了："郑老板，我没听错吧？"

郑安邦半真半假地说："你可不要以为我光会危害人民的身体健康，我还会建设社会主义的精神文明。我要扶持国粹，振兴京剧，这个事业我做定了，乔团长，希望你我能精诚合作。来，咱俩先干了这杯酒！"

郑安邦没有站起来，乔炳璋却弓着腰站起来了。他用酒杯的沿口在郑安邦酒杯的腰部撞了一下，仰起脖子喝了。

乔炳璋激动了，一激动就顾不上低三下四。他看着郑安邦连声说："别人说有活菩萨，我不信，现在我信了。今天我就撞上了活菩萨，我撞上了活菩萨了。"

乔炳璋从来没喝过这么多的酒，他喝多了，一个人在街上摇摇晃晃地走着，他边走边笑，笑着笑着，他唱起来《追韩信》萧何唱段："是三生有幸，天降下擎天柱保定乾（呐）坤。全凭着韬和略将我点醒……"

一辆出租车开过来。乔炳璋招手，车停下。乔炳璋打开车门问司机："到京剧团十块钱够不够？"

"够了。"司机回答。

乔炳璋掏出十块钱递给司机："去京剧团。"他站在门外把车门使劲关上："走吧！"

司机愣了几秒钟，强忍着笑，给油门。出租车一溜烟没影了。乔炳璋摇摇晃晃，边唱边在马路上走着，这是他上任以来最高兴的一天。

戏校。春来逃课了，她偷偷跟歌舞团的几个女孩子玩去了。她们应人邀请，去一所大房子里面给什么人过生日，寿星佬是谁，春来根本就没注意。她吃饱了，喝足了，和女孩们“叽叽嘎嘎”地疯笑。同来的女孩子当中，只有春来是没有男朋友的。别人问她想找什么样的?

春来说 :“这事只能押宝。”

她抹下腕子上的手镯，让它立在地上，轻轻往前一送。手镯“叽里咕噜”地朝前滚去。春来大声宣布 :“手镯在谁的跟前停住，那个人就是我今天的男朋友了。”

女孩子们大呼小叫，跟着春来追着手镯去了。

手镯带着清脆悦耳的声响在地板上快速滚动，女孩子们的脚在后面追赶着，手镯拐出房间。一双穿着高档旅游鞋的大脚踩着地板走过来，手镯被他的脚步震得蹦了两下，躺在地上。手镯上面的双鱼形白玉坠，在阳光的照耀下闪着晶莹润泽的光。

姑娘们看着高大的刘小能忍俊不禁，哈哈大笑起来。刘小能被她们笑傻了，愣头愣脑地看着她们。

春来跑过去拿起手镯。她把手镯套在手腕上，头也不回地跑了。

刘小能穿过一个房间，一群人围着大屏幕彩电看录像。刘小能又穿过一个房间，钢琴前围着男男女女几个人，跟着钢琴唱怀旧歌曲的和声部分。

宽敞的厨房里面清一色的男人在忙碌着。刘小能扯着嗓子喊了一声 :“鲁溢！”

正在拌色拉的鲁溢抬头看见刘小能，两手一撑从操作台上跳过来:“怎么才过来?走，走，咱们到休息室坐会儿去。”

刘小能坐在休息室的沙发上，打量了一眼房间问 :“这儿是谁家？”

“不知道,这院子里面能说清楚的没几个,互相认识的也没几个。就像我叫你一样，朋友叫朋友攒了这么一屋子人，人多解闷呗。”

有人敲门。刘小能走过去拉开门。一张戴着怪异面具的脸突然出现在门口。刘小能吓得向后蹦了一丈远，鲁溢霍地站起来。

门外传来女孩子的喊声 :“哎！不是那屋！”

戴面具的女孩子一撩白色的长袍转身跑了。刘小能看到她手上的双鱼玉镯追了出去。

打扮得奇形怪状的女孩子们嘻嘻哈哈地说笑着往前走。穿白袍的春来跑着追上她们。

刘小能大声问 :“你们是妖精变的吧？”

女孩子们回头看着他，哈哈大笑着跑了。

宽敞的客厅四周摆满了酒水饮料、冷热食品，人们以自助餐的形式吃着聊着。刘小能端着盘子站在角落里面大吃着，他四下里看，希望能看到刚才那一群女孩儿。

轻柔的音乐响起来，穿着各种服装，戴着各种面具，画着各种脸谱的男女青年涌到客厅里。

一个司仪模样的男人走到屋子中间说："我手里面的纸条上面写着所有男士的号码，每位小姐随意抽一张，抽到谁，这位男士就是你今夜的舞伴。"

人们顿时兴奋起来。

司仪拿着纸条走到刘小能和鲁溢的面前，他俩一人抽了一张。

一个女孩子走过来高高地举起手里面的20号。

鲁溢看了一眼自己手里面的号码忙不迭地喊："我！我是20号。"

鲁溢走了，刘小能觉得没趣，他把纸条团了扔在地上往外走，和戴着面具兴冲冲地跑进来的春来撞了个满怀。

刘小能一把拉住她："我能请你跳个舞吗？"

"我只会跳便车舞。"春来不拒绝。

"你看看我这辆美国大吉普怎么样？"

春来大大方方地走过来，把手轻轻搭在刘小能的手上。

刘小能慢慢地很有力量地握住春来的手，春来不动声色地抽出自己的手，把两只手搭在他的肩膀上，两只脚很利落地踩在他的旅游鞋上。她在刘小能的鼻子上按了两下："嘀，嘀，挂挡吧。"

刘小能兴奋起来，他载着春来，马力强劲地在舞场上蹿来蹿去。没多时刘小能的脸上便沁出了汗珠。他问春来："你叫什么名字？"

"草珊瑚。"春来口齿利落地回答。

刘小能笑了："我叫三黄片。"

两人同时笑了。

刘小能问："刚才你和那帮女孩子们看着我笑什么？"

春来"嘻嘻"笑:"我跟她们打了个赌，说手镯停到谁跟前，谁就是我的男朋友。"

刘小能高兴："真的？"

春来回答："这是缘分，你说对吧？"

刘小能指着春来脸上的面具命令她："摘了这个。"

"这是化装舞会。"春来不摘。

"你是不是丑得不能看啊？"刘小能一把拽下春来脸上的面具。

春来瞪着黑亮的眼睛看着刘小能。

刘小能"哇"了一声，彻底傻了。

春来疯够了，刚回到宿舍就被筱燕秋找去训话。春来低眉顺眼地端坐在椅子上，她睁着眼睛，耳朵却闭上了。

筱燕秋看着春来心里面感叹，这个春来，早已不是那个从农村来的小丫头了，她出落得这样醒目、这样漂亮。她从来就不是女孩子，她天生就是女人，一个风姿绰约的女人，一个风情万种的女人，一个她看你一眼就让你百结愁肠的女人。她看东西不是看，而是盼顾，是戏台上的运眼。这孩子能把最日常化的动作提升到戏台上。这种女人生来就是好演员……

春来看筱燕秋盯着自己的脸蛋发呆，觉得浑身不自在。她先开口了：“老师你把我叫来，想跟我谈什么？”

筱燕秋醒过神来，她问：“昨天送你回来的那个男孩子是谁？”

“刘小能。”春来回答得很干脆。

“他是干什么的？”

“电视台的摄像师。”

“怎么认识的？”

“在一起玩的时候认识的。”

筱燕秋急了：“学校三令五申不许学生搞对象你不知道吗？”

“知道。”春来老老实实地回答。

“那你怎么还敢这么做？”

“我又没跟他搞对象。”春来一脸的无辜。

筱燕秋追问：“那你们是什么关系？”

春来答得很干脆：“根本就没有关系。”

“那他凭什么对你这么好，车接车送的？”

“瞎热情呗。”

筱燕秋强压着火：“春来啊，春来，你就不怕上当？”

春来看着她认真地问：“都这年头了，谁还能上谁的当？”

筱燕秋一下卡壳了。

启动资金终于到账了，这些日子，乔炳璋一直心事重重。他在等，没有烟厂的启动资金，《奔月》只能是水中月。其实乔炳璋只等了 11 天，可是乔炳璋就好像熬过了一个漫长的岁月。等钱的日子里，乔炳璋发现，钱不只是数量，还是时光的长度。这年头钱这东西越来越古怪了。

钱上了账，乔炳璋依旧忧心忡忡。他知道这笔钱是顶着筱燕秋的名字来的，筱燕秋要是不给他面子，根本就不打算唱，这次改革岂不成了镜中花？

筱燕秋买不买他的账还不知道，预备会在筱燕秋能不能登台这个问题上又僵持住了。

老演员首先站起来反对：“听说团里想把筱燕秋请回来，我首先表示反对。”

“这个人，人品戏德都有问题。我们怎能让这样的人重返舞台？”反对的意见得到了支持。

乔炳璋把玩着手上的圆珠笔一直在听。

“她戏好，扮相好，观众买她的账，你人品好，观众谁愿意花钱看你呀！”持不同意见的人站了出来。

预备会吵成了一锅粥。

乔炳璋把手上的圆珠笔丢在会议桌面上，上身靠在了椅背上，他说："我看大家还是让步吧，人家烟厂老板可是点了筱燕秋的名的。这年头给钱让步，不丢脸。"

会议室里静了下来，人们不说话了。

乔炳璋顺势利导，含含糊糊地说："筱燕秋的事，我看就这样了吧？咱们现在讨论一下谁来担纲B角。"

副团长章鸣说："对一个演员来说，给当红演员做B角本来就是个寒碜人的角色，更何况又是筱燕秋的B角呢。这个事难做。"

"B角让筱燕秋在自己的学生里面挑吧。筱燕秋嫉妒心再重，再利欲熏心，总不能和自己的弟子争风吃醋吧？"副团长赵志海提议。

在座的人纷纷叫好："这招绝。""这招好。"

乔炳璋同意这个建议："这事就这么定下来，B角让筱燕秋自己去找。"

老高接下来的一句话让乔炳璋心里面不踏实了。老高说："我看你们说了半天都是白说，20年过去了，筱燕秋也是40岁的人了，她的嗓子还能不能扛得住？我看这事悬。"

乔炳璋一下被提醒了，他觉得自己真是疏忽了：毕竟是20年哪，20年什么样的好钢不给你锈成渣？乔炳璋偷偷地叹了口气，会议开来开去，在筱燕秋一个人身上就纠缠了近两个小时。这哪里是筹备？简直是回顾历史，没钱的时候想钱，钱来了却不知道怎么花。钱这东西不只是时间的长度，还是历史的脸色。钱这东西实在是太古怪了。

乔炳璋想了整整一天，决定给筱燕秋打个电话。电话没拨通的时候，他有些忐忑不安。筱燕秋的声音从话筒里面传过来，他的心突然静下来了。

筱燕秋问："你找哪一位？"

乔炳璋清了下嗓子："筱燕秋吗？我是乔炳璋啊。"

话筒里面没有声音了。

"喂，喂，你听着呢吗？"

筱燕秋百感交集，她极力克制着自己冷冷地问："找我有什么事？"

"团里搞改革了，准备上演《奔月》，这一通折腾，钱我已经搞到手了。我们刚开了一个会……"

筱燕秋打断他的话："你们的事跟我有什么关系？"

乔炳璋卡壳了。

筱燕秋恨恨地挂上电话。

乔炳璋看着手里面的电话生气，他在生自己的气。挺好的事，怎么到了这儿就英雄气短了呢？

筱燕秋放下电话，心就空了。她走出去，又回来。最后干脆坐在桌子旁边盯着电话，她希望电话铃声能再响起来。

铃声突然响了，筱燕秋扑过去抓起电话，电话里面传来忙音。原来是下班的铃声，筱燕秋失望地把电话扣上。

筱燕秋出门“咣”的一声把门撞上，她扭头要往外走，突然发现乔炳璋就站在她的身后。筱燕秋惊得差点失声叫出声来，她身子一软，无力地靠在门上。乔炳璋想扶她，手伸出去又知趣地缩回来。

筱燕秋定住神目光冷冷地看着乔炳璋。空气一层层凝住了，如同结了一层冰。

乔炳璋打破僵局，他说：“找个地方咱们坐坐吧。”

筱燕秋把乔炳璋领进教室，按照习惯，她在自己授课的位置上坐下。乔炳璋在学生的位置上坐下。乔炳璋看着筱燕秋，筱燕秋冷冷地看着窗外，根本就不看乔炳璋。

乔炳璋打破尴尬，咳嗽了一声问道：“你的这一届学生怎么样啊？”

“挺好。”

乔炳璋重新找话题：“学校安排的课程满不满？”

“还行。”

“今天的天气真不错。”

筱燕秋打断他的话问：“你到底想和我说什么？”

乔炳璋被堵住了，心里一急，脱口而出：“你亮个相吧。”

筱燕秋把两只胳膊放到桌面上，抱成了一个半圆，她毫无表情地看着乔炳璋。乔炳璋被她看得额上沁出汗来。

筱燕秋突然开口了：“想听什么？是西皮《飞天》还是二黄《广寒宫》？”

筱燕秋主动把话题扯到《奔月》上去，无疑就有了一种挑衅的意思。她已经子弹上膛了。不过乔炳璋手里面有牌，倒也没有过分的担心。

他说：“那就来一段二黄。”

筱燕秋站起身，离开椅子拽了拽上衣的前下摆，又拽拽上衣的后下摆，把目光放到窗户的外面去，凝神片刻，开始云手、运眼。

筱燕秋唱起来。她的声音还是那样的圆润、清亮、根深叶茂。

乔炳璋还没来得及诧异，一阵惊喜已经袭上心头，一个贪婪而又充满悔恨的嫦娥已经站立在他的面前了。他闭上眼睛，一只手插进裤子的口袋，翘起四个手指头慢慢地敲起来，一个板，三个眼，再一个板，再三个眼。慢慢地他的手不动了。

乔炳璋被筱燕秋的唱腔深深地打动了，他睁开眼睛看着筱燕秋。39 岁的筱燕秋脸上笼罩着一层充满魅力的没落和悲伤。乔炳璋心中涌出万般滋味。

39 岁的筱燕秋在乔炳璋的眼里变成了 19 岁的筱燕秋。年轻的筱燕秋甩着两根水袖在孤寂的月宫里面哀诉着。

乔炳璋无缘由地想哭，他使劲克制住了，但是眼泪还是流出来了。这段二黄慢板转原板转流水转高腔有极为复杂的表现难度，音域又那么宽，一个离开戏台 20 年的演员能把它一口气完成下来答案只有一个，那就是她没有丢。乔炳璋歪在椅子里面没动。20年，20年哪。乔炳璋百感交集，他问："你怎么坚持下来的？"

筱燕秋冷着脸："坚持什么？我还能坚持什么？"

乔炳璋说："20年不容易。"

"我没坚持。"筱燕秋听懂乔炳璋的话了，她仰起脸说："我就是嫦娥。"

乔炳璋告诉筱燕秋："团里准备重新上演《奔月》，资金已经全部到位了，团里已经决定由你担任嫦娥一角的人选。"

筱燕秋眼睛里刹那间燃起两团火，她死死盯着乔炳璋问："为什么让我唱？"

"因为你是最合适的人选。"

筱燕秋追问："你选的吗？"

乔炳璋卡了壳。筱燕秋等他回答。

乔炳璋艰难地说："烟厂的郑老板郑安邦，是他给的钱。他点名让你唱。"

筱燕秋的眼神看远了、虚了。乔炳璋提着小心问："你唱不唱？"

"谁唱后羿？"筱燕秋问。

乔炳璋说："这个团里还没讨论呢。"

"如果是你，我就不唱！"筱燕秋眼睛像锥子一样扎在他的脸上。

乔炳璋自尊心受挫，他强作轻松："我的嗓子已经找不回来了。你放心，我上不了台。"

筱燕秋转过脸去不说话了。

乔炳璋语调中带着巴结的成分说："你不会因为我是团长就不唱吧？"

筱燕秋冷笑了一声，像宣誓一样大声地说道："唱！我要唱，我不为你的脸面唱，我要为我自己唱！"

乔炳璋憋在胸口的浊气吐出去了，心里面又打翻了五味瓶："唱就好，唱就好。"

十二、筱燕秋唱 A 角，春来唱 B 角

筱燕秋从学校里面出来，人有些恍惚了，她踩着自己的身影在马路上游走着，她不知道自己该到哪去，于是停下脚步迷迷糊糊地四下打量。筱燕秋低下头看着自己的身影。现在正是午后，筱燕秋的影子很短，胖胖的，像个侏儒。筱燕秋注视着自己的身影，夸张变形的身影臃肿得不成样子，仿佛泼在地上的一摊水。筱燕秋不断地变换角度也没改变这个令人痛心的局面。

筱燕秋心里一阵发冷，伤心和绝望紧跟着袭上心头。

她不知道自己怎么变成这个样子了，也不知道是从什么时候开始变成这个样子的。筱燕秋突然决定减肥，立即就减。

在命运出现转机的时候，女人们习惯于以减肥开启她们崭新的人生。筱燕秋叫了一辆红夏利，直奔人民医院而去。人民医院是筱燕秋的伤心之地，20 年了，即使是肾病闹得最厉害的日子，筱燕秋也没到这家医院就诊过一次。她的命运就是在人民医院彻底改变的，或者说，她的内心就是在人民医院彻底被击垮的。她选定了这家医院减肥，就是要让自己在这家医院里面重新获得新生。

开过了药，筱燕秋特地绕到了后院，20 年了，筱燕秋远远地看见了那幢病房楼。一些人在那里进进出出。楼已经不是老样子了，墙面贴上了马赛克。但是屋顶、楼梯、走廊一如过去，没有多大的改变。筱燕秋走过去，扶着楼梯自下而上，一阶一阶地顺梯攀登着。她站在当年摔倒的楼梯口处，清清楚楚地听到了自己发出来的绝望的笑声。

筱燕秋比平时到家晚了近一个小时，小咪子已经趴在桌子上做作业了。

筱燕秋打开门，丈夫面瓜正歪在沙发上看电视，电视只有画面，没有声音。面瓜看了她一眼问道："几点了？咋才回来？"

筱燕秋不说话，她提着人民医院的药袋懒懒地倚到了门框上，疲惫地看着面瓜。

面瓜从筱燕秋的眼神里面感到有些异样，连忙走过来："咋的啦？"

筱燕秋把药袋递到面瓜手里，一径往卧室走去，进了卧室就把门随手关上了。面瓜把目光从筱燕秋的身上移到药袋上，疑疑惑惑地掏出来里面的药盒子，翻过来覆过去地看，上面全是外文，一副看不到底又望不到边的样子。面瓜从药盒子上预感到了大难，匆忙跟进卧室。

刚进门，筱燕秋便不顾一切地扑到他身上。面瓜吓了一跳。筱燕秋的胳膊箍住面瓜的脖子，用力往里收。她的腹部贴在他的腹部，一吸一吸的。面瓜感到了筱燕秋的努力，筱燕秋的行为陌生得叫面瓜紧张害怕。筱燕秋用力忍着，一种强烈而又迅猛的伤恸，捂也捂不住地喷泻而出："面瓜！"

面瓜手里的药盒掉在了地上，他感到大祸临头了。面瓜身体向后退了一步，"咚"的一声，卧室的门重又关死了。丈夫就这么拥着妻子，毁灭性的念头在脑袋里面蹿来蹿去。

他开口问："咋的啦？"

筱燕秋只是哭，她说不上话来。

"你倒是说话呀！"面瓜急得眼珠子快掉出来了。

筱燕秋呜咽着说："面瓜，我又上台了。"

面瓜没听清楚，他拨拉过筱燕秋的脑袋，用那种侥幸和将信将疑的目光仔细打量着妻子。

"你说啥？"

"我又能上台了。"

面瓜一把推开筱燕秋，他惊魂未定，脱口说道："你！你吓死人不偿命啊？"

筱燕秋有些不好意思，瞥了一眼面瓜，笑了笑，眼泪还在不停地落着。

面瓜抱怨："有你这样整人的吗？"

"人家心里难过嘛。"筱燕秋撒娇了。

面瓜很长时间没享受过这样的待遇了，心里很高兴："等着，我去给你热饭去。"

面瓜拉开门发现女儿小咪子堵在房门口。面瓜浑身轻松，故意拉下脸粗声粗气地说："看啥？做作业去！"

小咪子警惕地看着他们。

筱燕秋把面瓜拉住了，又对女儿招招手，示意女儿过来。

筱燕秋仔细端详女儿说："小咪子越长越像我了。"

"你不是说我长得不好看，像爸爸吗？"小咪子躲开了她的搂抱。

"仔细推敲起来还是像我，耐看，只是大了一号。"

小咪子冷眼看着妈妈："今天是什么日子？怎么想起来夸我了？"

"咋跟妈妈说话呢？"面瓜呵斥女儿。

小咪子说："我被鸡蛋里面挑骨头挑惯了，冷不丁地受宠，有点儿不习惯。"

"你是怪妈妈对你要求得严格了？"筱燕秋问女儿。

小咪子一脸无所谓的样子："我知道你是因为自己生活得不得志，想让我替你补偿。"

筱燕秋认真起来："你真这么想？"

面瓜坐不住了："不跟你们扯淡，我得去厨房。"

“别给我弄饭。”筱燕秋制止他。

“你在外面吃了？”

“没有，我要减肥。”

面瓜站在卧室门口，不解地看着她问：“你肥什么？我什么时候说你肥了？闺女，你嫌你妈肥吗？”

小咪子嚼着口香糖不说话。

筱燕秋摸着女儿的头说：“你们不嫌我肥，观众会嫌的，在他们的心目中，嫦娥绝对不是我这样的胖婆娘。”

面瓜料到今天晚上有很长时间不做的好事了，他心神不定地坐在电视机前看电视，电视里面演的是什么，他根本就不知道。筱燕秋在卫生间里面出出入入地忙活着，她不住地用秋水一样的眼神瞟着面瓜。

面瓜被她瞟得浑身骨头一节节地酥了，脚下没了根，满屋子乱走，不知道自己该干点儿什么。

筱燕秋梳理着洗过的头发问女儿：“作业写完了吗？”

“写完了。”

“洗洗睡吧。”

小咪子不愿意：“我还想看那个电视剧呢。”

筱燕秋命令她：“听话。”

小咪子一百个不情愿地离开了。

面瓜在客厅里面高兴得又是搓手，又是转圈。

筱燕秋从女儿的房间里面出来了，她默默脱了衣服钻进了被窝。面瓜被她的一系列用意明确的动作弄得冒出汗来。

筱燕秋一只胳膊从被窝里面伸出来，她声音软软地说：“面瓜，来。”

面瓜一把抓住了她的手，就势紧紧搂住她。面瓜在筱燕秋的耳边低语：“结婚这么多年，你这么积极主动还是第一次，咱们要是总能这样该多好。”

筱燕秋一言不发，更加积极主动地回报他。

这个夜晚实在让面瓜喜出望外，他上上下下地忙，里里外外地忙，出出进进地忙，都不知道怎么好了。面瓜心花怒放，完全忘乎所以了。

这个晚上筱燕秋近乎浪荡。她积极又努力，甚至还有点儿奉承。筱燕秋不停地说话，好些话说得都过分了，又不敢大声。一字一句都通了电。她急促地换气，紧贴着面瓜的耳边痛苦地请求：“要喊，面瓜，我想喊，面瓜——”

喊声刚冲出口，面瓜一把捂住了她的嘴。

筱燕秋像换了一个人，陌生了。这是好日子真正开始的征候。面瓜心花怒放，心旌摇荡，忘乎所以。面瓜疯了，而筱燕秋更疯。

春来跟刘小能出来疯了一天，晚上又跑到室内游泳池来游夜泳。春来是个旱鸭子，只能穿着游泳衣在岸边走身段。

刘小能一路扒泳游到春来跟前，他来了个漂亮的翻体倒转。

春来抹了一把溅在脸上的水花骂他："臭显摆什么？"

"你的坛子泳也游得不错嘛，咚咚咚灌满水直接沉底。"刘小能借机嘲笑她。

春来用脚打水花溅他。刘小能揪住春来的脚把她拖下水。春来大喊大叫。刘小能强迫她学基本动作，春来悟性很强，很快就掌握了要领。春来在水中慢慢地游着，一个女孩子冲她游过去，春来紧张地躲闪，女孩子撞了她一下游过去。春来顿时手忙脚乱，惊叫着沉下去。

站在岸上看的男青年和刘小能从不同的角度贴着水皮跳下去，飞快地游到春来面前。刘小能抢先一步到达，他一把托起春来。刘小能横端着春来慢慢站起来，水才到他的腰部。游泳池边一片笑声。春来趴在水池边笑得眼泪直流，手一软，又摔进水里面。刘小能笑着把她揪出来。

从游泳馆出来，刘小能请春来在大排档上吃东西，春来面前摞了一摞子空碟子。

春来说："我还想吃。"她抓过菜谱看，由于光线暗，她的脸离油腻腻的菜谱本子很近，眼珠子对到了一起，显出了孩子的天真。

"你怎么这么能吃？"刘小能喜欢她这副样子。

春来抬起头看着他问："那出来干什么？陪你玩儿？美得你！我们学校的伙食快把我饿死了，好不容易逮着你，还不两手抡飞刀往死了宰你？"

刘小能笑："春来，你跟别的女孩子们可真是不一样。"

"们？还是复数？"春来假装惊讶。

刘小能语气里面充满了骄傲："我这么潇洒的人，怎么可能不是复数？"

春来问："第一个哪去了？"

"她一生气就半夜三更满大街走，走了几回就走丢了。"刘小能回答。

"第二个呢？"

"审问完我也丢了。"

"审问你什么？"

刘小能喝了一大口啤酒："问我当初为什么不上财经学院，非要上广播学院。"

"你怎么回答？"

"她要的不是答案，她是要通过这种质问，表达对我的不满。我要是学了财经，她还得问我为什么不学企业管理。我要是学了企业管理，她还得问我为什么不学桥梁设计。我要是学了桥梁设计，她还得问我为什么不学拳击？"

春来笑得前仰后合，眼泪都快出来了。

"你这个人挺好，跟你在一起，我浑身上下都松松快快的。"

"这话说得多虚伪。"春来撇嘴。

"那换一句，你能让我感受到生命的弹性。"

“恶心死人啦！恶心死人啦！”春来做出一副要呕吐的样子。

刘小能龇着洁白的牙齿欢快地笑着。

嫦娥的问题解决了，后羿又被提到议事日程上。副团长王国祥是团里的老人了，他说：“《奔月》这出戏40年里两上两下，每次下马都出乎人的意料。这次再上，一定要稳妥了再稳妥。”

“怎么个稳妥法？”乔炳璋问他。

“这出戏本来阴气就重，再加上筱燕秋唱那阴气就更重了。后羿这个角色老生恐怕压不住，还是改用铜锤花脸吧。”

众人抽烟的抽烟，喝茶的喝茶，没有人说话。

“炳璋不唱了，确实咱们团也没有能挑得起大梁的好老生。”一个老演员开口了。

有人附和：“国祥说的话不能不听，戏台上的讲究更不能不往心里去。”

会议室里面有了“嗡嗡”声，多数人赞成。

乔炳璋拍板：“那后羿就改用铜锤花脸。”

“咱们团没有铜锤花脸怎么办？”有人问。

“咱们有钱了，从外面高薪聘用。”有人答。

章鸣：“上哪聘去？咱省都没有个好花脸。”

乔炳璋说：“咱们团的裴锦素你们还记得吧？我在京剧票友俱乐部里听她唱过铜锤花脸，那嗓子和做派真是没有第二个人能比。”

“她是因为不愿意在团里面待了才出去的，你再叫她回来，她能回来吗？”

乔炳璋说：“这得我们去做工作。这出戏筱燕秋能唱成了一大半，裴锦素再加盟就是满堂彩。”

三天以后，乔炳璋去找裴锦素。要不是为了《奔月》，他一辈子都不会踏进这所美容院的门。裴锦素的美容院生意很火，十几张美容床上躺满了人，乔炳璋蹑手蹑脚，左顾右盼。

穿粉衣服的小姐向他深深地鞠了一躬：“欢迎光临。”

乔炳璋问：“你们裴老板呢？”

裴锦素头上套着焗油帽，脸上贴着美容膜，正在闭目养神。听到有人找她，两脚蹬地，转椅转了个圈，正好脸冲乔炳璋。

裴锦素好像看透了乔炳璋的来意，她麻耷着眼皮，阴阳怪气地说：“稀客，乔团长，你走错门了吧？”

“我怎么就不能来这儿？”乔炳璋满脸赔笑。

“欢迎，头部按摩？还是足底按摩？”

“多少钱？”乔炳璋犹豫着问。

裴锦素白了他一眼：“看你那穷酸样。小丁，给这位先生按摩，然后做个全套皮肤护理，用进口材料。”

乔炳璋愣在那里。

裴锦素又叫过来另外一个姑娘："你给这位先生好好泡脚，做个足底按摩。"

乔炳璋急忙制止她："哎，锦素。"

"我脸上有东西不能和你多说话。"裴锦素脚一蹬，转椅转过去了。

乔炳璋脸上贴着美容膜，脚被叫王兰的姑娘抱在怀里捶打着。他舒服得闭着眼睛。

裴锦素跷着二郎腿，坐在那里看着他。

乔炳璋告诉裴锦素："团里准备重上《奔月》。"

"你总不会拉赞助拉到我这儿来了吧？"

"钱已经到位，我来是想请你出山，这次后羿改成铜锤花脸的唱腔，你来扮演后羿。"

裴锦素一口回绝："你做梦去吧！"

乔炳璋急得坐起来："锦素，我不是跟你开玩笑。"

乔炳璋脸上的面膜一片片地掉下来。

裴锦素捂着脸上的东西哈哈大笑："你不招人笑？你还不招人笑？"

筱燕秋开始了艰苦卓绝的减肥运动，她对每一天的要求都是具体而又严格的：好好减肥，天天向下。筱燕秋把睡眠固定在五个小时，五个小时之外，她不仅不允许自己躺，甚至不允许自己坐。接下来控制的就是自己的嘴了。筱燕秋不允许自己吃饭，不允许自己喝水，更不用说热水了。她每天只进一些瓜果蔬菜，在瓜果蔬菜之外，筱燕秋像嫦娥一样，就知道大口大口地吞药。

筱燕秋每天晚上都要站到秤上去。她一站到秤上，面瓜就用眼睛瞄她："掉了几斤？"

"二斤。"

"遭这么大的罪才掉了二斤，离你那二十斤的理想差远了去了。"

"掉一两也是前进。"

面瓜不想和她争："吃饭，吃饭。"

"这几天是最关键的时候，我得靠毅力管住自己，一粒粮食一滴油都不能沾。"筱燕秋的态度非常坚决。

"吃、喝、拉、撒、睡。吃是排在第一位的，你咋就单单把它给忌了？"面瓜死活想不通。

"你们吃吧，我看着你们吃，全当我也吃了。"

小咪子一言不发地坐在桌子前面狼吞虎咽地吃起来。面瓜连汤带水，吃得稀里哗啦。筱燕秋的视觉和味觉通通被汤汤水水调动起来了，她一口一口地咽着唾沫，声音之大，自己听着都惭愧。

面瓜劝筱燕秋："想吃就吃一口，我就不信这一口下肚，它能马上变成一块肉贴在你的腰上。"

筱燕秋吃咸菜，喝凉开水："我不能向自己的嘴妥协。"

"妈妈，你这个人总是这么死心眼，你完全可以把菜放到嘴里嚼完了再吐出去，这样既过了嘴瘾，又不破坏你的减肥运动。"

筱燕秋受到启发，马上高兴起来："还是我女儿聪明。"

"你也有夸我聪明的时候？"小咪子斜着眼睛看妈妈。

筱燕秋动作利落地搛起一筷子菜，放在嘴里面嚼，一不小心咽了进去。

"糟了！"她冲进盥洗间。盥洗间里面传来筱燕秋干呕的声音。

小咪子问爸爸："你说我妈傻不傻？"

面瓜批评女儿："咋说话呢？她是你妈。"

"我真的是我妈生的吗？"小咪子满脸狐疑。

"这还有假？"

"那她为什么总看不上我呢？"

"她那是疼你。"

"有那么疼的吗？跟块冰似的。"

"东西怕坏了不都是用冰镇着吗？"

小咪子被爸爸逗笑了。

乔炳璋算过一笔账，决定从启动资金里面拿出一部分来请郑安邦一次客。要想把这顿饭吃得像个样子，费用虽然说不会低，这笔费用也许还能从他那里补回来。现在，关键的重点是必须让老板高兴。他高兴了，剧团才能高兴。把老板请来，再把头头脑脑请来，一手挠领导的痒，一手挠老板的痒。这才称得上是两手都要抓。

乔炳璋叮嘱章鸣："顺便叫几个记者。这样事情就有个开头的样子了，人多了热闹，只要有一盆好底料，七荤八素全可以往火锅里面倒。再给筱燕秋发个帖子。"

"她能去吗？"章鸣表示怀疑。

乔炳璋沉默了一会儿："她要是聪明人就应该去，她是主角，少了她这出戏还真没法往下唱。"

筱燕秋拿到了请柬第一个反应就是去找裴锦素。裴锦素翻来覆去，仔仔细细看了一遍说："我要是你，我就去。"

"我为什么要去？"

"郑老板是为你才去的，人家捧你的场，你就应该给人家这个面子。"

筱燕秋看着裴锦素问："我怎么心里面有点儿慌呢？"

裴锦素白了她一眼："没出息。让别人慌，才算你有本事。"她上下打量了一番筱燕秋："你这样出席宴会那是给我丢脸去了，洗个头，做个脸，我好好给你收拾收拾。"

筱燕秋凑到镜子前面端详自己的脸，沮丧地说："我怎么变成这样了？"

"别那么自卑，女人的味道全在你这张脸上呢。"裴锦素安慰她。

裴锦素给筱燕秋干洗着头发："你可不能减掉太多的肉，这样皱纹一下就出来了。"

“你说乔炳璋怎么会想起来请我去吃饭呢。”筱燕秋盯着镜子里面的裴锦素问。

裴锦素出语刻薄：“把你当盘菜就酒下饭呗。”

筱燕秋生气：“别说得这么难听。”

“哎，跟你说，那天乔炳璋来我这儿，我可是狠狠地给你报了下仇。”裴锦素幸灾乐祸地笑。

筱燕秋愣住：“他来这儿干什么？”

“求我回京剧团，跟你扮夫妻，咱俩一起《奔月》去。”

筱燕秋的眼睛一下亮了：“啊？他们说要请一个最好的铜锤花脸跟我配戏，我根本就没往你身上想。”

“那是你有眼无珠。”

筱燕秋扭身，一把抱住裴锦素使劲摇晃：“太好了！太好了！这下我可以痛痛快快地唱了。”

“好什么？我又没答应他。”裴锦素给她泼冷水。

筱燕秋吃了一惊：“怎么？你没答应？”

“凭什么答应他？他又不是我爸爸！”

筱燕秋叫：“锦素！”

“叫什么？我魂又没丢。”裴锦素不为所动。

“你不是答应他，是答应我。”

“我干吗答应你？”

筱燕秋问：“锦素，还记得我被弄到戏校的那天吗？”

“失魂落魄，惨不忍睹。”

“我真的活不下去了，在想怎样死的时候，隐隐约约总是听到一个声音对我说，挺下去，挺下去，重返戏台的那一天就在前面等着你呢。我苦苦熬了20年，现在这一天终于来到了我的面前，可是你竟然忍心在我和戏台之间重新垒起一堵墙。”筱燕秋的眼圈红了。

“你别这么危言耸听！”裴锦素受不了她这个。

筱燕秋含着眼泪：“锦素。”

裴锦素看着她：“又来了，又来了！”

筱燕秋站起来深深地给她道了个万福唱道：“深深拜……”

裴锦素拦她：“别，别。”

筱燕秋：“深深拜……”

裴锦素被她弄得心烦意乱，用花脸的架子连连给她作揖：“你别这么收拾我，别！别！”

“此恩此情，没齿难忘……”筱燕秋泪水涟涟。

裴锦素叹了口气：“一物降一物，卤水点豆腐，我裴锦素前世欠下你了。”

宴会在郑安邦和筱燕秋认识的那一刻达到高潮。宴会尚未开始，乔炳璋便把筱燕秋十分隆重地领了出来。十分隆重地叫到了郑安邦面前。郑安邦是个傲慢的人，可他在筱燕秋面前没有傲慢，相反还有些谦恭。他喊筱燕秋“老师”，用巴掌再三请筱燕秋老师坐上座。筱燕秋几乎是被劫持到上座来的。

乔炳璋给筱燕秋介绍：“这位就是我们这个戏的投资老板郑安邦先生。”

筱燕秋矜持地跟他点点头。她左手是局长，右手是老板，对面又坐着团长。都是决定自己命运的大人物。她不可避免地有些局促。筱燕秋正在减肥，吃得少，看上去就有点儿像怯场了。

郑安邦很善解人意，他不要筱燕秋说什么，他一个人说：“筱燕秋老师，你的嗓子是我听过的最好的嗓子，你的嗓子是你自己的，也是国家的。你要好好地保护。你别多说话，听我们聊。这些菜都是我点的，没有辣的，你放心吃。”筱燕秋点点头却没有动筷子。

郑安邦说：“我一直是筱燕秋老师的崇拜者，20 年前就是筱燕秋老师的追星族了。”筱燕秋很有礼貌地微笑着，以示谦虚和不敢当。

“那时候我还在农村，年轻，无聊，没事干。《奔月》剧组下来演出，我一天到晚跟在剧组的后面，跟着你们四处转悠。”

“是吗？”乔炳璋很吃惊。

“你们一共演了 40 场，我场场不落地看了，几段著名的唱腔我当时是倒背如流。”筱燕秋被触动，抬起眼睛认真地看着郑安邦。

“有一回筱燕秋老师感冒了，仍旧带病坚持演出。唱到《广寒宫》那一段的时候，没控制住，在台上连着咳嗽了好几声。我看得出筱燕秋老师紧张了，可是台下没有喝倒彩，反倒响起了暴风雨一样的掌声。”郑安邦的目光中追忆着似水流年。他侧过头看着筱燕秋总结说：“那里头就有我发自内心的掌声。”

酒席上的人笑着捧郑安邦的场，酒席上响起热烈的掌声。

郑安邦站起来：“来，咱们为筱燕秋老师的敬业精神干了。”大伙一起干了杯。郑安邦感慨：“那时候京剧团的演出真是火爆得很。当时我只恨爹娘没给我一条好嗓子，要是有条好嗓子，我肯定就一直追到台上去了。京剧的剧场艺术在那个时候已近极致了。吃这个，这个菜好。里面含有琼脂，适合女性吃。”他体贴地给筱燕秋搛着菜。

“今天各种艺术共同向国民呈现出一个多元的时代，京剧再好也不过是其中的一员。如果平心而论，以京剧和其他年轻的艺术相比，它在鼓舞人心的作用上不是最好的，可是它滋养人心灵的能力是最强的。”

乔炳璋听得入迷了。席间有人向局长敬酒，局长拿着酒杯看乔炳璋。

“局长血压高，不能再喝了，这杯我代劳。”乔炳璋一口干了杯里面的酒。

郑安邦提醒乔炳璋：“乔团长，商海中情和义这两个字是不能碰的，如果你要为情义两肋插刀，那你的两个肋骨上会插满了朋友的刀子，最后的结局是被剐成一堆没用的骨头扔了。”乔炳璋笑而不答。

郑安邦话锋一转说：“其实从下海的那一年开始，我人生的许多东西一下都被确定了。到了现在这个时候，我觉得自己生活的危机感已经不是很强了，这可能跟我的个性有关，生活的危机感不是来自钱，而是观念方面的问题。”

“说得精辟。”

“不是精辟，是我已经用人生的空闲时间把自己想透了。”

“郑老板肯定是一个能迅速闻出来哪里能赚到钱的聪明人。”

“君子爱财，取之有道。我认为现实中的价值和属于个人精神的价值总是相差很大，钱终究不是这个世界上唯一的度量衡。”

众人连连点头：“郑老板真是有魅力。”

郑安邦笑着调侃：“商人的魅力是什么？一是政治家的脸皮，二是外交家的嘴巴，三是杀人的胆量，四是钓鱼的耐心。”

郑安邦还在聊，语气是推心置腹的，谈家常的。他聊起了国际态势，WTO，科索沃，车臣，香港，澳门，改革与开放，前途还有坎坷。在座的人都在严肃地咀嚼，点头。就好像这些问题一直缠绕在他们的心头上，是他们的衣食住行，油盐酱醋；就像他们为这些个问题曾经伤神再三，就是百思不得其解。现在好了，水落石出，大路通天了。答案终于有了，豁然开朗了，找到出路了。大伙又干了杯，为人类、国家以及戏剧的未来一起松了口气。

乔炳璋一直望着郑安邦，自从认识他以来，他对他一直心存感激，但在骨子里面，乔炳璋瞧不起这个人，现在不同了。乔炳璋对郑安邦刮目相看了。他不仅是一个成功的企业家，他还是一个成熟的思想家兼政治家。乔炳璋有些激动，没头没脑地说：“下次人代会改选市长，我投你一票。”

郑安邦没接他的话茬，做了个意义不明的手势，把话题重新转移到筱燕秋的身上来了：“筱燕秋老师你怎么不动筷子呢？”

“我吃着呢。”筱燕秋客气地冲他笑一笑。

“筱燕秋老师，嫦娥的B角定下来了吗？”郑安邦问。

在座的人目光一起投向筱燕秋。

“定下来了，是我的学生春来。”

“春来？”

人们低声议论着。

筱燕秋说：“我教了十几年学，这个孩子是我遇到的最好的青衣坯子。”

“筱燕秋老师后继有人，真是可喜可贺！”郑安邦举起了酒杯。

乔炳璋捧郑安邦的场：“为这个，我们得再喝一杯。”

郑安邦问筱燕秋：“筱燕秋老师你在重新上演《奔月》这件事情上还有什么困难

吗？有就尽管说，别人的事情我可以不管，你的事情我是一定要管的。”

“我没有什么困难。”

“住房问题解决了吗？”

“我现在住的是学校分的房子，两室一厅，很好。”

郑安邦点点头：“孩子上学有困难吗？”

“没有。”

郑安邦放心地松了口气：“女人做成一件事，要比我们男人付出的多得多，因为她们的肩上还担负着照顾家庭和扶养子女的责任。”

他看着在座的人说：“像筱燕秋老师这样的艺术家，心里肯定有比别人还多的不愿意说出来的苦闷。所以我们大家要尽量多关心她。”

筱燕秋的心里一动，一股暖意周身散开，她自信了也舒展了，开始主动和郑安邦说些闲话。几句话下来郑安邦的额头都亮了，眼睛也有了光芒。他看着筱燕秋，说话的语速明显有些快，一边说话，一边接受别人的敬酒。从酒席开始到现在，他一杯又一杯的，来者不拒，酒到杯干，差不多已经是一斤五粮液下了肚子了。

郑安邦现在只和筱燕秋一个人说话，旁若无人，酒到了这个份上，乔炳璋不可能没有一点儿担忧，许多成功的宴席就是坏在最后的两三杯上，就是坏在漂亮女人的一两句话上。乔炳璋开始担心，害怕老板冒出什么唐突的话来，更害怕老板做出什么唐突的举动。乔炳璋害怕郑老板不能善终，他开始看表。郑安邦视而不见，却掏出了香烟，递到了筱燕秋面前。乔炳璋知道老板喝多了，有些把持不住，乔炳璋看着面前的酒杯，紧张地思忖着，如何收好今晚这个场。如何让老板尽兴而归，同时又能让筱燕秋脱开这个身。许多人都看出来他的心思，连筱燕秋都看出来了。

筱燕秋看出来他的心思，她对郑安邦很宽容地笑了笑，说：“我不会抽烟。”

郑安邦点点头，自己燃上了，说：“可惜了，你不肯到月亮上去给我作广告。”

众人一阵哄笑，筱燕秋也笑了。

郑安邦站起身说：“今天我很高兴。”

郑安邦朝远处招招手叫过来司机说：“不早了，你送筱燕秋老师回家。”

筱燕秋慌忙说：“我有自行车。”

“哪有大艺术家骑自行车的。”他一边坚持请的手势，一边叮嘱司机：“你送完筱燕秋老师，再回来接我。”

筱燕秋瞥了郑安邦一眼，跟着司机往门口走。她知道有许多眼睛都看着她，便把所有的注意力全部集中到走路的姿势上。

乔炳璋望着她的背影暗暗感叹，一个人的人气说旺就这么旺起来了。

晚宴称得上是凤头、猪肚、豹尾，称得上是一台好戏。

老话是对的，好运气想找你，就算你关上门它也会侧着身子从门缝里面钻进来。这年头好运气并不玄乎，说白了，就是钱。只有钱才能侧着身子从门缝里钻来钻去的。

郑老板有钱，这钱又不是他自己的，这就齐了。剧团里面的人真正羡慕的不是筱燕秋，而是春来。春来这个丫头这一回真的是撞上大运了。

春来不觉得自己是撞上了大运，她的心思不在这个上。她迷上了蹦迪。迪厅像一个不知深浅的洞穴，激光、分贝、尖叫、烟雾，人一进去后就被搅进这个巨大的气团中。春来和所有的年轻人一样，在气团中声嘶力竭地喊着，汗流浃背地跳着。

年轻的调音师晃着身子踩着节奏在调音台前忙碌着。主持人大声问："口哨声在哪里？"

口哨声此起彼伏，一浪高过一浪。刘小能和春来卖力气地吹着叫着。一个光头男青年跃上平台，疯狂地跳着。人声沸腾。春来一个漂亮的鹞子翻身，翻到光头青年对面的平台上面。众人喝彩惊叫。

一束彩色追光罩住春来，她在斑斓的光波中像美人鱼一样扭动着身躯。她随着音乐跳起来，她的舞狂热奔放，充满了诱惑力。场内一阵阵欢呼的浪潮，刘小能在人群中拼命使劲怪叫着，他努力控制着周围的人群，不让他们往上涌。

主持大声喊："鲜花在哪里？"

众人喊："在这里！"

鲜花雨点般地扔到台上。

主持人大声喊："护花使者在哪里？"

一片手在摇动，刘小能在人群中使劲挥动着自己的手臂。

人群掀起一阵新的浪潮。主持人身后的平台上，一个矮小的身影舞得炽热狂放。灯光追上去，矮小的身影边舞边高高地昂起头，这是一位六十岁左右的老太太。

主持人喊："看！青春正在她的脚下升腾！"

人群中一片欢呼声，刘小能拉着春来往外走，春来挣扎着不走，刘小能硬把她拖出去。

刘小能拉着春来在街上走，春来撅着嘴，一眼一眼地翻着刘小能。

刘小能劝她："不能再玩了，明天你还得排练呢。"

"那是她排练。"春来不愿意听。

"剧团里多少人熬了一辈子也熬不到你这份上，人心不足蛇吞象。"

"我就是要把大象吞了，我愿意把自己的肚子撑爆炸了，你管得着吗？"

"你说你总闹腾什么？"刘小能问春来。

"嫌我闹腾别跟我出来玩呀！"

刘小能慌忙给她赔笑脸。

"你们台的那个电视剧上马了吗？"春来转了话题。

刘小能说："这事不是我一个人说了算。"

春来眼睛盯着他问："那谁说了算？"

"制片人，导演，还有投资方的老板。"

“投资方的老板有什么了不起？你别拿他来压我。”春来一脸的不屑。

刘小能笑：“你别以为别人都跟口香糖似的，被你扒了皮就能塞在嘴里，想什么时候嚼就嚼两口，不想嚼就‘噗’的一声吐了。”

春来乜斜着眼睛看他。

“这样看我干什么？年轻漂亮不是处处能拿来做资本的。要不烟厂的那个郑老板就不会出资让一个40岁的女人唱A角，而是叫你唱了。”

春来站住不走了。

刘小能叫她：“走啊。”

春来转身就走。

“嗨，你去哪儿？”刘小能大声问她。

春来大声回答：“你管不着！”她头也不回地走了。刘小能追了几步又停下来。低头闷闷地往前走，走了几步忍不住骂自己：“呸！好好个晚上就被你这么一句话给糟蹋了。”黑影里面突然蹿出来个人，一跃跳到他后背上。刘小能吓得大叫一声。背上的人两手死死地搂住他的脖子，“嗤嗤”地笑着。刘小能听出是春来，他腿一软差点坐在地上。

春来笑着下令：“驾！驾！”

“你下来。”刘小能命令她。

春来根本不听他的：“你刚才那么恶毒地伤害了我，我已经气得四肢无力，一步也走不动了。”

“我也走不动了。”刘小能索性耍赖。

春来一口一口地使劲往他耳朵里面吹气，刘小能痒得大笑。刘小能背着春来在马路上一阵狂奔。一辆出租汽车在他们身边停下。

司机探头出来：“去医院吗？”

“不，我这是背老婆回家。”刘小能气喘吁吁地回答。

背上的春来笑成了一朵花：“不是老婆，是姥姥。”

筱燕秋没有睡，她站在秤上称体重。

面瓜扭过头问她：“掉了吗？”

“掉了半斤。”

“一点儿一点儿的跟掉点心渣似的，我都替你累得慌。”

筱燕秋在屋子里面挺胸收腹，绷紧浑身上下的每一块肉走着。

晚宴上筱燕秋虽然只沾了筷子头那么点儿油水，她还是感受到了那汪油的存在。晚宴是高兴的，肚子里面进了油让她沮丧。筱燕秋不放过自己，上蹿下跳地忙着。

面瓜看不下去电视了，他扭头看筱燕秋。筱燕秋从快到慢，又从慢到快，一圈一圈地走着，她把面瓜忙活晕了。

面瓜闭着眼睛问她：“我说，半夜三更不睡觉，你在那翻地呢？”

筱燕秋回答："不是翻地，是在往下抠肉，用自己的指甲一点点地把体重往外抠，往外挖。"

面瓜："你不喝汤，不吃糖，不吃烫东西，除了睡觉根本就不躺着。你忌了汤、糖、躺、烫，又加上了室内竞走。搅得一家人谁也过不了正常日子。我说，你这减肥的事还有完没完了？"

"没完，减肥是一场残酷的持久战。你们男人喜欢和男人斗，我们女人一生要做的事情就是和自己的身体作斗争。"筱燕秋回答得很干脆。面瓜生气地看着她。

"别等我，你去睡吧。我 1 点才能躺下呢。"

面瓜问："你图什么？"

"只要我减下去十公斤，生活就会回到 20 年前。"筱燕秋的话里带着少女的期盼。

"燕秋啊，燕秋，你已经是 40 岁的人了，你叫我说你啥好呢？"面瓜无奈地看着她。

筱燕秋回答得很干脆："什么也别说。"

减肥的前期是立竿见影的，筱燕秋掉了九斤了。

面瓜看着秤夸筱燕秋："你的体重像股票的熊市一样，真是一路的狂跌。"

"面瓜，你看我年轻了吗？"筱燕秋摸着自己的脸有些担心地问。

面瓜仔细打量着她："肉是少了，可是皮多出来了。"

筱燕秋的心和脸一起沉了下来："会说话吗？不会说话就别说！"

面瓜赔着笑脸出去了。

筱燕秋走到镜子前面，她望着镜子里面的自己，心情十分沮丧。小咪子下学回来，看到筱燕秋在沙发上躺着叫了声："妈。"

"唉，你可是犯规了。"面瓜提醒她。

筱燕秋有气无力地说："顾不了那么多了。"

面瓜关心地问："咋的了？"

"不知道，浑身没劲，精力越来越差了。"

小咪子说："这是减肥后遗症。"

筱燕秋愣愣地看着女儿。

小咪子找来一本杂志递给妈妈，她说："歌星谁也不敢像你这样疯狂减肥，因为他们知道嗓子是会跟着肉溜掉的。"

十三、一个大疙瘩横在了筱燕秋和春来中间

减肥见了成效以后，筱燕秋整日便有些恍惚，这是营养不良的具体反应。精力越来越不济了。头晕、乏力、心慌、恶心，总是犯困、贪睡，而且说话的气息也越来越细。说戏的阶段过去了,《奔月》就此进入了艰苦的排练阶段,体力消耗逐渐加大，声音就不那么有根，不那么稳，有点儿飘。气息跟不上，筱燕秋只好在嗓子里面发力，声带收紧了，唱腔就越来越不像筱燕秋的了。

筱燕秋着急，这个急又不能说出来。这个急就被转嫁到另一个急上去了。她冲春来急，这个急也不是没有道理的。春来B角当的一点儿都不上心，听筱燕秋说戏的时候有一搭没一搭的。她心里明白，B角就是个摆设，是筱燕秋自己给了自己一个说法。她心里明白，脸上的样子却是什么都不明白的，她低眉顺眼，全没了和刘小能在一起时的张狂样。

筱燕秋说春来："我对你来说，耳朵也是镜子，所有的唱腔，所有的细枝末节都不会从我这里溜走。"

筱燕秋示意琴师重来。琴师拉过门。筱燕秋给春来做示范，她神态优美地唱着。

筱燕秋拔高。她做梦也没想到，自己会出这么大的丑，当着这么多人的面，她居然"刺花"了。"刺花"俗称唱破了，是任何一个靠嗓子吃饭的人最丢脸的事。

筱燕秋傻了，她根本不相信会在自己的身上发生这样的事情。其实"刺花"也不是什么大不了的事，每个演员都会碰到的。然而筱燕秋到底又不是别人，她不能忍受一起集中过来的目光。那些目光不是刀子，是毒药，它不需要你流一滴血，就活生生地要了你的命。筱燕秋决定挽回这个体面，示意再来。连续两次，嗓子就是不肯给筱燕秋下这个台。筱燕秋的嗓子痒得要命，宛如爬上了一万条虫子，想咳。筱燕秋用力忍住，咬着牙，把满嘴的咳嗽都堵在嗓子眼里头。

乔炳璋端来一杯水，递到筱燕秋跟前。故意轻松地对大家说："歇会儿，歇会儿了。"筱燕秋没有接乔炳璋的杯子，她决定捞回这个面子，示意琴师再来。琴师重新拉过门。

筱燕秋抱着拼个鱼死网破的决心，张嘴唱了。筱燕秋这回没"刺花儿"，她的声音在高音部慢慢地爬着。只爬到了一半，筱燕秋自己就停下来了。筱燕秋重重地吁了口气，僵在那儿。没有一个人敢上来和筱燕秋搭腔，也没有一个人敢看筱燕秋。

筱燕秋强忍着，越忍越难受，她开始用目光去扫别人，他们像是约好了似的，

都是一副过路人的样子，似乎什么都没发生过。

筱燕秋想再来一遍，可到底没有勇气了。乔炳璋端着茶杯，大声对众人宣布："筱燕秋老师感冒了，就到这儿，今天就到这儿。"

众人散去。筱燕秋眼泪汪汪地盯着乔炳璋。

乔炳璋想安慰筱燕秋。筱燕秋打断他的话："我知道你的意思。我真该好好报答你。"乔炳璋连连摆手以示不敢当。

"为你这份同情，我真想揪着你的领口狠狠给你两个大嘴巴！"筱燕秋的脸像刚挨过两个大嘴巴子似的歪着。

乔炳璋先是一愣，随即，"哈"地笑了一声，他背着手从容地走了。

排练室立即走空了，春来从外面悄悄地回来，她不敢看老师，弓着腰，假装收拾东西。

筱燕秋久久地看着春来的身影。她的身影是那么的年轻、那么的美。筱燕秋失神了，在心里反反复复地问自己："我怎么就没有她这个命？"

春来直起身，看到老师的目光一直罩在自己身上，吓了一大跳。

筱燕秋突然说："春来，你过来。"

春来停住了，愣在那里没有动。

筱燕秋："春来，你把我刚才唱的那段重来一遍。"

春来咽了一口唾沫，她在这样的时候怎么敢做那样的事。春来说："老师。"

筱燕秋没开口，却挪了张椅子坐下来。

春来的心里面慌乱了一会儿，不过看老师的架势，躲是躲不过去了，反倒镇定下来了，站好了，进了戏。

筱燕秋坐在椅子上用心地看着听着，她很快就走神了。

她瞥了一眼墙上的大镜子，大镜子像戏台，十分残酷地把春来和自己一同端出来了。镜子里的筱燕秋在春来的映照下显得那样的苍老，几乎有些丑了。当初自己就是春来现在的这副样子，她现在到哪去了呢？人不能比人，这话真是残忍，人不能比别人，同样不能和自己的过去攀比。什么叫青山遮不住，毕竟东流去？镜子会慢慢地告诉你。筱燕秋的自信心在往下滑，像水往低处流，挡都挡不住。她想起当初复出时的那种喜悦，那样的喜悦说到底也不过是过眼的烟云，刹那之间就荡然无存了。筱燕秋动摇了，甚至产生了打退堂鼓的意思，却又舍弃不下。虽说春来的表演还有许多地方需要打磨，然而从整体上说，这孩子超过自己也就是眼前的事了。春来如此的年轻，未来的岁月实在是不可限量。筱燕秋突然就是一顿难受，心中一阵阵地酸，一阵阵地痛。筱燕秋知道自己嫉妒了。

细细说来，筱燕秋就因为嫉妒吃了20年的苦头，可是，她实在没有嫉妒过李雪芬，从来没有，一天都没有。但是面对自己的学生，筱燕秋遏制不住。筱燕秋知道自己在嫉妒，她第一次尝到了嫉妒的厉害。她看到了血在流。筱燕秋痛恨自己，她不允许自己嫉妒。她决定惩罚。她用指甲拼命地掐自己的大腿。越用力越忍，越忍越用力。大腿上的疼痛让筱燕秋产生了一种古怪的轻松感，她站起身，决定利用这个空隙帮春来排练，不允许自己有半点保留。

筱燕秋站在春来的面前，面对面，手把手，从腰身到眼神，一点一点地解释，一点一点地纠正。她一定要把春来锻造成20年前的自己。

太阳落下去了，排练厅里的灯光越来越暗，越来越安静。

筱燕秋和春来忘了开灯，师徒两个在昏暗的光线下面反反复复地比划，一遍又一遍。每个动作都细微到手指的最后一个关节。筱燕秋的脸离春来的脸只有几寸远。

春来的眼睛忽闪忽闪的，在昏暗的排练大厅里反而显得异样亮，那样的迷人，那样的美。筱燕秋突然觉得对面站着的就是20年前的自己。20年前的筱燕秋就在自己面前，亭亭玉立。筱燕秋迷惑了，像做梦，像水中观月。眼前的一切都像梦幻那样飘忽起来了。

筱燕秋停下来，侧着头，她用那种不聚焦的近乎烟雾的目光笼罩了春来。

春来不知道老师怎么了，也侧了脑袋，端详着自己的老师。筱燕秋绕到了春来的身后，一手托住春来的肘部，另一只手捏住了春来翘着的小拇指指尖。

筱燕秋望着春来的左耳，下巴几乎贴住了春来的腮帮。春来感到了老师温湿的鼻息。

筱燕秋松开了手，十分突兀地把春来揽进了怀抱。她的胳膊是神经质的，搂得那样的紧，乳房顶着春来的后背，脸贴在了春来的后颈上。春来猛一惊，却不敢动，她僵在了那里，连呼吸都停止了。过了一会儿，春来的呼吸便澎湃了，大口大口地换气。筱燕秋的手指在春来的身上缓缓地抚摸。她的手指摸到春来的腰部的时候，春来终于醒悟过来了，春来没敢喊，春来小声地央求说："老师，别这样。"

筱燕秋突然醒了，那是一种大梦初醒的感觉。梦醒后筱燕秋无限地羞愧和凄凉。她弄不清楚自己刚才到底做了什么。春来捡起包，冲出了排练厅。

筱燕秋被丢在排练厅的正中央，耳朵里充斥着春来跑下楼时的脚步声，急促得要命。筱燕秋想叫住春来，可她实在不知道还能对春来说些什么。筱燕秋觉得羞愧难当，天已经黑了，却又没黑透。筱燕秋垂着手呆呆地站住，不知身在何处。

春来真是气坏了，她觉得老师疯了，刚才的举动叫她说都说不出口，受了奇耻大辱，又不能说，这种感觉实在是糟透了。春来气急败坏地在街上走，她伸手拦出租，没有一辆车停下。春来探头往远处看，一辆高级轿车在她身边不远的地方停下，郑安邦走过来上了车。春来见过这个老板，这一段时间他总是在剧团里面出出进进的。春来跑过去拦在那辆汽车前面。

司机按下车窗严肃地问："什么事？"

"郑老板，你不认识我了？"春来不理司机的茬，她和郑安邦说话。

郑安邦看着她的脸仔细回想着："对不起，我在哪见过你？"

“我是京剧团的春来。”春来隐隐有些失望。

“春来？”郑安邦还是没有想起来。

“《奔月》中嫦娥的 B 角。”春来提醒他。

郑安邦恍然大悟：“噢，筱燕秋老师的学生。”他的脸上露出了笑容：“你有什么事吗？”

“我有个约会时间赶不上了，眼下又拦不住出租车，你能不能送我一段？”

郑安邦打开车门：“上车吧。”

上了车郑安邦问春来：“你去哪？”

“我刚刚排练完。”春来答非所问。

郑安邦满意地点点头没再问下去，他的心思已经转移到别处去了。春来被冷落着，想想筱燕秋对她一系列叫她倍感羞辱的行为，再看看郑安邦如此不把她放在眼里，春来的心里面生出来恨意。

司机问春来：“小姐，你到哪儿下车？”

“你在新世纪广场停车就行。”

司机一声不响地开着车，车内很安静。车窗外刘小能的身影渐渐近了，他站在路边不住地看表。轿车在刘小能的身边停下，春来下车。刘小能看看春来又看看车里面的郑安邦，他有些惊讶。他什么都没问，搂过春来走了。

筱燕秋觉得这一天太古怪了，大街是古怪的，路灯的颜色是古怪的，行人走路的样子也是古怪的。筱燕秋一直想哭，但是，又实在不知道要哭什么。不知道要哭什么就不那么容易哭出来。这一来，筱燕秋的胸口反而就堵住了。胸口堵住了，肚子却出奇地饿，这阵饿是丧心病狂的，好像肚子里面长了五只手，七上八下地拽。筱燕秋走到路边的一家小饭店，决定停下脚步。她怀着一股难言的仇恨走进了小饭店。小饭店里面买卖冷清，没有几个人吃饭。

跑堂的小伙计站在筱燕秋的跟前：“大姐吃点儿什么？”

“四喜丸子，扒肉条，铁板牛柳……”筱燕秋手拿菜单专门挑大油大腻的点。

小伙计问：“大姐，你一个人点这么多菜，吃得下吗？”

筱燕秋爆发了：“我想点，我愿意点，你管得着吗？”

小伙计吓了一跳：“你看大姐，我没别的意思，按理说，你点得越多我越高兴才是……”

筱燕秋打断他的话：“凭什么让你高兴？我凭什么非得让你高兴？”

“大姐你……”小伙计傻了。

“再来两张纯肉馅饼。”筱燕秋命令他。

“那馅饼挺大的，我怕你……”

“怕什么？我吃不了兜着走行吧？”筱燕秋满腔怒火地看着他。

菜上齐了，筱燕秋动作缓慢地拿起筷子，她揀起一个丸子咬了一口，又咬了一口，剩下的全部塞进嘴里。她越吃越快，一连气恶狠狠地吞了三只大肉丸。她又是嚼又是咽，一直吃到喘息都困难的程度。

春来的气来得快，去得也快。香喷喷的烧烤进了肚，心里面的气也跟着头顶上的抽油烟机飞了。她叫过来老板：“再上 20 串牛肉。”

刘小能瞪着她：“你可真能吃。”

“就吃！咬死你！咬死你！”春来咬牙切齿地说。

刘小能嬉皮笑脸地问：“不是咬死我吧？”

春来抬脚踢了刘小能一下。刘小能机灵地躲过去。

“你说一个人突然对另一个人的身体产生了兴趣是怎么回事？”春来问刘小能。

刘小能一愣，他放下酒杯：“谁骚扰你了。”

春来麻耷着眼皮：“没谁。”

“不对，你告诉我。”刘小能盯着她。

春来不耐烦：“真的没谁。”

“那个郑老板？”

春来抬起头看着刘小能，她用卡通片里面小女孩儿的声音说：“你这个人好奇怪噢！”

“是他吧？”

“你吃醋了？”

“你别逗我笑了，别说我的字典里根本就没有这个醋字，就是有，我也不会吃这种男人的醋。”

“吃不上葡萄，嫌葡萄酸。”春来损他。

“不是我酸，是他酸。这种男人靠什么吸引年轻的女孩儿？靠他的大器初成？靠他有那么点儿地位？有那么点儿财富？有那么点儿经验？有那么点儿情调？有那么点儿来历不明的神秘？”

“看见人家踌躇满志，你受不了了吧？”

“什么踌躇满志？他那是满脸沧桑。这种人经不住折腾，不好玩儿，一点儿都不好玩。”

春来盯着刘小能，目光变冷了：“你好，你哪好？轻狂乖张，愤世嫉俗，缺少宽容，更要命的是，要享受美好的生活又囊中羞涩。你心比天高，命比纸薄。你知道自己是谁吗？我敢说，到死那天你都弄不清楚自己是谁。”

刘小能“嘿嘿”地笑：“我一直以为你是个没有脑子的傻丫头，没想到你还真是有点儿出语不俗。”

“我这儿刚说到逗号，懒得给你往句号上说了。”

刘小能叹了口气说：“人类不幸的通病，不是从自己拥有的东西里面获得满足，而是从属于别人的东西里面引出来不满以至愤怒。”

“你说谁呢？”春来斜眼看着他。

刘小能笑着回答：“说我自己呗。”

春来把眼睛翻到一边：“你不觉得男人没意思吗？”

“说谁呢？”

“说的就是你！”

刘小能委屈：“我冤不冤哪？下午你一个电话，我就屁颠屁颠地往这儿赶，花钱请你，还得被你当成佐料，边骂边蘸着吃。”

春来“扑哧”一声笑了：“嫌委屈就AA制。”

“AA制就AA制。”

春来很快又高兴了起来，开始和刘小能说笑。她问刘小能：“你说一个女人突然抱住另一个女人是怎么回事？”

“骚扰你的是个女人？”刘小能一直没忘了这个茬。

“你瞎说什么？”

“你怎么说翻脸就翻脸呢？”

春来站起来就往外走。刘小能脚下使了个绊子。春来叫了一声倒在他的怀里。桌子上的啤酒瓶子被带倒了一片。

老板急忙跑过来：“怎么了？”

刘小能说：“她觉得你的烧烤是天下第一流的，想让你在她的后背上面签个字。”

春来纵声大笑。

晚上，面瓜把饭热过三遍之后，决定不等筱燕秋了，他对小咪子说：“这么晚了，咱们吃吧。”

小咪子懒洋洋地坐在桌子旁边拿起筷子往嘴里面扒拉饭，面瓜把一块红烧肉搛到女儿碗里。小咪子把肉又搛回到面瓜的碗里：“我不吃了。”

面瓜又给她搛回去：“我早就算好了，咱们家三口人一共318斤，你妈减掉了九斤，咱俩得把那九斤好好吃回来，这叫肥水不流外人田，懂不？”

筱燕秋沮丧地在街上走着，街道异常寂静，路灯把她的身影拉长又缩短。筱燕秋不知道她还能去哪，也不知道她还能干些什么。当她把第一个丸子咽到肚子里的时候就知道，她完了。她的减肥，她的理想，她的一切努力就在那一瞬间全部化成了灰。她为了唱戏而减肥，又因为唱不成戏，开始大吃。这一切都是因身体而来的，又发泄到身体上去了。她的身体不再是她的身体，它已经完全成了她的敌人。

春来并没有在筱燕秋面前流露什么，戏还像过去一样地排。只是春来再也不肯看筱燕秋的眼睛了。筱燕秋说什么，春来听什么，筱燕秋叫她怎么做，她就怎么做，就是不肯看筱燕秋的眼睛，一次都不肯。筱燕秋和春来都是心照不宣的，不过，这不是母亲与女儿之间才有的心照不宣，是女人和女人之间的那种，是致命的，难以启齿的。

筱燕秋怎么也没有想到春来会这么别扭，一个大疙瘩就这样横在了她们中间。这天中午，筱燕秋到食堂吃饭，她站在了春来的身后。春来感觉到了筱燕秋的气息，她装作没有感觉的样子，麻耷着眼皮站在那里。

有人过来排在筱燕秋的身后："师徒俩都在这呢？"

春来回过头含蓄地冲他笑笑。筱燕秋仔细捕捉着春来脸上的笑容。

另外一个队的人冲这边喊："嗨，到我这儿来。"

那人跑过去。春来脸上的笑容像被他带走了一样，刹那间消失得无影无踪。筱燕秋刚要开口和她说话。春来却转身走了，她迈着婀娜的步子走到另一个窗口从头排起了队。筱燕秋脸色煞白地看着她。

春来东张西望，像没事人一样。

筱燕秋一咬牙走过去，她叫道："春来。"

春来扭头看着她，纯净的眼睛中一派天真无邪。

"吃完饭到小排练室来，我想再单独给你指导一下。"

春来点点头。筱燕秋看着她不知道往下该说什么。

"老师，您还有事吗？"春来问。

"没事了。"

光柱透过玻璃窗射进排练室。

筱燕秋坐在地中间的椅子上全神贯注地看着春来。春来唱得投入认真，脸上的表情纯净如水。筱燕秋忍不住走过去给她纠正唱腔和动作。

"你的手形不到位，应该是这样的，这只手这样上去。"

筱燕秋想掰春来的手，她的手伸到半空中犹豫着停在那里。春来的手不动声色地缩了回去。筱燕秋和春来这两只女人的手，一个不敢碰，一个不愿意让碰，彼此防备着。筱燕秋悄悄地瞥了春来一眼。春来垂着眼皮，恭敬中透着冷漠和距离。筱燕秋深深地吸了一口气，她强打精神接着讲戏。春来开始唱，她的气息跟不上来。琴师停下看着筱燕秋。筱燕秋想说春来，又不敢造次。

她看了一眼琴师说："要不就降个调吧。"

琴师不相信自己的耳朵："降调？"

筱燕秋痛苦地摆了下手："降吧。"

琴师诧异地看看筱燕秋，又看看春来。

春来麻耷着眼皮来回缠绕着自己的手指头玩。

琴师看看这个又看看那个，抖弓操琴。春来唱《飞天》唱段。胡琴和家伙点儿突然停下来。

裴锦素发作了，她生气地看着春来："你怎么一唱到这儿就犯毛病，有心理症啊？"

春来麻耷着眼皮不说话。

裴锦素急了："嘿！"

筱燕秋赶紧打圆场："大家都累了，休息一下吧。"

春来披上衣服走开。

"你们俩之间有点不对劲儿，这小妖精怎么了？"裴锦素上下打量着筱燕秋。

筱燕秋强颜欢笑："怎么也没怎么，她不是挺好的吗？"

"好？好个屁，一脸的虚假繁荣。"

郑安邦走进来，他笑盈盈地看着大家："诸位辛苦了。"

演员们纷纷和他寒暄。

郑安邦走到筱燕秋跟前："筱燕秋老师。"

筱燕秋客气地："您坐。"

郑安邦在筱燕秋身边坐下："排练得怎么样了？"

"挺好。春来，你接着来。"

鼓板响起，春来接着唱。乔炳璋进来找了个边座坐下，他的眼睛落在郑安邦的身上。郑安邦不看别人，他的目光一直落在筱燕秋的身上。凭着男人的直觉，乔炳璋警惕起来。

春来频频地出错，筱燕秋耐着性子纠正她。筱燕秋讲戏，春来低着头听她讲。

乔炳璋觉得这个排练室的气场有点儿不对头。

筱燕秋恢复了饮食，可还是累。筱燕秋说不出这个累掩藏在身体的哪个部位。它具有散发性，在身体的内部四处延伸，都无所不在了。

排练结束了，筱燕秋一个人摸黑坐在排练室里面。她想歇一会儿。

看门的老头拎着一串钥匙走进来，刚要锁门，看到筱燕秋吓了一跳："筱老师，你怎么还没走？"

筱燕秋慌忙站起来："我这就走。"

筱燕秋不想回家，她在京剧团的院子里面一圈一圈地转着，不经意间走到了柳如云的家门口。

黑漆漆的窗子里面没有人。筱燕秋从窗前走过去后，不由得回头看。窗子里面的灯突然亮了，里面传来隐隐的唱腔。

筱燕秋打了个激灵，站住脚，柳如云的身影映在窗户上，她走过来又走过去。筱燕秋心里面一热，推门进屋。

房间里面堆着半屋子绢人，柳如云化着淡妆，头上包着暗红色的丝巾坐在椅子上。她面前的桌子上摆着冒着热气的排骨汤。

筱燕秋叫了声："柳老师。"

柳如云表情平淡地说："来了？那就喝汤吧。"

筱燕秋坐下拿碗盛汤，她喝了一口说："20年前我在你这里喝过这个汤，味道一模一样。"

"他喜欢喝我做的汤，我每年的今天都煮这个汤。"

"为什么非今天煮？"

"今天是他的生日。"

"出院了？"筱燕秋打破沉默。

"回来养养身体，还得接受化疗。"

两人不再说话，房间里面只有筱燕秋喝汤的声音。

柳如云看着筱燕秋问："出什么事了？"

筱燕秋不说话。

"你情绪不对，到底怎么了？"

"没怎么。"

"你骗不了我。"

筱燕秋喝不下去了，她克制了好一会儿才神情沮丧地说："柳老师，我的嗓子完了。"

"这是早晚的事，二郎神的灵光不会总照在你一个人的身上。"柳如云说得很平静，"你不是还有春来吗？"

筱燕秋痛苦地摇摇头。

"你说过，春来是'嫦娥'能够活在这个世界上的最充分的理由。"

筱燕秋眼圈红了："那孩子总跟我隔着一两丈的距离，过去是她怕我，现在是我怕她。我怕这个孩子，但是还不能说出口。如果春来就这么和我不冷不热地下去，我这一辈子就算彻底了结了。'嫦娥'要是不能在春来身上复生，我站这十几年的讲台究竟又是为了什么？"

柳如云一声不响地看着她，眼睛里面流露出怜惜。

"好几次我都想从剧组退出，就是下不了那个死决心。这样的心态20年前曾经有过一次，我想到过死，后来竟一次又一次犹豫了。20年前我为什么不死呢？一个人的最好的年华突然被拦腰掐断了，这比杀死她更叫人寒心。力不从心地活着，还不如死了的好。"

柳如云问："不甘？"

"不甘！我不甘！"

"柳老师，您怎么不说话？"

"万事乘除总在天，何必愁肠千万结？"柳如云念起了韵白。

排练进入到了紧张的阶段，郑安邦来得更勤了，乔炳璋及时汇报工作，郑安邦也把自己的想法和计划说给他听。

聊完了工作上的事，两人就没话了，这时候排练室里隐隐传来嫦娥的唱腔。

郑安邦带头打破寂静，说："这个感觉真挺怪，每当这个唱腔响起来的时候，我就觉得腔子里面有东西像丝一样被一截截地抽出去，心一点点地软了……"

"你的意思……"乔炳璋揣测着问。

郑安邦笑着摆摆手："没什么意思，只是觉得这种感觉，挺新鲜，挺好。她的嗓音真是美，越听越回味无穷。"

乔炳璋说："这不是她唱的。"

"我知道。"

乔炳璋给郑安邦沏了杯茶。

"她怎么没唱？"郑安邦突然问。

"身子有点儿不舒服。"乔炳璋回答。

"那得好好养养。"

两人喝茶，谁也不说话了。

乔炳璋打破寂静："她们在里面排练，要不要进去看看？"

"好，看看去。"

郑安邦坐在一边默默地听春来唱，乔炳璋陪在他身边。筱燕秋过去给春来做形体和声音的示范。郑安邦的眼睛久久地粘在筱燕秋的身上。

筱燕秋回到座位上坐下。

郑安邦低声问："身体不舒服？"

筱燕秋笑了笑："不碍事。"

郑安邦谅解地点点头："你得多注意。"

筱燕秋真诚地说："谢谢你的关心。"

郑安邦笑着站起来："有什么困难千万别客气。"

郑安邦的头离筱燕秋很近，好像在说着最体己的话。这一切春来都看在眼睛里。她心里面的感受很特别，这种特别的感受叫她挺不舒服的。

郑安邦走了，乔炳璋走到筱燕秋身边坐下，他作出漫不经意的样子说："这个郑老板真热情，一天来点一次卯。"

筱燕秋没理他。

"但愿他是冲戏，不是冲人。"乔炳璋话里有话。

筱燕秋冷冷地问："什么意思？"

"和这种人交往一定要注意点儿。"乔炳璋提醒她。

筱燕秋转过脸看着他："注意什么？"

"他出这么大一笔钱让你重返戏台，我想并不完全是为了扶持京剧，一定还有他自己真正的目的。"

"你究竟想说什么？"

乔炳璋有些冲动："他是个男人，男人都会通过钱和权来验证自己。他会做他想做的任何事情，包括年轻的时候没有能力做成的事。"

筱燕秋绷着脸问："你是说他还是说你自己？"

乔炳璋被噎住。筱燕秋转过脸不再搭理他。

"燕秋，我是为你好。"

筱燕秋冷笑："不用，我活得挺好！"

"我是怕你……"

"怕什么？"

乔炳璋有些冲动："他这样的男人会玩女人，不但玩年轻、玩漂亮，还要玩身份、玩名气。"

"你是说我要为这场演出付出代价？"

"我不愿意你受伤害。"

筱燕秋抬起眼睛看着乔炳璋："我已经是一棵被砍倒了的大树，还在乎再被别人多砍两斧子吗？"

乔炳璋被她噎得半天没说上来话。

"我感谢他，只要嫦娥能活，我死都认了。"说完筱燕秋站起身走了。

乔炳璋心里面的火顶到了脑门上。他耷拉着脸盯着墙角。

下班的铃声响了，裴锦素拎起书包就往外跑。

乔炳璋喊她："裴锦素，你去哪？我还准备给你们开个会呢。"

"约会比开会重要！"话音未落，裴锦素人已经没影了。

筱燕秋收拾东西准备回家。郑安邦走进来。春来远远地看着他。

郑安邦对乔炳璋和筱燕秋说："今天晚上有空，我想请二位吃顿便饭。"

"大家都挺忙的，我看就算了吧？"乔炳璋婉言拒绝。

"他忙，我不忙。我跟你去。"筱燕秋不买乔炳璋的账。

"这筱老师，生怕你把钱省下。"乔炳璋掩饰尴尬。

郑安邦大度地笑笑："谢谢筱燕秋老师给我这个面子。"

春来走过来，笑眯眯地看着他们问："你们要去哪？"

筱燕秋看春来主动跟自己说话心里面一阵温暖，她想搭腔。乔炳璋抢过来话头："快回去休息去，没你的事。"

"乔团长，你是不是又要请客？请客我也去。"春来不买账。

乔炳璋命令她："小孩子别瞎掺和。"

"公款吃喝？那我就更得去了。"春来嬉皮笑脸。

筱燕秋看着春来和乔炳璋那股子亲热劲儿，觉得滋味不对。春来知道筱燕秋在看她，她故意不看，一味拉着乔炳璋的胳膊，孩子一样地耍着赖。

"乔团长，我不吃，你让我闻闻就行。"

乔炳璋被她逗笑了。

郑安邦像看孩子一样地看着春来："想去就一起去吧。"

进了酒楼，筱燕秋去了洗手间。郑安邦、乔炳璋和春来依次落座。郑安邦和春来身边都有空座位。筱燕秋回来，绕过春来走到郑安邦身边坐下。郑安邦看到筱燕秋坐在自己身边很高兴。乔炳璋看了筱燕秋一眼，没说话。春来看出来筱燕秋和乔炳璋的情绪有些不一样。她两手托腮，看戏一样，眼睛在郑安邦、乔炳璋和筱燕秋的脸上瞟过来瞟过去。

小姐过来给大家满酒。郑安邦把筱燕秋面前的酒杯拿开："给女士倒果汁。"

筱燕秋又拿过酒杯放在自己面前："今天我想喝点儿白酒。"

乔炳璋愣了一下，知道筱燕秋要叫板了。

"那可不行，你的嗓子是国宝，不能毁在我的手里。"郑安邦认真地说。

筱燕秋比他还认真："你不让我喝，我就走。"

郑安邦一愣，随即笑了："那好，我给你少倒点儿。"

他给筱燕秋倒了半杯酒。

"倒满了。"筱燕秋命令他。

郑安邦只得给她倒满了。

这时候拎着长嘴大茶壶的小伙子过来，挨个给大家倒水，不小心他把一滴开水溅到筱燕秋的手背上。筱燕秋被烫得一哆嗦。

郑安邦一把抓住筱燕秋的手："烫坏了没有？"他冲小伙子发火："你是怎么搞的？"

小伙子脸涨得通红，连连道歉。

筱燕秋的手被郑安邦的手这么一握，心里"扑通"一下。她的脸涨得比小伙子的脸还红。筱燕秋知道乔炳璋和春来都在看着自己，她从郑安邦的手里抽出自己的手，尴尬地说："不碍事，不碍事。"

郑安邦给自己的酒杯里面倒满了酒，站起来说："这些日子大家排练得很辛苦，我谨代表个人向你们表示慰问。各位随意，我干了。"

"为什么不给我倒酒？"春来抗议了。

郑安邦愣住看着她。

"没人服务，我自己给自己服务。"春来站起来，给自己的杯子里面倒满了白酒。

乔炳璋伸手盖住她的酒杯："小孩子喝什么酒？"

春来扒拉开他的手："别瞧不起人！"她端起酒杯一口干了。

筱燕秋急得喊出声来："春来！"

春来红头涨脸，她仗着酒劲把目光落在筱燕秋的脸上："老师都不怕，我怕什么？"

筱燕秋强迫自己抬起眼睛看春来，目光终究有些发虚。她举着酒杯站起来，看着春来的领口刚要说话，春来伸手抢过来筱燕秋手里面的酒杯："老师，你的酒我也替你喝了。"春来一口把酒喝光。

筱燕秋愣在那里。乔炳璋真急了，他硬把春来按坐下。"你这孩子是不是有点儿人来疯啊？"

郑安邦高兴了，他给春来把酒满上："小姑娘还挺能喝。"

筱燕秋着急：“春来，你不能再喝了。”

春来伸手拿酒杯，乔炳璋一把抓住她的手死死地按住：“瞎闹什么？”

春来看看乔炳璋按在自己手上的大手，又抬头看看乔炳璋的脸。她“扑哧”一声笑了。她这么一笑，筱燕秋突然吃醋了，她站起来拿过春来的酒杯一口干了：“她不能喝酒，她不能喝酒。”

按住葫芦起来瓢，乔炳璋看看筱燕秋又看看春来。他看出来这师徒两个之间有些不对劲。

筱燕秋坐下，她垂着眼皮举着酒杯，端着角儿的架子对小姐说：“满上。”

小姐给她把酒满上。郑安邦不知道这三个人之间发生了什么事情，他觉得今天饭桌上的气氛很好。

春来又站起来了，她对乔炳璋说：“乔团长，我敬你一杯。”

乔炳璋心里面生气，他爱搭不理地说：“我不会喝酒。”

“我还不会喝呢。”春来还嘴。

春来和乔炳璋碰杯先把酒喝了。乔炳璋不知道该喝还是不该喝这杯子里面的酒，他看看筱燕秋。筱燕秋的酒已上头，她满脸通红，醉眼惺忪地看看他们俩，把自己杯里面的酒也一口干了。

“吃点儿菜，这个鱼味道很好。”郑安邦给筱燕秋搛了块鱼，而且把鱼刺都耐心地给她择了。

乔炳璋觉得气闷，一仰脖子，把自己杯子里面的酒干了。

春来举杯站起来，她走到筱燕秋跟前说：“老师，我敬你一杯。”

筱燕秋没想到她会这样做，抬起头看着春来。

春来说：“你教了我整整六年，在我心里你就跟我的妈妈一样。”

一句话说得筱燕秋眼泪差点儿流出来，她站起来接过春来手里面的酒杯，一仰脖子喝了。又拿过酒瓶给自己满上。

“春来，老师有做得不对的地方，你一定要多多原谅。”

“只有老师原谅学生，哪有老师求学生原谅的？”

说完春来抢过筱燕秋的酒杯一口喝干了：“老师，您不能再喝了。”

乔炳璋和郑安邦看着她们俩。

筱燕秋红着眼圈给自己的杯中倒满了酒：“我真的特别高兴。”春来抢她手中的酒杯：“高兴也不能这样喝。”筱燕秋又抢回来：“难得高兴。”春来和她碰杯：“那就为高兴干杯。”

筱燕秋干了杯中的酒，她伸手搛菜，怎么也搛不起来。

春来喝干自己杯中的酒，她笑起来，她笑得尖声大气，笑得非常张狂，她直笑到眼泪掉出来才坐回到座位上。乔炳璋拍拍春来的肩膀，春来像小猫一样把头埋进乔炳璋的怀里。乔炳璋下意识地搂住她。筱燕秋的一双眼睛像两颗燃烧着的火炭，死死盯着乔炳璋。乔炳璋被筱燕秋的目光烫了一下，急忙把春来推开。

郑安邦关心地问："小姑娘怎么了？"

春来抹掉眼泪又"嘻嘻哈哈"地笑了。

乔炳璋心情复杂地看着筱燕秋，知道她那股子不顾一切的劲头又上来了。他看出来，她是在跟他作对，她就是要让他的心里面不舒服。

这顿饭吃得乔炳璋如鲠在喉，散了席，乔炳璋和春来坐在车里，乔炳璋一声不响地看着窗外的车镜，从镜上可以看到郑安邦和筱燕秋乘坐的车紧紧地跟在后面。

春来问："乔团长，你不舒服？"

"我挺好。"

春来话里有话："不对吧？"

乔炳璋："怎么不对？我就是挺好，哪都好，好了去了！"

春来嘴角一翘，偷偷笑了。车到京剧团门口停了下来，乔炳璋和春来下车。郑安邦的车子从他们身边开过去。乔炳璋和春来盯着远去的汽车。

"他们去哪？"春来漫不经心地问。

乔炳璋突然发火了："你怎么这么多废话？"说完转身走了，他没回团里，而是奔街上去了。

春来看着他的背影，笑了："脆弱，真是脆弱。"

筱燕秋和郑安邦坐在汽车里面。筱燕秋闭着眼睛好像是睡着了。

"咱们去茶馆坐坐，喝点茶？"郑安邦提议。

筱燕秋睁开眼睛，她慢慢摇摇头。

"要不去酒吧坐会儿？"

"还是去你那里坐会儿吧。"筱燕秋低声说。

"那也好。"郑安邦吩咐司机调头。

乔炳璋坐在马路牙子上默默地抽着烟，他抽了两口又烦躁地掐灭了，他觉得今天晚上的酒喝得心里实在是别扭。

郑安邦的高级轿车从他面前疾驰而过。乔炳璋盯着远去的轿车，心里面一下子空了。

郑安邦的办公室很大，装修得很时尚，里面的设施应有尽有。郑安邦动作熟练地沏着茶。筱燕秋坐在沙发上，一声不响地看着茶几上摆着的那盆说不上名字的花。筱燕秋喝多了，不到二两酒，她就有了身首异处的感觉。

郑安邦把碧绿的茶放在筱燕秋面前："这可是上等的好茶，你尝尝。"

筱燕秋接过茶杯矜持地喝了一口。抬起眼睛看着他，脱了外套的郑安邦比裹在高档西服里面的郑安邦洒脱、自然了。

郑安邦喝了口茶，伸展四肢坐在沙发上，他说："我这个人喝了酒就兴奋，睡不着，睡不着就索性品茶。年纪大一岁是一岁啊！这觉，越来越少了。年轻的时候可真不这样，那时候我最喜欢的事情就是睡觉，睡觉这个词对我来说，是最有诱惑力的两个字。”

筱燕秋听到睡觉这两个字，心里面“咯噔”一下。她垂下眼皮看着手中的水杯。水杯里面碧绿的茶叶静静地竖在水中。

“不管多累、多疲劳，不管受了多么沉重的打击，美美地睡上一觉就都过去了。现在不行喽，常常整夜整夜地失眠。”

筱燕秋脸上的红晕褪去了，取而代之的是青白。她神态拘谨，跟酒席上简直是判若两人。

郑安邦没有注意到筱燕秋脸色的变化，他沉浸在青春的追忆中：“还是年轻好啊！浪漫、热情，对一切都充满了新鲜感。如果没有这份浪漫和热情，我怎么可能尾随你们几百里路，整整看 40 场演出呢？”

筱燕秋没有说话，她的脑袋空了，思想在那里没有了依附之处。她没了判断，呆呆地看着自己的鞋尖。鞋尖上沾着一块污迹。

“看《奔月》是我第一次接触传统剧目，先开始我听不懂道白，只能猜剧情。后来我就看进去了，越看越着迷。脑子里面全是戏里面的情景。眼前全是嫦娥的音容笑貌。那一段时间我简直魔怔了，什么事都干不下去……”郑安邦陶醉在自己的叙述之中。

筱燕秋身子笔直地坐在那里听着，她等待着。

郑安邦说：“那是我第一次知道什么叫失眠，我躺在床上想嫦娥的命运，给自己和她结构故事，我希望台上的嫦娥能注意到我，我希望我有能力来拯救她。”

筱燕秋感觉到，自己的身子一点点僵硬了，这身子已经不是自己的，是眼前这个人的。

郑安邦给筱燕秋满上茶：“这茶第二遍就喝出味道了。”

筱燕秋点了点头没说话。

郑安邦看着她笑：“你不知道，你扮演的嫦娥把我迷成了什么样，你在台上唱，我在台下想，这个嫦娥卸了妆会是什么样？她在生活中怎样走路，怎样吃饭？晚上她也像我这样失眠睡不着觉吗？我几次凑到后台都被人家轰走了。”

郑安邦哈哈大笑：“村子里面的人都以为我是迷上京剧了，我不敢跟任何人说我是迷上嫦娥了，因为暗恋一个姑娘对一个 18 岁的男孩子来说是一件挺丢脸的事。”

筱燕秋的脸上浮现出迷离的微笑。

“人的初恋真是回味无穷啊，我的初恋在 18 岁，恋人是月亮上的嫦娥。我出资重排《奔月》说白了就是要追忆青春，圆我青春时候的梦想……”郑安邦感慨道。

筱燕秋的脸色白得接近透明了，苍白中渗透出决绝的神情。

郑安邦从筱燕秋的脸上看出了不对劲，他关心地问：“你怎么了？不舒服？”

筱燕秋“呼”地站起来，晕头转向地离开了沙发。

“卫生间在那里。”郑安邦给她指路。

筱燕秋站在卫生间门口推门，推不开。使劲一拉，门“咣”的一声撞在她的面门上。

筱燕秋“扑通”一声摔坐在地上。郑安邦急忙跑过去往起扶她：“喝多了吧？”

筱燕秋努力睁开眼睛。郑安邦模糊不清的脸在眼前晃动。

“撞哪了？”郑安邦着急地问。

筱燕秋耳语般地低声说：“把我拿去吧！”

“什么？”郑安邦没听清楚。

筱燕秋大声说：“我应该报答你！”

郑安邦丈二和尚摸不着头脑。

筱燕秋的眼泪涌出眼眶：“《奔月》重排了，我一辈子的心事好歹也算了了，报答你是迟早的事，我愿意早一点。”

郑安邦懵了：“你……你……”

筱燕秋打断他的话，语气急促地说：“你用你的钱帮我圆了我人生的梦想，我用我的身子帮你圆你青春的梦想，咱俩谁也不欠谁的，扯平了。”

筱燕秋使劲拽着身上的衣服。

郑安邦的脸紫了：“你……”

“嫦娥活了，我死个来回都不委屈。”筱燕秋说得咬牙切齿。

她一件一件地脱衣服，她脱得很急，把衣服扣子都拽掉了。郑安邦手足无措，不知如何是好。筱燕秋使劲拽最后一个扣子。情急之下，郑安邦的手按向开关。灯灭了。屋子里面死一样的黑，死一样的静。月光照进窗子，筱燕秋惨白的脸在黑暗中渐渐浮现，她慢慢抬起头。郑安邦早已经不在屋子里面了。筱燕秋身子一软，瘫坐在地上。

十四、郑安邦被春来的激情融化

郑安邦气坏了，挺好顿饭，怎么刚吃两口就馊了呢？他不知道筱燕秋在哪一个环节上，接受了自己的错误的暗示，把好好一颗鸡蛋生生地给搅散了黄。郑安邦气急败坏地在马路上走，他想不出来自己该到哪里去。站在路口，看着跳来跳去的红绿灯。路边有好些停在这里的自行车，郑安邦伸手按车铃。铃声“叮叮当当”地在夜空里面清脆地响着。

郑安邦问自己：“她为什么要这样？她怎么会这样？”

天上下过小雨，马路上满眼都是汽车尾灯的倒影与反光。筱燕秋深一脚浅一脚地走着。不时有车辆呼啸着擦身而过，留下司机的骂声。筱燕秋仿佛魂已飞走，她抬起头看天。月亮钻出云层，缓缓跟着她走着。《奔月》的唱腔在心头淡淡响起。筱燕秋凝神听着心灵中的低唱。月光把她孤独的身影远远地拖在地上。

回到家，筱燕秋神情恍惚地用钥匙打开房门，凄婉的唱腔从房间里面一泻而出。筱燕秋惊得倒退几步。半明半暗的灯光下，年轻的筱燕秋舞动水袖飘过来了。筱燕秋傻了，一时间忘了自己身在何处。娇美的嫦娥舞着水袖围着她转圈，筱燕秋脸色煞白，腿一软差点跪下。扮演嫦娥的小咪子吓得大叫一声：“妈妈！你怎么了？”刚洗完澡的面瓜冲出来，一把扶住筱燕秋，把她弄进屋。

筱燕秋晕晕乎乎地站在客厅中间。面瓜闻到了酒味，问她：“你喝酒了？”

筱燕秋没回答，她瞪着眼睛看着小咪子。小咪子摘掉身上披着的丝绸被面，拽掉胳膊上盖着的两块白色围巾。

筱燕秋声音颤抖着问：“刚才是你唱的吗？”

小咪子笑嘻嘻地点点头。

筱燕秋呼吸不匀了：“什么时候学的？”

“你教春来的时候我听的。”

筱燕秋不说话了，她听到了自己的牙齿在“咯咯”地打着架。

“妈妈，我唱得好不好？”小咪子问。

筱燕秋喘着粗气不说话。

“不比春来差吧？”

筱燕秋瞪着女儿不回答。

小咪子撒娇地喊了声："妈！你倒是说话呀！"

筱燕秋突然抡圆了胳膊，一个大嘴巴子扇过去。小咪子被打得一屁股坐在地上。愣了几秒钟后，"哇"的一声哭出来。

面瓜扑过去抱住女儿，咆哮道："谁让你打她？！谁让你打她！？谁给你权力让你打她！？"

筱燕秋浑身颤抖，她颤着手指指着女儿，用纯正的韵白问道："哪个让你唱的？哪个让你唱的？"

小咪子被母亲怪异的神情吓着了，哭声戛然而止。

"燕秋！"

筱燕秋根本不看面瓜，她步步逼近，小咪子节节后退。

小咪子无路可退了，她凄惨地叫道："爸爸！"

面瓜猛虎一样扑过去，像一堵墙一样挡在筱燕秋面前："你被疯狗咬了？！"

喷头里面的热水喷泻而下，筱燕秋在浴室里面拼命地冲刷自己。

浴室外面隐隐传来面瓜安慰女儿的声音："你妈不是有意的，她喝多了。"

"什么喝多了，她根本就是从心眼里面看不上我。"

"那可没有，这个我能保证。"

"骗谁呀？你以为我是傻子？我长这么大，她夸过我一句吗？我怎么做都不对，怎么努力都没用。她看不上我，还把我生出来干什么？"

筱燕秋的影子模模糊糊地映在墙上的镜子里，筱燕秋呆呆地看了一会儿，伸出手去，抹掉镜子上面的蒸汽。一只绝望的眼睛露出来了，另一只绝望的眼睛也露出来了，筱燕秋晦暗无光的脸全部露出来。筱燕秋看着镜子里面的自己，上上下下仔仔细细地打量着。

筱燕秋忧伤地审视着自己自言自语："筱燕秋啊，筱燕秋，20年前你作为演员已经死过一回了，20年后你作为女人又一次死了。当年李雪芬骂你什么？她骂你是关在月亮里面卖都卖不出去的货！真是卖不出去，卖都卖不出去……"

筱燕秋笑了，她越笑越厉害，直到笑呛了引起咳嗽，急促的咳嗽引得她干呕起来。

小咪子不哭了，她竖着耳朵紧张地听卫生间里面的声音："妈妈怎么了？"

面瓜也听到卫生间里面的干呕声，他大声问："喂，我说，你怎么了？"

筱燕秋不回答，她把浴室里面所有的龙头都打开，在水声的轰鸣中大声呕吐着。

面瓜听出动静有些不对，想了想冲浴室大声喊："喂，别那么浪费水，水涨价了，一个字一块二了。"

筱燕秋在家里面闹妖。春来那边也没闲着。她在给刘小能打电话："你晾我晾了一晚上还有理了？"

话筒里面刘小能求她："快去睡吧。"

"我睡不着！"春来发火。

“你看看几点了？”

“刘小能，我告诉你，如果你今天晚上不过来，以后就别再来找我！”春来的语气格外专横。

刘小能在话筒的那一边沉默着。

春来爆发了：“你到底过来不过来？”

刘小能妥协：“好，好，我马上过来。”

十几分钟后，刘小能打车过来，他跑到春来旁边站住脚上下打量着她：“到底怎么了？”

春来不说话。

“问你呢。”

春来看着远处，好像跟前根本就没有刘小能这个人。刘小能不由得阵阵恼火，他努力克制着自己。

“你觉得筱燕秋这个人怎么样？”春来的话问得有些莫名其妙。

刘小能想了想说：“她不像人，好像是什么精变的。”

春来“扑哧”一声笑了。

刘小能解释道：“我说她不像人，是因为她浑身上下没有烟火气。清清亮亮，又冷风嗖嗖。你往前走一步，她往后退一步，永远没办法接近她。”

春来用鼓励的眼神看着他。

“她这人冷是冷，可身上的女人味儿非常足。”刘小能边琢磨边说。

春来笑眯眯地问他：“哪个女人没有女人味儿？”

“现在女孩子身上的女人味儿是人工雕琢出来的，是香水喷出来的。筱燕秋则是天然的、纯真的。她是戏中人不是社会人，她根本就没有应付社会生活的能力。”

春来仔细琢磨着他说的话。

“唉！随着新世纪的到来，这样的女人马上就会绝迹了，遗憾哪，遗憾。”刘小能叹了口气。

春来脸上的笑容慢慢消失了：“刘小能，你骂我。”

“我没骂你。”

“你夸她，就是骂我。”

“是你让我说的。”

“我没让你这样想。”春来很专横。

刘小能“嘿嘿”笑：“吃醋了？”

春来火了：“笑话！我刚日出东山，她已经夕阳西下。你见过朝霞吃晚霞的醋吗？”

刘小能龇着白牙笑：“你把我大老远地叫来讨论她，只有一个可能，就是你从心里把她当成对手了。”

春来勃然大怒：“什么是对手？对手应该是实力相当、旗鼓相当的人，她凭什么条件做我的对手？凭年龄还是凭相貌？”

“凭舞台上的艺术魅力。”

“你怎么断定我没她有魅力？”

“不是我断定的，是投资方的老板断定的。”

“他和你一样有眼无珠！”春来勃然大怒。

刘小能被噎得一怔。

春来情绪激动地说：“你们男人有几个有眼光的？看看你们的欣赏品味！因为你们有眼无珠，所以永远是这山望着那山高。”

刘小能扭身就走。

春来喊：“你站住。”

刘小能根本就不听她的。

春来追上去拉住他：“你给我站住。”

刘小能绷着脸：“你只是我的女朋友，不是我的奶奶，我没有义务让你像祖宗训孙子一样地训我。”

春来看着刘小能生气的样子，心里面的气反倒消了，她凑过去在刘小能的脸上亲了一下。刘小能不理她。春来又亲了一下。刘小能忍不住笑了，一把推开她：“你少来这套。”

春来扑过去挂在他的脖子上打秋千，刘小能和春来闹成一团。

电视画面闪动。面瓜坐在沙发上看电视，他的心思根本就不在电视上。他竖着耳朵听卫生间里面的动静。卫生间里面已经好半天没动静了，面瓜忍不住问：“我说，你在里面干啥呢？”

筱燕秋闷闷地应了一声：“你先睡去吧。”

面瓜没动地方，他拿着遥控器挨个调台，调了一通没有爱看的，关了电视起身进卧室。筱燕秋从卫生间里面出来，在沙发上坐下。她就这么一声不响地坐着，像座没有生命的蜡像。

面瓜裹着毛巾被出来了，他显然没睡，他看着筱燕秋，脸上挂着笑：“咋不去睡？”

筱燕秋不说话。

面瓜劝她：“别不好受了，自己的闺女，打一下就打一下。孩子已经过劲儿了，做完作业睡了。”

筱燕秋面无表情地说：“我不许她唱戏！”

面瓜在她身边坐下：“我就想不明白，你能唱，为什么她不能唱？”

筱燕秋态度坚决地说：“我苦了一辈子，我决不能让我的女儿再过我这样的苦日子。”

“苦？你哪儿苦？”

筱燕秋的眼睛潮湿了：“这种苦是跟谁都说不清楚的。”

面瓜站起来给她拿来手巾，筱燕秋接过来捂在脸上。

“别哭了，别哭了啊？咱闺女是唱着玩儿呢。”

筱燕秋抽泣：“玩儿？玩儿着玩儿着就把自己搭进去了。”

面瓜安慰筱燕秋：“行了，行了，我明天好好说说她，不让她玩这个，让她玩别的。咱小咪子数学好，化学也好，天生就是上北大上清华的材料。”

筱燕秋不哭了，她直盯盯地看着面瓜。

面瓜不自在起来，他摸摸脑袋又拽拽睡衣：“咋的啦？”

“面瓜，你为什么总是这么高兴？”

“好好的，有啥可不高兴的？”

“有什么高兴的呢？”

“有吃有喝，有老婆有闺女，想着这些，上班高兴，下班也高兴，我看啥都高兴。”

“你心里就没有难受的时候？”筱燕秋问得很认真。

“这话说的，没病没灾的难受啥？”

“面瓜，在这个世界上你最看重的是什么？”

面瓜想了想真诚地说：“你、女儿和这个家，你说没有这个家我活着干什么？我为了谁？我没有那么高的觉悟为别人活着，我活着就是为了你和女儿。”

“你不觉得我这个老婆做得不好吗？”

“过日子哪有那么多的好和不好？过日子过的是感情。你、我还有咱闺女是三块小土垃疙瘩，粘在一起就成了一块大土垃疙瘩一样。人和人只要贴着心这日子就过得热乎。”

筱燕秋叹了口气陷入沉默。

“你叹啥气？”

筱燕秋羞惭地说：“我对不起你！”

“老夫老妻的说这客气话干啥？”

筱燕秋摇摇头没再说话。面瓜看着她“嗨”了一声。筱燕秋低头不语。

面瓜挨着筱燕秋坐下，声音暧昧地提醒她：“秋，今天是周末。”

筱燕秋激灵一下浑身绷紧了，她紧张地看着面瓜。面瓜满脸温情地凑过来亲筱燕秋。筱燕秋躲了一下没躲过去。面瓜把筱燕秋抱过来搂在怀里。

面瓜低声说：“走，咱屋去。”

筱燕秋一把推开面瓜，她的力气用得那样猛，居然把面瓜从沙发上推下去了。她歇斯底里地叫道：“别碰我！”这一声尖叫划破了宁静的夜，突兀又歇斯底里。

面瓜摔懵了，他怔在地上，起先只是尴尬，后来竟有些恼羞成怒了，他怒视着筱燕秋。想发作，又不敢发作。

筱燕秋的胸脯一鼓一鼓的，像涨满了风的帆。抬起头，眼眶里面突然沁出来两汪泪，她望着自己的丈夫叫了声：“面瓜。”

面瓜的尊严给唤醒了，他爬起来，摔门进了卧室。筱燕秋泥塑一样愣在那里。

刘小能和春来在酒吧里面喝啤酒，春来吃爆米花。

春来问："你的车呢？"

"修去了。"刘小能回答。

春来不屑地撇了撇嘴："破车，烧火得了！"

"破车也是车。"

"看看人家郑老板的车，往上一坐，那感觉。你什么时候也能混上这样一辆车，让我风光风光？"

刘小能问她："想傍款了？"

"放屁！"

"起码是动了这个心思。"

春来使劲掐刘小能的胳膊。刘小能龇牙咧嘴，不敢叫唤。

手机响，刘小能接电话。春来喝着饮料瞟着窗外。刘小能接完电话把手机放在桌子上。春来拿过来摆弄着玩。

刘小能："走吧，明天一早我还得出去干活呢。"

春来不说话也不动地方。刘小能站起来，朝春来要手机。春来顺手把手机装在口袋里面。

刘小能说："给我！"

"让我玩两天。"春来不给他。

"不行！"

"抠门！"

"好，好，你拿去吧。"

"拿这就想把我打发了？"

"嫌我穷了？"

"不是嫌你穷，是看财大气粗这四个字灿烂耀眼。"

刘小能一屁股坐下看着春来："你受什么刺激了？"

春来看着刘小能的脸："你说我现在追求爱情，到老了，真跟一个有情没钱的人结了婚可怎么办？"

刘小能讽刺她："你这么明白的人怎么能办那么糊涂的事呢？"

春来假装长长地舒了一口气："这我就放心了！"

刘小能看着她，两个人谁也不说话了。

刘小能站起来："我走了。"

春来不动地方。刘小能二话没说，两手插在口袋里面，吹着口哨摇摇晃晃地走了。

春来跺着脚大声喊："你浑蛋！"

刘小能头也没回地走了。

春来追到路口也没有看见刘小能，她恨恨地转过身，和路灯下走过来的郑安邦差点儿撞个满怀。

郑安邦认出来她："小丫头，这么晚了还到处跑，不怕被狼叼了？"

春来看着他不说话。

郑安邦看她那么严肃也不开玩笑了："站在这儿干什么？"

"饭桌上没吃饱，饿得睡不着，出来找吃的。你又喝酒了吧？"

"在酒吧里面喝了点啤酒。"

春来的眼睛叽里咕噜地在郑安邦的脸上转："你是想找人说说话吧？"

郑安邦看着她笑："小丫头。"

"你请我吃夜宵，我陪你说说话，怎么样？"

郑安邦摇摇头。

春来急了："郑老板，别这么小家子气好不好？"

郑安邦被她可爱的神情逗笑了："这么晚了哪吃去？"

"跟我走。"春来说完扭头在前面走了，她边走边回头看郑安邦。

郑安邦无奈只得跟她走了。春来高兴了，她不住地用脚踩郑安邦的身影。郑安邦从来没见过女人在他面前如此放肆过，他在别扭的同时感觉到很新鲜，他不愿意让人踩自己，于是机灵地躲闪着春来的脚，两个人的距离随着路途的延长很快缩短了。

郑安邦和春来坐在小饭馆里面。春来吃麻辣烫，桌子上面摆着一堆啤酒。春来挽着袖子吃着喝着。郑安邦没怎么吃，他以喝啤酒为主。春来抬起头，黑白分明的大眼睛盯在郑安邦的脸上。

郑安邦心里一阵燥热，问道："看什么？我脸上有佐料啊？"

春来"扑哧"一声笑了，她越笑越厉害。

郑安邦被她笑傻了："你这丫头到底在笑什么？"

"你失败了。"

郑安邦一愣。

"别遮了。"她用筷子指着郑安邦的眼睛说，"看，眼珠子里面写着呢。"

郑安邦感兴趣地看着她："酒喝在我肚子里，你怎么醉了？"

"她……"

郑安邦问："谁呀？"

春来笑嘻嘻地说："我老师啊！"

郑安邦心里面激灵一下，他稳住神，故作严肃地看着她："春来，不能因为长辈请你吃饭，你就胡说八道，不尊重长辈。"

春来拿起酒瓶给自己倒了一杯酒说："我自罚一杯。"她一口气干了，又倒满了举到郑安邦的面前说："我再敬你一杯。"她意味深长地看着郑安邦："我向长辈敬酒，希望你能心想事成。"

郑安邦指指她说：“你这小丫头……”他突然停住不说了。

春来表情可爱地瞟着他，眼神里有一丝隐隐的狡黠：“往下说。”

郑安邦笑了：“你呀，人小鬼大，你根本就不是个小丫头，你简直就是个人精。”

“郑老板，我老师……”

郑安邦打断她的话：“咱们聊点别的好不好？”

春来瞪着眼睛看着郑安邦。郑安邦也瞪着她。春来生气了，她把椅子往后面一撤，站起来转身走了。郑安邦起身追出去。

春来在前面走，郑安邦在后面跟着，两人一声不响。走到路灯下面春来站住了，她转过身盯着郑安邦。

“你老跟着我干什么？”

“这么晚了，怕你出事。”

春来赌气地说：“出事才好呢！”

郑安邦语气坚定地说：“那可不行！”

“关你什么事？”

“我给《奔月》剧组投了钱，你是嫦娥的 B 角，怎么不关我的事？”

“你是给我老师投的钱，又不是给我投的钱。”

“你这话说得可是有点儿串味儿了。”

春来用身体狠狠地撞了郑安邦一下：“讨厌！”

郑安邦被她鲁莽的举动弄得一愣。

春来马上又很轻柔地撞了他一下，娇媚地说：“烦人！”春来顺着撞的力量很自然地靠在他的身上。

郑安邦的身体一下僵硬了。春来体会到了，她故意贴在他身上不动。

郑安邦的喘息急促起来，他努力克制着自己：“我给你打辆车，你回家去吧。”

春来孩子撒娇般地说：“我不回家。”

“那你去哪？回学校？”

“我要去你那儿。”

郑安邦顿时严肃起来：“太晚了。”

“我不管！”

春来率先朝郑安邦的公司走去，她越走越快，最后干脆一溜小跑了。郑安邦想叫她，又叫不出口。

春来轻车熟路地上楼梯，郑安邦有些手足无措地跟着她。走到楼梯的拐角处，春来站住，扬起孩子气的小脸看着郑安邦。郑安邦强作镇定地看着她。

春来表情纯洁地说：“你抱抱我。”

郑安邦脑袋“嗡”的一声，他以为自己听错了。

春来声音有点儿颤抖地说：“我让你抱我。”

郑安邦不知道自己是怎样走过去的，他把两只手搭在春来的肩膀上。

春来看着他说："你别像我老爸似的行不行？"

"你、我本来就是两代人。"郑安邦回答道。

春来撇撇嘴："喜欢我吗？"

郑安邦回答得非常艰难："喜欢，你这样的女孩子谁能不喜欢呢？"

"过来！"春来命令他。

郑安邦语气认真地说："我做人做事一向有自己的原则。"

春来突然扑过来伸开双臂紧紧地搂住他的脖子，一个热吻死死地堵在他的嘴上。郑安邦只挣扎了一下，就被春来的激情给完全融化了。

乔炳璋睡不着，他坐起来看着窗外。陆婷翻过身迷迷糊糊地问："怎么了？"

乔炳璋没说话。陆婷爬起来给他拿药倒水。乔炳璋一声不响地吃了，躺下。陆婷的眼睛一眨一眨地看着他，乔炳璋转过脸去。老婆给他把被子掖好。

乔炳璋问自己："我是怎么了？为什么老想着她？"他叹了口气自言自语道："我不能把已经过去了的事再捡起来。"

陆婷一下坐起来问："你说什么？"

"什么也没说，你睡吧。"乔炳璋掩饰道。

今夜不能入眠。筱燕秋在漆黑的夜里睁大了眼睛。黑夜里的眼睛最能看清的就是自己的今生今世。筱燕秋一只眼睛看着自己的过去，一只眼睛看着自己的未来，可筱燕秋的两只眼睛一样的黑，筱燕秋几次伸出手去想抚摸面瓜的后背，终于忍住了。她在等天亮。天亮了，昨天的事情就过去了。

黎明十分，坐在沙发上打盹的郑安邦醒过来了。他睁开眼睛，看到了床上的春来。春来像一只小猫一样蜷缩在那里。郑安邦想起来昨天晚上的事，"呼"地坐起来，愣了好一会儿神，下地慢慢走过去。郑安邦蹲在床边看着春来。春来翻了个身，像孩子一样使劲舒展四肢，她迷迷糊糊地睁开眼睛，看到眼前的郑安邦，微微吃了一惊。明白过来又舒服地闭上眼睛。郑安邦端详着春来。

春来翻了个身，头枕在双手上，一声不响地看着郑安邦："你没睡？""睡了一会儿。""在沙发上？"郑安邦笑了一下没说话。

春来拉住他的手，在自己脸上摸着。郑安邦克制着自己不去动她。

"你在这儿躺一会儿。"春来命令他。

郑安邦拒绝了："我不困。"

春来使劲拉他："你不过来，我翻脸了。"

郑安邦无奈，只得小心翼翼地在她身边躺下。

春来蜷在他的怀里："你越是不碰我，我越是觉得你好。"

郑安邦充满感情地看着她。

"除了你老婆，你真的没跟别的女人好过吗？"春来问。

郑安邦笑而不答。

春来好奇地问：“为什么？”

郑安邦开口了：“我是个相信爱情的人。”

“爱你老婆？”

“在一起生活十几年了，就是有也磨没了。”

春来用审视的目光看着他，郑安邦伸手挡住她的眼睛。

春来捏着郑安邦的鼻子笑：“你可真土得掉渣了！”

“没办法，从生到死，我这人就这样了，不可能脱胎换骨了。”

春来看着他：“那是你没遇到能让你脱胎换骨的人。”

郑安邦不知道该怎么回答。

春来看了下表，叫道：“糟糕，要迟到了。”

她动作利落地爬起来。春来梳头洗脸，动作异常利落，整个过程中她看都没看郑安邦一眼。郑安邦像被使了定身法一样呆坐在床上。春来穿上外套开门走了。

郑安邦下床打量着房间，房间里面没有春来留下的任何痕迹，好像她根本就没来过一样。

郑安邦跑到窗前站住往下面看。窗外春来迈着欢快的步子在路上走着。她好像知道郑安邦在窗前望着她，突然回头朝他招招手。郑安邦被她逮了个正着，十分窘迫。春来得意洋洋，淘气地笑了。郑安邦心里狠狠地一挫，他知道自己已经不可救药地爱上这个女孩子了。

郑安邦走到床边坐下。一枚白色的纽扣在地上闪着暗淡的光，这是从筱燕秋的衣服上面脱落下来的。郑安邦拣起来扣子可是没抓住，扣子从他手里滑落下来，在地上滚走了。

排练顺利地往下进行着，筱燕秋和春来的表情都很平静，好像什么事也没发生过一样。

乔炳璋有些不对了，他的目光不由自主地停在筱燕秋的身上。筱燕秋好像忘了身边还有这样一个人，她的注意力全部放在春来的身上。春来则除了学戏总是一声不响的。

裴锦素躲在角落里面打手机，她一脸甜得沤人的样子。

琴师逗她：“裴爷，上油料呢？”

裴锦素关上电话：“这叫精神食粮。”

裴锦素走到发呆的乔炳璋跟前，使劲拍了一下他的肩膀。乔炳璋吓得一哆嗦。

裴锦素问：“想什么呢？魂丢了都不知道。”

乔炳璋巧妙地掩饰道：“想你呢。”

“想怎么剥削我是不是？”裴锦素冷笑。

“你左手美容院，右手炒股票，叼空才来串串戏，我连说都不敢说你，还敢剥削你？”

裴锦素得意洋洋：“这就叫市场经济，这就叫供求关系。你要是手里有比我还好的后羿，用得着这么巴结我？”

“你这人说话总是一针见血。”乔炳璋无奈。

“我听出来了，你这是夸我呢。”

乔炳璋转移话题：“对象搞得怎么样了？”

裴锦素手一挥：“牛鬼蛇神都被我一网打尽，没有再能挑选出来的了。”

“我看你的丈夫得到新世纪去找了，旧世纪里的男人配不上你。”乔炳璋拿裴锦素打趣。

裴锦素唇枪舌剑：“你还能凑合着用用。”

乔炳璋反不上话来了。

裴锦素笑：“脸绿什么？我这个人平生最反对当拆迁办的主任，你放心，我不会去拆你那个幸福的小家庭。”

乔炳璋气得点点她的鼻子。

裴锦素装模作样地问乔炳璋：“你说我这样的人是当大老婆好还是当小老婆好？”

“还是当小老婆算了。”乔炳璋顺口回答。

“对，我就当小老婆。当大老婆太操心，管柴管米管账，还要流着眼泪给你纳妾，我才没工夫给你凑那麻将桌呢！”

众人哄笑。乔炳璋气笑了，他边笑边回头看筱燕秋。坐在一边喝水的筱燕秋根本就不看别人。

春来一个人坐在一边，大而亮的眼睛这瞧瞧、那看看，一副妩媚而又自得的模样。谁也摸不透她心里到底在想什么。

郑安邦被春来搅乱了心，这种感受很长一段时间没有过了。他办不下去公，一个人坐在办公桌前面，看着笔记本电脑。电脑上面是郑安邦和剧组全体人员的合影，筱燕秋和春来站在他的两边。他把自己和筱燕秋用框子圈起来放大，又把春来和自己用框子圈起来放大。

郑安邦仔细品味着，仔细地看着。

这个时候春来正百无聊赖地在街上走着，她掏出郑安邦的名片仔细端详着。她拿出来手机，按照名片上的号码拨号。电话没通，她就按了。春来把手机扔进挎包里，跑到街边的磁卡电话前拨号。

电话通了，郑安邦的声音传过来：“喂，哪一位？”

春来一声不响地把电话挂了。她跑到另外一个磁卡电话前拨通了电话。

郑安邦的声音从话筒里面传出来：“喂，哪一位？”

春来拿着电话不吱声。

“喂？说话呀！”

郑安邦听到了话筒里面女人的喘息声。他小心翼翼地问："是筱燕秋老师吧？"

春来绷着笑清了一下嗓子。

郑安邦说："事情过去就过去了，你千万别搁在心上。"

春来捂着嘴偷偷笑着挂上了电话。郑安邦看着手机上的来电显示，心里面有些惴惴不安。

第二天，郑安邦来到排练室。春来看到郑安邦，眼睛中闪过一丝调皮的笑容。筱燕秋看到郑安邦，顿时四肢僵硬，思维好像一下子停滞了。春来把这一切看到眼里，她不动声色地甩水袖，走身段。郑安邦既明白筱燕秋的心思，也明白春来的心思。他像什么事情都没发生一样，搬张椅子坐在旁边，认真地看着她们排练。乔炳璋看看筱燕秋又看看郑安邦，揣测着他们之间到底发生过什么。

"筱燕秋老师，进度怎么样？"郑安邦主动和筱燕秋搭话。

筱燕秋垂着眼皮回答："还行。"她的声音有些拘谨。

春来眼睛不看他们，耳朵却不放过来自那个方向的一切动静。

郑安邦跟筱燕秋说："过几天我就召开记者招待会，向媒体公布《奔月》即将上演的消息。你要做好发言的准备。"

筱燕秋有些发慌："我就算了。"

"怎么能算了？这出戏全指着你这块牌子呢。"

筱燕秋抬起眼睛感激地看着他。

郑安邦的目光已经移走了，他的眼睛像采蜜的蜜蜂一样落在春来的身上。春来一副无知无觉的样子，她比以往更加投入地排练着。她自如地展示自己的嗓音和身段。郑安邦的眼睛久久地停留在春来的身上。他的目光中充满了欲望，跟看筱燕秋时的目光完全不一样。

筱燕秋心中一阵钝痛。凭着女人的直觉，她知道，郑老板对这个丫头动心思了。筱燕秋被羞愧、自卑、愤怒的情绪撕扯着，她几乎忘了身在何处。

排练厅里面突然一片寂静。筱燕秋醒过神来，她发现所有的目光都看着她。琴师用调弦的声音提醒她。

筱燕秋把火发在春来的身上："你怎么这样唱？"

"怎么了？"春来愣住了。

筱燕秋说："你刚才少唱了一拍子。"

"我数着拍子唱的。"

筱燕秋站起来走到春来跟前，脸色冷峻地问："这出戏是我唱出来的，还是你唱出来的？"

春来不说话。

筱燕秋把春来晾在那里走到一边去喝水。郑安邦看看春来又看看筱燕秋。

乔炳璋走到春来跟前小声叮嘱她："你按她的意思唱。"

春来生气："根本就没那么一拍子。"

乔炳璋说："你张着嘴不出声，假装有那么一拍子行不行？"

春来看着他，好半天没说出来话。

筱燕秋走回来说："接着来。"

乔炳璋冲春来眨眨眼睛。春来开始唱。筱燕秋瞪着眼睛看她。春来把唱词唱完了却不闭嘴，她张着嘴，无声地唱出来那根本就不存在的一拍子。

筱燕秋说："你看这不好多了吗？"

春来的火顶到了脑门子上，郑安邦看着她们俩。乔炳璋看着他们仨。

下班后，春来怒气冲冲地在街上走。郑安邦的车开过来，在她身边慢慢站住。

郑安邦打开车门："上车吧。"

春来不理他，接着往前走。

郑安邦口气严厉地命令她："上车！"

春来被震慑住，她上了车。

"去哪？"郑安邦问她。

"你管不着。"

郑安邦生气了："谁给你权力让你跟我这样说话？"

春来看着他不说话，眼圈慢慢地湿润了。

郑安邦的心软了。

回到郑安邦的办公室，两个人坐在那里一声不响。郑安邦的手机响了。

郑安邦说了两句，关了电话进卫生间。春来掏出刘小能的手机悄悄拨了个号。卫生间里面传来郑安邦接电话的声音："喂。"春来偷笑着压了电话。郑安邦从卫生间里面出来，一脸疑惑地把手机揣起来。春来一脸纯真地看着他。

郑安邦问："饿吗？"

春来摇摇头。

"那就等会儿出去吃。"郑安邦拿起一份文件，装模作样地坐在沙发上看着。

春来的手背在身后，她的手指灵巧地按在重拨键上。郑安邦的手机又响了。

郑安邦接电话："喂。"

春来不吱声。

"喂，哪位？"

春来看着他不说话。

"你说话！"

春来认真地看着他。

郑安邦看看来电显示生气地压了电话："莫名其妙。"

春来没事人一样溜进了卫生间。

春来坐在马桶上给郑安邦打电话。

郑安邦接电话："喂。"

春来压低了声音："是我。"

郑安邦警惕地问："你是谁？"

"这么快就把我忘了？"春来捏着嗓子说。

郑安邦越发警惕起来："你再打这样的骚扰电话，我报警了！"

春来捂着嘴笑得前仰后合，她努力克制着自己："我在门口等你。"说完关了手机。

郑安邦坐在办公桌前面看着手机上面的来电显示，他把电话拨回去。

电话里面传来一个女人的声音："对不起，您呼叫的用户已经关机……"

春来从卫生间里面出来看着他。

郑安邦关了电话站起来："我出去买点喝的。"

说完不等春来回答就急匆匆地推门出去了。春来笑得在沙发上来回打着滚。

郑安邦很快就回来了，他把手里面拎着的东西一样一样地摆在春来面前。

"我要喝可乐。"春来说。

"这儿有牛奶还有橙汁。"

春来提高了声音，瞪着眼睛喊："我就是要喝可乐！"

郑安邦生气了："谁让你这样跟我说话的？"

"你！"春来回答得干脆又利落。

郑安邦想说什么终于没说出来，他站起来开门出去。春来动作迅速地在办公桌上的电话上按了一组号码，又按了一下上面的免提键。

郑安邦突然回来了，他手指着春来，铁青着脸说："我告诉你……"

这时候他身上的手机突然响了。郑安邦接电话："喂？喂！"

电话里面隐隐传来他自己的"喂喂"声。郑安邦糊涂了。

春来抑制不住"咯咯"地笑。手机里面传来春来清楚的笑声。郑安邦明白了，他走过来压了电话，转身往外走。春来把一颗话梅扔进嘴里，有滋有味地品着。郑安邦走到门口站住，回头看着春来。春来扬着脑袋看他，两人谁也不说话。春来站起来，慢慢走到郑安邦面前。歪着小脑袋上下打量他。

"你是不是想打我一顿？"

郑安邦不说话，他在竭力控制着自己。

春来踮起脚尖，把自己的脸凑到他的脸跟前小声说："打吧，狠狠打。"

郑安邦"扑通"一声靠在墙上。

春来逼过来鼻子尖顶着郑安邦的下巴，眼睛盯着他："你打呀！"

郑安邦努力克制着自己不动，他的身子在微微发抖。两人对峙。郑安邦深深地吸了一口气。春来一声不响地看着他。郑安邦伸手想摸春来的脸，手在半途中又缩回来放在自己的肚子上。春来用纤细的手指在他肚子上捅了一下："你摸这儿干什么？"

郑安邦自我解嘲："肚子小了。"

春来伸出双臂，很自然地搂住郑安邦的腰，歪着脸问他：“瘦了？”

郑安邦的身子僵得打不过弯来。

“怎么了？”春来故意问他。

“你这手不规矩。”郑安邦呼吸急促起来。

春来一脸纯真：“什么？”

郑安邦不由自主地伸手去摸春来的手：“这儿不规矩。”

春来打他的手说：“你才不规矩。”

郑安邦表情暧昧地警告她：“男人是禁不住揉搓的，揉多了就该出问题了。”

“出什么问题？你这样的人能出什么问题？”春来瞪着明亮的眼睛看着他。

郑安邦实在控制不住了，他像被匕首捅了一样，往前一扑把春来死死地搂在怀里。郑安邦疯狂地亲吻着春来，春来像一只机灵的小松鼠蹿出他的怀抱。郑安邦满屋子追春来。桌子上面的纸张被他们奔跑带起来的风掀得四处乱飞。

十五、春来把筱燕秋逼到了死墙角

时间已经很晚了，筱燕秋还没有回家。这一段时间她回家是越来越晚了。面瓜看了一眼表，接着擀皮包饺子。小咪子边看电视边写作业。

她问面瓜：“爸爸，今天几号？”

面瓜顺口答道：“10 月 30 号。”话一出口他愣住了。

“怎么了？”小咪子问。

面瓜不说话。

小咪子被点醒：“爸爸，今天是你的生日。”

面瓜叹了口气：“土坷垃的命，啥生日不生日的。”

“奶奶说过生日不能吃饺子，那是捏寿。”

“早死早托生。”面瓜话说得有些歹毒。

小咪子知道爸爸心里面不痛快，她从书包里面拿出彩笔和手工剪子低头忙了起来。

面瓜边干活边看情景喜剧，还不时发着感慨：“看看人家，老婆孩子热炕头，看看你妈，这哪是她的家？这是她的旅店。”

筱燕秋推门进屋：“说谁呢？”

面瓜看了她一眼没说话。筱燕秋脱衣服挂提包。小咪子把一张刚做好的贺卡递给面瓜。面瓜打开看。贺卡上粘着一颗红心，心上写着：小心噢！面瓜小心翼翼地掀开那颗心，心后面射出一条纸叠的胖乎乎的肉虫子。面瓜吓得差点把贺卡扔了。

小咪子搂着面瓜的脖子大笑着喊：“爸爸生日快乐！”

“我把这事给忘了。”筱燕秋愣愣地看着面瓜。

面瓜耷拉着眼皮问：“这家里的事你能记住什么？”

筱燕秋看着面瓜心里挺不是滋味。

面瓜看看筱燕秋憔悴的脸心软了：“喝口热水压压寒气，等着吃饭吧。”

台灯柔和的光照在春来的脸上。春来一翻身坐起来，裹着毛巾看着躺在身边的郑安邦。

郑安邦伸手摸摸她的脸，声音低沉地说：“我爱你！”

“爱我哪儿？”春来下巴抵在膝盖上问他。

郑安邦想了一下："说不清楚，可越来越爱是心里话。"

春来看着他不说话。郑安邦伸手拽春来躺下紧紧地搂住她。

"春来，我活了 38 岁，这么多年里只有过两次手发抖，第一次是做父亲抱起儿子，第二次就是刚才抱住你的时候。"郑安邦说得很动情。

春来好像没听见，她伸出一条润滑的胳膊在郑安邦的面前来回摇晃着，手腕上的双鱼手镯"叮当"作响。她翘着手做出各种旦角的指法。郑安邦被她撩拨得又激动起来，一把抓住她的手，贴在嘴边亲着。

"我老师的皮肤好？还是我的皮肤好？"春来突然问。

郑安邦一愣，嘴粘在春来的手背上不会动了。

春来故意不看他："我是说身上的皮肤。"

"你瞎说什么？"郑安邦扔下春来的手，绷起了脸。

春来嘻嘻笑："不是瞎说，是不好说吧？"

"筱燕秋是你的老师。"郑安邦提醒她。

"她首先是女人，然后才是我的老师。"

"我和她确实什么事情都没有。"

春来撇撇嘴："你越抵赖，这事越可能是真的。就凭你刚才的行为，我也能断定你和她已经把事情做透了。"

郑安邦一骨碌坐起来，他问春来："你说话怎么这么气人？男人和女人难道只能有这样一种关系吗？"

春来看着他不说话。

郑安邦问："我让筱燕秋重返戏台是为了跟她上床吗？"

"是！"春来大声回答。

"我是为了悼念我的过去，为了悼念再也不能回来的青春时光！"

春来捂住耳朵："酸死了！酸死了！"

郑安邦沮丧："你不懂，你们女人根本就不懂。"

"我们是谁？"春来抓住了话把儿。

郑安邦说："谁也不是。"

春来的脸一下冷了下来："你有钱有什么了不起？有地位又有什么了不起？别人在乎你，我不在乎你，你这人和我的生活一点儿关系都没有。你愿意跟谁好就跟谁好去，愿意和谁蜜就跟谁蜜去。"

春来的话让郑安邦从头到脚都凉了，他把眼睛从春来的脸上挪开，躺在那里一声不响。房间里面一片肃静。春来憋不住了，伸手捅捅他："嗨。"郑安邦不说话。春来又捅捅他："嗨。"郑安邦"嗯"了一声。

春来问："生气了？"

"没有。"郑安邦回答。

“那你笑一下。”

郑安邦严肃地说：“我笑不出来。”

“笑不出来也得笑！”春来命令他。

郑安邦不肯笑，春来使劲胳肢他。郑安邦痛苦地笑起来，直到笑得透不过气来为止。

“我真的不如我老师吗？”春来坐起来。

郑安邦求她：“春来，咱们能不能说点儿别的？”

“我真的比我老师差？”春来问。

郑安邦说：“戏台上你比不过她，她唱的 A 角你就唱不了。”

“我说过我要唱 A 角吗？”春来的脸冷了。

郑安邦不说话。

“你这人可真没劲。”春来生气。

郑安邦说：“感情和事儿本来就应该分清楚。”

春来嘲笑他：“还挺讲究原则。”

“人不能没有原则。”

“你刚才就是怀里揣着原则和我为非作歹的吧？”春来冷笑。

郑安邦的脸涨成了猪肝色，好一会儿才憋出来一句话：“我离婚，然后娶你。”

春来眯着眼睛看着他冷冷一笑：“我说过我要和你结婚吗？”

郑安邦尴尬。

春来语气恶毒地说：“你是不是觉得女人只有跟你结了婚才是嫁对了人，找对了方向？”

郑安邦被她一棍子打懵了。春来动作很快地穿衣服穿鞋。

“你是谁？救世主吗？如果是，那你也只是她筱燕秋的救世主，可不是我春来的。我根本就用不着你拯救。你这种人真是无聊透顶，可恶之极！”

春来开门走了，整个过程中，她连头都没回一下。郑安邦呆坐在那里，他被春来的一番话说傻了。

春来怒气冲冲地在街上走着，穿梭的车辆在她身边一掠而过。刘小能突然蹿出来拦住了她。

“你去哪了？”

“哪也没去。”

“撒谎，我看见你上了那个郑老板的车。”

“那又怎么样？”

“你不能这样对我！”

“我应该怎么对你？抱着你？哄着你？”

刘小能气紫了脸，他吸了一口气，稳住情绪说：“你……”

春来瞪着他问：“我怎么了？”

“你喜欢他？”

“这不是你考虑的问题。”

“你是为了他的财大气粗，还是受不了他不把你放在眼睛里？”

“我不回答这种蠢问题。”

刘小能声音颤抖着说：“你非要每个男人都为你神魂颠倒你才能满意吗？”

春来眼睛睁得大大的看着他。刘小能被她看得一下子迷失了方向，不知道自己下一步该干什么了。

春来伸出手微笑着说：“你过来。”

刘小能本能地向后一躲，闪开了，他把春来晾在那里。

春来冷笑：“男人愚蠢起来，真是比愚蠢的女人有过之而无不及。你是我什么人？什么都不是。我是你的什么人？也什么都不是。”

刘小能脸色铁青地看着她。

“咱们刚认识的时候你跟我说过什么？你说，你我都是现代人，觉得舒服就在一起玩，哪一天觉得不舒服了，就挥挥手再见。我看我现在就可以挥手和你再见了。”

春来说完转身就走，她越走越生气，眼睛上渐渐蒙上一层泪光。春来大踏步地走着，她穿过热闹的街道，却不知道自己该到哪去。春来在十字路口停住脚，猛一回头，发现刘小能就站在自己的身后。两人离得那么近，几乎鼻子挨着鼻子。春来瞪着他，刘小能也瞪着她。春来憋不住放声大笑。刘小能也笑了。两人在路边前仰后合地笑了半天。

刘小能一把把春来拉进怀里说：“你不能这样气我！”

春来拱在他怀里温柔地说：“我想吃碗拉面。”

刘小能拉着春来在马路上走。

“我们台在招聘主持人。”刘小能告诉她。

春来一下站住了。

刘小能说：“我已经和台长说好了，他让你过去试试镜头。”

春来笑逐颜开，她扑过去在刘小能的脸上连着亲了两下。

刘小能：“行了，行了。”

春来不依。刘小能跑，春来在后面追。两人越跑越快，边跑边“嗷嗷”叫着使劲蹦着高。行人纷纷回头看。

临近响排的那一天，乔炳璋突然把筱燕秋叫住了。乔炳璋的脸色很不好看，他闷着头，一声不响地只是把筱燕秋往自己的办公室里带。

春来坐在乔炳璋的办公室里面安安静静地翻当天的报纸。

筱燕秋一看见春来就预感到有什么事情发生了。

春来看见筱燕秋站起来叫了声：“老师。”

"你不去排练，坐在这儿干什么？"筱燕秋问她。

春来放下手中的报纸，没有说话。她稳稳地坐下。

乔炳璋替春来回答了："她要走。"

"谁要走？"筱燕秋蒙在那儿，她看了一眼春来，不解地说："要到哪里去？"

春来站起身来，她站在筱燕秋的面前，一言不发，只是望着自己的脚尖。春来磨蹭了半天，开口说话了："我想走，我要到电视台去。"

筱燕秋听清楚了，就是不明白。她问："你要到哪里去？"

春来直接把底牌亮了出来。春来说："我不想演戏了。"

筱燕秋听明白了,每一个字都听清楚了。她打量着春来轻声说:"你不想做什么？"

春来又沉默。乔炳璋替她说:"电视台要个主持人,她报名去了,都已经面试过了,人家要她。下星期一就去报到。"

筱燕秋傻在了沙发旁边，身子晃了一下，好像被谁拽了一把。筱燕秋顿时就乱了方寸。她伸出双手，她打算把手搭到春来的肩膀上去，手一伸出去又缩了回来，筱燕秋的手又放回了原处。

筱燕秋喘息了，突然喊道："春来，你知道你在说什么？"

春来看了看窗外，她不回答。

"你休想！"筱燕秋大声说。

"我知道你在我的身上花费了很多心血，可唱嫦娥是你的理想，不是我的理想。老师，你要是真的关心我，就替我想一想。我走到今天也非常不容易，人往高处走，水往低处流。做京剧演员和做主持人的前途是没法比的，我不能放弃这个机会。你要是真的爱护我，就不要在这个时候阻拦我。"春来的语气很平静，看来她是经过了一番深思熟虑以后才来的。

"你休想！"

"那我就退学。"

筱燕秋抬起了双手，不知道要抓什么。她看了看乔炳璋，又看了看春来，双手不由得抖动起来。她一把抓住了春来的衣襟，心碎了。

筱燕秋眼含热泪低声说："你不能，你知道你是谁吗？"

春来耷拉着眼皮说："知道。"

"你不知道！"筱燕秋心痛万分地说，"你不知道你是多好的青衣——你根本就不知道你是谁！"

春来嘴角动了动，好像是笑，但没有出声。春来说："我怎么不知道我是谁？嫦娥的B角演员。"

筱燕秋猛然被点醒了，她问："你是因为这个才想离开戏台的吗？"

春来看着她不说话。

筱燕秋脱口而出："那好，我去和他们商量。你演A角，我演B角，你留下来。

好不好？”

春来调过头去，说：“我不抢老师的戏。”

春来还是那样的生硬，然而，口气上毕竟有所松动了。

筱燕秋抓住了春来的手，语无伦次地说：“没有，你没抢我的戏。你不知道你有多么出色，可是我知道。出一个青衣多不容易，你投胎为好青衣却不去唱青衣，老天爷知道了要报应的。你演A档，答应我！”

她把春来的手捂在自己的掌心里，急切地说：“你答应我。”

春来抬起头，望着她的老师。筱燕秋仔细研究着春来的目光，这是一种疑虑的目光，一种改弦更张的目光，筱燕秋全神贯注地看着春来。好像春来的目光一移开立即会飞走了似的。乔炳璋一直注视着春来，他从春来细微的变化当中看到了玄机，他心里有底了，知道和春来谈话从哪儿入手了。乔炳璋对筱燕秋摆了摆手，示意她先回去。筱燕秋不动，她都有些神经质了，直到乔炳璋把手搭在她的肩上，她才回过神来。筱燕秋一步一回头。

乔炳璋悄声说：“先回去，你先回去。”

筱燕秋坐在排练大厅里，她透过玻璃窗焦灼地看着对面乔炳璋办公室的那扇窗子。那扇窗子紧紧关着，时间好像在那里面凝固了。筱燕秋觉得那扇窗子现在就是她的命，她的命能不能延续下去靠的就是里面的那场谈话了。

排练已经结束，人去楼空。空荡荡的排练大厅孤零零地坐着筱燕秋的身影。筱燕秋焦急地等待着。夕阳残照，大厅里面橙黄色的粉尘悬浮在半空。筱燕秋抱着胳膊来来回回在大厅里面走着。

乔炳璋的窗子突然缓缓打开了，窗子里面探出了乔炳璋的脑袋和一只手臂。筱燕秋一下扑到窗子前面。筱燕秋看不清乔炳璋的表情，但她看到了乔炳璋挥舞着的胳膊。乔炳璋挥得很有力，最后还把手握成了拳头以示胜利。

筱燕秋知道乔炳璋是明白她的。筱燕秋一把扶着墙边的练功架，泪水涌了上来，她的身体沿着墙面慢慢滑落下去。筱燕秋坐在地板上的时候，她终于哭出了声来。她的一切，差一点儿就付之东流了。这真是一场劫后余生。筱燕秋扶着一把椅子，扶着椅子的靠背坐了上去。她在椅子上慢慢地悠长地哭着，她细细地体会着这份幸福与欣慰。

筱燕秋今天回家回得很早，一进门就坐在了餐桌旁。这在以往的日子里是绝对不可能的。在厨房里面炒菜的面瓜抬头往客厅里面看。筱燕秋从冷盘到热菜，一份不落狼吞虎咽地吃着。面瓜笑了。

小咪子问：“爸爸，你笑什么呢？”

面瓜朝客厅努努嘴：“看你妈。”

“妈妈开戒了。”小咪子说。

“吃得凶，吃得狠，吃得杀气腾腾的。”面瓜把做好的汤递给小咪子，“端上去，让她好好过过嘴瘾。什么汤、糖、躺、烫，全都是自我惩罚。”

饭桌上一片狼藉。

吃饱了的筱燕秋靠在沙发上生闷气。小咪子一声不响地把碗拿下去洗。

筱燕秋像被烫了屁股一样地蹦起来，站到秤上称体重。她不相信秤上显现的重量，下来又重新上去，不断改变角度。

筱燕秋自言自语：“这秤不准了吧？”

面瓜假装不经意地走过去，他往秤上瞄了一眼：“掉了的九斤的分量全找回来了，还额外捞回来一斤。”

筱燕秋愤怒地看着他：“不会说话就别说，没人把你当哑巴卖了。”

“吃也是你，不吃也是你，你自己愿意把肚子当松紧带使唤，冲我发火干啥？”面瓜不让了。

筱燕秋吃惊地看着他。

面瓜问筱燕秋：“这些日子谁惹你了？回到家，鼻子不是鼻子脸不是脸的？”

“什么？”筱燕秋不相信面瓜会用这样的口气跟她说话。

“你一进门，这家的屋顶就低了，压得人透不上气来。”面瓜气咻咻地说。

筱燕秋的脸色异常难看，她看着面瓜不说话。

“看我干啥？”面瓜问，“我说得不对吗？”

“面瓜，你也要欺负我了是不是？”

“欺负你？借给我一个胆子我也不敢，我里里外外、辛辛苦苦地忙活了一天，你就不能给我个笑脸？”

筱燕秋盯着面瓜半天没说话，她突然“咯咯”一声笑了。面瓜打了个激灵。筱燕秋的笑容很快就没了，她含着眼泪进卧室“咣”的一声把门摔上。面瓜眨着小眼睛看着卧室紧紧关着的门。小咪子看着爸爸。面瓜给小咪子做手势，希望她进屋去哄哄妈妈。小咪子烦透了大人间的把戏，头发一甩，回自己的房间去了。

剧组的人们从筱燕秋的身上看出了种种反常，这个沉默的女人在减肥初见成效的时刻说放弃就放弃了。没有人听到筱燕秋说起过什么，然而，人们看着筱燕秋的脸色重新红润起来了，而唱腔的气息也再一次落了地，生了根。有人猜测，那次“刺花儿”对筱燕秋的刺激一定是太大了，要不然，像筱燕秋这样好强的女人不可能说放弃就放弃了。真正的反常也许还不是筱燕秋放弃了减肥，几乎所有的人都注意到了，《奔月》刚进入响排，筱燕秋其实已经把自己撤下来了。实地排练的差不多全是春来。筱燕秋只是提着一张椅子，坐在春来的对面，这儿点拨一下，那儿纠正一下。欣显出一副愉快万分的模样，只是愉快得有些过了头。

筱燕秋把所有的精力全都耗在了春来的身上，看上去再也不像一个演员在排练，更像一个导演，严格地说，是春来一个人的导演。筱燕秋把每一个动作和唱腔都掰开了往细说，她强打着精神，把说话的声音提高到了近乎喧哗的程度。

裴锦素看不下去了，她对乔炳璋说："这祖宗哪里是在指导？简直是在作秀。"

乔炳璋没听懂："什么？"

"她是想让所有的人都看出来，她这个角色让得心平气和，让得热情洋溢，她筱燕秋没有丝毫的委屈，没有丝毫的不甘。"

乔炳璋点点头，又苦笑着摇摇头。没有人知道筱燕秋到底怎么了，没有人知道这个女人的脑子里栽的是什么果，开的是什么花。乔炳璋知道。

一到家筱燕秋的疲惫就全上来了，她浑身上下没有一块肉是能提起精神的。连眼珠子都是疲惫不堪的。只要看住什么东西，一看就是好半天，眼珠子就再也懒得挪动一下子。

筱燕秋的失神自然没有逃出面瓜的眼睛，她那种半死不活的模样，不能不引起面瓜的高度关注。她在床上已经两次拒绝面瓜了，一次冷漠，另一次则神经质。她那模样好像面瓜不是想和她做爱，而是提了一把匕首，存心想刺刀见红。筱燕秋不关心面瓜的事，也不关心小咪子的事，小咪子几次对她说，同学的妈妈给同学请英语家教了。筱燕秋就像没听见一样。面瓜不得不提醒她："哎，孩子跟你说话呢！"

"嗯？"筱燕秋醒过神来。

"你整天这么没精打采的，到底是为了啥？"面瓜生气地问。

筱燕秋看着他不搭话。

面瓜对小咪子说："你妈已经忘了你是谁了，她的心在肚子里面已经开岔了。"

筱燕秋像看一堵墙一样面无表情地看着他。面瓜有些害怕了，他伸开巴掌在筱燕秋的面前晃了一下。筱燕秋没反应。面瓜又晃了一下。筱燕秋打开他的手，站起身进卧室了。

筱燕秋盘腿坐在床上发呆，面瓜什么时候进屋睡的觉她都不知道。

这天，筱燕秋对裴锦素说："其实剧组一成立我就应该和春来说明白，春来如果有戏演，她不至于去找别的出路。"她叹了口气："我已经 40 岁了，一个青衣到了这个岁数，还争什么戏？还演什么 A 角？"

裴锦素黑亮的眼睛在筱燕秋的脸上扫来扫去："我不相信你真的这么想。"

"我不愿意这么想，也得强迫自己这么想，不管怎么说，春来终究是我的学生。"筱燕秋沉默了好一会儿又说，"这样多好，反正春来都已经顶上来了，再说春来终究是另一个我自己，只要春来唱红了，我的命脉一样可以在春来身上流传下去。"

"春来未必这么想。"

"我把 A 角都让给她了，她还能怎么想？"

"我找电视台的朋友问过了，主持人并不是非她莫属。当时一起录用的有五个人，通通是三个月的试用期，三个月后再选其中的两个。这个丫头片子凭什么把自己说得跟块宝似的？"

"春来就是块宝，她能留下对我来说就是一场劫后余生。"

“筱燕秋啊，你算是没救了。我看你就是到死那天，都弄不清楚自己是怎么死的。”裴锦素摇摇头。

“怎么不知道？伤心至死。”

裴锦素吃了一惊：“那你何必往死路上逼自己呢？”

“我对付不了自己。”

“你叫我说你什么好呢？”

“什么都别说。”

两人谁也不说话了。

筱燕秋开口了：“刚到手的机会说失去就这么失去了。我快伤心死了，可是我又不能流露出一丝一毫的伤心。”

“你以为你表演得好啊？连傻子都看出来了！”

“是吗？”

“喊！”

筱燕秋灰心丧气：“下决心不唱以后，以为能就此心静如水，没想到上台的愿望比过去更加强烈了。但是放弃A角的话毕竟是我亲口说出来的，放弃这两个字就像一口快刀，我亲眼看着这口刀把自己劈成了两个人，一个站在岸上，另一个被按在水底下。当水下的筱燕秋挣扎着要浮出水面的时候，岸上的筱燕秋就会毫不犹豫地狠狠地把她踹回到水底。”

裴锦素吃惊地看着筱燕秋。

筱燕秋的目光虚了，远了：“岸上的和水下的两个筱燕秋一起红眼了，她们殊死搏斗。我在水底和岸上两头挣扎，精疲力尽。我没有别的办法，只好选择了拼命地吃。就像是要被淹死的人在拼命地喝水一样。我捞回来的体重不仅是对春来的一个交待，也是对自己最好的阻拦。锦素，你不知道我是怎么吃的。我见什么吃什么，有多少吃多少。我第一次发现自己这么能吃，实在是好胃口。现在体重回来了，我又从心里面开始后悔了。”

裴锦素说：“戏不是还没上演嘛。”

筱燕秋态度坚决地说：“不行，我不能言而无信。”

“对春来这个丫头你不能心慈手软。她聪明、狡猾再加上顽强，你这样下去只配做她的手下败将。”裴锦素提醒筱燕秋。

筱燕秋不愿意听：“春来是我的学生。”

“学生怎么了？正因为是学生，她才相信她能随意揉搓你，这个丫头已经把你逼到了死墙角里，她还要把你当傻瓜一样地嘲笑。”

“锦素！”

“这个丫头片子是个凭直觉做事的人，她之所以这么肆无忌惮，就是因为她已经把你吃透了。”

而郑安邦不吃春来这一套，当乔炳璋告诉他，筱燕秋让A档的事以后，郑安邦脸上不动声色，可是心里面已经生气了。他语气平静地问："你来是想通知我吗？"

"你是投资方，剧组里的任何动静我都应该跟你汇报。"

"既然你来问我，我就给你一个明确的态度。我是投资方，让谁来演A角应该是我说了算。如果筱燕秋真的不想演，那么《奔月》就此下马。"

乔炳璋牙疼一样深深地吸了一口气，好一会儿没说话。

"还有别的事吗？"郑安邦问。

"那我回去再跟大家商量商量。"

乔炳璋走了。郑安邦打开电脑点了下鼠标。电脑屏幕上剧组的合影显现出来。春来的脸被一点点放大。春来面带微笑，纯洁无瑕地看着镜头。

刘小能家里人满为患，十几号男青年坐在地上沙发上喝啤酒看电视。房间里面四周的墙上全部是足球明星的招贴画。赛事日程表贴在床头上。书柜、冰箱上沾满了刘小能自制的各球队的积分排行榜，上面有红笔随时涂抹修改的痕迹。电视里面球星一脚射门。十几条粗嗓子跟着电视里面的观众一齐呐喊。坐在角落里面的春来双手使劲捂住耳朵。球没射进去，招来一顿臭骂。又有人推门进来。刘小能笑嘻嘻地迎上去，把他们让到用砖头垒成的加座上，递上啤酒。春来带着一股局外人的无名怒火瞪着刘小能。刘小能已经完全忘了她的存在。电视里面足球在观众的欢呼声中射进了大门。男青年们大呼小叫，互相用拳头在身上"咚咚"地捶着。刘小能笑得嘴咧到了耳朵根子，他突然想起来春来，探着头四处寻找她。春来蜷在沙发上睡着了。刘小能跨过人头人肩跳到春来身边，把她的身子扶正，摇晃醒。

"你这人，这么精彩的射门都能睡着了，球盲真真是个球盲！"

春来"腾"地站起来，背起书包越过各种障碍往外走。

刘小能追到大街上："哎，哪去？"

"我是来跟你约会的，不是来跟他们约会的。你喜欢这种群居生活，我不喜欢。"春来气急败坏地喊着。她拦了辆出租车上去，出租车开走。刘小能看着开远了的出租车追了几步又停住。他掏出一枚钢镚嘴里面数叨着："春来、足球。"钢镚落地。

刘小能看着上面的图案，拣起钢镚心满意足地说："这可怨不得我了。"他踏踏实实地回去看足球了。

回到宿舍春来睡不着，她先是恨刘小能，后来又恨起了郑安邦。恨刘小能是皮，恨郑安邦是肉。自打那次以后，这个郑安邦连面都不露了，他好像突然对《奔月》失去兴趣，更好像是压根就不认识春来这个人。春来恨这个如此不把她放在眼里的男人。恨这个东西很怪，你恨了，那个东西就在你心里了。连续几天，春来的眼睛一个劲地往窗外看。

"你总往外面看什么？后羿在外面吗？"裴锦素没好气地数落她。

春来扭过头跟着裴锦素跑圆场。转身亮相，脸冲窗子的时候，春来的动作一下子就乱了。

裴锦素发火：“你到底是怎么回事？”

春来不说话，眼睛盯着窗外。郑安邦目不斜视地从窗子前面走过去。

筱燕秋息事宁人：“好了，好了，咱们再来一遍。”

春来完全没了情绪，几次亮相都做得心不在焉的。筱燕秋不知道春来为什么这样，她努力克制着自己的情绪，强打精神把说话的声音提得很高。

“你亮完相一定要定住神，要回顾自己扮演的人物，‘她’从哪里来，经过了哪些事情，性格发生了哪些变化，最后的命运又是什么……”

春来看着筱燕秋不说话，谁都看得出，她的心思不在戏上。这时候下班的铃声响了。

春来冲出排练室。迎面碰见乔炳璋。她和乔炳璋打招呼：“乔团长，出去了？”

“我送送郑老板。”

“啊。”

“你过来。”乔炳璋把春来招呼到一边。

“你和郑老板怎么了？”

“没怎么。”

“我把团里面的决定跟他说了，他坚决不同意你唱A角。”

“可电视台那边的事我已经辞了。”春来急了。

“别急，这事得慢慢商量。”

春来不能不急，她给郑安邦打手机，手机关机。往办公室打，办公室没人接电话。春来觉得自己被人耍了，她哪也不想去，一个人在街上转着。

高级轿车里面的音乐若有若无地响着。郑安邦闭着眼睛倚在后靠背上好像睡着了。汽车驶进市区，郑安邦睁开眼睛。车窗外一个撑着雨伞姑娘一掠而过。

郑安邦突然喊：“停车！”司机一脚踩在刹车上。郑安邦往前一扑，趴在前排座位的靠背上。撑着雨伞的陌生姑娘走过去了。她很像春来，但不是春来。郑安邦让汽车停在路边，他下车，关照司机先回去。郑安邦一个人在灯火通明的街上走着，细雨淋在他的脸上，他拐进了酒吧。

电视里面正在播晚间新闻。筱燕秋靠在沙发上，她眼睛看着电视，灵魂早已经飞到别处去了。面瓜从卧室里面出来了，他伏身看看筱燕秋。筱燕秋的眼珠被面瓜看活了，她“嗯”了一声，没有动地方，面瓜凑过来在她身边坐下。

“我发了500块钱的奖金。”筱燕秋看了他一眼没说话。

“我想用这钱给孩子请个英语家教。”筱燕秋又“嗯”了一声。

“燕秋，我是不是啥地方做错了？”面瓜诚恳地问。

筱燕秋觉得诧异：“怎么了？”

“你对我总是爱理不理的。”面瓜的话里透着委屈。

筱燕秋叹了口气："我太累了。"

"累了就早点睡吧。"筱燕秋没动地方。

面瓜看着筱燕秋粘粘乎乎地叫了声："秋。"筱燕秋转过眼珠看他。

面瓜一脸巴结地笑："我洗过澡了。"筱燕秋像没听懂似的看着他。

面瓜伸手搂住她，低声说："我想你了。"

筱燕秋被烙铁烙了似的叫："别，别！"

"咋的啦？"面瓜吃惊了。

筱燕秋苦着脸说："我心里闹得慌！"

面瓜生气了，他沉着脸问："我就那么叫你闹心？"

"不是。"

面瓜压低了声音问："你还是我的老婆吗？"

"面瓜！"

"别遮了，遮啥？"他站起来"哼"了一声，径直往卧室走去。

筱燕秋像是对他也像是对自己说："可能是前一段减肥药吃得太多了，胃里总是不舒服。"

面瓜"咣"的一声关上了卧室的门。筱燕秋颓丧地坐在那里。

十六、“你演嫦娥，她是嫦娥，就差这么多”

街上行人稀疏，不时有车辆急驶而过。郑安邦晃晃悠悠地在街上走着。他不想现在就回去，可又没地方可去，转着转着就又回到了公司的门口。郑安邦刚要推门，黑暗中一个人慢慢走出来。郑安邦一惊，酒醒了。浑身湿透的春来一步一步走到郑安邦面前，她一声不响地盯着郑安邦。郑安邦像被咒语定了身，站在那里一动也不能动了。春来的身子依过来，慢慢地靠在他胸前，她的眼泪一滴一滴地落在郑安邦的衣襟上。郑安邦胸口一阵阵酥软，完全没了主张。他举着双手，不知道这双手是应该搂住她，还是应该推开她。他就那样举着两只手站在那里。

春来失望了，猛地推开他，低声说：“你滚！”

郑安邦懵了，一时忘了身在何处，他转身就走。春来瞪着一双泪眼恨恨地看着他。郑安邦像没头苍蝇一样在雨里急匆匆地走着。

“郑安邦！”春来的叫声带着高亢的共鸣。

郑安邦站住，失魂落魄地转过身来。春来跑过来了，她像一枚子弹一样射在郑安邦的胸口上。郑安邦被撞得差点一口气没上来。他紧紧搂住了春来。

“春来！”郑安邦呻吟似的叫了一声。

春来不回答。

郑安邦：“春来，我……”

春来黑亮的眼睛盯着他的脸：“你不该这样对我！”

郑安邦不说话。春来望着他，嘴抿得紧紧的，她在拼命忍住要涌出来的泪水。眼泪还是流下来，她像孩子一样用手背抹着。

“我在这站了三个小时。”

“我不知道你会来。”

“我太难受了。”

“我不愿意你难受。”

“可是你让我难受了！”春来喊。

“你身上的衣服都湿透了，走，快进屋去。”郑安邦拽她。

春来使劲甩开他的手，郑安邦硬把她搂过去。他搂着春来进了大门。

春来穿着郑安邦肥大的绒线衣坐在床上，郑安邦用干手巾给她擦着头发。春来抿着嘴笑眯眯地瞟着他。

“笑了？”郑安邦实在喜欢她这个样子。

“我想笑，我愿意笑！”

郑安邦叹了口气：“春来啊，春来，你让我拿你怎么办？”

“你想拿我怎么办？”春来调皮地看着他。

郑安邦摇摇头没说话。

春来撒娇：“我饿了。”

“我带你出去吃饭。”

“我不想出去。”

郑安邦翻冰箱，春来跳下床，过去跟着翻。

“只有面包。”郑安邦觉得有些对不住她。

春来拿着面包跳回到床上，心满意足地吃起来。郑安邦看着她。

春来黑亮的眼睛直视着他：“你这样看我干什么？”

“你可真漂亮。”

春来腻歪地皱皱眉头：“换句新鲜点儿的说行吗？”

郑安邦笑：“你被宠坏了。”

“没人要求你宠。”

“我活该，我自作自受行了吧？”

春来笑：“认罪态度不错。”她闭着眼睛香甜地嚼着面包。

郑安邦说：“这几天我想了很多。”

“想什么？”

“想你。”

春来很受用地听着。郑安邦不说话了。

春来吃着面包一脸坏笑地看着他：“说呀。”

郑安邦伸手点点她的鼻子。

春来伸手拍拍他的脸：“你到底受什么教育长大的？为什么总把自己搞得这么累人？”

“生成的骨头，长成的肉，这辈子不可能脱胎换骨了。”

“我不是跟你说过吗？你是没遇到让你脱胎换骨的人。”

“你是那个人吗？”

春来一副没心没肺的样子：“我不知道。”

郑安邦严肃起来：“你爱我吗？”

春来想了一下严肃地回答：“此时此刻是爱的。”

“此时此刻？”郑安邦心凉了。

“嗯。”

郑安邦半天没说话。春来跳到地上给自己拿了瓶矿泉水，又回到床上。

郑安邦看着她苗条、生机勃勃的身影感慨万分："年轻有多好啊！"

春来喝了一大口水感叹道："幸福啊，我幸福得都快睡着了。"

"你的幸福来得太容易了。"

"幸福本来就是一件容易又简单的事。"

郑安邦吃惊地看着她："你这么想？"

春来把吃剩的面包硬往郑安邦的嘴里面塞。

郑安邦躲闪："别闹！"

春来逼他吃："我是个有福之人，我吃剩的东西是福根。"

郑安邦拗不过她只得吃了。春来吃饱了喝足了，像小鸟一样穿着袜子在地上跑来跑去，她把音响打开。CD 里面放的是莫扎特的交响音乐。郑安邦被她的青春、美丽和蓬勃的生命力深深地感染了。

郑安邦拽过春来搂在怀里深情地对她说："我真爱你啊！"

春来用探究的目光看着他。

郑安邦涨红了脸，语气认真地说："我不该说这个字，可是现在我必须得说，因为我从你身上知道了爱上一个人原来是这样的。"

春来心花怒放，脸上却露出来有些窘迫的表情："别说了，再说我该哭了。"

郑安邦问她："爱我吗？"

春来点点头。

"为什么？"

"说不好。"春来笑。

郑安邦逼着她说："你必须说。"

春来凑到郑安邦的脸前仔细打量着他说："知道吗？你脸上有一种天生的不正派的神态。"

郑安邦吃了一惊："是吗？"

"我想把它挖掘出来。我想看看你到底有多坏！"

郑安邦目瞪口呆地看着她。

春来"扑哧"一声笑了,她指着郑安邦的脸笑得气都喘不过来了。郑安邦被激怒了，他一把揪住春来。

春来瞪着妩媚的眼睛看着他说："真可怜，怎么脆弱成这样？"

郑安邦尴尬地松开她。

春来边整理衣裳，边笑眯眯地说："其实你恼羞成怒的时候比装腔作势的时候招人喜欢多了。"

郑安邦把她摔在床上。春来"嘻嘻哈哈"地笑。郑安邦凑过来亲她。

春来突然问："你会不会因为跟别的女人发生了关系，然后更爱你老婆了？"

郑安邦一愣。

“这个问题不好回答？那我问下一个问题。你和多少女人好过？”

郑安邦猝不及防，不知道该怎么回答。

春来伸出一只手调皮地看着他：“五个？”

“别瞎说！”

春来又伸出另外一只手：“十个？”她手腕上的玉镯坠子叮当作响。

郑安邦不回答。

春来拽下袜子举起一只纤巧的小脚丫晃了晃说：“再加五个！”

郑安邦又爱又气，照着她的屁股给了一巴掌。

春来用韵白大声喊：“冤－枉！冤－枉！”

郑安邦笑了。春来爬过来趴在他的肩膀上使劲摇晃他：“告诉我！告诉我嘛！”

郑安邦万般无奈只得说：“没有你说的那么多。”

春来意味深长地点点头。她把一只衣袖甩在头顶上，一只手点着郑安邦的鼻子用韵白念道：“我把你个无道的昏君……”

筱燕秋又做那样的梦了，她梦见自己全副披挂在戏台上走着飞一样的圆场，边舞边唱着。乔炳璋扮演的后羿跟在后面死命追赶。筱燕秋水袖翻飞，后羿扑上去拉住她的袖子没拉住，筱燕秋“扑通”一声摔下台去。筱燕秋惊醒，一骨碌坐起来，她满头大汗地喘息着。筱燕秋左右环顾。面瓜在身边打着鼾。

筱燕秋仔细地听着，嫦娥的唱腔若隐若现。筱燕秋躺下，她的嘴唇跟着心中的旋律无声地动着。面瓜的呼噜声越来越大。筱燕秋抬腿就是一脚。面瓜的呼噜声骤然停止。筱燕秋刚闭上眼睛，面瓜的呼噜声又响了。筱燕秋气得拽过被子蒙住了头。面瓜翻了个身紧紧搂住了她。筱燕秋挣扎了一下，没挣开，她绝望地看着屋顶。

春来对着墙上的影子，唱着舞着。郑安邦痴痴呆呆地看着她。春来一个亮相站稳后，慢慢转过身看着郑安邦。

“我唱得好不好？”

郑安邦真诚地说：“好。”

“比我老师呢？”

郑安邦愣了一下：“那还差着。”

“差在哪？”春来问得很认真。

郑安邦想了一下回答道：“你演嫦娥，她是嫦娥，就差这么多。”

春来不高兴了，坐在那里半天不说话。她一脸的不悦，梳头换衣收拾自己。

“她是嫦娥又能怎么样？现在我是嫦娥 A 角。”

“我不同意你唱 A 角。”郑安邦的口气很严肃。

“为什么？”春来转过头看他。

“我说过感情是感情，戏是戏，这两样东西不能搅和在一起。”

“谁搅和了？我看是你自己搅和了。”

郑安邦叫了声：“春来。”

春来捂住耳朵。

郑安邦急了：“你不该拿这事来要挟我。”

春来气咻咻地说：“郑安邦，你真是狗眼看人低！唱A角这件事从头到尾都是她筱燕秋在求我，而不是我要挟你！”

“春来！”

春来柳眉倒竖：“一出戏唱能怎样？不唱又能怎样？你还真别拿这破戏做筹码。”说完她怒气冲冲开门要走，郑安邦一把拉住她。

春来瞪着眼睛看着他：“你松手！”

郑安邦脸色铁青地看着她。

“你松手不松手？”

郑安邦依旧不松手。春来甩了身上的衣服头也不回地走了。郑安邦拎着春来的衣服呆呆地站在那里。

春来没地方可去，又跑去找刘小能，刘小能睡眼惺忪地开门，看见是春来顿时睁大了眼睛。春来看着刘小能眼泪扑簌簌地落下来。

“怎么了？”刘小能问。

春来的身子瑟瑟发抖。

刘小能一把搂住她：“快进屋来。”

“走，跟我蹦迪去。”春来挣开他的手。

刘小能看了一眼手表：“现在？半夜两点？”

春来绷着脸：“你去不去？”

刘小能摇摇头。春来扭头就走。刘小能愣了一下，进屋抓了件衣服追了上去。

迪厅里面的音乐震耳欲聋。春来甩着一头长发疯狂地跳着。她的舞姿引来阵阵喝彩，掀起来一次新的狂舞浪潮。刘小能跳得满身大汗，他安了弹簧一样地蹦着跳着，“哇哇”乱叫着。春来的一腔愤怒宣泄光了，脸上泛着鲜花一样润泽的色彩，她的舞姿慢慢抒情起来。刘小能凑过去和她脸对脸地跳着，春来跳的花样翻新，浑身上下充满了生命的诱惑力。

刘小能大声喝彩：“噢！我的心要跟着你射到天上去了！”

春来极具引诱地跳着。刘小能被刺激得大喊大叫着脱了外套，他把外套顺着人们的头顶甩过去。

刘小能冲着众人大声喊着：“看我用屁股把休止符给你们扭出来！”

年轻人狂呼乱叫地给予响应。音乐声低了下去。春来躲到一边喝矿泉水，她心情很好，听着音乐，下意识地扭动着身躯，双眼漾着秋水一样的波纹。

刘小能满头大汗地过来，他拿了瓶矿泉水低头看着春来的眼睛大声问：“高兴了？”

春来大声回答："高兴了。"

"你的气来得快，去得也快。"

"笨蛋才拿别人的愚蠢来惩罚自己。"

"谁愚蠢了？"

"你！"

刘小能一脸坏笑，看着春来："是他吧？"

"还我呢！"春来反驳。

"说对了，根子就是你。"

"我怎么了？"

"你这孩子太能搅和了，你搅和完这个搅和那个，你简直就是一根搅屎棍子，谁跟你搅在一起准没好日子过。"

春来站住不跳了："你说谁是搅屎棍子？"

"我说女人是搅屎棍子。"刘小能改了口。

"搅屎棍子还是根棍子呢，你们男人是什么？是蜡，没遇事的时候硬硬朗朗，光光溜溜，人模狗样地戳在那里，遇到事就像碰见火一样，软得拎都拎不起来，连泡狗屎都不如。"

刘小能被她的一番话噎得半天没说出来话："哎，我说……"

春来举着瓶矿泉水连蹦带跳地跑到人群当中。

刘小能生气，他抹了把头上的汗："我招她了还是惹她了？"

春来在人群中兴高采烈地跳着，周围的人众星捧月一样地簇拥着她。

此时，郑安邦躺在床上翻来覆去地睡不着，这个春来可真是个变化莫测的姑娘，既天真烂漫又诡计多端，她好像身上揣着四五个春来，没人弄得清楚到底哪个她是真的。这个丫头就像条泥鳅一样，你伸手一抓她就滑走了。走就走吧，不是自己的，你留也留不住。郑安邦劝着自己，打起精神跳下床，他伸展双臂运动着，边扩胸边大声喊："嗨！嗨！"电话铃声突然响了。郑安邦一个箭步蹿过去，他站在电话前面盯着电话。电话铃声固执地响着。

郑安邦希望是春来打来的电话，他控制不住自己拿起话筒小心翼翼地说："喂。"

"喂？是铁路问事处吗？"话筒里面传来一个男人的声音。

郑安邦吼了一嗓子："打错了！"

他"啪"的一声压了电话。郑安邦像漏了气的气球瘫坐在椅子上。他用遥控打开电视。电视里面正在播早间新闻。郑安邦站起来冲进卫生间。郑安邦站在龙头下面浇着凉水，他被凉水激得扯着嗓门"啊""啊"地大叫着。

乔炳璋也是一夜没睡好觉，他坐在办公桌前使劲搓着脸。

王国祥推门进来问："开会吗？"

"开。"

王国祥坐下点着一根烟。

“戏外的事情比戏里的事情多，真是越搅越麻烦。”乔炳璋心事重重。

“郑老板那边还没吐口？”

乔炳璋摇摇头。

“这边的戏怎么办？”

“先那么排着吧。”乔炳璋问，“筱燕秋情绪怎么样？”

“在那硬撑着呢。”

乔炳璋叹了口气：“能追无尽景，始是不凡人。春来那丫头没有动静？”

“那丫头的城府比筱燕秋深得多。”

乔炳璋感叹：“学戏筱燕秋是她的老师，做人她是筱燕秋的老师。”

“她的定力、舞台魅力以及对人物的理解和处理跟筱燕秋确实没法比。”

“生来就是和演起来像之间的东西不是一句话就能抹平的。”

“我就奇怪，筱燕秋这人怕过谁？怎么就单单怕了她？”

乔炳璋说：“她是怕她自己。”

“什么？”王国祥不明白了。

乔炳璋不回答，伸手翻着桌子上的台历。

“15 号了，离公演……”

乔炳璋打断王国祥的话：“别给我说日子，我一听还有几天这样的话就浑身哆嗦。”

“哆嗦也不行啊，时间不等你啊。”

“是啊，是啊。”

王国祥问：“郑老板的意思你不准备跟筱燕秋说？”

“缓一缓，再缓一缓。这种事急不得。”

“为什么？”

乔炳璋沉默了一会儿说：“我看郑老板是生春来的气了才这么说说，心里未必真的这样决定。”

“你的意思郑老板和春来……”

乔炳璋急忙打断他的话：“我可没这么说。”

有人敲门。乔炳璋示意王国祥不要再提这个话题，他脸冲门大声说：“请进！”郑安邦推门进来。

乔炳璋热情地打着哈哈：“这么早？有要紧事？”

“有事路过顺便进来看看。”郑安邦满面笑容地回答。

“郑老板，你们谈，我那边还有点儿事要处理。”王国祥识趣地走了。

“我这有好茶。”乔炳璋给郑安邦沏茶。

乔炳璋看了郑安邦一眼问道：“没睡好？”

“失眠。”

“咱俩一个毛病。”

郑安邦话锋一转：“演员们还在排练？”

“比以前的劲头更大了。”

郑安邦脱口而出：“春来呢？”话一出口，他有些后悔。

乔炳璋装作什么都没察觉：“春来在排练室里面排练呢，你找她？我给你叫去。”

“不，不！”

乔炳璋不说话，郑安邦也不说话。两人默默地品茶。

“筱燕秋怎么样了？”郑安邦问。

乔炳璋抬头看着他：“还好，每天坚持排练。”

“我的意见你跟她谈了吗？”

“没有。”

“为什么？”

“等你最后的决定。”

“这就是我最后的决定。”

乔炳璋看着郑安邦不说话。

郑安邦严肃地说：“你去好好跟她谈谈，让她放下包袱好好排练。公演那天她必须上台。”

乔炳璋心中暗喜，脸上不动声色。

郑安邦长出了一口气：“我联系了一些记者，准备弄个新闻发布会，好好给你们在媒体上宣传宣传。”

乔炳璋由衷地高兴：“那可太好了。”

“你这个团长要好好讲一讲。”

“我就算了吧。”

“怎么能算了？要讲，我也要讲，我要好好讲讲这出戏的内涵和外延。精彩的演出方式从来都不是一步形成的，它要经过艺术家的反复锤炼，舞台上最后呈现出的‘大’和‘精’往往是舞台下面无数的‘小’合成的。”

乔炳璋频频点头：“说得好。”

“不是我说得好，是这出戏给我的感受太独特了。”郑安邦突然停住不说了。

乔炳璋问他：“春来的工作怎么做？”

郑安邦面无表情地沉默了一会儿，牙根一咬说：“她想唱B角就唱，不想唱，随她的便。”

乔炳璋说：“这孩子聪明，一点就透，我去给她做做工作。”

郑安邦一口喝干了杯子里面的茶站起来：“我还有事先走了。”

郑安邦推门走了，乔炳璋慢慢转身亮相，他端出老生架子控腿勾脚。他两手使劲一拍发出了戏台上的笑声：“啊—哈！啊—哈！”

乔炳璋满脸喜色，满地转着圈。乔炳璋哈哈痛笑了一阵，抖开嗓子唱起来："我站在城楼观山（呐）景，耳听得城外乱纷纷。旌旗招展空翻影，却原来是司马发来的兵……"

王国祥推门进来："老乔，怎么这么高兴？"

乔炳璋用老生的道白连声叫道："天助我也！天助我也！"

"谈得好？"

乔炳璋用韵白答："谈得好！"

"筱燕秋重唱A角的事决定了？"王国祥高兴。

"定下来了。"

王国祥的韵白也上来了："好！好！好！"

乔炳璋摇头晃脑："只有筱燕秋唱，《奔月》的戏味儿才对了。"

"咱们应该为筱燕秋高兴。"

"更应该为咱们团高兴。"

"啊—哈！"

"啊—哈哈！"

两人兴奋地在地上转了好几圈。

王国祥抖着手说："几个月前咱们剧团是什么样子？现在戏说公演就公演了。我相信筱燕秋能用她的名气和实力，给你叫个满堂彩。"

乔炳璋谦虚地摆了摆手，他用韵白说道："此话差矣！此话差矣！"

裴锦素一天比一天看不上春来了，她冲筱燕秋发着牢骚："看看那丫头，从眼角到眉梢，从脖子到屁股，通通张狂得不得了。"

筱燕秋不愿意听："别这么说，她是我的学生。"

"学生？我看她是你的祖宗。"

"事已经这样了，你让我怎么办？"筱燕秋苦笑。

"你怎么就这么悲观？"

"经历了这么多我根本就不想经历的事情，叫我怎么能不悲观？"

"经历不是悲观的本质，悲观是本性的，它就流在你浑身的血液里。"

筱燕秋沮丧："我已经是堆死肉了，不怕你再捅我一刀。"

裴锦素伸手拔下她头上的一根白头发："看，白头发。"

筱燕秋看着白头发心中悚然一跳："老了，这么快就老了？"

裴锦素口气轻松："晚上到我那去，我给你好好煽个颜色。"

"从根子上老的，你救不了它。"

乔炳璋这个时候过来了，他没有进门，只在窗子的外面对着筱燕秋招了招手。乔炳璋把筱燕秋叫到了会议室。乔炳璋先是询问了排练的一些具体情况，和颜悦色的，慢条斯理的。乔炳璋要说的当然不是排练，可他还是习惯于先绕一个圈子。

“马上就要公演了，有什么困难吗？”

筱燕秋没有回答，她看着乔炳璋，想仔细从他的脸上看出点儿文章。

“天气冷下来了。”乔炳璋又谈论起了天气。

筱燕秋艰难地回答道：“是有些冷了。”

乔炳璋看着她不说话了，他站起来给筱燕秋沏了一杯茶。筱燕秋两手搂着茶杯专心致志地看着乔炳璋，她的专心致志带着神经质的意味，好像在等待着他宣判。

乔炳璋知道这个女人一触即发，所以更加小心翼翼了：“行头已经做好了，是按你要求的图案绣的，有空你去看看。”

筱燕秋点点头。

“你和春来一人一套。”乔炳璋终于把话题扯到了春来的身上。

筱燕秋紧张地看着他。

“春来近来表现得怎么样？”乔炳璋问。

“挺好的。”

“她和你相处得还好吧？”

筱燕秋箭在弦上：“你听到什么闲话了？”

“没有，没有。”

筱燕秋不相信地看着他。

“我知道那件事对你的打击挺大的。年轻人想走，主要还是担心上不了戏，看不到前途。其实她也不是真的想走。”乔炳璋说得很委婉。

筱燕秋瞪着眼睛看着他：“你听到什么闲话了？”

“没有，没有。”

筱燕秋不相信：“那你问这干什么？”

“你不要对这件事有过多的想法。”

筱燕秋脸上突然堆上笑，她十分突兀地大声说：“我没有想法，真的。春来演A档我双手赞成，我没有意见，我绝对没有意见，真的。”

乔炳璋没有接筱燕秋的话茬，顺着自己的思路往下走。

“照理说我早就该找你交流交流的，这几天去市里面开了两个会，所以耽搁了。”

乔炳璋自我解嘲地笑了笑，说：“你是知道的，没有办法。”

筱燕秋咽了口唾沫又开始抢话了：“我跟你说过，给春来让戏，我心甘情愿。真的没有意见。你怎么就不相信我呢？”

“我相信你，我相信你。”

筱燕秋看了他一眼不说话了。

“只是这事不像你想的那么简单。”

筱燕秋神情紧张地问：“怎么了？”

乔炳璋没接她的话茬：“团里对这件事非常慎重，专门开了两次行政会议，投资方今天也明确表示了态度。”

筱燕秋的眼睛死死地盯在乔炳璋的脸上。乔炳璋看了筱燕秋一眼说：“今天我叫你来，就是想和你再商量商量，你看角色的事这样好不好……”

筱燕秋突然站起来，她站得如此之快，把自己都吓了一跳。筱燕秋定了下神尴尬地笑笑说：“我 B 角不上都行，只要春来上，你叫我怎么做我都没意见。”

乔炳璋一愣：“为什么？”

筱燕秋声音颤抖着说：“《奔月》别因为我再出什么事。”

“你怎么这样想？”

“郑老板一直没再来过。”筱燕秋说出了自己的担心。

“他今天来过了，跟我谈了对角色安排的看法。”

筱燕秋紧张得嘴都发干了：“谈什么？”

“噢，他觉得这件事还是让我来跟你商量妥当一些。”乔炳璋观察着筱燕秋的表情，“我们大家都希望还是你来演 A 档。你看是不是……”

筱燕秋一阵眩晕，乔炳璋的声音突然消失了。四周一片寂静。她慌忙闭上眼睛，很久才慢慢睁开。乔炳璋还在对面说着：“你有什么意见吗？”

筱燕秋喜出望外，喜出了一身的冷汗。她脱口说：“我没意见，真的，我绝对一点儿意见都没有。”

“真的没有意见？”

筱燕秋使劲摇着头。

乔炳璋语气坚定地说：“那就这么定了。”

筱燕秋停止了摇头，她把头使劲点了一下。

乔炳璋小心翼翼地观察着筱燕秋，看她不像是装出来的，悄悄地舒了一口气。乔炳璋非常高兴，他想夸夸筱燕秋，可是找不到合适的词。他脱口说了一句：“燕秋，你的觉悟真是提高了。”筱燕秋“扑哧”一声笑了，她的眼泪随着笑容的绽开涌了出来。乔炳璋急忙掏出面巾纸递给她。筱燕秋越擦，眼泪越多。乔炳璋一张一张地递着。一团团的被泪浸湿的面巾纸摆在桌子上像怒放着的花朵。

筱燕秋在返回排练大厅的路上脸颊还是湿的，过道里旋起一阵风，卷起了一张小纸片。纸片从筱燕秋的面前翻卷着一扫而过。筱燕秋吓了一跳，她驻足凝视着。那张白色的纸片像风中的青衣，飘忽却又痴迷。纸片被风甩到墙的拐角停留在那里，又是一阵风吹来，风卷起纸片肆意飘舞。纸片迎着面飘来，又摇曳着飞过去。春来的身影由虚到实，她朝筱燕秋走过来了。春来走到筱燕秋的面前站住，她面色沉静似水，看不出来刚刚经历过什么。师徒俩面对面站着，许久没人说话。

“你去哪了？”筱燕秋先开口了。

“乔团长找我谈话。”

“说什么了？”筱燕秋问得小心翼翼。

“你不是已经知道了吗？”

筱燕秋沉默了一会儿：“我也是刚刚知道。”

春来的脸上露出一抹意味深长的笑容。

筱燕秋心虚：“你笑什么？”

“我高兴。”

筱燕秋吃了一惊：“高兴？”

“高兴。”

“为什么？”

“这下不用别人指着我的脊梁骨骂了。”

“春来，你不要这样想。”

“我该怎么想？”春来反问她。

筱燕秋语气诚恳地说：“其实我也唱不了两场，团里这样安排，主要是给投资者一个说法。”

春来不说话。

“一个青衣到了我这个岁数，还和你们年轻人争什么戏？”筱燕秋既是安慰春来也是安慰自己。

春来面无表情：“没人说您争戏。”

“你在怪我。”

“这话说远了。”

筱燕秋卡壳了，她看着春来不知道往下该说什么。春来没事人一样，拽拽衣襟，捋捋头发。

“这件衣服漂亮，很适合你。”筱燕秋没话找话。

“您穿上就是系不上扣子，要不我送给您。”

筱燕秋听出来话中有话，心里面“咯噔”一下。春来不说话了，她抬起头看天上的云朵。

筱燕秋心酸：“是啊，我的衣服你能改了穿在身上，你的衣服我就不能穿了。”

“老师的话我明白了。”春来微笑着说。

“你明白什么了？”

“您想说的我都明白了。”

筱燕秋知道自己碰上强硬的对手了，她思忖着怎样才能让春来把这个弯子绕过来。春来和筱燕秋不由自主地都拿出来做演员的本领，尽力使自己放松，同时又很细心地把握着分寸。

“戏装你看过了吗？”筱燕秋问。

“没有。”春来答。

“为什么不去看？”

春来不说话。

“很漂亮，咱俩一人一套。”

春来依旧不说话。

筱燕秋仔细观察着春来的表情：“生气了？”

“生谁的气？”春来反问。

“你怪老师言而无信吧？”

春来皱了下眉头，她却让自己笑了：“信？信什么？我只信脚上的泡是自己走的。我就是摔得脖子戳进脑袋里面也怪不得别人。怪只怪自己轻信。”

筱燕秋着急：“你放心，公演的时候我只唱两场。”

“我已经不在乎上不上台了。唱也是活着，不唱也是活着，没准会活得更好，我干吗跟自己较劲？”

筱燕秋的脸白了，她努力克制着自己：“春来，你不应该说话这样不负责任。”

春来看着她懒得再搭话了。

“你应该知道，从你拜我为师的那一天开始，你的命运就和戏台联系在一起了。你就是青衣，青衣就是你，你和她是融为一体的，你怎么能这样随随便便地对待你自己呢？”

春来看着筱燕秋，她的眼神中流露出看热闹的意思。

“春来，你我是师承关系，因此你和我也是紧紧融为一体的，你中有我，我中有你，你好我就好，我好你也好，你说是不是？”

春来冷冷地听她说着，她不露丝毫表情。

筱燕秋问：“你为什么不说话？”

“我听你说就够了。”

筱燕秋忽然说不下去了，她透过泪眼看到春来没事人似的站在那里。刹那间心里的屈辱和仇恨冲破了堤坝，连她自己都猝不及防地发泄起来。

“谁让你这样对我的？谁给你权力让你这样对待我的？”

春来绵里藏针地回敬她：“我怎么了？我没说什么呀？”

筱燕秋觉得一股恶气从心里蹿出来了：“你这孩子太没良心了！”

春来一副无所谓的样子：“是吗？”

“春来啊，春来，你就这么恨我？”

“我心中没有恨。”

“你也没有爱。”

春来一愣，她眯着眼睛看着筱燕秋：“我知道你这样说是想伤害我，而且伤得越狠越好。”

筱燕秋一愣。两人谁也不说话了。一阵阵的秋风卷着树叶从她们的身边刮过去。春来抬起头看筱燕秋，她的眼中有一丝悲凉闪过。筱燕秋及时捕捉到了，她上前两步拉住春来的手："春来！"

春来身子一颤，她想抽出自己的手，筱燕秋抓得很紧，她没有抽出去。

筱燕秋声音凄婉地说："春来，真没想到你会这样对我。"

春来眼圈红了："我不是故意的。"

筱燕秋的眼泪围着眼圈转："我知道。"

"老师，有句话我不知道该讲不该讲？"

筱燕秋急切地回答："你说。"

"您在戏里面待的时间太长了，这个世界已经变成了什么样子您根本就不知道。"

筱燕秋一愣。

"我这个人说话直，说话冲，可我从来不说假话。我说过的话可能伤害过您，那也不是出自我的本意。"

筱燕秋连连点头。

"话又说回来了，即使我不伤害您，别人也会出来伤害您，因为这个世界根本就不是为您这种人准备的。"

筱燕秋被春来的话触动了，她眼神惊慌地看着春来。

春来怜悯地看着她："您就像个涉世不深的孩子。"

筱燕秋不说话。春来蓦然觉得自己和筱燕秋近了，近得彼此能听得到对方的心跳，她像母亲看女儿一样看着筱燕秋。筱燕秋像女儿看母亲一样看着春来。两个人就这样互相看着。

春来被筱燕秋憔悴不堪的脸打动了，不由心生怜悯，她走过来挽住筱燕秋的胳膊："走吧，已经下班了。"

筱燕秋内心里面最软的东西被触动了，热泪呼地涌了上来。春来掏出纸巾递给筱燕秋。筱燕秋一把鼻涕一把眼泪地擦着。她抽泣着说："春来，你们这代人多幸福啊。"

"其实您也挺幸福的。"

筱燕秋摇摇头："我不行，你比我有思想，你可以无所顾忌地说，无所顾忌地做。"

"您也可以这样。"

"我这样做过，可结果是整整20年远离戏台。"

"人最气盛的时候也是最容易被打倒的时候。"

筱燕秋心一下不跳了，她呆呆地看着春来："你可真不是一个简单的姑娘。"

"其实生活也没你想得那么复杂。"

"你不生我的气？"

"干吗要生气？人遇到事情应该往开了想。别说是A角和B角，就是主角和配角又能怎么样？"

筱燕秋眨巴着眼睛听着。

"人生本来就是一场没有结局的戏，不管你是主角还是配角，大家演出的时间是一样的。”

筱燕秋不解地看着她。

“您一出校门就有幸成为《奔月》里面的主角，您根本就没想过您还会成为别的什么人。当您被迫扮演别的角色的时候，您就不会演戏了，您演得比谁都累，比谁都苦。”

筱燕秋吃惊地张大了嘴 ：“春来……”

春来侃侃而谈 ：“其实人活在世上能遇到的事情都差不多，无非是七情六欲、喜怒哀乐，关键看你怎么对待。老师，您是个常常把自己逼到死胡同里面去的人，如果您能换一个角度想问题，生活就不是这样了。你觉得幸福，生活就是幸福的，你觉得不幸福，那么生活就是不幸福的。”

筱燕秋冥思苦想了一会儿说 ：“春来，你比我女儿只大四岁，她根本就不能跟你比。”

“那是因为我没有她那么幸运，她的吃、穿、住、行以及前程都有你们做父母的照管。我不行，我们家穷，我是家里唯一靠自己的力量挣扎出来的女孩子，我必须珍惜每一次机会。我要一步一步地往上走。我要完全靠自己的力量让自己过我想过的日子。”

“你这么自信？”

“您不相信？”

筱燕秋没说话。

“人活一辈子是活大活小的问题，人的性情是有大有小的，我不希望自己做一个性情过于小的人。我不怕失败，人经历的失败多了，看问题会磅礴一些，性格会更坚硬一些。”

筱燕秋有些感动。

“即使我没活成自己设想的那样，那也没什么，努力过了也就对得起自己了。东方不亮，西方亮嘛。我从来不想以后的事，以后怎么样谁都不清楚。但是，有一点我心里面是非常清楚的。老师，我绝对是不会像您这样生活的。”

筱燕秋怔怔地看着她 ：“我怎么了？”

“如果我还在干这一行，40 岁的时候肯定不会再和年轻人争台唱戏了。我要结婚，生个孩子，好好享受女人应该享受的好日子。”

春来的一番话把筱燕秋说傻了，她呆呆地看着春来。

十七、筱燕秋脑子里面只剩下两个字：堕胎

几天来筱燕秋的脸上一直是艳阳高照，她按时上班，按时回家。休息的时候还抢着干家务活儿，弄得面瓜一个劲地发蒙。不知道太阳到底是从哪边出来了。筱燕秋在卫生间里面洗衣服的时候，面瓜借故从门前走过来又走过去地看着她。

“把你身上的衣服脱下来，我给你好好洗一洗。”筱燕秋含着笑叫住了面瓜。

“刚换上的。”面瓜不知道她葫芦里面卖的什么药，他绷着脸回答。

“什么刚换上的，一股脑油味儿。”

“我怎么没闻着？”

“你已经被那味儿腌透了。”

面瓜斜了她一眼转身走开。

筱燕秋又热情高涨地叫住了小咪子：“看你脚上的白袜子已经穿成灰的了，脱下来。”

小咪子躲灾一样躲开了。

小咪子问面瓜：“妈妈怎么了？”

“高兴了呗。”

“为什么高兴？”

“咱弄不明白。”

电视里面小品演员抖包袱。面瓜咧着大嘴笑。

“怎么笑呢？震得人牙床子生疼。”小咪子批评爸爸。

“我闺女比他还幽默。”面瓜夸闺女。

小咪子拍面瓜的马屁：“全仗老爸遗传。”父女俩乐不可支。

筱燕秋突然觉得自己成了局外人，她拿着洗好的衣服往阳台去，突然觉得有些头晕，她扶着门框靠在那里。模糊的视线渐渐清楚了。客厅里面的面瓜和小咪子说说笑笑，这个家离她好像很远很远了。

天气说冷就冷了，而公演的日子说近也就近了。郑安邦在这样的时刻表现出老板的威力，他实在是一个操纵媒体的大师，最初的日子媒体只是零零星星地做了一些报道，随着公演一天一天地逼近，媒体逐渐升温了。大大小小的媒体一起喧闹了起来。

春来在刘小能家看电视，电视里面郑安邦口若悬河地说着。春来面带嘲笑地看着他，伸手用遥控关了声音。

没了声音，郑安邦表情格外夸张，显得很没有来由。春来冲着郑安邦做着各种鬼脸。屏幕上突然出现了筱燕秋的形象，因为没有声音，显得很突兀。她端着角儿的架子含蓄地说着什么。

刘小能抱着一堆饮料进来："嘿，这不是你老师吗？"

春来关了电视。

"刺激得够呛吧？"刘小能气春来。

春来抬腿给了他一脚。疼得刘小能差点把手里面的饮料扔了："怎么了？又怎么了？"

"人说话不是用嘴说的，是用脑子说的，你有没有脑子？"

刘小能假装恍然大悟："真是记吃不记打，我怎么就忘了你不爱听什么了？"

春来启开可乐瓶盖"咕嘟""咕嘟"地喝着。她能听到液体浇到心火上的声音。

春来拉刘小能在街上逛，刘小能站在报摊前买足球报、摄影报。春来随手翻着各种女性杂志。筱燕秋的形象跃然纸上。春来把杂志扔回到里面，转身走了。

卖杂志的老头生气了："姑娘，你这是摔谁呢？"

"摔她爸爸呢。"刘小能急忙付钱拿起那本杂志。

老头一怔，拿起一本杂志翻开看。郑安邦冲着镜头很有城府地笑着。

春来和刘小能在饭店里面吃饭。刘小能翻看手里面的报纸。

"看，这上面也在说你们的《奔月》呢。这个郑老板在宣传上可真是下本钱了。"

春来一把抢过来报纸坐在屁股下面。

"嫉妒了！"

"放屁。"

跑堂的端着一大托盘菜从他们饭桌旁边快步走过去。他在角落处裴锦素和筱燕秋的桌子旁边停住，上菜。他把一盘鱼摆在筱燕秋的面前。筱燕秋的脸色马上变了。裴锦素给筱燕秋搛鱼。

"我不吃这个鱼。"筱燕秋双手捂住自己的吃碟。

"这鱼怎么了？"裴锦素纳闷。

"那天郑老板请客就吃的这个鱼，回家我就吐了，到现在都不能看这道菜。"

"你拉倒吧！哪有一恶心就恶心十几天的？你别是怀孕了吧？"

筱燕秋瞪着眼睛看着裴锦素。

"装什么纯洁？你没怀过孩子吗？"

筱燕秋骂她："狗嘴里面吐不出象牙。"

裴锦素"嘿嘿"地笑。

筱燕秋吃了一口菜："这个菜怎么味精这么重？"

裴锦素尝了一口："多好吃的菜呀，你这家伙肯定是减肥把舌头上的味蕾减坏了。"

筱燕秋皱着眉头放下筷子。

"怎么了？"

"心里面翻腾。"

"你不是病了吧？"

"这些日子总是头昏没劲儿。"

"你是太累了，喝点这个汤，这个汤很补人的。"

筱燕秋舀了一羹匙汤喝下去，她差点喷出来，赶紧捂住了嘴。裴锦素莫名其妙地看着她。

回到家筱燕秋心急火燎地翻着挂历，她翻到前一个月看了一遍，又往前翻了一个月。挂历上面有一个用红笔圈着的圆圈。筱燕秋掰着手指头数着日子，整整过了50天。50天里，她一直忙着拍戏，居然把女人每个月最要紧的事情弄忘了。其实也不是忘了，是那个破东西它根本就没来！筱燕秋想起了50天之前，她和面瓜的那个疯狂之夜。那个疯狂的夜晚，她实在是太得意忘形了。居然疏忽了任何措施。

筱燕秋顿时惊出了一身冷汗，脸色顿时就变了，她冲进卫生间。这是她第五次上卫生间了。面瓜本来在看电视，让她这么三番五次地一折腾，心思就不在电视上面了。

筱燕秋一阵干呕过后，下意识地捂住了自己的肚子，她先是一阵子不好意思，接下来便是不能遏制的愤怒。

筱燕秋盯着镜子里面的那个女人，咬牙切齿地骂了句："贱哪！筱燕秋你这人可真是贱！你这是自作自受！"

面瓜听到了筱燕秋在说话，说什么没听清楚，他冲着卫生间大声问："你要啥？"

门开了，筱燕秋从里面出来，她铁青着脸径直到门厅穿鞋。

面瓜："喂，你干啥去？"

筱燕秋没理他，开门出去。

"这又是抽啥风？"面瓜生气了。

肚子成了筱燕秋的当务之急。筱燕秋算了一下日子，这一算，一口凉气一直逼到了她的小腿肚子。公演的日子就在眼前。要是在戏台上犯了恶心，呕吐起来，救火都来不及。为上这出戏，自己真是一步一个坎，弄得十魂已经丢了九魄。走到了这一步，说死了都不能放弃。

筱燕秋失魂落魄地在街上走着，来往的行人不断碰撞着她。她的身体好像已经麻木了，全没了知觉。脑子里面只剩下两个字：堕胎。

大夫告诉她，堕胎首选是手术，手术干净彻底，一了百了。可手术到底是手术，皮肉之苦还在其次，恢复起来可实在是太慢了。上了台，你就等着"刺花儿"吧。筱燕秋不同意做手术。

她问大夫还有没有别的办法。

大夫告诉她："还有一种方法，药物流产。"

筱燕秋的眼睛一下子亮了："那就吃药吧，药物流产不声不响的，歇几天就过去了。"

大夫说："药物流产是比人工流产的痛苦要小一些，可是药物刺激肠胃，另外药物流产的时间比较长，需要三天。"

筱燕秋掰着手指头算："今天是星期三，明天吃药，星期五、星期六、星期日正好三天不会误事的。"

"最后的那一天你还得到医院来。要在医院观察四到六个小时。胚胎下来之后如果没有流干净，还得清宫。"

"清宫？"

"就是清除子宫内没有流干净的东西，如果那些东西不清除干净，容易导致很多疾病，严重的可能会大出血。"

筱燕秋的身子不由得颤抖起来，她问："药物流产后需要清宫的人多不多？"

"百分比倒是不大，但是我们不能保证百分之百的成功。"

筱燕秋愣在那里，不知道该如何是好。

大夫耐心地说："我劝你还是做人工流产，健康第一，其他的一律排在健康的后面。身体保住了，你还愁什么？以后有的是上台的机会。"

筱燕秋喊："不！不会再有机会了！"她马上意识到自己失态了，慌忙冲大夫笑了笑："您还是给我开药吧。"

筱燕秋要抢时间，不是和别人抢，而是和自己抢，抢过来一天就是一天。

筱燕秋的手里拿着药在街上走着，她把装药的纸口袋举起来冲着太阳照着，透过纸壁可以看见里面装着六片药。筱燕秋心里涌上了一阵酸楚，"含珠停"，多好听的名字。"含珠停"，我得靠你来救自己了。女人的一生总得用药陪着。嫦娥开了这个头，我筱燕秋也只能紧随其后。

筱燕秋的家离医院有一段路，筱燕秋还是决定步行回去。一路上她生着自己的气，更多的是生面瓜的气。到家的时候，她已经不是生面瓜的气了，而是对面瓜充满了仇恨。

一进门，面瓜端着汤锅从厨房里面出来，他看了筱燕秋一眼："挺会赶饭碗子的。"

筱燕秋没给他好脸，她扒了衣服，甩掉脚上的鞋，动作很大，很夸张。

"慢点，鞋架子被你整倒了。"面瓜提醒她。

筱燕秋狠狠地翻了他一眼，进卧室摔上门。面瓜和小咪子面面相觑。

"我说错啥了？"面瓜问小咪子。

小咪子摇摇头表示她也不知道。

筱燕秋用被子蒙着头躺在床上。小咪子把门开了一条缝。

“妈妈，吃饭了。”

“不吃！”筱燕秋在被子里面大声回答。

“爸爸做了冬瓜汤，可好喝了。”

“我气饱了。”

小咪子吃饭，面瓜喝闷酒。日子眨眼间就变了味儿了。

“生活出了问题，我们家的生活已经出了问题。”面瓜的眉眼里透着愁苦。

“什么问题？”小咪子问爸爸。

“大问题。”

“我就是个问题女儿，问题女儿的家怎么能没有问题？”

“我是说你妈出了问题。”

小咪子一副没心没肺的样子：“问题加问题，负负为正，咱家挺好，没问题。”

早上起来，筱燕秋端着水坐在床上，态度极其认真地把药吃下去。面瓜偷眼看着她。

筱燕秋站起身出去。面瓜打开药袋子往里面看了看，没看出什么名堂。他看药袋上写着的字：“请于早上空腹将两片药用凉开水服下，服药后两小时禁食水。”

面瓜扔下药袋子颓丧地说：“又开始减肥了，她这个人不折腾根本就活不下去。”

筱燕秋没有请假，说到底流产这样的事情也不是什么了不得的光荣。没有必要弄得路人皆知。只不过筱燕秋有点儿扛不住“含珠停”的药物反应。她恶心得更厉害了，身子骨全轻了，像是刚从月亮上飞回来。筱燕秋用力撑着，撑得脑门上面全是冷汗。

裴锦素看见她的脸色吃了一惊：“怎么了？脸色这么难看？”

“早上没吃东西，有点儿难受。”

“我那有点心，我给你拿去。”

筱燕秋接过酸奶和点心放在桌子上，酸奶倒了，她伸手去扶，却错过酸奶盒，扶到别的地方去了。

“你到底是怎么回事？”裴锦素被她吓着了。

筱燕秋勉强挤出来两个字：“难受。”

“我给面瓜打个电话，叫他接你回去。”

筱燕秋顿时清醒了，她怒目圆睁：“别跟我提他，我现在最恨的人就是他！”

“你别说，面瓜这付药还挺灵，我一提他，你的脸色马上就红润了。”裴锦素“嘿嘿”地笑。

筱燕秋喘着粗气不说话。

筱燕秋撑过了这一天。这一天里，身体好像不是她的，她根本就指挥不动它。难受，真是难受，随着身体上痛苦的加重，筱燕秋对面瓜的仇恨与日俱增。她不愿意看到面瓜那张脸，甚至不愿意看到他穿过的鞋。

第二天晚上是昨天晚上的翻版，气氛却比昨天更为凌厉。筱燕秋走进家门的时候更加严峻地阴着一张脸，不吃，不喝，不洗，不说，一声不响地上床。家里异样了，冬天的风一起堵在了面瓜的门口，顺着门缝扁扁地魼了进来。

面瓜不知所以，不知所措。他闷闷地喝酒。

小咪子看看卧房紧闭着的门，又看看面瓜泛青的脸，小心翼翼地问："我妈妈怎么了？"

"抽风呢！"面瓜吐出了一口恶气。

"妈妈到更年期了。"小咪子说得很自然，很有把握。

面瓜吓了一跳："小孩子瞎说啥？"

"这是自然规律。"

"规律？你妈这个人哪有规律？"面瓜灌进去一大口酒。

"爸爸咱们干脆给我妈改个名得了。"小咪子凑到面瓜耳边小声说。

面瓜一愣："嗯？"

"叫她筱更，更年期的更。"

面瓜被女儿逗得"扑哧"一声笑了。

小咪子殷勤地给面瓜搛菜："老爸，你和我老妈之间到底有没有爱情？"

面瓜窘了，他用巴掌扫了女儿的辫子一下："你这是跟谁说话呢？啊？没大没小的！"

小咪子指着爸爸的脸："咦？你脸红了。"

面瓜顶着一张猪肝脸找茬离开桌子。

筱燕秋没有睡着，夜深人静的时候，面瓜听到了她的叹息声。面瓜睡不着了，他就着一盘花生米边看电视边喝着闷酒。

面瓜对着酒壶说话："整天绷着一张脸，给谁看呢？好看？好看有啥用？哼！你那张脸是天下最冷的脸，摸一把，能冰到心窝子里面去。结婚这么多年，你管过啥？这家里的哪件事不都是我操心？我张罗？你还给我撂脸子，你给我撂，我给谁撂去？看看这两天，回到家你不吃、不喝、不洗，还不说话，一声不响地进了被窝，好像是我欠下你了。我欠你啥了？我啥都不欠你的。"

电视里面男女主人公在如火如荼地爱着。

面瓜的眼圈红了："瞅瞅人家，看看人家那老婆汉子。都是一样的人，咋日子的滋味就那么不一样呢？行，你是台上唱戏的角儿，那你咋就不能把那戏台上恩恩爱爱的生活带到咱家来演一演呢？"

小咪子被父亲的内心独白吵醒了，她光着脚下地，把房间的门悄悄开了个缝往外看。

面瓜喝了一口酒，长叹一声："生活出问题喽，这生活是绝对出问题喽。"

"怨不得她，我是在她最倒霉的时候把她娶到手的，我们两个人原本就不相配。

人家现在又能唱戏了，又要做大明星了，我是谁？我还是我，整天在马路上戳着。除了违章的司机认识我，谁也不认识我。我是警察，她是嫦娥。一个做了嫦娥的人，除了往天上飞，还往哪飞呢？她迟早是要飞回到天上去的。这个家离鸡飞狗散的日子绝对不远了。不远了！”面瓜对着没有月亮的夜晚冷笑了一声。

小咪子打了个激灵，吓得关上了门。她想睡觉又睡不着，于是裹着毯子出来。

“咋不睡觉？”面瓜问女儿。

“睡不着。”

面瓜给女儿掖了掖身上的毯子：“喝杯牛奶，那东西催眠。”

“爸，你还生我妈的气呢？”

“我生我自己的气，我这么使劲，咱们家的日子咋就不往正道上走呢？”

“你不该跟我妈结婚。”小咪子脱口而出。

面瓜吓了一跳：“你瞎说啥？”

“你随便找谁都比跟我妈强。”小咪子不管不顾了。

“她是你妈，你不能这样说她。”

“我妈这个人自恋。”

“啊？”面瓜听不懂。

小咪子努力往明白了讲：“她谁也不爱，她就爱她自己。”

面瓜琢磨着女儿的话，他摇摇头。

“我说得不对？”

面瓜又摇摇头。

“那就是她连自己也不爱，只爱台上的那个嫦娥。”

“别提她，你提她我头疼。”面瓜把小咪子拉起来往她的房间里面推，“睡觉去吧，快给我睡觉去。”

一大早，筱燕秋坐在床边吃掉最后的两粒药片，面瓜动静很大地下床穿衣服、穿鞋、咳嗽、清嗓子。筱燕秋好像入静了，像尊佛一样端坐在那里。面瓜气急败坏地摔门出去。

筱燕秋的耳朵关上了。她在听自己肚子里面的动静。两天以来她一直留心着自己身体里的每一个细小的变化，可是她什么也没感觉到，不但没有撕心裂肺的疼痛，甚至连一点儿皮肉剥落的感觉也没有。她开始怀疑这个“含珠停”是不是有效了。

上午 9 点整，筱燕秋从卧室里面出来了，她慢条斯理地整理着去医院要带的东西。筱燕秋把衣物、卫生纸和卫生巾放进书包里面。面瓜边拖地，边斜着眼睛偷看她，小咪子坐在餐桌旁边一声不响地吃着早点。筱燕秋拎着书包往外走。

“今天是星期日。”面瓜忍不住提醒她。

筱燕秋耳朵不好使，眼睛也不好使了，她看都没看戳在面前的面瓜，开门走了。

“戏过了，这戏就有点儿过了。”面瓜气得嘴唇都哆嗦了。

"妈妈拿着衣服，她是不是离家出走了？"小咪子担心地问。

"她能上哪去？上月亮上去？嘁！就是上去，待不了一会儿也得冻得跑回来。"面瓜气得唾沫星子乱飞，他扔下拖布，坐下吃饭。吃了两口，他就吃不下去了。

"可也是，她带衣服干啥？"

小咪子等着他回答。

"我这人真是贱，咋这么爱操心呢？"面瓜骂自己。

"爸爸，咱们中午吃什么？"

"肯德基。"面瓜顺嘴回答。

小咪子欢呼："爸爸万岁！"

"吃完肯德基，爸爸带你到游乐场玩去。"

"爸爸，我爱你！"小咪子乐得上蹿下跳。

面瓜忘了跟老婆生气的事，笑得嘴咧到了耳朵根："别瞎用词。"

"今天是谁的生日？"

"谁的生日也不是。"

"那你怎么舍得这样花钱呢？"面瓜慷慨得叫小咪子有些奇怪。

"这日子你妈不想过了，咱也就不过了。"面瓜吐出了一口浊气。

"你可别让我吃出负罪感来。"

"我负罪，我负荆请罪行不行？"面瓜瞪着两只小眼睛看着女儿。

筱燕秋到了医院，医生没有做别的，还是命令她吃药。这一回医生给她的是三颗六角形的白色片剂。筱燕秋一口吞进了肚子里。筱燕秋转了一会儿，在一边的椅子上坐下，静静地等待着。

候诊的女人们七嘴八舌地讲述着自己的经验。

"吃完药，后腰开始有酸胀的感觉，跟平时例假期间的感觉没什么不同。然后开始厉害了，最后那东西裹着血就下来了。大夫检查完说妊囊全都下来了，你可以回家休息了。"

"男孩儿还是女孩儿？"

"50天的东西上哪看去？"

"你都流完了还来这儿干啥？"

"那是三天前的事，这不，腰酸肚子疼得活不下去了，又折腾到这儿来了，B超检查，说是回音不均匀，好像是没有脱落干净，让我来清宫。"

筱燕秋打了个冷战。

"我这是才下'断头台'，又上了'绞刑架'。"

筱燕秋不敢再听了，腹部的阵痛慢慢开始了，一阵紧似一阵。筱燕秋弓在那里，不声不响地喘息着。她觉得刚才吞下去的不是药，她是把孙悟空咽到肚子里面去了，她不是嫦娥，她是铁扇公主。那猴子在她肚子里面上蹿下跳地翻跟头，她纵有天大的本事也弄不出他来。孙悟空舞着金箍棒左冲右撞，筱燕秋满头大汗捂着肚子窝在那儿，她气喘吁吁地对着肚子说："你要什么？你要什么？你出来我给你！哎呀！"筱燕秋疼得叫了一声。

医生过来了，厉声说："坐在这干什么？要等四个小时呢。给我出去跑，出去跳。"

筱燕秋挣扎着站起来。

医生大声命令她："走啊！迈开大步走！"

筱燕秋来到了楼下，肚子疼得咬人了。她支撑不住，就想找个地方好好躺下来。筱燕秋不敢回到楼上，实在又不愿意待在医院门口，万一碰上熟人免不了丢人现眼。筱燕秋实在熬不过去，一赌气就回到了家中。

家里面没人，整座楼上都没人。没了人，筱燕秋就没了支点，觉得身上的每一块骨头都化了，她扔了书包，脚步一软一软地走。走到地中间，突然想起了大夫的话。她决定跳。

筱燕秋脱了鞋，光着脚"呼"地一下，蹦起多高。楼板"咚"地一下，吓了筱燕秋一跳，听上去却鼓舞人心。筱燕秋倾听了片刻，再跳，楼板又"咚"的一声。楼板的轰隆声激励了筱燕秋，筱燕秋越跳越痛，越痛越跳。筱燕秋越跳越高，越跳越来神。筱燕秋觉得空前的畅快和轻松。筱燕秋扒掉了大衣，在自己的大衣上拼命地跳跃、拼命地扭动。她的头发散开了，像一万只手，在空中乱舞乱抓。筱燕秋想叫，只想叫，不过叫不叫没有关系，她现在只为跳而跳，只为"咚咚"作响而跳，为地动山摇而跳。筱燕秋痛快淋漓了，升腾起来了，飞起来了。她竭尽了全力，直至耗尽了最后一丝体力。筱燕秋躺在地板上，眼窝里沁出了幸福的泪水。

楼下小卖部的女人听到了楼上的反常动静。她伸出了脖子，自语道："楼上这是怎么了？"

她的丈夫正在数钱，没抬头"嗨"了一声，说："装修呢。"

"瓦工进家了，拆墙呢。"女人点了点头。

男人手里面的钱乱了，重新数钱。

"可别把承重墙拆了。"女人担心。

"操心的命。"

女人听着楼上的动静："咦，怎么没动静了？"

筱燕秋满脸冷汗披头散发地从卫生间里面出来，她疲惫万分，脸上却挂着幸福的笑容。那粒"珍珠"从筱燕秋的体内滑落了出来。血在流，疼痛却终止了。筱燕秋心里面一片柔软，心软了，腿也软了，没走几步，就摔倒在地板上。她挣扎着爬到了床上。

筱燕秋做梦了，她梦见起风了，狂风卷起树叶满天飞舞。

茫茫原野空无一人。筱燕秋在狂风中奔跑着，她的腿很沉，拖都拖不动。筱燕秋摔倒在原野上。她翻了个身仰面朝天，看着天。天突然黑了，天上出现了一轮圆圆的月亮。天空中突然扬扬洒洒地飘落起雪花。筱燕秋敞开风衣，敞开毛衣，她让雪花落在贴身的衣服上。

39 岁的筱燕秋看到 19 岁的筱燕秋一身戏装，拖着两只长长的水袖，从月亮上飘出来。她脸上绽放着甜蜜的笑容，她伸展双臂尽情地唱着舞着。

雪一层一层地落在筱燕秋的脸上身上，雪花在筱燕秋的脸上融化了，像泪水一样地流下来。

筱燕秋蒙着被子香甜地睡着，她的脸上露出来笑容。

她知道自己是在做梦，可就是不愿意醒过来。她要细细地体验这份陶醉，这份疲惫，这份轻松。

门“咚”的一声被推开了。筱燕秋被惊醒，她懵懵懂懂地支起身子，看着推门进来的面瓜。面瓜看筱燕秋在家，手里没了轻重，好像什么都碍他的事。面瓜把外套脱了扔在椅子上，把帽子摘了扔在桌子上。面瓜喝了口水，把杯子重重地放在桌子上。他用眼睛斜了筱燕秋一下。筱燕秋想和他说些什么，可是她整个人都软了，于是翻了个身接着睡了过去。

面瓜坐在沙发上闷头抽烟。小咪子洗过澡，用梳子梳理着头发。面瓜看着小咪子发呆。

“爸，你这样看我干什么？”

“我在想你长大了以后是啥样。”

“我可不想长大。”

“那为啥？”

“当大人整天愁眉苦脸的多没意思。”

“你长大了，我的日子就有意思了。”

“为什么？”

“你好好找个对象，生个孩子，那时候我也退休了，我在家给你带孩子。”面瓜憧憬着。

小咪子使劲推搡着父亲：“讨厌！你讨厌！”

面瓜笑了：“人不都是这样一辈一辈地过嘛。”

小咪子依在父亲的身边坐下。

“闺女，你要是真碰见了一个对你好的男人，你也得实实诚诚地对人家好。”面瓜教育女儿。

小咪子嬉皮笑脸地接下话：“别像我妈对你似的。”

“两好合一好，那才是好。”面瓜说得很严肃。

“爸，我要是到了谈恋爱的那天，就找个像你这样的。”

面瓜一愣。

“我要好好对他，把我妈欠你的都替她还回来。”

面瓜一口烟抽呛了，眼泪顿时涌了出来。

“怎么了？”小咪子摸着他的背问。

“这烟买坏了，呛人！”面瓜尴尬地掩饰着。

小咪子鼻子一酸，她使劲忍住了。卧室的门开了，筱燕秋披头散发地走出来。父女俩都不说话了。

“你们吃饭了吗？”筱燕秋的态度异常地和蔼。

父女俩面面相觑。筱燕秋见没人回答，愣了一下走进卫生间。面瓜站起来走进厨房。小咪子跟进去。

面瓜把锅坐在灶上点着火。小咪子用研究的目光看着他。面瓜动作利落地下了碗面。

“给你妈端去。”

洗过澡的筱燕秋正在往脸上脖子上涂抹护肤霜。小咪子进了盥洗间。

“我马上就完。”

“我不用卫生间。”

筱燕秋疑惑地看女儿一眼。

小咪子一脸无知的样子，她拐弯抹角地问：“你跟我爸怎么了？”

“没怎么。”筱燕秋看着镜子里面的小咪子回答道。

小咪子用知根知底的目光看着妈妈：“不对吧？”

“你爸爸和你说什么了？”

“什么也没说。”

“那你问这个干什么？”

“你整天拉着个脸，跟我爸说话永远是恶声恶气的，好像是他把你的孩子扔到井里面去了。”

筱燕秋吃了一惊：“你说什么？”

小咪子没事人似的：“我什么也没说。”

“小咪子，你怎么能对妈妈这样？”

“你怎么对爸爸那样？”

“小孩子，大人的事情你不懂。”

“我怎么不懂？你要是跟我爸离婚，我就跟我爸走。”

“你讨厌妈妈？”

小咪子不说话。

筱燕秋伤心：“就因为妈妈打了你那一巴掌吗？”

小咪子转过脸去不看她。

“那是因为妈妈爱你呀！”筱燕秋说得很真诚。

“那是你自己说出来的，我体会不到。”

"你能体会到什么？"筱燕秋痛心地问。

"爸爸对我好，我就能体会到，爸爸对我的感情有血有肉实实在在，再傻的都能看出来。"

筱燕秋半张着嘴，所有的话都不翼而飞了。

筱燕秋看出了事态的严重性。事实上，当一个人看出了事态的严重性的时候，事态往往已经超出了当事人的认知程度。她从女儿的话中看到了家中潜在的危险性。

第二天排练一结束，筱燕秋就撑着身子拐到了菜市场。菜市场里面异常热闹，筱燕秋拎着提包在人群中慢慢地走着。她东瞧西看，这儿摸摸，那儿翻翻。筱燕秋在卖活鸡的摊位前站住。卖鸡的女人热情地迎上来。

"大姐买只鸡？这鸡是地地道道的本地笨鸡。"

"这是公鸡还是母鸡？"筱燕秋问。

"你要公鸡还是要母鸡。"

筱燕秋求教："补身子用。"

"那得买只母鸡。"

"这鸡怎么做？"

"清炖，里面最好放点儿西洋参，我这儿正好有货。"

女人动作利落地杀鸡、煺鸡："给老公吃吧？这个年龄的男人得好好补补，你老公是干啥工作的？"

"交警。"

女人同情地点点头："一天到晚在风口上站着，回到家两腿酸软，一肚子凉风，你是该给他好好补一补。"

"你怎么知道？"筱燕秋好奇地问。

女人看了她一眼："你用笨脑子想一想，可不就这样吗？"

筱燕秋不自在地看着女人，这个事她还真没想过，看来女儿批评得有道理。应该给面瓜补一补，自己和面瓜都应该好好补一补。

傍晚，厨房里面乱七八糟，筱燕秋一头大汗地在里面忙活着。剁好的鸡块和切好的葱、姜、蒜堆放在一起。筱燕秋找出砂锅刷干净放上水。筱燕秋翻开书，她按照书里面的提示往砂锅里面一样一样地扔着东西。

小咪子下学回来进厨房，看见是妈妈在里面做饭吓了一跳。

筱燕秋热情地招呼着女儿："放学了？"

小咪子"嗯"了一声，她翻出来一块方便面，大口大口地吃着。

筱燕秋："饭马上就熟了。"

小咪子对母亲做饭这事没多大信心，依旧嚼着干方便面。

筱燕秋："你怎么老吃这个，多没有营养啊？"

她抢过女儿手里面的方便面扔到一边。小咪子看了一眼妈妈，出去写作业去了。

筱燕秋切菜。

面瓜下班回来，看见筱燕秋在厨房里面吃了一惊。他看看写作业的小咪子，小咪子偷偷给他使了个眼色。

筱燕秋看见面瓜回来热情地迎了出来，她一点儿都不知道，她热情得很过分，有些做戏的样子。

筱燕秋："你回来啦？"

面瓜疑惑地看她一眼没说话。

筱燕秋："渴不渴？要不要先喝点儿茶？"

面瓜的目光从筱燕秋脸上挪开，他不知道又发生了什么事情，小心翼翼地在沙发上坐下。

厨房里面传来汤锅溢出来的声音。面瓜一个健步冲进厨房。筱燕秋急忙跟进去。

面瓜抓起砂锅盖子放在灶台上，他使劲吹着烫疼的手。

筱燕秋关心地问："烫着没有？烫着没有？"

面瓜巡视着乱七八糟的厨房，皱着眉头动手收拾厨房。

筱燕秋："你歇会儿吧，我来。"

面瓜拿起来什么，筱燕秋动手抢什么。面瓜心里别扭，甩手走出厨房。

十八、“春来，你可真残酷！”

面瓜坐在沙发上抽烟。筱燕秋把做好的菜一样样端上来。

筱燕秋：“吃饭了。”

小咪子跑到饭桌旁边坐下。

筱燕秋把砂锅端上桌子：“小咪子，你给爸爸盛碗饭。”

小咪子：“饭在哪？”

筱燕秋：“电饭锅里。”

小咪子进厨房。她掀开电饭锅盖，一锅米泡在清水里。小咪子叫了一声：“妈妈，你怎么没插电源线？”

筱燕秋疾步跑过来看着电饭锅中的生米，十会懊丧：“我怎么把这事给忘了？”

面瓜打开冰箱拿出来几个馒头走进厨房。把馒头放在笼屉里面蒸上。顺手用抹布擦抹着磁砖上的油污。

小咪子叫道：“爸爸，吃饭吧！”

筱燕秋满面笑容地舀了一碗鸡汤放在桌子上。她热情地劝面瓜：“喝点儿吧，天冷了，补补，我专门买了鸡炖了鸡汤，还加了西洋参片。”

面瓜坐在沙发上没动，他点着根烟抽。

筱燕秋诚恳地说：“孩子批评得对，我对你关心得确实不够。”

面瓜来劲了，他端着架子不说话。

筱燕秋：“尝尝咸不咸？”

面瓜没好气地说：“自己尝吧。”

筱燕秋一愣，她克制着自己说：“这汤趁热喝才补人，你整天在风地里面站着，得好好补一补。”

面瓜看着筱燕秋低声下气，更加觉得自己得理了，他偏偏不动那汤。

小咪子看看爸爸又看看妈妈。

筱燕秋耐着性子劝他：“喝点儿吧，补补。”

面瓜：“补补？补完了干啥？躺在那儿也没人搭理，火眉蹿天的还得跑到大街上去转悠。”

话一出口，才意识到女儿在跟前不应该这样说，他想缓和一下气氛赶紧笑了，这一笑就更不对劲了，像是在嘲笑谁。

筱燕秋如同被当头浇了一盆凉水，她使劲克制着自己，可是没克制住，她还是把脸拉下来了。筱燕秋字正腔圆地说："不喝拉倒！"说完这句话，她往女儿那儿瞄了一眼。目光正好和小咪子撞上了。小咪子立即把目光避开了，她把脸埋在盘子里面使劲吃着。

筱燕秋索性破罐子破摔了："上赶子不是买卖！"

面瓜使劲往回找："我不是不喝，我不是想歇会儿再喝嘛。"

筱燕秋提高了声音："我说过了，你愿意喝就喝，不愿意喝就倒了，没有人强迫你喝。"

面瓜："我喝，我喝。"他赶紧端起碗喝了一大口，面瓜被烫得扔下碗，满地乱蹿。

小咪子赶紧把一杯凉开水递给爸爸。面瓜"咕咚咕咚"地喝下去，舒服地拍拍肚子。

面瓜解嘲："灌凉水的肚子，冷不丁地享福，还真有点儿受不了呢。"

筱燕秋冷冷地看着他。面瓜小心翼翼地在桌子前面坐下，吃菜，喝汤。筱燕秋麻耷着眼皮使劲喝鸡汤，不肯再看面瓜一眼。

面瓜夸筱燕秋："这汤做得好。"

筱燕秋不理他。

面瓜："这菜也炒得好。"

筱燕秋还是不理他。

面瓜看着桌子上鱼缸里面的小金鱼说："那鱼也活了。"

小咪子"扑哧"一声笑了："泡在水里的死鱼是咸带鱼。"

面瓜"嘿嘿"笑。

筱燕秋站起身进卧室把门摔上。小咪子冲爸爸伸了下舌头。面瓜朝卧室努努嘴。

小咪子："我一晚上的努力被你搅和了。"

面瓜解嘲："缺乏战斗经验嘛。"

小咪子批评父亲："人家不理你，你发牢骚，人家改正错误了，你又把架子端起来了，别说妈妈生你的气，我看着你都来气。"

面瓜吃了口菜："我不是想把到手的阵地好好巩固一下嘛。闺女，给爸爸拿点儿盐来，这菜淡得连点儿味儿都没有。"

小咪子："你刚才不是还夸这菜做得好吗？"

面瓜："我那不是想扭转局面嘛。"

他站起来："算了吧，我还是回锅再炒炒吧。"

面瓜麻利地收拾厨房，他动作熟练地把各种东西归位。面瓜叨咕："就是做一桌子宴席，也不至于把厨房祸害成这样啊？瞅瞅，都下不去脚了。做饭的时候就应该哪儿拿的就放回到哪儿去，就手归置了。"

小咪子站在门口看着父亲："你就跟老婆婆似的。"

面瓜教育她：“别双脚踩门坎。”

小咪子挪开脚。

面瓜透过厨房的窗子看见筱燕秋从卧室里面出来进卫生间。

面瓜：“她怎么老上厕所？”

小咪子：“汤喝多了。”

面瓜：“刚才你妈在那儿喝汤，我偷偷端详你妈，越端详越像不认识。你说我和你妈在一起生活了十几年，怎么就越过越远，越过越不明白她了呢？”

小咪子：“这是距离产生的魅力。”

面瓜：“你找揍是不是？”

郑安邦在办公室处理公务，前来找他签字的人陆续出去。屋子里面静了下来。郑安邦打开电脑，调出春来的照片看着：“这丫头像老鼠精转世一样的刁。没人的时候她就从我脑子里面跳出来跟我吵。我的那些理论在她那里全部失去了意义，她轻而易举地找到了我生活中的破绽和悖论。我真是恨她，因为她已经开始改变我了。我这样的人是不应该被改变的。”

郑安邦坐在那里发呆，他下意识地按下电话的免提，顺手拨电话号。

手机铃声响了。

郑安邦接电话：“喂，喂？”

免提电话里面传来郑安邦孤独的渴望交流的声音。

刘小能骑着自行车，春来坐在车梁上，刘小能带着春来在郊外的公路上飞奔。

春来大声喊：“三挡！”刘小能加速猛蹬。

春来喊：“一挡！”刘小能突然放慢速度，玩高台定车。

春来大笑，两人摔在路边的草丛里面。一群鸟从草丛上飞过。春来和刘小能静静地躺在草丛里。春来突然坐起来扣住一个东西。

刘小能也坐起来问她：“拣到什么了？”

春来：“手表。”

刘小能：“我看看。”

春来把手里的东西递给刘小能。一只马蛇子蹲在刘小能的手中。刘小能吓得蹦起来多高。春来跺着脚放声大笑。刘小能追春来，春来一阵风似的跑过铁道，边跑边回头看刘小能。一列客车呼啸着开过来把他们隔开。

酒吧里面烛光闪动，人们在低低的背景音乐中细语着。郑安邦坐在角落里面独自喝扎啤。他抬头往窗外看。街上行人稀疏。

出了酒吧，郑安邦在寂静的街上走着，路灯把他的身影拉长了又缩短了。这情景勾起了他的回忆：

春来不住地用脚踩郑安邦的影子，郑安邦微笑着机灵地躲闪着，不让他踩。

郑安邦笑了，笑容只在他的脸上闪了一下就消失了。他抬起头孤寂地看看天。

月亮钻出云层。

郑安邦走到自行车堆旁边，他挨个打量着自行车，嘴里面数着数，他数过去又数回来。郑安邦伸脚蹬了一下最外边的自行车。自行车像多米诺骨牌一样，一辆辆地倒了。他蹲在马路边上认真地看着。巡警骑摩托车过来大声地“嗨”了一声。郑安邦撒腿就跑。

刘小能家客厅的屋顶上拉着的铁丝上挂满了彩色纸条和各式各样的生日贺卡。两个桌子并在一起，上面摆满了冷食凉菜和饮料，桌子两边是两个电火锅。

挤在桌边的男女青年一起把头扭到门口。门大开。刘小能和鲁溢抬着春来进屋。屋子里面的人们一起跺脚怪笑。

墙上贴着一张照片，照片拍得带有抽象意义，春来在照片上神秘莫测，两只水袖，一身戏装。

春来郑重地在上面签上自己的名字。男女青年们涌上去，用各种字体签字。

刘小能搓搓手：“今天是春来 20 岁的生日，咱们废话少说，到我这儿就是回自己家了。祝你们吃超了！喝喷了！说哑了！”

刘小能掀开桌子上面的火锅盖子。热气弥漫。人们大叫着站起来，举起手中的各种杯子，互相碰撞，冒着沫子的啤酒溢了出来。

春来把刘小能拽到一边：“咱们俩溜吧。”

刘小能：“他们都是我请来给你过生日的。”

春来嘟着嘴：“我想和你独处。”

刘小能犯难了。

街上人头攒动，郑安邦在人群中闷闷不乐地走着：“我一直等着她来找我，她却一直不露面。我在媒体上的那些宣传并没有起到我希望起到的作用。这个小丫头根本就不吃我这一套。我千百次地说服自己，这样也挺好，能让我彻底忘了她。我越是劝自己，越忘不了她。越忘不了就越痛苦。我控制不了自己的情绪，我就这样看着自己往一条不能去的路上走着。”

郑安邦顺着马路往人多的地方走。

街心花园里面一群京剧票友兴致勃勃地唱着戏。年轻的唱传统戏，中年人唱样板戏。郑安邦站在人群中有滋有味地听着，他的心慢慢静了下来。一个十几岁的姑娘唱起了《奔月》中的唱段。

郑安邦的心弦被再次拨动了。他回忆起春来穿着他的线衣舞着两只长袖子在床上唱着舞着。郑安邦使劲晃了下脑袋，转身离开。

郑安邦在马路边上站着。年轻的姑娘们一个一个地从他面前走过去，郑安邦看着姑娘们：“我看哪个姑娘都像春来。别想她，我不能再想她了。人要是对一件事情想得太厉害了，肯定会出问题。我心里面清清楚楚地知道，这个丫头的生活是不会为任何人停下来的。事情想明白了，梦也就破了，破了也就会醒了。”

神态平静的老两口，年轻活泼的小两口，行人一对一对地从郑安邦的面前走过去："他们好像都很快乐，生活中的快乐应该是很相像的。无所事事的，无所用心的，懵懵懂懂的，没心没肺的……"

郑安邦的眼睛突然定住了，他死死地盯着前面看。

刘小能搂着春来走过来了，两个人边走边说笑着。春来长发披肩，洁白的小脸上闪着青春的光泽。刘小能说了句笑话，春来"哈哈"笑着用额头撞他的脸。春来依偎着刘小能从郑安邦的面前走过去，他们谁也没看见郑安邦。

郑安邦像被使了定身法一样站在那里，头上的热汗滚落下来。

过往的行人把他撞来撞去，郑安邦的意志复苏了，他拔腿朝他们追过去。郑安邦拼命拨开行人往前跑。郑安邦声嘶力竭地喊："春来！"

春来和刘小能站住了。春来笑盈盈地扭头看他，她认出郑安邦后眼神马上变了，变得完全像一个陌生人。

郑安邦的手指已经指到春来鼻子上。春来黑亮的眼睛一动不动地盯在他的脸上。郑安邦把手缩了回来，他像突然失去记忆似的站在那里回忆着。

看热闹的人很快围上来。郑安邦嘴唇颤抖，不知道自己该说什么。刘小能明白了，他把发抖的手紧紧捏成了拳头。春来看情况不对，拉着刘小能就走。

郑安邦喊了声："你别走！"

春来站住了，刘小能面色如土，紧咬牙关克制着自己。

郑安邦低哑着声音说："跟我走，我有话问你。"

刘小能的目光锥子一样扎在春来的脸上。

春来说："我不想回答。"说完她拉着刘小能走了。

郑安邦呆呆地站在那里。行人散开，车辆穿梭而过。郑安邦精神恍惚："我觉得自己像个刚生出来的婴儿，没有昨天，也看不见明天，心里无比难受，又没有办法说出来。"

车辆穿梭而过，露出来在街上走着的刘小能和春来，两个人都冷着脸，中间隔着很大的距离。一辆三轮板车按着车铃冲过来，刘小能不躲闪。车子煞不住，挂倒了刘小能。

刘小能爬起来，骂骑车人："你他妈的找练？找练也不挑个人？"

骑车人："我这是正常行驶，你违规了。"

刘小能二话没说，他向骑自行车的人扑过去，挥拳就打。骑车人瞬间惊愣后还手了，刘小能被甩在一边。刘小能气急败坏地扑上来。骑车人头也不回，突然猛地一伸手，"砰"的一声闷响。刘小能哼了一声软在地上。春来目瞪口呆地看着。

刘小能站起来了，他抹了一把脸上的血说："有种你再来。"骑车人扑上来。刘小能飞起一脚，正正地踢在他的下巴上。骑车人转了一圈，重重地摔倒在马路上。骑车人气疯了，他爬起来从车上拽下来一根棍子，杀气腾腾地朝刘小能走过来。

春来突然醒过神来，她喊叫着插到两个人中间拉架。

人群围了上来，马路上被堵住的车辆，拼命地鸣着喇叭。面瓜挤进人群扯着嗓门喊：“干什么？干什么？吃饱了撑的没事干了？”他一手抓住一个把两个打架的人扯开。

面瓜问：“你们是哪个单位的？”

刘小能和骑车人谁也不吱声。

面瓜：“没地方吃饭了？想到拘留所混两天饭吃是不是？行，我这就开票送你们进去。”

骑车人：“是他先动手打的。”

刘小能：“他骑车子撞我。”

骑车人：“他不遵守交通规则在行车道上走。”

面瓜看看刘小能又看看骑车人：“看看你们啊！年纪轻轻的，咋就不学好呢？心里面憋闷是不是？憋闷也别在大街上撒野呀。”

刘小能拧着脖子看他。

面瓜：“想不通？想不通我送你们俩一起到学习班里面好好想想去。”

说完他两只手推着两个人的脖子往交通岗楼走。

春来急了，她大叫了声：“叔叔！”

面瓜一怔，认出来春来，吃惊地问道：“你不去排练在这儿瞎掺和什么？”

春来怔怔地看着眼前的一切，她绝望地哭起来。

面瓜皱着眉头：“哭什么？都给我过来！”

春来和刘小能在街上走，刘小能鼻青脸肿，脸上还沾着血迹。春来想给他擦伤。刘小能挡开她的手说：“别碰我。”

春来问：“疼吗？”

刘小能：“疼？这点儿疼算什么？我这个人从里到外都被你用鞭子抽透了，浑身上下没有一块儿不疼的地方。”

春来看了他一眼委屈地没说话。

刘小能生气：“我为什么要爱上你这样一个没心没肝、无情无义的人？”他两眼冒火盯着春来：“你说，你在爱我的同时有多少次又爱上了别人？”

春来一副无辜的样子。

刘小能：“每次我都觉得不能原谅你，可最终还是原谅了你。我没有办法要求你，我已经把自己整个交给你了。我活该！我自作自受！”

春来被他蛮横的语气弄得有点心慌。她皱了下眉头说：“你胡说什么？”

刘小能：“我胡说？你做得比我说的要坏得多！”

春来严肃起来，她看着刘小能认真地说：“刘小能，我真不知道你这么恨我。”

刘小能：“我恨你！”

春来认真地说："那你这个人就有点儿奇怪了，你为什么要跟一个自己痛恨的人扯在一起呢？你这不是难为自己吗？"

刘小能窘住，不知道该如何回答。

春来："你总不是为了自虐吧？"

刘小能瞪着春来不说话。

春来冷笑一声："原谅我？这话说得多好听！我做了什么坏事用得着你来原谅？你是谁？老天爷吗？别说你不是老天爷，你就是老天爷，我也用不着你。刘小能，你是个26岁的男人，应该有独立判断是非的能力。你犯不着把自己交给别人，即使是硬要交给一个人，也不能交给你自己的敌人。"

刘小能被噎得答不上话来。

春来："赶快回家去吧，我没有工夫哄你这种心胸狭窄的小男人玩。"

刘小能气得嘴唇颤抖说不出话来。

春来看着他说："痛不欲生是不是？痛不欲生有什么用？咱俩的关系的基调是你定下来的。你说过，爱，就往前走，不爱，就转身回去。你说过，咱们俩是朋友关系，不是契约关系，更不要弄成对不起的关系。"

刘小能喊："春来，你不能这样对我！"

春来火了："不是我这样对你，是你这样对我。你制定的君子协议，我没受不了，你倒受不了了？你到底是哪个朝代的人？你刚才的所作所为就是你常常挂在嘴上的现代意识吗？"

刘小能两眼一瞪："少给我来这一套！你这是给你的放荡行为涂脂抹粉。你这个人生就一副自由元素的秉性，可以五分钟爱上一个人，也可以五分钟忘了一个人。你跟我说说你到底哪一次是真的？"

春来看着他慢声慢语地说："我这个人是有很多毛病，可是有一样我比你强，我在感情上从来不做假。我说过我爱你，可我不能因为这句话对你负一辈子责任。我可以爱上你，也可以恨上你，这是我做人的自由。"

刘小能被噎得半天没上来气，他眼泪围着眼圈转。

春来面带冷笑看着他："你别把自己弄得这么无辜，像王宝钏苦守寒窑似的。你不是号称自己是现代人吗？没人要求你在爱情上从一而终，我从来不问你的爱情史，那是因为我对你的过去不感兴趣。我感兴趣的只是今天，只是现在。刘小能，你上过大学，应该比我强。你不也总是话里话外地夸自己是个文化人吗？如果你肚子里面的那些个文化不能让你活得轻松自在，那它可真一无是处。"

刘小能气得攥紧拳头又撒开，他疯了一样转身冲过马路。春来吓了一跳。

刘小能站住脚回头看。马路上一辆辆的汽车穿梭而过，春来的面容不时露出来。她像迷了路的孩子一样茫然地看着四周。刘小能的心一下软了，他想往回冲，驶来的车辆挡住了他。

车辆一辆辆地开过后，马路对面空了，春来已不见踪影。刘小能顿时觉得自已的心一下子被掏空了，他一屁股坐在马路牙子上。刘小能含泪自语："完了，完了，我们的爱情纯洁而不可靠，真是一点儿都不可靠。"

春来怒气冲冲地在街上走着。过往的行人不时遮住她。筱燕秋和春来交错而过，两人各想心事，谁也没看到谁。筱燕秋走几步站住歇一歇，实在走不动了，她伸手招来一辆出租车。

傍晚时分，筱燕秋家，面瓜正忙忙活活地做饭。煤气灶上砂锅冒着热气，另一个灶眼上炒锅里面的油冒着烟。面瓜动作利落地炝完葱花又把菜扔进锅里添上水。他拿起抹布沾上洗洁精仔细擦着溅上烟污的瓷砖。

筱燕秋在沙发上躺着，小咪子靠在妈妈的身边。透过厨房的玻璃窗可以看见面瓜支棱着耳朵听客厅里面的谈话。

小咪子叫："妈妈。"

筱燕秋不回答。

小咪子又叫："妈妈。"

筱燕秋转过身来。

小咪子问："妈妈，你不舒服吧？"

筱燕秋声音闷闷地说："我挺好的。"

小咪子："那你怎么不说话。"

筱燕秋："没劲。"

小咪子："我给你按摩按摩吧。"

小咪子给母亲按摩脑袋。筱燕秋舒服地闭着眼睛。

面瓜喊了声："开饭了！"他把砂锅端到餐桌子上。

小咪子掀开锅盖一看叫了声："又是人参鸡汤。"

面瓜说："你妈爱喝。"

小咪子说："那也不能365天天天喝这个呀。"

面瓜脸一板："咋这么没大没小呢？"

小咪子伸伸舌头笑了。筱燕秋懒洋洋地坐起来，走到餐桌旁边坐下。面瓜殷勤地给她盛鸡汤。

面瓜说："天冷了，补补，鸡汤，还加了洋参片。"说完他意识到这是筱燕秋那天说过的话，于是尴尬地笑了。

筱燕秋一声不响地喝汤。

面瓜没话找话："你说我今天看到谁了？"

筱燕秋眼皮都没抬一下。

面瓜自说自答："你那个学生春来。"

筱燕秋喝汤的嘴不动了。

面瓜："她的男朋友在街上撒野打架，被我拎到岗楼上去了。"

筱燕秋吃了一惊，抬起头看面瓜。面瓜看着她的脸吃了一惊。

面瓜叫道："燕秋，你的脸色咋这么难看啊？"

此时，春来还在街上走着，郑安邦堵住了她。春来怒目望着他。郑安邦可怜巴巴地叫了声："春来。"春来扭头就走。郑安邦又堵住她。春来怒视他。郑安邦目光凄凉地看着她。两人一声不响地对视着。

春来的眼睛渐渐湿润了，泪珠一串串扑簌簌地掉了下来。郑安邦一阵心疼，不由自主伸手想拉她。春来愤怒地推开了他。郑安邦又伸出手去拉她，春来又使劲甩开了。郑安邦一次次地努力着，他终于把她搂进怀里。春来泣不成声。

郑安邦痛心地说："我不该这样对你！"

春来："别理我！你们都别理我！"

郑安邦："我再也不这样了。"

春来低声说："滚开，你滚开！"

郑安邦："你再给我一次机会。"

春来使劲摇头。郑安邦拉春来上车，春来不上，郑安邦二话不说粗鲁地把她推进车里。车开走了。

不一会儿，春来和郑安邦坐在了筱燕秋和乔炳璋去过的茶馆里。茶馆里经过装修已经大不一样了。

老板还是那个老板。他亲自给春来和郑安邦上茶，上点心干果，还把两张打折的金卡送给他们。最后把写着京剧名段的本子放在他们的桌子上，悄无声息地走了。

郑安邦开口说话了，他说："我让你演嫦娥的A角。"

春来眯起黑亮的眼睛看他，好像他的话早在她的意料之中。

郑安邦说："我已经把意见跟乔炳璋说了，团里明天立会讨论。"

春来把眼睛转向别处说："这可不符合你的做人的原则。"

郑安邦叹了口气说："这是个一物降一物的世界，有我郑安邦，势必就会有个春来。"

春来听懂了他的意思，脸上露出笑容。

郑安邦说："春来呀，春来，你真把我气死了。你气得我浑身哆嗦，心里冷得像结了冰。"

春来说："那是你承受能力差。"

郑安邦："和你在一起对我来说，就是看我能够承受多少屈辱和痛苦。"

春来喝茶吃点心："我是检验假话的试金石。"

郑安邦："你不是试金石，你是铜豌豆。硬吓不倒你，软粘不住你，你之所以能这样轻松自如地控制着男人，就是因为男人的全部弱点都在你的手中。"

他一把抓住了春来的手："你就用这只小手一把一把地从我的胸膛里往外掏东西，

掏出来还让我看看，并且告诉我，这些东西是如此的臭，如此的不值钱。然后再当着我的面远远地扔了。你毁了我的梦想，毁了我的意志，你把我的心弄得七零八落了。”

春来瞪着他：“怪我吗？这怪你本来就不是自己想象的那个人。”

郑安邦一愣。

春来：“你这是拉不出来屎怨茅坑。”

郑安邦沮丧：“对！对！你批评得对，可以说是一针见血。我不能自己得了癌症，去咬牙切齿地恨别人。”

春来：“认识有所提高。”

郑安邦：“春来，你可真狠！”

春来：“就因为我总说实话？郑安邦，你真的认为自己是一个崇高的人吗？”

郑安邦卡壳。

春来招手叫来老板：“会拉《奔月》吗？”

老板问：“西皮还是二黄？”

春来说：“来一段西皮《飞天》。”

老板拉起来。郑安邦被熟悉的曲牌一下拉进非常熟悉的心境里，不由得难过起来，他一声不响地低着头。春来黑亮的眼睛在郑安邦的脸上扫来扫去。

春来问：“累了？”

郑安邦回答：“不累。”

春来说：“我替你累。”

郑安邦抬眼睛看她。

春来说：“本来没那么高大，非要踮着脚尖硬撑着，抬着膀子端着。就是累死了也不敢说累。”

郑安邦把目光转向一边，他的眼中泪光一闪。

春来“扑哧”一声笑了，春来翘起兰花指朝郑安邦的鼻子轻轻点了一下。她用韵白轻声念道：“什么郑安邦，还是叫郑大累算了……”

郑安邦苦笑，低声说：“别再糟蹋我了行不行？现在是我在地上走，你在天上飞，你的影子牢牢地罩在我的身上。我躲都躲不开。”他想了一下说：“不是躲你，实际上我是想躲我自己。”郑安邦叹了口气又说：“脱胎换骨真的很痛苦。可不脱胎换骨也很痛苦。”

春来靠在座位上。不知道她是在听琴声，还是在听郑安邦说话。

郑安邦说：“其实我就是一个大俗人，既救不了你，也救不了我自己。”

春来看了他一眼不屑地撇了撇嘴：“又来了，又来了。”

郑安邦一把抓住她的手，声音低哑地说：“救我！”

春来吓了一跳：“我？”

郑安邦说：“别再离开我。”

春来笑了："凭什么？"

郑安邦语气急切地说："我捧你，往红了捧你。"

春来说："不用你捧，我本来就是一个好青衣。我老师说，老天爷创造出一个青衣不容易，她筱燕秋是其中的一个，我春来就是另一个。"

郑安邦说："我会帮助你缩短这个过程，不出一年我就叫你大红大紫。"

春来看着他不说话，但是她的眼睛亮了。

郑安邦及时抓住了这个机会，他语气急切地说："20 岁红和 30 岁红的含金量大不一样。我会帮助你尽早地红起来。我给你拍专题，录专辑，还可以出资为你到北京组织专场演出。"

春来问："代价是什么？"

郑安邦看了她一眼不说话。春来等着他回答。

郑安邦问："其实你心里面也有我是不是？"

春来说："这我可不知道。"

郑安邦说："你刚刚在我怀里面哭过。"

春来认真地说："那是我太难受了，当时不管是谁站在我面前，我都会倒在他怀里。"

郑安邦绝望地说："春来，你可真残酷！"

春来"嘻嘻"地笑了："你这个人就是听不了真话。"

郑安邦注视着拉琴的老板。老板一脸的悲欢随着琴声起落。胡琴声悦耳悠扬，传出去很远很远。

郑安邦长叹了一口气，不由得想："人生是残酷的，这种残酷存在于一切诱惑之中。可最残酷的，往往也是最迷人的。人是什么？人其实就是自己的敌人。"

第二天，京剧团办公室里，《奔月》的唱腔隐隐地传来。乔炳璋、郑安邦以及春来坐在办公室里。

乔炳璋目不转睛地看着郑安邦。郑安邦的嘴在夸张地动着，可乔炳璋听不见他在说什么。乔炳璋克制着愤怒，一声不响地看着这一男一女。

乔炳璋暗想："我小看这个春来了，你看她隐而不发，不卑不亢，就像个老练的猎人一样，一切动静对于她都是机会。她是多么的不简单，一刻不停、不择手段地要着她还没有的东西，等待着变成她还不是的那个人。为了这个目的，她轻而易举地控制和改变了这个郑安邦。"

郑安邦突然问："乔团长，你在想什么？"

乔炳璋一愣，他知道自己的思想溜了号。

乔炳璋神态平静地说："你是投资方，我没权力发表意见。"

郑安邦皱了下眉头："这是什么话？"

乔炳璋："我还能说什么？事已至此，我真是无话可说了。"

排练室里面的人交头接耳，议论纷纷。胡子在排练室里面走来走去，听着大家的议论。筱燕秋走进来。大家都不说话了，各自散开活动筋骨。

筱燕秋觉得排练场的气氛有些异样。她问身边的人："出什么事了？"身边的人退避三舍，谁也不作回答。

筱燕秋看出事情与自己有关，她一把拉住裴锦素。

筱燕秋："锦素，到底出什么事了？"

裴锦素咬着牙说："问你那宝贝学生去吧。"

筱燕秋不由得紧张起来，她求助的目光在裴锦素的脸上扫过来又扫过去。

裴锦素："你在我的脸上是看不出来结果的。我要是你就赶紧去办公室，找乔炳璋问个究竟。"

筱燕秋被提醒了，她脚步慌乱地往外跑，地毯绊住她的脚，筱燕秋踉跄一下差点摔倒，她踉跄了两步站稳了。排练室所有的目光都盯在她的后背上。筱燕秋顾不了许多了，她慌慌张张地跑出排练室。胡子的目光一直把她送出去很远。

筱燕秋在院子里面急匆匆地走着。

乔炳璋办公室的门开了，郑安邦和春来从乔炳璋的办公室里走了出来。筱燕秋一下站住了，她大睁着眼睛呆呆地看着他们。春来依偎在郑安邦的身边，她满面春风地扬着脸，一路走，一路和郑安邦说着什么。郑安邦边微笑，边点着头，他们沉浸在自己的欢乐中，谁也没有注意到筱燕秋。两个人说着笑着走着。筱燕秋的眼前突然黑了。

黑暗中的筱燕秋想："我相信，这瞬间是真正的失明。"

黑暗中有人喊："燕秋。"

乔炳璋的脸在黑暗中慢慢显现。筱燕秋大大地瞪着两只眼睛，像瞎子看人一样看着他。乔炳璋被她的神态吓着了，急忙伸手去扶她。筱燕秋死死扶住身边的一棵小树。她闭着眼睛说："别动我，我要死了。"

乔炳璋硬把筱燕秋拽进办公室。筱燕秋的手缓缓松开，小树左右摇晃着，枯叶飞落。

乔炳璋把筱燕秋扶坐在沙发上，又给她倒了一杯水放在她面前。筱燕秋脸色煞白，双目紧闭，靠在沙发上。

乔炳璋小心翼翼地问："怎么样？好点儿了吗？"

筱燕秋没有睁眼，她的嘴唇微微颤抖着。

筱燕秋："《奔月》又有变化了？"

乔炳璋："投资方要求春来上 A 角。"

筱燕秋轻声问："定了？"

乔炳璋不说话。

筱燕秋轻声地问："乔炳璋你为什么要对我这样？"

乔炳璋不知道该怎样回答。

筱燕秋声嘶力竭地喊出来："你为什么要对我这样？！"

乔炳璋深深地叹了口气，他说："燕秋，郑老板是投资人，他想让你唱就让你唱，不想让你唱你就不能唱。我兜里没钱，腰杆子就不硬。我要是有钱，咱们团要是有钱，怎么会让你受这样的苦？"

筱燕秋眼中的怒火熄灭了，她看着乔炳璋摇了摇头没再说话。

房间里面很静。筱燕秋静静地坐在沙发上，她的脸有一种远离尘世的美。乔炳璋目光凄凉地看着筱燕秋："这一刻，我突然觉得我和她非常地近了，这种感情不是爱情，也不是友情，是20年的摸爬滚打中生出来的一种说不出来的东西。不能随便地触动，一动就酸，一动就要流泪……"

筱燕秋突然开口了，她说："你觉得我苦？"

乔炳璋点点头。

筱燕秋："我不觉得苦。为了她，什么样的苦我都敢尝。为了她，什么样的苦我都能忍受。她是我的命……不！"

筱燕秋停住不说了。乔炳璋等待着。片刻静场后，筱燕秋开口了，她用韵白低声说道："她是比我的命还要宝贵的那个人呐……"

乔炳璋被她说糊涂了，问道："谁？你是说春来吗？"

筱燕秋缓缓地摇摇头，用韵白回答道："不，是嫦—娥。"

乔炳璋心里一酸，眼泪差点掉出来，他掩饰着把脸转到窗外。

筱燕秋态度坚决地说："我是一定要守住她的，脑袋掉了也得唱……"

乔炳璋心里一沉："筱燕秋啊，筱燕秋，看来你是要以命相争了！"

刘小能家客厅里面烟气腾腾。刘小能窝在沙发上抽烟，他被呛得直咳嗽。

刘小能想着春来："她是一个多么可恶的女孩子啊，爱上一个人的时候像感冒发烧一样来势汹汹，热度退了也就忘了，连点痕迹都不留。她永远有一种不满足感，恨不得把所有的生活一下子过完。她总说我不成熟，莫非男人的成熟非得像女人生孩子一样需要一番折腾吗？女人不像男人，女人杀起人来，刀不见血。"

刘小能突然飞起一脚把脚下的球狠狠地踢到墙上。他声嘶力竭地喊道："忘了她！忘了她！刘小能你要还是个男人就忘了她！"

外面有人敲门。刘小能停住脚仔细聆听着。敲门声由怯懦变得坚定起来。刘小能自语："是她。"敲门声越来越响。刘小能激动起来，他拉开门一下子蹿到门外。刘小能大喊一声："春来！"推销员举着包装精美的盒子问："要净水器吗？"刘小能"嗷"的一嗓子："滚！你他妈的给我滚得远远的！"推销员吓得撒腿就跑。

傍晚，乔炳璋在街上默默地走着，他在想着心事。胡子的车在他身边停下。胡子摇下车窗："乔团长，咱们找地方坐坐好吗？"乔炳璋犹豫了一下，同意了。

胡子和乔炳璋在饭馆里面喝白酒。乔炳璋喝得满脸通红。他又一杯下肚。胡子说：

“乔团长，好酒量。”

乔炳璋指指自己的心口：“这里面窝着一个大疙瘩，我得用酒把它烧化了。”

胡子：“我理解你。”

乔炳璋叹了口气：“人应该看其恶而知其美，看其善而知其恶。”

胡子琢磨着他的话问道：“你是说筱燕秋还是说春来？”

乔炳璋：“我在说人。”

胡子点点头和乔炳璋碰杯，他把杯中的酒一饮而尽。乔炳璋也一口喝了。

乔炳璋：“你真的要拍《青衣》？”

胡子点点头：“这是个好题材。”

乔炳璋严肃地说：“我劝你还是不要动她。”

胡子：“为什么？”

乔炳璋：“你不知道‘青衣’这两个字的真正蕴意。”

胡子：“不见得吧？”

乔炳璋：“你弄不懂她，她外在表现出来的和内心所蕴含的，未见是你看到的那样。”

胡子：“你越是这样说，倒越激起我的兴致来了。”

十九、裴锦素救了筱燕秋的驾

排练室里面空无一人。月光从几扇大玻璃窗子中射进来，给筱燕秋的脸上和身上勾了一层轮廓光。筱燕秋静静地端坐在排练室大厅中间的一把椅子上。春来悄无声息地走进来。她在筱燕秋对面的椅子上坐下。

春来小心翼翼地说："老师。"

筱燕秋抬起头看她。

春来："你找我有事？"

筱燕秋欲言又止。

春来："有话您就说吧。"

筱燕秋："戏三天后就公演了。"

春来点点头。

筱燕秋："你唱A角了？"

春来："团里终于同意您的提议了。"

筱燕秋被软软地顶了回去。春来把一缕头发掖到耳朵后面，她眼睛不看筱燕秋，在心里等待着筱燕秋的发问。

筱燕秋开口了："郑老板怎么说？"

春来："他尊重老师的意见。"

筱燕秋被春来顶进了死墙角里面，她脑袋中一片空白。

春来一脸纯真："老师，您不是叫我来上小课的吧？"

筱燕秋绝望地摇摇头。

春来态度诚恳地说："老师您放心，我一定好好唱，肯定不会给您丢脸的。"

筱燕秋嘴唇哆嗦着："春来……"

春来："您不舒服？"

筱燕秋："我想求你……"

春来警惕地看着她。

筱燕秋艰难地说："给我个机会……"

春来打断她的话："您说过，您是不会跟我争戏的。"

筱燕秋被噎住，好一会儿才说："你真觉得比我强了吗？"

春来从容地回答道：“您第一次登台也不会十全十美。”

筱燕秋心中一阵钝痛，眼中热泪闪动。

她说：“春来，老师已经40岁了。”

春来：“我知道。”

筱燕秋：“我没有机会了。”

春来不说话。屋子里的气氛好像凝结了。

筱燕秋轻轻地叹了口气说：“我能把A角让给你，你为什么就不能还给我呢？”

春来公事公办的口气：“这事是团里面决定的，我做不了主。”

筱燕秋说：“能做主。”

春来一愣。

筱燕秋说：“你能做自己的主。”

春来黑亮的眼睛眯了起来：“我不明白。”

筱燕秋像捞救命稻草一样，一把抓住了春来的手：“春来，你放弃吧。你刚20岁，有的是机会。我这一生、这一世只有这一次机会了。”

春来从筱燕秋的手里面使劲往出抽自己的手。筱燕秋揪住不放，她完全忘记了脸面。

筱燕秋：“春来，咱俩师徒一场，就算我求你了。”

春来根本就不想谈这件事，她站起来。

春来：“没别的事，我走了。”

筱燕秋双膝一软，跪在了地上。

春来吓得心里面一阵扑通，急忙往起拉她：“老师，您这是干什么？”

筱燕秋额头紧紧贴在地上，像是在顶礼膜拜。春来渐渐镇定下来，心里开始感到好笑，她像看戏一样地看着筱燕秋。筱燕秋慢慢直起腰，她泪迹未干的脸上透出倔强和孤傲。春来觉得身上“嗖嗖”地冒着凉气。她倒退着往门外走，一下撞在裴锦素的身上。春来惊叫一声，撒腿跑了。

裴锦素进来，看到筱燕秋直挺挺地跪在月光里吓了一跳。她惊叫着跑过来，使劲往起拽筱燕秋。筱燕秋不肯起来。裴锦素急了，说：“你疯了？怎么能给那个狐狸精下跪！”

筱燕秋幽幽地说：“我没给她下跪，我在给老天爷下跪。是他让我吃了青衣这碗饭，为什么偏偏不给我戏演？”

裴锦素说：“你起来。”

筱燕秋执拗地说：“他得回答我。”

裴锦素说：“我回答你！”

筱燕秋不理她。

裴锦素咬着牙说：“你这么跪一辈子也没用，起来！我保证你公演那天上台。”

筱燕秋的眼珠活了，她半信半疑地看着裴锦素。裴锦素扶起来筱燕秋。

筱燕秋："此话当真？"

裴锦素："真的！"

筱燕秋扑过去死死地搂住裴锦素，像是要被淹死的人突然看到了河岸。

筱燕秋："锦素！锦素！"

裴锦素像条汉子一样拍拍她的后背说："放心，你放心。"

筱燕秋松开裴锦素上下打量着她，不由自主地摇着头："锦素，我怕你做不到。"

裴锦素咬牙切齿地回答道："只怕想不到，不怕做不到。只要你想到了，再硬的东西都会软下来，都会巴结你，都会听你的话，你把它弄成什么样，它就成什么样。"

筱燕秋身子一软坐在椅子上。

裴锦素："回家去。"

筱燕秋摇摇头。

裴锦素以花脸的架势围着筱燕秋转了一圈。她一撩风衣的下摆，用胸腔和头腔的共鸣说："明天我一定好好唱一出戏，给这帮王八蛋们看看！"

第二天，排练室的门口竖着一个牌子，牌子上面写着"距公演还有两天"几个大字。演员们说说笑笑走进排练室，议论纷纷。胡子一声不响地听着。春来周身上下的张狂劲都没了，她委委屈屈地站在那里。乔炳璋和郑安邦进来，看见这种情况不由得一愣。

乔炳璋皱着眉头大声问："两天！两天是什么概念？掐头去尾，不到二十个小时了。你们这是干什么呢？春来，你不唱，站在那儿干什么？"

春来看着他不说话。

乔炳璋急了，他扫了人群一眼说："到底出了什么事？你们站在这儿不排练，到底是想干什么？"

排练室里面没人回答乔炳璋的话，大家的眼睛都往裴锦素身上看。

乔炳璋注意到了，他叫了一声："裴锦素。"

裴锦素抄着两只手晃晃悠悠地走过来，她漂漂亮亮一身时装打扮。

乔炳璋看到她没换戏装问道："你这是怎么回事？"

裴锦素："没怎么回事。"

乔炳璋："为什么不换衣服？"

裴锦素口气轻松地回答："我罢演了。"

乔炳璋吓了一跳："罢演？为什么罢演？"

裴锦素问："筱燕秋为什么不唱了？"

乔炳璋心里明白了，他故意作出生气的样子说："这事跟你没关系，你别瞎掺和。"

裴锦素故作严肃地说："她是嫦娥，我是后羿，我俩是两口子，怎么能没关系？"

大家"哄"的一声笑了。胡子咧着嘴笑。郑安邦的脸绷得紧紧的。

乔炳璋说："春来是A角，筱燕秋是B角，公演的那天当然应该春来上了。"

裴锦素火了："狗屁A角，乔炳璋啊，乔炳璋，我看你的眼珠子已经被钱烧成红火炭了。俗话说，没有赔面的厨子，投资方这样做的目的是什么？你用笨脑子想一想也能想出个结果来。他是为了观众吗？他是为了剧团吗？我看他这是醉翁之意不在酒。"

郑安邦尴尬，脸一阵红一阵白。胡子看看郑安邦又看看乔炳璋。

乔炳璋："你怎么说话这么没轻没重？"

裴锦素："什么是轻？什么是重？你们要是知道轻重就不能让这妖精把《奔月》这出戏给弄串味儿了。"

春来气得小脸煞白，死死地咬着嘴唇。

乔炳璋生怕裴锦素再说出过头的话："锦素，这个意见是团里通过的。"

裴锦素伶牙俐齿："什么团里通过的？这个二百五决定是怎么诞生的，大家都心知肚明。乔炳璋，我问你，观众是买筱燕秋的账，还是买这个丫头片子的账？你总不能因为喜欢上她，就烧包烧得想牵着观众的鼻子走吧？"

乔炳璋强忍着不笑："裴锦素，你太过分了！"

春来的眼泪围着眼圈转。

郑安邦铁青着脸看着裴锦素。他努力克制着自己说："你不想演可以不演，我这里来去自由。"

乔炳璋急了："后羿没有B角，她不演，这戏就没办法唱了。"

郑安邦态度从容地说："有钱还愁请不来别人吗？"

裴锦素面带笑容梳理好头发，又把时髦的提包潇洒地背在肩上。胡子看着裴锦素，目光中充满了欣赏。

裴锦素："郑老板，我唱后羿完全是为了傍筱燕秋这个角儿，我是票友唱着玩儿。你以为我指着唱这口混饭吃呢？我知道你有钱，可是你的钱在我这里起不了作用。裴爷我压根就不缺钱花。得，这个月的工资我不要了，送给剧组买条狐狸尾巴，给那个妖精钉到屁股上去吧。"众人哈哈大笑。

春来的眼泪流了下来。

乔炳璋喝道："裴锦素，你太过分了！"

裴锦素："你不过分？还是他不过分？我看你们谁都比我过分。今天我在这里把话挑明了，你爱请谁请谁去，裴爷我还不伺候了呢！"

乔炳璋真急了："郑老板你看这……"

郑安邦也急了，他看着乔炳璋问："乔团长，你不是唱过后羿吗？"

乔炳璋说："我这嗓子20年没溜了，别说不能唱，就是能唱我也没办法唱。这出戏里后羿的唱腔已经全部改成了铜锤花脸的唱腔，全省除了裴锦素还真没第二个人能唱。"

裴锦素夸张地迈着花脸的步子一摇三晃走出排练室。她大声唱《铡美案》包公唱段："我劝你（呀）认香莲是（惹）正（呃）理，祸到了临头悔不及。"

乔炳璋喊了声："裴锦素！"

裴锦素头都没回，她把手举过头顶朝后面摆了摆，以示告别。郑安邦意识到局势的严重性，额上的汗珠渗了出来。

乔炳璋说："咱们合同也签了，钱也花了，局里面、市里面有关领导的帖子已经发下去了。这台戏真的不演了，你和我都不好交待。"

郑安邦嗓子发干，他使劲咽了口唾沫像叹气一样说："那就叫筱燕秋唱吧。"

春来的脸色一下变了，她轻蔑地瞥了郑安邦一眼。

郑安邦赶紧修正自己的说法："让她唱前两场，后面的全部让春来唱。"

春来拎起衣服头也不回地走了。

排练室里面的人陆续走光了。乔炳璋最后一个走出排练室，他看着灰蒙蒙的天，长长地舒了一口气。裴锦素从后院转了出来，她扬着下巴看着乔炳璋。

乔炳璋："裴锦素，你这招，损是损了点，别说，还真管用。"

裴锦素："怎么谢我？"

乔炳璋："我不谢，还是让筱燕秋谢吧。"

裴锦素："得了便宜卖了乖。"

乔炳璋："这话说的！"

裴锦素："还用我往下说吗？你心里怎么想的，别人不清楚，我清楚。"

乔炳璋："我都不清楚，你怎么就清楚了？"

裴锦素："你是装糊涂。"

乔炳璋打哈哈："我本来就没你聪明，要不你怎么就能救了筱燕秋的驾呢？"

裴锦素："其实你也能救。"

乔炳璋："我？"

裴锦素点点头："你是个多聪明的人啊，你不救，是你不愿意为这事把自己搭进去。"

乔炳璋被击中要害，心中一阵恼火，他看了裴锦素一眼，两手一背走了。裴锦素哈哈大笑着冲着他的背影"哇呀呀呀"一阵叫板。

傍晚，面瓜在厨房里忙着做饭，小咪子给他剥葱剥蒜打下手。面瓜拎着鱼尾巴，把鱼放进油锅里面炸着。裴锦素在客厅里面连说带笑。筱燕秋满面红光，眼睛像星星一样亮。她不住地给裴锦素削苹果扒橘子。

小咪子："爸爸，妈妈今天怎么笑得跟花似的？"

面瓜："你锦素阿姨来了嘛。"

小咪子："她不是常来吗？"

面瓜添汤把鱼炖上："那就是赶上多云转晴了。你妈的脸是高原的天气，咱说不好。”

面瓜把炒好的菜递给女儿：“端好，别洒了。”

小咪子把菜一盘一盘地端上来。

裴锦素大着嗓门说：“来了就来了呗，这么客气干什么？”

面瓜端着一砂锅汤进来。

面瓜说：“你有日子没来了嘛。”

裴锦素故作神秘地说：“知道我为什么不来吗？因为我烦你。”

面瓜笑：“你要是喜欢上我就坏了。”

筱燕秋白了他一眼笑着说：“孩子在这呢，瞎说什么？”

面瓜“嘿嘿”憨笑。

他跟裴锦素说：“冲这儿，我也得好好喝两盅，燕秋有日子没这么看我了。”

裴锦素哈哈大笑，她说：“面瓜啊，面瓜，你憨的可真够招人喜欢的。”

面瓜给裴锦素和筱燕秋倒了点儿红酒：“那你还说我配不上她。”

裴锦素：“你还以为你能配上她？”

面瓜傻笑：“啥配不配的，配也是吃饭，不配也是吃饭。”

裴锦素：“俗了吧？一张嘴就透着俗。”

面瓜喝了口酒认真地问：“啥是雅？天天唱歌念诗？当吃还是当喝？”

裴锦素指着面瓜说：“除了吃和喝，你还知道什么？榆木脑袋！”

面瓜梗着脖子：“你说还有啥？”

裴锦素：“还有精神，你不知道精神是有力量的吗？”

面瓜：“你这女人就是被精神搞坏了，40岁了都没嫁出去。还整天呵呵呵地傻笑啥？”

裴锦素：“看看你们这些个男人，哪个配我享用？我嫁不出去是因为我根本就不想嫁。”

面瓜：“我说不过你。”他给小咪子舀鸡汤。

小咪子一下捂住了碗，她大声说：“天天喝鸡汤，喝得我都快打鸣了。”

面瓜说：“爸爸买的是母鸡，没看你妈脸色这么不好吗？她得补。”

小咪子不说话。

裴锦素关心地看着筱燕秋：“怎么，还不舒服？”

筱燕秋：“好多了，就是有点儿软。”

裴锦素认真地说：“那你得上医院去看看。”

筱燕秋用目光制止裴锦素，让她不要再说下去。

面瓜问筱燕秋：“上医院？又要减肥？你不要命了？”

筱燕秋苦笑：“减肥？我就是用刀子往下片肉都来不及了。”

面瓜惶惑地看着她。

裴锦素高兴地说："老面，后天我们的《奔月》就公演了，你老婆等了20年，终于上台了。"

面瓜由衷地笑了，他说："那咱得好好庆祝庆祝。"

裴锦素："怎么庆祝？你来一段？"

面瓜笑："我一张嘴，你们得到山那边听去。这么着吧，让我闺女给你们来一段。"

小咪子又使眼色又摆手。

筱燕秋看见了，她和颜悦色地说："唱着玩，妈妈不说你，你唱吧。"

小咪子站在地中间，她用脆生生的京白连比带划地念着："清早起来菱花镜子照，梳一个油头桂花香，脸上涂的是桃花粉，口点的胭脂是杏花红……"

裴锦素"哈哈"笑，她点着小咪子用老旦的韵白叫道："丫头！丫—头！"

筱燕秋心情很好，她笑眯眯地看着女儿。眼前的小咪子瞬间幻化成了春来。春来俏生生地唱着比划着。筱燕秋脸上的笑容一下没了。小咪子不敢再往下进行了，她小心翼翼地叫了声："妈。"

筱燕秋醒过神来，她说："我走神了。"

裴锦素拿两只筷子在桌子上敲起锣鼓点，嘴里念着："当、才、当！"

她拉着架势用老旦高亢的唱腔唱着《钓金龟》张义娘唱段："叫张义我的儿（喏）听娘教训，待为娘对娇儿细说分明………"

面瓜津津有味地吃着喝着。

春来在排练室里面疯了一样地练功，她翻完小翻，摔卧鱼。她抽出兵器架上的长枪舞得呼呼生风。春来浑身上下像被水洗过一样。她太累了，脚下一个趔趄，被毯子绊倒在地上。春来一声不响地趴在那里。一直站在黑影里的郑安邦走过来扶她。

春来扭头认出来他，使劲甩开他的手说："滚开！"

郑安邦硬把她拉起来。

春来使劲推他："滚！"

郑安邦后退了几步又站住，春来披头散发地扑过来用身子撞他。

春来："滚！滚！你给我滚！"

郑安邦抱住她。

春来挣扎着痛骂道："伪君子！小人！"

郑安邦怒不可遏，伸手给了她一个嘴巴子。春来被打傻了。郑安邦清醒过来，他脸色铁青地看着她。

春来把散乱的头发用卡子别结实了。走到兵器架上抽出一把大刀走到郑安邦面前，抬手就是一刀。郑安邦本能地一躲，叫道："你干什么？"

春来怒目圆睁，又一刀劈过去："我劈了你！"

郑安邦抱头躲过叫道："你别胡闹！"

春来刀刀紧逼，郑安邦步步躲闪。

街上灯火通明，行人在街上悠闲地走着。裴锦素和筱燕秋在人行道上边走边说着话。

裴锦素：“男人在追求女人的时候哪个不是口吐莲花？哪个不是希望女人能傻点儿，糊涂点儿？因为这样他容易得逞。得逞以后呢，他又希望女人能在一夜之间就聪明起来，一眼就能看穿别的男人的圈套。女人的聪明只能对外，不能对他。”

筱燕秋：“你说的是谁？”

裴锦素：“谁也不是，是泛指。”

筱燕秋关心地说：“锦素，你不能老谈恋爱总不结婚啊。”

裴锦素：“跟谁结婚？跟你啊？”

筱燕秋瞪了她一眼。

裴锦素叹了口气：“我爱男人总是不如爱女人爱得长久。我爱一个男人总是轰轰烈烈地开始，垂头丧气地结束。除了失望，没得到过别的。后来我也想清楚了，我要爱的根本就不是那个人，我爱的是爱情本身。这就弄得我挺痛苦。因为我是一个没有爱情就没办法活下去的人，我需要爱情就像是需要阳光和空气。所以我必须得有一个可以恋爱的对象让我去爱。可是我得到的结果又永远不是我想要的，就这样周而复始，恶性循环下去，我的青春就一去不复返了，我的小鸟也一去不复返……”她说得高兴，唱了起来。

筱燕秋打断她认真地问：“你怎么这么没正经？告诉我，你到底喜欢什么样的男人？”

裴锦素想了一下：“有政治人格，对政治有自己独立的判断和见解。有经济人格，能养活自己养活全家。还要有文化人格，举止文明，谈吐风趣优雅。”

筱燕秋：“啧！啧！这得贴皇榜招亲了。”

裴锦素自嘲：“我已经把自己扛在这儿了。怎么往下降？最后的结果我也早看明白了，那就是自己把自己逼上了梁山。”

筱燕秋“咯咯”笑。

裴锦素：“你看看我追求了20年的爱情得到的是什么？满肚子无法倾诉的心酸，不化妆出不了门的脸，永远得不到的诺言和无处寄托的情感。”

筱燕秋哈哈大笑。

裴锦素跟着没心没肺地笑：“咱俩找地方坐一坐，我请你喝咖啡。”

筱燕秋：“不了，我想早点儿睡觉。”

裴锦素：“你这人怎么跟老太太似的？”

手机铃声响，裴锦素接电话：“喂，哪一位？”她眉开眼笑：“啊，朱子啊。”

筱燕秋给她打了个手势，示意自己先走了。裴锦素点点头。筱燕秋扭头走了。裴锦素：“你在哪呢？”

此时排练室里，春来和郑安邦瘫坐在地上，两个人喘得上气不接下气，身上的衣服全部湿透了。

郑安邦抬起头看着春来说："春来，你就这么恨我？"

春来："我恨你！我更恨我自己。我过去的日子多么无忧无虑，多么快活！为什么要和那个《奔月》搅在一起？为什么要跟你搅和在一起？不是《奔月》这出戏，我现在已经是电视台的主持人了；不是认识了你，我也就认命，心甘情愿地唱B角了。是你把我从我过去的生活中硬拉了出来的，是你把我扔进了这个烂泥坑中。"

郑安邦："你不能这样想问题。"

春来："我该怎么想？"

郑安邦："我没想到事情会发展成这样，我是发自内心地为你好啊。"

春来："为我好？是为你自己好吧？"

郑安邦："你这样说就不讲理了。"

春来："跟你这种敌人有什么理可讲？"

郑安邦苦笑："敌人？对，从一开始你就把我当成敌人来对待，你把你和我的关系当成了一场决定胜负的战争。"

春来吃惊地看着他："你说什么？"

郑安邦冲动地说："谁对你不感兴趣，你就对谁有兴趣。"

春来的眼睛瞪圆了，眼神中射出匕首一样的光芒。

郑安邦："你给我带来的这一切跟我对生活的期望相差太远了，我所有的努力全都白费了，是你又一次让我感受到了人生的脆弱和不可靠。"

春来低声说："滚！"

郑安邦："你把我当成敌人，我可不把你当敌人看。因为伤我最深的不是敌人，敌人只能打倒我，却伤不了我。"

春来提高了声音："滚！"

郑安邦一下软了，他乞求她说："春来，你别这样，我已经说过了就让她演两天！"

春来冷笑："两天？哈哈！"

郑安邦说："两天后我准让你登台唱。"

春来语气冰冷："你？你算什么东西？你现在就是八抬大轿请我唱，我还不唱了呢。"

郑安邦叹了口气："你打也打了，骂也骂了，还想让我怎么样？"

春来："从我面前消失，马上消失。"

郑安邦可怜巴巴地叫了声："春来！"

春来冷冷地回答："别叫我，听到春来这两个字从你的嘴里面吐出来我就恶心。"

郑安邦叹了口气："你到底想要我怎么样？"

春来："不怎么样，我已经用抹布把你从心里擦掉了。"

郑安邦低着头，双手紧紧攥着。他说："好，好，只要你高兴，愿意怎么样就怎么样吧。”

春来一愣：“你正巴不得摆脱我是不是？”

郑安邦不说话。春来气得嘴唇发白，眼泪流了下来。

郑安邦看着她：“我不该爱你，爱你越深，我对自己的厌恶也就越重。”

春来：“呸！你少在我面前提这个字！”

郑安邦气得浑身颤抖。

春来指着他的鼻子：“姓郑的，我告诉你，从小长到大，我的每一步路都是自己走出来的，从来没靠过任何人。我这个嫦娥就是不喝你们男人配的药，照样也能飞到月亮上去。不信咱们就走着瞧。”说完她拎着衣服气冲冲地走了。

郑安邦没有看她，心想：“她路过我就像路过一堆垃圾一样，我在她面前已经一钱不值了。我不能抬头看她，一抬头，我的意志就会土崩瓦解。这一切是怎么发生的，为什么会这样？我到底是怎么了？《奔月》就要公演了，我心中没有一丝一毫的喜悦。这一切和我最初的愿望全部背道而驰了，我播的是龙种收的却是跳蚤。”

晚上，筱燕秋走进柳如云的病房。柳如云住过的床铺上没有人。

值班医生进来。筱燕秋问：“18 床的病人呢？”

值班医生：“她这一段时间病情挺稳定，所以经常回家去住。”

筱燕秋转身出去。柳如云家亮着灯的窗子越来越近了。房间里面隐隐传出来录音机中青衣婉约动人的唱腔。

筱燕秋推门进来，不由怔了一下。屋子里面摆满了绢人青衣，柳如云端坐在屋子中间，她慢慢抬起头来。柳如云面色惨白，头上裹着大红色的丝绸巾。筱燕秋被她奇特的美震慑了，看着她半天没说出来话。

柳如云语调平静地说：“我想你今天会来。”

筱燕秋问：“你怎么知道？”

柳如云：“你就是我，我的心思自己当然会知道。”

筱燕秋不由打了个冷战。

柳如云问：“冷？”

筱燕秋点点头。

柳如云说：“冷得久了就不觉得冷了。”

筱燕秋细细品着柳如云的话。柳如云不再说话，录音机里的磁带转完了，屋子里面异常寂静。

筱燕秋开口说话了：“柳老师，我就要上台了。”

柳如云凝神看着她，好一会儿才吐出来一个字：“好！”

她问筱燕秋：“哪天？”

筱燕秋说：“后天。”

柳如云点点头说：“我去。”

筱燕秋心里面一颤，随即涌上一股暖流，她没缘由地想哭。柳如云慢慢站起来，围着筱燕秋走着优美的台步慢慢地转了一圈。筱燕秋凝视着她。

柳如云在筱燕秋的面前站定，充满感情地看着她说：“我给你化妆。”

筱燕秋哽咽着叫了声：“老师！”

柳如云：“你要感谢上苍，他给了你这个机会，不是人人都有机会的。”

筱燕秋使劲点点头。

柳如云诚挚地说：“我要感谢你，是你把我这个将死之人重新带回到戏台上。”

筱燕秋听懂了她的意思，眼中泪光闪动。筱燕秋心里难过：“老师。”

柳如云笑笑：“好日子里，你我都应该高兴是不是？”

筱燕秋：“我高兴，真的高兴。”

柳如云回到桌子旁边坐下：“燕秋，你过来。”

筱燕秋走过去。

柳如云：“我炖了排骨汤。”

筱燕秋恍然大悟：“今天是他的生日？”

柳如云点点头：“七十大寿。”

筱燕秋：“他一直没来看你？”

柳如云摇摇头。

筱燕秋痛心：“老师，你不该这样对自己。”

柳如云的目光从绢人群中依依扫过去：“生死契阔，与子相悦，执子之手，与之偕老。”

筱燕秋：“他这么想吗？”

柳如云点点头。筱燕秋摇头。

柳如云：“你不信？我信，有那么一天他会当着别人的面宣布我是他的妻子的。”

筱燕秋又摇摇头。

柳如云：“你还是不信？”

筱燕秋：“不信。”

柳如云：“那你就等着看吧。”

筱燕秋：“他要是这么想，就应该来看你，就是住在天边也要赶过来。可他没来。”

柳如云：“这副皮囊不看也罢，他知道我的心，我也知道他的。”

筱燕秋：“他知道什么？”

柳如云：“他知道我的灵魂已经永远地留在我们俩分手的地方了。”

筱燕秋打了个冷战。

筱燕秋把热好的汤锅端上来，她给柳如云盛了一碗，又给自己盛了一碗。

柳如云：“再拿一个碗来。”

筱燕秋又取了一个碗放在桌子上。柳如云亲手盛了一碗汤，摆了双筷子放在桌子上。筱燕秋默默地看着她。

柳如云低声说了句："吃吧。"

筱燕秋低头喝汤。柳如云把录音机打开，青衣委婉的唱腔在房间里面余音绕梁地回荡着。筱燕秋喝不下去了，她抬头看。那碗没人喝的汤在桌子中间冒着热气。柳如云像凝视爱人一样久久地凝视着它。

筱燕秋："老师，你不能这样。"

柳如云："不这样，又能怎样？"

她的尾音不自觉地拖上韵腔。

筱燕秋摇着头："不知道，反正不能这样。"

柳如云韵白："人生失意无南北，爱也罢，恨也罢，我的身子都回不到那个地方去了，我只能睁大眼睛，竖起耳朵让他的脚步声在我耳边萦回缭绕一刻不止。"

筱燕秋嘴唇颤抖，她站起身无形的水袖一甩，身子抖起来："喂……呀……"

柳如云紧跟着进戏了，她拖着韵腔："春闺梦断，荒山凄冷。"

筱燕秋颤着手指，指尖从静静地看着她们的绢人青衣群上划过去。

筱燕秋含泪接韵白："你为何痴迷不醒？你怎能忍受孤零？"

柳如云的目光虚了，她看着周围的绢人青衣，动作优美地甩了一下无形的水袖。筱燕秋为她伴戏，屋子内，人影绰约，光影晃动。

柳如云用纯正的韵白念道："我习惯了一个人。一个人会孤芳自赏，一个人会顾影自怜，一个人最无所顾忌，一个人也最失魂落魄……"柳如云转过身亮相，她的眼睛里面泪光闪动。

筱燕秋的热泪一下涌了上来。她不由自主地和上来："落魄……喂呀……"

第二天，刘小能的切诺基夹在车流里面慢慢往前开着。刘小能手把方向盘，他头发零乱，衣衫不整。春来的身影突然出现在车镜中。刘小能以为自己看错了，死死地盯着车镜。春来的身影一会儿进来，一会儿出去。刘小能的车冲上马路牙子。

行人一片惊叫声。切诺基在春来身边停住。春来冷漠地看看刘小能。

刘小能："上车吧，我有话对你说。"

春来二话没说，打开车门上车。两人开到郊外。

一列火车开过去，刘小能和春来并排站着。

刘小能说："我们台要拍一部电视剧。那个导演是我的一个哥们儿，我向他推荐了你。"

春来眼睛一亮，很快又暗淡下去："我不去。"

刘小能："为什么？"

春来："我不会再依靠任何人了，我的未来只属于我自己。"

刘小能："你还恨我？"

春来："你和我的关系从那天开始就已经是零了，我干吗要恨一个我根本就不认识的人。”

刘小能急了：“春来！你不能再给我一次机会吗？”

春来摇摇头：“我不能被一块石头绊两跤。”

刘小能绝望，他从怀里面掏出春来送给他的手镯。

刘小能：“还给你。”

春来嘴边挂着一丝嘲讽的微笑接过玉镯：“开始清算了？”

她从脖子上摘下来那串挂着双鱼坠子的项链。刘小能看着她不说话。春来把项链挂在身边的一棵窈窕的小树干上，把那只玉镯挂在树杈上面，又掏出手机挂在树枝上。

春来：“这个故事的结尾太俗，不过倒是挺配你的。”

刘小能涨红了脸。春来转过身头也不回地走了。刘小能愣愣地看着那棵像少女一样窈窕的小树。风吹树枝，玉坠碰撞，叮当作响。挂在树枝上的手机突然响了。刘小能像一面坍塌的墙，堆坐在地上。手机铃一声声固执地响着。刘小能蹦起来，抓过手机朝远处狠狠地扔去。铃声飞远了。

这天傍晚，文化宫的后台一派忙碌的景象。服装师把戏装熨好，整整齐齐地挂在衣架上。道具师把道具认真地摆在道具架子上。胡子和摄影师带着工作人员从走廊里面走过去。

演员们在化妆室里面吵吵闹闹地化妆。化好妆的人在七嘴八舌地谈天说话。

演员甲：“我的股票一下子被套牢了。”

演员乙：“就那么放着吧，等着它反弹，要不你可亏死了。”

女演员甲：“你这件衣服在哪买的？”

女演员乙：“天元商厦。”

女演员甲：“明天我也去买一件。”

老演员甲：“儿子去年高考差了30分，这30分难往上爬了。”

老演员乙：“好好请个家教。”

老演员甲：“请？那小子逆反，根本不听我的。”

乔炳璋和几个副团长走进化妆室，面带笑容看着大家。

筱燕秋和裴锦素对着镜子化妆。筱燕秋望着镜子里面的自己静静地调息。她细细地端详自己：“我突然觉得自己今天是一个待嫁的新娘，我要精心地梳妆，精心地打扮，好把自己闪闪亮亮地嫁出去。我不知道新郎是谁，还没拉开的大幕是我的红盖头，它把我盖住了。”

柳如云坐在一边静静地看着她。

筱燕秋深吸了一口气，定下心来。她披上了水衣，扎好。筱燕秋把底色均匀地抹在脸上，脖子上，手背上，抹匀了。又用中指一点一点地把自己的眼眶、鼻梁画红了，左右研究了一会儿满意了。拍定妆粉，上胭脂。镜子里的青衣模样出了个大概。

柳如云站起来慢慢走过去。她用指尖顶住筱燕秋的眼角，把眼角吊向太阳穴的斜上方。柳如云认真地给筱燕秋画眼,画眉。她用湿好了的勒头带开始为筱燕秋吊眉。筱燕秋感到有点疼，她轻轻地闭上了眼睛。柳如云把筱燕秋的脑袋裹了一圈又一圈，筱燕秋的双眼吊起来了，看上去有点像传说中的狐狸，妩媚起来了，灵动起来了。柳如云为筱燕秋贴上大片，左腮一个，右腮一个，筱燕秋的脸型一下变了，变成了鹅蛋脸。柳如云给筱燕秋上好齐眉穗，盖好水沙，戴上头套、假发、泡条、偏风、六角、凤鸟。一个活灵活现的青衣立刻出现在镜子里。

筱燕秋盯着自己看，她漂亮得都认不出自己了。

裴锦素欣赏地看着她："瞅瞅我媳妇！瞅瞅我媳妇！"

筱燕秋自言自语地说："这不是我，这是另一个世界里的另一个女人。"

柳如云说："这个女人才是筱燕秋，才是你自己。"

筱燕秋挺起胸，侧过头，意外地发现化妆间里挤了好些人。人们用一种疑惑的目光研究着她。筱燕秋看到了春来。春来呆呆地站在那里，目光粘在筱燕秋的身上挪不开了。

春来心里吃了一惊："我不敢相信，面前的这个女人就是和我朝夕相处的筱燕秋。她是这样的美，这样的光彩照人。她不再是那个筱燕秋，她在这一瞬间里完全脱胎换骨了。她变成了另外一个魅力四射的女人，一个叫人眼红的女人。"

筱燕秋睃了春来一眼。

筱燕秋心里清楚："春来嫉妒了，她嫉妒筱燕秋了，可我不是筱燕秋，我是另外一个世界里的另外一个女人。我是嫦娥。"

春来想通了："我突然明白了，她为什么如此迷恋戏台。我在明白了她的同时，也明白了我自己。我知道我要什么了,我要上台,我一定要上台。说死了也要到台上去。我要靠自己的力量飞上月亮，我要得到她那样的艺术永生。"

筱燕秋穿着水衣脚步婀娜地走出去，柳如云跟在她的后面。春来神情激动地跟着她们走出去。

到了后台，筱燕秋身穿水衣站在服装架子前面。服装员拎过来戏装，准备给她着装。筱燕秋仔细抚摸着戏装上的每一片刺绣，心中感慨万分。服装员展开戏装站在筱燕秋的身后。筱燕秋激动地站在那里，她有些不知所措。

柳如云慢慢走过来轻声对她说："抬头、挺胸、伸展手臂。"

筱燕秋像 20 年前一样照她的话做着。服装员动作利落地给她穿上戏装，上上下下收拾得妥帖平整。服装员拿来绣鞋，筱燕秋接过来扔在地上要自己穿。

柳如云厉声喝道："别弯腰！"

筱燕秋慌忙直起腰。她有些恍惚地看着柳如云。在筱燕秋眼里，60 岁的柳如云突然幻化成 40 岁的柳如云。

柳如云看着 20 岁的筱燕秋："小心戏装皱了。"

她命令筱燕秋："控腿。"

筱燕秋抬腿。

柳如云："抬高。"

筱燕秋做了。

柳如云命令她："钩脚。"

筱燕秋姿态优美地钩起脚尖。

柳如云郑重地对筱燕秋说："从今天开始，你是角儿了。到死那天都不要忘了这个。"

筱燕秋回到现实中，她百感交集地看着柳如云，叫了一声："柳老师！"

柳如云用手势制止住她。

柳如云："不要说话，化上妆，这个世界其实就没有了。你不再是你，他也不再是他，你谁都不认识，你是嫦娥，谁的话你也不要说。"

筱燕秋慢慢走过来，她深深地给柳如云道了个万福。春来站在远处看着她们，她的脸上露出掩饰不住的嫉妒。

二十、“嫦娥在我身上死了，可她又在春来身上诞生了”

观众们纷纷入席。刘小能戴着耳机把着机器在跟导播车上试话筒。话筒里面导播的声音：“刘小能，你是主机，你要跟定人物。”

刘小能：“知道了。”

刘小能看着舞台两侧。舞台两侧的摄像师把着机器跟他招手示意。郑安邦在前面引路，市里的领导和艺术界的知名人士跟着他入座。刘小能斜着眼睛看着郑安邦。

两个年轻人抬着一个大花篮来到小化妆室前面。

其中一个说：“这是我们郑老板送给筱燕秋老师的。”

舞台监督：“先放进屋去，等筱燕秋老师谢幕的时候，你们再抬到前台去。”

两个人把花篮抬进屋去。

几个戏迷围住舞台监督：“我们想跟筱燕秋老师签字合影。”

舞台监督往外走：“等散场吧，散场了我给你们安排。”

戏迷们高高兴兴地走开。

剧场里座无虚席，前几排坐着市里的领导和艺术界的知名人士。魏笑天、李雪芬、武行师傅等京剧老前辈互相握手打着招呼。

一个领导跟魏笑天打招呼：“魏老，近来身体怎么样？”

魏笑天：“越老毛病越多，糖尿病。”

领导：“那您可得多注意，别累着。”

魏笑天：“看戏累不着我。这出戏我看了几十场，知道戏核在哪里。我会把力气分配均匀了悠着劲看。等重场戏的时候，我才会铆足力气，屏住呼吸，把唱腔和表演一点不落地吞下去。然后闭目歇息，慢慢地品味咀嚼。”

那位领导看着魏笑天很有风度地笑着。

老武行四处打量一番：“柳如云那个戏疯子怎么没来？”

魏笑天一怔。

李雪芬：“来了，在台上候着呢。”

老武行：“候谁？”

李雪芬：“还能候谁，筱燕秋呗。”

魏笑天不动声色地听着。

老高："听说柳如云得了癌症？"

魏笑天心里"扑通"一跳，眼睛转过来看着老高。

李雪芬看着魏笑天嘴尖舌快地问："老团长，你不知道这事？"

魏笑天看着她，动作缓慢地摇摇头："没人跟我说过。"

李雪芬："治得挺好，已经控制住了。"

魏笑天把脸转到台上，好一会儿才轻轻地吐出一口气。

此时的柳如云正坐在椅子上看着对面侧幕条里站着的筱燕秋。筱燕秋俏眉俊眼，头上珠翠闪亮，她身穿淡雅的戏装，凝神静气地站在一边候场。春来站在不远处看着她，看得出她有些紧张和兴奋。

筱燕秋翘着兰花指，扶正鬓角处的绢花，又仔仔细细地摞好左右两片水袖。她抬起头凝神看着前面。开场的锣鼓点敲响。观众席上的灯灭了。一缕追光打在筱燕秋的身上。

筱燕秋想道："新娘要把自己嫁出去了，没有新郎，这个世界就是新郎，所有的人都是新郎。所有的新郎一起盯住了我这个唯一的新娘。"

大幕徐徐拉开。春来瞪着眼睛看着筱燕秋。

筱燕秋出场了，她转身亮相。她的身段和台步，美轮美奂，无懈可击。观众报以热烈的掌声。筱燕秋看着虚无缥缈的前方开口了。她的第一声倒板赢来了全场寂静。

观众席上的人们全神贯注地看着听着。

筱燕秋施展出全身的本领，她像一朵流云一样，拖着两只长长的水袖在戏台上飘来舞去。

筱燕秋在台上如醉如痴地唱着。观众如醉如痴地听着。

魏笑天感叹着连连点头："这个筱燕秋，20年过去了，不但本钱一点儿都没丢，功底反倒更加深厚了。如果不是天生就有二郎神护着，她成不了这样。"

坐在魏笑天身边的春来看了他一眼没说话。

柳如云坐在侧幕条边的椅子上不错眼珠地看着筱燕秋。她的嘴跟着筱燕秋的唱腔轻轻地动着，看得出嫦娥的唱腔她已经倒背如流，熟记于心。柳如云的手跟着筱燕秋台上的动作下意识地做出各种手形比划着。

演出进入高潮。筱燕秋连唱带舞，唱到流水快板的时候，她突然忘词了。台下骚动起来。筱燕秋脑子里面一片空白，她像定格一样站在那里不唱了。乐队反复拉着过门。观众席里众人交头接耳，议论纷纷。乔炳璋、郑安邦紧张地看着台上。

魏笑天急了："这丫头，这丫头！怎么这么不禁夸？"

李雪芬着急，冲台上大声说："往下唱啊，别往回找了！"

乔炳璋离开座位，朝后台跑去。乐队使劲拉着过门。筱燕秋看着乐队犯傻。

柳如云"腾"地站起来，她一阵眩晕，扶住椅子。筱燕秋看到了柳如云，她转过眼睛看着柳如云愣神。柳如云心急火燎地给她打着手势，叫她跳过这段往下唱。

京胡使劲拉过门。筱燕秋根本就没有要往下唱的意思，整个戏台被晾在那里。乔炳璋跑上台冲舞台监督喊：“落幕，快落幕！”

大幕徐徐落下，遮住了站在台上愣神的筱燕秋。观众不干了，叫嚷喧哗：“拉开幕！拉开幕！”春来坐在观众席中，脸上露出掩饰不住的嘲笑。

大幕徐徐拉开，筱燕秋走了出来。她满怀歉意向台下的观众深深鞠了一躬。观众们还是起哄。筱燕秋又向台下的观众深深地鞠了第二个躬。观众静了下来。筱燕秋慢慢抬起头，她声音低沉，但是非常诚恳地说：“刚才对不起大家，我忘词了。”剧场里面异常肃静。

筱燕秋含着眼泪说：“这场演出我盼了整整20年，我想把最好的唱腔献给观众朋友们，因为太激动了，所以出了这样的丑。希望大家能原谅我！”说完眼泪一串串地滚落下来。

下面的观众伸着脖子看她，剧场里面没有一点声音。筱燕秋又深深地给观众鞠了一躬。

观众席中一个中年男人突然大声喊：“甭客气！您太客气了！”

一个老头跟着喊：“是啊，我们等你的这场演出也等了整整20年！你的心情我们理解。接着唱你的，别往心里去！”

筱燕秋破涕为笑，她笑得泪花滚滚。乐队人也跟着笑了。观众席里面的气氛热烈而轻松。

魏笑天吐出了一口长气：“这丫头活活吓死我了。”

筱燕秋说：“好，我把这场戏再重唱一遍。”

观众叫好，热烈鼓掌。

锣鼓点重新响起来。柳如云软软地坐在椅子上，她抹了一把额上的汗由衷地笑了。

筱燕秋重新开始唱了，她的唱腔把戏迷们的魂死死地抓住了。观众们不断地喝彩、鼓掌，剧场气氛空前的热烈。演出顺利地往下进行着。不懂戏的观众们聚精会神地看着。戏迷们则闭着眼睛，晃着脑袋，手里敲着板眼听着。

春来看着戏台上筱燕秋充满女人魅力的身姿，听着她余音绕梁的嗓音，心里像碰翻了五味瓶。她忍受不住，站起来走了。

刘小能手里面把着机器，眼睛看着离席的春来。

耳机里面传来导播的叫声：“2号机，焦点虚了！”刘小能转过脸调整摄像机的焦点。

柳如云过来走进观众席找座位。魏笑天不动声色地拍拍身边春来让开的空座示意她坐下。柳如云看了他一眼，不动声色地坐下。魏笑天目光复杂地看了一眼柳如云。柳如云全神贯注地看着台上。

舞台上，嫦娥和后羿缠绵悱恻。裴锦素扮演的后羿抒发着浓烈火热的情怀。筱燕秋如同嫦娥的精魂附了身，她无比深情地看着后羿，她的眼睛里面流光溢彩，浑身上下荡漾着秋水一样的柔情。

柳如云被深深地打动了，泪水慢慢地浸透了她的眼睛。魏笑天不动声色地看着台上。

一个男戏迷感叹："这戏比 20 年前还有味道。"

身旁的女戏迷附和："后羿要不是个女花脸，这两人可真是天生的一对。"

戏台上嫦娥和后羿两个人痛快淋漓地唱着，表演着。

观众席里时时响起雷鸣般的掌声。

筱燕秋在台上把满腔的块垒抽成了一根绵长的丝，一点一点地吐了出来，缠绕起来，挥洒起来。她在世界面前袒露出了她自己，满世界都在为她喝彩。

她越来越投入，越来越痴迷，越陷越深。

大幕徐徐落下。

筱燕秋迈着水步下台。锣鼓点继续。乔炳璋冲筱燕秋跷着大拇指无声地微笑着，他的眼里噙着泪花："你的嫦娥实在是太出色了，你真的是嫦娥。"

筱燕秋笑了，她随着锣鼓点儿又飘到台上去了。

戏快结束的时候，柳如云站起身悄悄地走了。魏笑天盯着她的背影，想动又没动。

春来一个人站在文化宫外的台阶上。面前灯光闪烁、车水马龙、人来人往。春来醒悟："人都有影子，如果看不到自己的影子那就是魂掉了。我的魂掉了，筱燕秋返场第一声唱腔唱出口的时候，我的身子就轻了，轻得连脑子都没有了。站在这里冷静下来，我才猛然明白过来，我魂已经被她带到天上去了。"

文化宫里面传来雷鸣般的掌声。春来站在那里聆听着。

剧院内，观众热烈地鼓着掌。群众演员谢幕退场。筱燕秋拉着裴锦素的手谢幕。两个大花篮被抬到戏台上。郑安邦跟在市领导后面走上台。全体演员站在台上接受领导和知名人士的接见。

筱燕秋手捧大把的鲜花站在戏台中间，她人在喧闹中，灵魂已经飞走了。

筱燕秋心中百感交集："这是喜悦的两个小时，哭泣的两个小时，这两个小时太短了，刚刚离开这个世界，说回来就又回来了。戏完了，结束了，嫦娥说走就走了，毫不留情地把筱燕秋还给了我。"

观众们纷纷退场了。

年轻的摄像师扛着摄像机，记者拿着话筒上台来采访筱燕秋。巡像器里面是筱燕秋的形象，她凝神看着镜头。

记者问："筱燕秋老师，你今天晚上的演出获得了极大的成功，你此时此刻最想说的是什么？"

筱燕秋看着记者半天没说话。记者耐心地等待着。裴锦素看筱燕秋。

筱燕秋开口了，她说："大幕落下的时候，我想对着台下的观众喊，不要走，我求你们不要走。都回来，你们快回来！"

记者吃惊地看着她。

裴锦素忙抢过话头说："筱燕秋老师的意思是，希望京剧能够快快振兴。观众能够越来越多地聚集在京剧舞台下，捧我们的场，捧京剧的场。"

记者满意地点点头。

筱燕秋在百般失落中走回了后台。乔炳璋站在那里，似乎在等着她。筱燕秋看着乔炳璋，一步步地朝他走近。乔炳璋兴奋得有些张狂了，他笑脸迎候着她。筱燕秋走到乔炳璋跟前，她像个委屈的孩子，看着乔炳璋，看着看着眼圈慢慢红了。乔炳璋看左右没人注意，伸手把筱燕秋拉进旁边的屋子里面。

屋子里面堆着道具等杂物，乔炳璋和筱燕秋站在屋子中间。

乔炳璋对筱燕秋说："哭吧，想哭就使劲哭。"

筱燕秋的眼泪一串一串地滚落下来。乔炳璋从口袋里面掏出面巾纸递给她。筱燕秋不接，她哀怨地看着乔炳璋的怀抱。

乔炳璋明白她的意思，看着她慢慢张开了双臂说："来吧。"

筱燕秋一步一步地走过去，走到面对面的时候，筱燕秋一个前扑扑过去，撞得乔炳璋一个趔趄。乔炳璋努力站稳，把筱燕秋紧紧地搂在怀里。筱燕秋的脸埋在乔炳璋的胸前失声痛哭。乔炳璋一只手搂着她，另一只手不停地拍着她的后背。

乔炳璋低声说："你的心事我知道。"

筱燕秋泪眼婆娑："你知道？"

乔炳璋："我在台上站了几十年，你的感情就是我的感情。"

筱燕秋大恸。

乔炳璋泪光闪动："五十年才能出你这样一个好青衣，燕秋，你得好好珍惜自己。"

筱燕秋："别这样夸我。"

乔炳璋："不是夸你，是心疼你。"

筱燕秋的热泪再次喷涌而出。

乔炳璋："看把妆蹭了，一会儿还得跟领导合影留念呢。"他用面巾纸轻轻给筱燕秋蘸脸上的泪。

筱燕秋："我不去。"

乔炳璋："走吧，听话。"

筱燕秋跟着乔炳璋乖乖地往外走。

走到门口，筱燕秋突然转过身，紧紧搂住乔炳璋，嘴里低声说："你答应我。"

乔炳璋："答应你什么？"

筱燕秋抬起头满脸泪痕地看着乔炳璋说："明天还是我上，你答应我。"

乔炳璋理直气壮地回答："那还用说吗？明天当然是你。"

筱燕秋得寸进尺："我要天天唱！"

乔炳璋吃了一惊。筱燕秋死死盯着乔炳璋的脸。

乔炳璋一咬牙："唱吧，我让你尽情唱。"

筱燕秋卸完妆走出后门。戏迷们静静地等候在那里，看到筱燕秋出来"呼"地一下围上去。

戏迷甲："筱老师，您唱得实在是太棒了。"

筱燕秋真诚地说："我对不起大家。"

戏迷乙："甭上火，没事，我们来干吗？捧您！"

戏迷丙："错就错了，没事！"

筱燕秋："当时我都有点儿不敢唱了。"

戏迷甲："那可不行，我们还没听够呢！"

戏迷乙："我连着买了三天的票。"

筱燕秋异常高兴："我唱，一定要唱！"

戏迷们纷纷要求筱燕秋签字留名。筱燕秋面带笑容满足着大家。

筱燕秋回到家里，面瓜满面笑容地端着一盆鸡丝面汤出来。

面瓜："来了，面来了。"面瓜把面汤放在桌子上。

筱燕秋和裴锦素坐在桌子旁边笑眯眯地看着面瓜。

裴锦素："老面，刚下夜班，又下厨房伺候我们，真是辛苦。"

面瓜："不辛苦，不辛苦，我们家从来没吃过夜宵，咱也借机会赶赶时髦。"他殷勤地给大家盛好面条，放在每个人的面前。

筱燕秋和裴锦素吃面。

面瓜把切得很精细的咸菜端来，放在桌子上："我腌的，尝尝怎么样？"

裴锦素尝了一口，惊呼："哇塞！真是美味可口啊！"

筱燕秋美滋滋地看着面瓜。

裴锦素："别这么眉来眼去地送秋波好不好？还让我这孤家寡人活下去不？"

面瓜"嘿嘿"地笑："她这是给我充电呢，秋啊，不用充，我这电足着呢，明天我还给你们做好吃的。"

裴锦素："看看，越说越来劲了。"

面瓜："只要我们家秋高兴，我把我的肉剁了给她包饺子都行。"

裴锦素吓了一跳："天哪！这面不是用你的肥油炝的锅吧？"

面瓜纵声大笑。

筱燕秋："嘘，小声点儿，孩子睡了。"

面瓜："我咋把这茬忘了？"他蹑手蹑脚地往小咪子的房间走去。

正在偷笑的小咪子听见父亲进来，赶紧把眼睛闭上假装睡着了。

这天文化宫售票口上挂着写着"满"字的牌子。没买上票的人扫兴地离开。

郑安邦和乔炳璋坐在办公室里面喝茶聊天，两个人都很高兴。

乔炳璋："这几天场场爆满，下个星期的票都卖出去了。好兆头，真是好兆头。"

郑安邦："景气不景气，全看你怎么运作。"

乔炳璋真诚地夸郑安邦："郑老板是帅才。"

郑安邦笑："什么帅才？只是了了个心愿而已。"

春来推门进来。郑安邦看见她，心里面"扑通"跳了一下，他掩饰着自己，眼睛看着别处。

乔炳璋热情地跟她打招呼："春来来了，快坐那儿。"

春来入座。乔炳璋给她倒了杯茶。春来直入主题："乔团长，筱燕秋老师已经唱了五场了，今天晚上怎么也该我上了吧？"

乔炳璋尴尬："啊？啊！"

春来："啊是什么意思？"

乔炳璋："郑老板不是也在这儿吗？我们开个会讨论讨论。"

春来的目光大大方方地落在郑安邦的脸上："当初你给我许愿筱燕秋就唱两场，你不至于这么快就忘了吧？"

郑安邦不说话，他看着春来。春来的目光毫不退缩，勇敢地盯着他。郑安邦被挫败，目光转落到乔炳璋的身上。

郑安邦："乔团长，B角上台的事你去跟筱燕秋老师谈谈？"

乔炳璋软中有硬地说："你是投资人，你的话比我的话管用。"

傍晚，化好妆的裴锦素推门走出小化妆室，她和郑安邦撞了个满怀。郑安邦冲她笑一笑："对不起。"

裴锦素边走边回头诧异地看着他。裴锦素小声嘀咕："黄鼠狼又给鸡拜年来了。"

郑安邦假装没听见，他伸手敲门。门里面筱燕秋的声音："请进。"

郑安邦推门进屋。化好了妆正在往手上涂底色的筱燕秋抬起头看着郑安邦。冲他矜持地点点头。郑安邦在她身后的椅子上面坐下。

郑安邦："筱燕秋老师辛苦了。"

筱燕秋："不辛苦，这是我应该做的。"

郑安邦："连唱了五场累不累？"

筱燕秋："不累，20年前我一口气连着唱了40场呢。"

郑安邦："年纪不饶人啊。"

筱燕秋看着郑安邦："郑老板觉得我唱的有问题吗？"

郑安邦慌忙解释："没有，没有，你唱得真是非常的好。"

筱燕秋放心了，她接着往匀了涂抹手上的底色。

郑安邦："筱燕秋老师，你看这样好不好，从明天开始你先歇上两天，让春来唱唱。不管怎么说，她也是你的学生，应该让她上台实践实践。"

筱燕秋态度坚决地说："我不让。"

郑安邦："为什么？"

筱燕秋："观众买票是来看我的演出的，我得对我的观众负责任。"

郑安邦："你怎么知道观众不喜欢听春来唱？"

筱燕秋一怔。

郑安邦："你也有过第一次上台，你也是一步一步地唱上去的。将心比心，你也应该理解她。筱燕秋老师，你给春来个机会怎么样？"

筱燕秋冷冷地说："我不让，别说是自己的学生，就是亲娘老子来了，我也不会让。这不是A角B角的事，我是嫦娥，我才是嫦娥。"

郑安邦不知道往下还能说什么，他无可奈何地看着筱燕秋。

走廊上，剧团人员纷纷议论着。

"筱燕秋在观众中人气实在太旺了，咱们演出要的就是票房，乔团长拿她也没有办法。"

"那她也不能总霸着戏台呀，不怪人家春来急，搁我身上我也非得急眼。"

"别说了，她过来了。"

筱燕秋目不斜视地走过来，推门进了小化妆室。春来从角落里面走出来，她死死地盯着小化妆室的门。

裴锦素和筱燕秋化妆。

裴锦素："听到他们说什么了吗？"

筱燕秋："不愿意听，也不想听。"

裴锦素笑："我知道你根本就不在乎别人怎么看你，化妆时间一到，你就坐在化妆台前把自己弄成别人，大家议论的那个筱燕秋是不是跟你一点儿关系都没有？"

筱燕秋不搭茬，她认真地在脸上描画着。

裴锦素勾脸："我看你这样挺好，活得真，活得率，活得有个性。"

开演的铃声响了。

筱燕秋的唱腔余音绕梁。春来站在那里看着，认真地体味着她的身段和唱腔。郑安邦坐在观众席里面，他正好能看见侧幕条里的春来。郑安邦目不转睛地看着她。郑安邦看得出这个春来心里面的火越烧越高，她忘了身边所有的人和事，她死死地摽住了筱燕秋。乔炳璋走过来在春来身边站住，春来感觉到了，却故意不回头。乔炳璋琢磨着春来在心里面和筱燕秋叫上了板，这丫头到底要干什么？

春来暗下决心："我就这么一天不拉地在台上站着，等着，一直到她支撑不下去的时候。"

筱燕秋在台上甩着两只十几米长的水袖舞着，她身姿婀娜，舞得人眼花缭乱。

乔炳璋和春来站在侧幕条子里面看着。乔炳璋心里意识到筱燕秋今天舞得有点儿不对劲儿。春来看得出筱燕秋已经疲了，已经软了，已经力不能支。她不动声色地瞟了乔炳璋一眼。乔炳璋的注意力全在筱燕秋身上。春来暗想："乔炳璋，我等着你恭恭敬敬地把我请上台去。"

大幕完全落下。观众使劲鼓掌。筱燕秋一下子瘫在地毯上。身边的“仙女”们吓了一跳，赶紧往起搀扶她，问：“筱燕秋老师你怎么了？”“摔着没有？”

筱燕秋一点儿都不慌张，她坐在地毯上笑了，说：“绊了一下，没事，没事。”

晚上，筱燕秋站在家中卫生间镜子前面仔细打量着自己。筱燕秋心里明白：“我又累又乏，真是坚持不住了。我从心里面感到了不好，我的身体告诉我已经坏事了。”

面瓜敲门的声音：“喂，我说，你在里面干啥呢？”

筱燕秋强打精神开门出去。

面瓜关心地看着她：“咋的啦？”

筱燕秋：“有点儿累，没事。”

面瓜：“那还不早点儿歇着？”

筱燕秋拖着疲惫的步子往卧室走，她脚步一趔趄，撞在墙上。面瓜抢前一步扶住她。筱燕秋推开面瓜的手进卧室去了。

小咪子走过来问面瓜：“我妈怎么了？”

面瓜开玩笑：“刚从天上回来，找不着家门了。”

早晨，筱燕秋眼前一片模模糊糊。她努力睁开眼睛，房间里面的摆设都变了形，筱燕秋吓得又闭上了眼睛。筱燕秋伸出手去，她摸到了放在床头柜上的水杯。挣扎着坐起来，“咕咚”一口气把杯子里面的水全部喝了下去。筱燕秋慢慢睁开眼睛。屋子里面没人。筱燕秋摸摸自己的脑袋自言自语道：“怎么烧成这样？这样下去，晚上怎么上台？不行，我得去趟医院。”她挣扎着穿上衣服，头重脚轻地走出家去医院。

妇科医生看着手里面一系列的检查报告，她一脸肃穆，终于开口了：“流产没有流干净，你看看这血项，啊？内膜已经感染成这样了。你怎么拖到现在才来？”

筱燕秋紧张了：“我该怎么办？”

医生：“住院，做手术。”

筱燕秋急了，态度生硬地说：“我不住。”

医生目光严厉地看着她。

筱燕秋语气缓和了下来：“晚上还有演出，我真的不能住。”

医生看着她好半天不说话。

筱燕秋：“非住不可吗？”

医生点点头：“要命你就得住院治疗。”

筱燕秋：“非得做手术？”

医生点点头。

筱燕秋：“能不能再等些时候？”

医生：“病能等你吗？”

筱燕秋绝望地摇着头：“我现在不能住院，不能住。”

医生拿起处方开药：“做不做手术都得先消炎，再怎么着你也得消炎。我给你开点儿好药，先吊两瓶盐水看看。”

筱燕秋从药房里面取出来一大堆药，她抬头看了一眼墙上的挂钟，自言自语道：“时间还算宽裕，两瓶液体三个小时就输完了，回家吃点儿东西，五点半赶到剧场，什么也误不了。这样也好，一边输液，一边养养神。累啊，真是累。”

筱燕秋手里面拎着药往输液室走。乔炳璋、魏笑天匆匆忙忙地从她身边跑过去，他们一脸焦急，谁也没注意到筱燕秋。筱燕秋吃了一惊，知道发生了大事，不由自主地跟在他们后面跑起来。

血液病房里，柳如云头上包着大红的绸巾躺在床上，她的身上插满了管子，身边围着抢救她的医护人员们。乔炳璋和魏笑天冲进病房。

医生上前拦住问：“你们是病人的家属？”

乔炳璋愣了一下，慌忙点点头。

医生：“病人不行了，准备料理后事吧。”

魏笑天如雷击顶，半张着嘴，呆站在那里。

乔炳璋急了：“五天前还好好的呢。”

医生平静地回答：“这种病，说不行就不行了。”

筱燕秋身子晃了晃，她一把扶住了墙。

乔炳璋叫：“柳老师，柳老师。”

魏笑天冲医生喊：“她怎么会死？她不会死的！”

医生看了他一眼转身离开。

乔炳璋又叫：“柳老师！”

弥留之际的柳如云嘴唇颤抖着。

乔炳璋俯身问：“你说什么？”

柳如云用韵白喃喃自语道：“堂上何人喧哗？”

众人面面相觑。魏笑天冲向堵在床边的医护人员。众人吓了一跳，纷纷闪身躲开。魏笑天缓缓地扑倒在病床前，“扑通”一声，单腿跪倒，他打个千，声音颤动着说道：“为夫魏笑天前来请罪。”

筱燕秋含泪的眼睛一下瞪大了，她站在那里呆若木鸡。

柳如云听到魏笑天的声音，脸上罩上了一层红光，她睁开眼睛努力寻找着，可是她什么也看不见了。柳如云的手在空中手形优美地指着、抓着，说着戏台上没有声音的语言。魏笑天苍老的手哆嗦着迎上去，两只颤抖的手死死地握在了一起。柳如云气息微弱地吐出两个字：“汤……汤……”

魏笑天带着悲声说：“我喝了，那一砂锅汤我都喝光了。”

柳如云挣扎着吐出几个字：“等……我……还在那等……你……”

魏笑天使劲点头。柳如云面带笑容，欣慰地在魏笑天的怀里吐出最后一口气。

筱燕秋热泪长流，她被自己的抽泣声噎得上不来气了。

魏笑天泪如雨下，他哽咽着迸发出老生才有的悲怆的叫声："妻呀……呃……呃……"

筱燕秋眼前一片模糊，她失魂落魄地走出病房。

柳如云录音机里面的青衣唱腔在若隐若现地响着。筱燕秋深一脚，浅一脚地走着。来往的人频频回头看她。

筱燕秋走进输液室时衣襟已经被泪水打湿了。护士接过去筱燕秋手中的药问她话。筱燕秋什么都没听见，她耳边只有青衣的唱腔回响萦绕。筱燕秋入神地听着，她的眼睛像盲人一样呆呆地盯在护士的脸上。护士吃惊地看着她。

筱燕秋眼前渐渐黑了。她顺着墙滑坐在地上。护士惊叫着往起搀她。

身着戏装的筱燕秋舞着两只长袖翩翩起舞，风助舞姿，她身上的裙带被风吹着，涨得如同满月。筱燕秋旋转腾飞，她对着天上的明月绽开了笑脸。

筱燕秋舞动着十几米的长袖起飞了，她飞了两下又落下来。再飞，又落下来。筱燕秋急了，她站在地上使劲挥舞着两只长长的水袖。水袖在寂静的夜空里面"呼呼"地响着。筱燕秋仰望天空。月亮升高，离她越来越远了。柳如云的声音在夜空里回响着："燕秋！燕秋！"筱燕秋满头大汗，她声嘶力竭地哭喊着："别丢下我，你别丢下我！"

筱燕秋哭醒了，她懵懵懂懂地睁开眼睛。液体在一滴一滴地往下流着。周围输液的人好奇地看着她。身边的女人问："你做梦了吧？"

筱燕秋迷迷糊糊地想了一会儿，"呼"地坐起来。问身边的女人："现在几点了？"女人看了下手表说："六点半了。"

筱燕秋拔下针头撒腿往外跑。跟刚进门的护士撞了个满怀。护士喊："喂！你还有半瓶液体呢！"

街上，华灯初上，灯火通明。筱燕秋缓缓地跑着。

此刻的化妆室门口围满了人，春来端庄地坐在镜子前面化妆，她用中指一点一点地把自己的眼眶、鼻梁画红了。拍定妆粉，上胭脂。化妆师用湿好了的勒头带为春来吊眉，为她贴大片、上齐眉穗、盖好水沙。

化好妆的裴锦素把乔炳璋堵在角落里面质问着，她的情绪十分激动。乔炳璋无奈地解释着，没人听见他们在说什么。演员们不时从他们的身边走过去。

街上行人拥挤。面瓜在岗楼上动作潇洒准确地指挥着来往的车辆。筱燕秋边跑边伸手拦车，没有一辆出租车为她停下。她不停地跑着，她的头发跑散了。汽车的鸣笛声和自行车的车铃声响成了一片。面瓜往前看。女人的身影在前面奔跑着，她的长发像瀑布一样地甩动着。面瓜自言自语："跑马拉松呢？没接到通知啊？"一辆汽车违章开过去。面瓜跳下岗楼追过去，他打着各种手势叫车停下。

筱燕秋披头散发地冲进走廊。喧闹的走廊刹那寂静无声。管服装的、化好妆聊天的人们，纷纷扭脸惊讶地看着她。筱燕秋眼睛里面什么都没有了，只有一条通向化妆室的路。筱燕秋在这条路上匆匆地跑过去。

筱燕秋推开门冲进化妆间。春来已经上好妆了，她光彩照人地坐在镜子前面。筱燕秋在镜子里面和春来对视着，两人谁也不开口说话。

筱燕秋突然转身，她一把抓住了化妆师。化妆师吓了一跳。

筱燕秋在心里面呼喊着："我是嫦娥！我才是嫦娥！"筱燕秋目光悲凉地看着化妆师，她颤抖着嘴唇，说不出一句话来。筱燕秋的手松开化妆师，她像丢魂了一样，在屋子里面转了一圈。

郑安邦送给春来的大花篮摆在屋子的中间。筱燕秋的化妆箱依旧摆放在桌子上。春来一声不响地低着头做着自己该做的事情。

筱燕秋觉出了累，觉出了软，她一屁股坐在了椅子上面，她绝望地想："真盼着王母娘娘能从天而降，给我一粒不死之药。我只要吞下去，妆都不用化就能变成嫦娥。"

筱燕秋呆呆地望着镜子里面的春来："上了妆的春来真是比天仙还要美。她才是嫦娥。这个世界上没有嫦娥，化妆师给谁上妆，谁才是嫦娥。"

不一会儿，服装员给春来穿服装上行头。新闻记者的摄像机对准了春来。筱燕秋目送春来走向了场门。

开场的锣鼓点敲响了。大幕徐徐拉开。筱燕秋站在春来的身后往台下看。

郑安邦坐在第三排正中间的位置上，他冲春来微笑着，他冲春来鼓着掌。

春来表现得很平静，眼睛都没往郑安邦那里瞥一下。筱燕秋看到了台下的郑安邦，心里面慢慢平静下来："我知道我的嫦娥这一回是真的死了。嫦娥在我 40 岁的这个夜晚停止了悔恨，死因不详，终年四万八千岁。"

筱燕秋转身默默地走了。

筱燕秋回到化妆室，无声地坐在化妆台前。剧场里面传来鼓掌喝彩的声音，化妆室里面显得越发安静。筱燕秋望着镜子里面的自己，她久久地望着："观众接纳春来了，掌声和喝彩声就是最好的凭证。嫦娥在我身上死了，可她又在春来身上诞生了，我应该高兴，我应该高兴是不是？"

筱燕秋盯着镜子里面的自己，等待着回答。镜子里面的那个人沉默着一声不响。

筱燕秋拿起水衣给自己披上，然后取出底色给自己抹好打匀。筱燕秋转过头平静地对化妆师说："麻烦你给我吊眉、包头。"化妆师愣了一下，还是照她的话去做了。

化妆师给她上齐眉穗，戴头套。筱燕秋做这一切的时候是镇定自若的，出奇地安静。她的安静让化妆师不寒而栗。筱燕秋站起来。化妆师惊恐地盯着她。筱燕秋并没有做什么出格的事，她拉开门朝外走出去。

筱燕秋走到服装架子前面站住。坐在那里看晚报的服装员慢慢站起来。筱燕秋一言不发，伸展双臂让她把戏装给自己套上。服装员心中诧异，可还是按照她的意思给她把行头穿戴好了。

剧场内，摄像机的巡像器里面，春来挥舞着两只水袖尽情地舞着唱着。

刘小能把着机器看着："我觉得春来离我非常远，非常远，远得好像我从来就没认识过她，她对于我来说已经完全成了一个陌生的人。”

郑安邦坐在观众席里面认真地看着春来：“这个嫦娥怎么也变不成20年前的那个嫦娥了，生活在往前走，丢了的东西用多少钱也买不回来了。人的感情真是世界上最奇怪的东西，无论你怎么样努力都到不了你想去的地方，它总是让你觉得自己不是上错了车，就是下错了站，没人能准确地说清楚感情的尽头到底是什么。”

乔炳璋坐在观众席里面认真地看着，仔细地听着。

台上的嫦娥幻化成柳如云。

乔炳璋瞪着眼睛看着。

台上的嫦娥幻化成李雪芬。

乔炳璋瞪着眼睛看着。

台上的嫦娥幻化成筱燕秋。

乔炳璋激动起来。

台上的嫦娥渐渐还原成春来。

乔炳璋伤感地闭上了眼睛。

乔炳璋不禁伤感：“柳如云死了，一个人的生命结束了，她所代表的那个时代也就结束了。今天20岁的春来又登上了戏台，预示《奔月》的新纪元开始了。筱燕秋啊，筱燕秋，你看到这一切会怎么想？”

乔炳璋不能回答自己，他轻叹了一声自言自语道：“唉，人是人的原因，人却不是人的结果啊。”

化妆师悄悄走过来，跟他附耳低声说着什么。

乔炳璋的脸色一下子变了，他站起身，急匆匆地跑了出去。

文化宫外筱燕秋穿着一身薄薄的戏装迈着台步走了出来。她来到剧场的大门口，站在路灯下面。天上零零星星地下起了雪。汽车的车灯划破夜雾，穿梭往返。

筱燕秋心里默念着：“我要唱，今天就是死这个字横在我的面前，我也得唱。因为这是我告别戏台的最后一场演出。我要唱给天，唱给地，唱给我心中的观众。”

筱燕秋看着夜空仔细聆听着。鼓板声隐隐敲响，京胡声隐约拉响。她一个优美的亮相后，把两只十几米长的水袖高高地抛向了夜空。水袖“呼呼”地响着。

筱燕秋张开怀抱接住了缓缓落下的水袖，随之猛地一抖，水袖像两朵云一样落到了她的身后，她开始唱了。她唱的依旧是二黄转原板转流水转高腔。雪花被风卷起又无声地飘落下来，洒落在筱燕秋的头上身上。筱燕秋唱着，她唱得非常投入，唱得是那样的动情，那样的好。

剧场内隐隐传出一阵阵喝彩声。

乔炳璋的脸映在一辆辆开过去的车窗玻璃上。他一动不动地站在那里看着筱燕秋。

十字街头没有一个行人，只有筱燕秋一个演员和乔炳璋一个观众。

筱燕秋边舞边唱。

乔炳璋百感交集："人啊，人哪，你在哪里？你在远方，你在地上，你在低头沉思之间，你在回头一瞥之间。你在悔恨交加之间。人总是吃错了药，吃错了药的一生经不起回头一看，也禁不起低头一看，吃错药是嫦娥的命运，是女人的命运。人只能如此，命中八尺，你难求一丈。"

筱燕秋边舞边唱，乔炳璋在筱燕秋的脚下发现了异样。

液滴顺着筱燕秋的裙裤脚往下淌。液滴在灯光下是黑色的，它们落在了雪地上，变成了一个又一个的黑窟窿。

乔炳璋心里一紧，他声嘶力竭地叫了声："燕秋！"

筱燕秋这一大段唱腔结束了，她水袖一甩转身亮相。

筱燕秋看着雪花纷飞的世界笑了，她笑得是那样的美、那样的酣畅……

一直在创作《青衣》的胡子这样写道："筱燕秋的告别演出就这样轰轰烈烈地结束了，她退出了自己心爱的戏台。人的一生其实就是不断地失去自己的至爱的过程，而且是永远地失去。这是每个人必经的巨大的伤痛。"

"乔炳璋好像不满意这个结尾，他问我是不是太悲了？我说那是你的看法，我不这样看。因为我在筱燕秋的笑容中看到了她的释怀。我看到了她的执着、不舍和期盼。他又问我，你认为你拍出青衣这两个字的真正蕴意了吗？我说，我拍的不是青衣，我拍的是一个唱青衣的女人的心理历程。我拍的是她在生活中的失望和希望。失望在先，希望在后，有希望就不是悲。你说对吗？乔炳璋听到这里很有分寸地笑了。"

2002 年 4 月 15 日于呼和浩特

后　记

2002年我签约把毕飞宇的中篇小说《青衣》改编成电视剧。投资方促成我们俩见了第一面。看见毕飞宇我吃了一惊，他留着比光头稍长一点的头发，叼着长烟嘴，外套没系扣子，晃晃悠悠地走进了饭店。他年轻得让我没办法把他跟中篇小说《青衣》联系在一起。

毕飞宇说，第一次见你，心里真的很犹豫，把这样一个内心刻画相当细腻的小说，给你这样一个看着一点都不细腻的女人来搞二度创作，真是叫人提心吊胆。

毕飞宇的《青衣》起点很高，我在改编的过程当中必须踮着脚尖，伸长手臂去够小说的灵魂，这样的再度创作肯定会让我舒展生长。整个剧本的创作过程中，毕飞宇给了我很大的帮助。

《青衣》播出后，我对毕飞宇说，想把剧本出一本影视小说，他同意了，还给我写了序。这次借《青衣》三版之际，我在这里再次向毕飞宇表示真挚的谢意！

陈祥